2024中国年选系列

2024年
中国短篇小说精选

中国作协创研部　选编

长江出版传媒 | 长江文艺出版社

图书在版编目（CIP）数据

2024 年中国短篇小说精选 / 中国作协创研部选编.
武汉 ： 长江文艺出版社，2025.1. --（2024 中国年选系
列）. -- ISBN 978-7-5702-3868-2

Ⅰ. I247.7

中国国家版本馆 CIP 数据核字第 2024ZR7687 号

2024 年中国短篇小说精选

2024 NIAN ZHONGGUO DUANPIAN XIAOSHUO JINGXUAN

责任编辑：雷　蕾　王　虎　　　　　责任校对：程华清
封面设计：胡冰倩　　　　　　　　　责任印制：邱　莉　胡丽平

出版：长江出版传媒 ｜ 长江文艺出版社
地址：武汉市雄楚大街 268 号　　　　邮编：430070
发行：长江文艺出版社
http://www.cjlap.com
印刷：武汉市新华印刷有限责任公司

开本：680 毫米×980 毫米　　　1/16　　　印张：18
版次：2025 年 1 月第 1 版　　　　2025 年 1 月第 1 次印刷
字数：304 千字

定价：39.80 元

编选说明

　　每个年度，文坛上都有数以千万计的各类体裁的新作涌现，云蒸霞蔚，气象万千。它们之中不乏熠熠生辉的精品，然而，时间的波涛不息，倘若不能及时筛选，并通过书籍的形式将其固定下来，这些作品是很容易被新的创作所覆盖和湮没的。观诸现今的出版界，除了长篇小说热之外，专题性的、流派性的选本倒也不少，但这种年度性的关于某一文体的庄重的选本，则甚为罕见。也许这与它的市场效益不太丰厚有关。长江文艺出版社出于繁荣和发展文学事业的目的，不计经济上一时之得失，与我部合作，由我部负责编选，由他们负责出版，向社会、向广大读者隆重推出这一套选本，此举实属难能可贵。

　　这套丛书的选本包括：中篇小说选、短篇小说选、报告文学选、散文选、诗歌选和随笔选六种。每年一套，准备长期坚持下去。

　　我们的编辑方针是，力求选出该年度最有代表性的作品，力求选出精品和力作，力求能够反映该年度某个文体领域最主要的创作流派、题材热点、艺术形式上的微妙变化。同时，我们坚持风格、手法、形式、语言的充分多样化，注重作品的创新价值，注重满足广大读者的阅读期待，多选雅俗共赏的佳作。

　　我们认为，优良的文学选本对创作的示范、引导、推动作用是非常重要的，对读者的潜移默化作用也是十分突出的。除了示范、引导价值，它还具有文学史价值、资料文献价值、培育新人的价值，等等。我们不会忘记许多著名选本对文学发展所起到的巨大作用，我们也希望这套选本能够发挥它应有的作用。

这套书由中国作家协会创作研究部编选，具体的分工是：

中篇小说卷由何向阳、聂梦同志负责；

短篇小说卷由贺嘉钰、贾寒冰同志负责；

报告文学卷由李朝全同志负责；

散文卷由王清辉同志负责；

诗歌卷由李壮同志负责；

随笔卷由纳杨、刘诗宇同志负责。

中国作协创研部

目录

辑

一

盼望羊羔儿

刘庆邦

　　这天，是个星期天。我在村里读小学期间，老师从来不给我们布置家庭作业，平日不布置，星期天也不布置。学校和家庭，好像是不同的两码事，写作业都是在学校里写，放学回到家里，就不必写什么作业了。

　　不写作业好呀，我那时正是贪玩的年龄，正好可以去村外的野地里疯跑。春天来了，麦苗起身了，小鸟叫了，花儿开了，到处春风鼓荡，不玩干什么呢！

　　上个星期天，我和二堂哥一块儿去麦苗地里放了风筝。二堂哥是我的同年级同学，却比我大两岁，更会玩一些。我们所放的风筝，就是二堂哥扎成的。他用高粱篾子扎成圆球一样的风筝，不会在天上飞，也不用牵线，只会在麦苗上面随风滚。这种风筝被说成是地滚子风筝，也叫"草上飞"。我和二堂哥，还有他家的黑狗，追着风筝在麦地里跑呀，叫呀，叫呀，跑呀，一直眼看着风筝飞过河堤，飞过河床，在对岸外村人的麦田里明明灭灭，越变越小，满眼含泪之后，我们放风筝的活动就算结束了。

　　这个星期天，我或许再和二堂哥一块儿去放风筝，或许来个单独行动，到苇塘边去钓鱼。比起放风筝，我对钓鱼更感兴趣。放风筝老是放，一放走就什么都没有了。而钓鱼的过程是收线的过程，说不定哪一次收线，起钩，就能钓上一条通体闪着银光的大鲫鱼板子。当鲫鱼被拉出水面的瞬间，看着不甘就范的老板子左右摆动，那是何等的激动人心。

　　吃过早饭，当我拿起钓鱼竿准备去钓鱼的时候，娘阻止了我的钓鱼行动，给我布置了另外一项任务，让我跟二姐一块儿去放羊。我一听，就有些不高兴。放羊虽说也是放，但羊不是风筝，羊不会在地上滚，也不会在天上飞，拴羊绳一直在手里牵着，有什么可放的呢。以前，放羊都是二姐一个人去放，干吗非要加上我呢！我说："不就一只羊嘛！"

　　"只有一只羊是不错，你二姐放羊时还要割草，你帮你二姐看着羊好一些。"娘说。

我皱起眉头,嘴巴也噘了起来。

"你不用跟我噘嘴,噘嘴也没用。在星期天你不能光想着玩,也得学着干活儿。"娘还说,"你拿上咱家那个破茶缸子,等羊吃饱了拉屎的时候,你就把羊屎蛋儿捡起来。"

娘的安排让我不解,羊屎蛋儿又不是豆子,捡它干什么!

娘似乎看透了我的心思,说:"羊屎蛋儿虽小,也是肥料。把羊屎蛋儿上到棒子地里,棒子长得粗,上到豆角地里,豆角结得多。"

"羊屎蛋儿那么脏,我拿什么捡呢?"我问娘。

"拿什么捡?拿你的手捡。手能写字,也能捡羊屎蛋儿。羊屎蛋儿不脏,一粒儿一粒儿的,跟刚打下来的黑豆一样。"

娘的话我不敢不听。我爹病逝后,我们家上有七十多岁的爷爷,下有兄弟姐妹六个,一切全靠娘支撑,不管娘说什么,我们都得听从。倒不是怕娘骂我们,吵我们。我从来没听见过娘骂人,娘大声吵人的时候也很少。我们害怕的是娘的眼泪。自从爹下世后,我们的还不到四十岁的娘,似乎有些委屈,也是可怜她的孩子们,好像随时都会哭一场。我们稍有不听话,或有什么事做得不对,娘提起爹的同时,眼圈一红,眼里就含满了泪水。作为娘的孩子,我们都不愿意看到娘流眼泪,要是看到娘流眼泪,比自己挨一顿打还让人难过。所以,娘让我们做什么,我们的表现都很乖,不等娘眼里含泪,我们就答应下来。我收起钓鱼竿,把钓线缠在一根用木棍做成的钓竿上,并把鱼钩的尖端钩在用蒜白做成的鱼漂上,只得跟二姐一块儿去放羊。

我们家没有搭羊圈,二姐每天傍晚放羊回到家,都是把那只羊拴在院子里那棵椿树下。椿树有些老了,树干上长了不少疙瘩。二姐没有把羊拴在树干上,而是拴在一根爬出地面的树根上。二姐用铲子把树根下面的碎砖头刨出来,刨出一个空洞,正好可以把拴羊的绳子穿过空洞,系在树根上。二姐打开荆条筐,把镰刀放进筐子里,并找到家里那只搪瓷茶缸子,把茶缸子递给我,解开拴羊的绳子,带着羊和我,向村外走去。我知道,二姐递给我茶缸子,不是让我用茶缸子到河里舀水喝,是让我用来盛羊屎蛋子。我不知道这只茶缸子的来历,只知道它是一只大号的茶缸子,口面子跟一只瓦碗的碗口差不多。茶缸子已经很破旧,斑驳得不成样子。它的瓷应该是白色,如今白瓷破落得几乎看不见了,露出了里面铁黑色的内胎。茶缸子下面的棱角处,磕破有透明的小孔,盛水是不可能了,只能盛一些漏不下去的东西。去年秋天一场雨过后，娘一大早喊我起来，让我跟两个姐姐一起去地里捡拾被雨水泡胖的豆粒。同一个茶缸子，上次盛的是粮食，这次却要盛羊屎蛋子。粮食可以吃，羊屎蛋子闻闻都让人恶心。

我们村的村东有一条河，是南北走向的河，河水由南向北流。村南也有一条河，是东西走向的河，河水由西往东流。村子离东边的河近一些，离南边的河远一些。出了村子，二姐牵着羊向南边走。二姐没有征求我的意见，就擅自选择了向南的方向。我故意走得赌赌气气、磨磨蹭蹭，与二姐和羊拉开了一定距离。娘安排我和二姐一块儿放羊，并让我负责捡羊屎蛋子时，二姐要是帮我说句话，说所有的活儿她一个人就可以包起来，娘也许会放弃她的安排，把我"放羊"。二姐一句话都没说，表明她跟娘站到了一起，把我也当成了一只可以拴住脖子的羊。哼，我是人，在学校里我是少先队的中队长，才不是任人拴来拴去的羊呢！

二姐见我不高兴，她不回头看我，也不招呼我，只管往前走。土路两边都是麦田，麦苗长得绿油油的。羊看见麦苗有些兴奋，伸着嘴想吃。每当羊的尖嘴利牙刚要碰到麦苗时，二姐使劲一拽绳子，就把羊拽开了。村里人认为，在秋后的初冬，地里的麦苗羊是可以吃的，说羊的嘴壮，越啃麦苗就会发得越旺。而一到春天，麦苗一开始孕穗，就不许羊再吃麦苗了，吃了会影响麦子的产量。二姐不但把羊拽开，拽得羊每次都很失望，她还大声训斥羊："羊，羊，我看你敢吃公家的麦苗，我就勒死你，再把你吊在树上，把你变成一个吊死鬼！"

我把羊吊死在树上的样子想象了一下，不禁有些害怕。不过我很快就明白，二姐只是说说大话、狠话，吓唬一下羊，也让我听听，她并没有权力把羊勒死。这只羊是只半大的母羊。我们那里不把母羊叫母羊，都是叫水羊，小母羊叫小水羊，大母羊叫老水羊。也不把公羊叫公羊，都是叫骚胡，小公羊叫小骚胡，大公羊叫老骚胡。这只水羊，是麻闺女儿姑借给我们家的。麻闺女儿姑小时候得过天花，脸上留下了麻子，大人就叫她麻闺女儿。我们晚辈人呢，就叫她麻闺女儿姑。这样叫习惯了，她出了门子回娘家，我们还是叫她麻闺女儿姑。麻闺女儿姑似乎并不反对我们这样叫她，我们每次叫她麻闺女儿姑，她都哎着答应。麻闺女儿姑并不是我们的亲姑，而是一位堂姑，她是我大爷爷家的女儿。

爹去世后，一些回娘家走亲戚的姑姑们，都会到我家陪我娘流一会儿眼泪，并说一些劝慰的话。她们劝我娘的话，我也听到了一些。在我听来，她们说的话几乎千篇一律，都是劝我娘看着几个孩子往前过。这类话我都不爱听，觉得跟空话差不多，没有什么实质性的内容。我娘不看着她的几个孩子往前过，她还能看着谁往前过呢！当然，有些实质性的建议我也不爱听。比如我的亲姑姑就向我娘建议，不要让我二姐再上学了，一个闺女家，能挣个活命就不错，还上学干什么。有上学的工夫，还不如帮家里割割草拾拾柴火呢。我娘听从了我亲姑姑的建议，果然生生地把喜欢上学的二姐从学堂里拉了出来。在我的印象里，在我们家最困难的时候，对我们家有过实质性帮助的姑姑就是麻闺女儿姑。用现在的话说，麻闺女儿姑对我们家的帮助是有限的帮助。为什么这样说呢？原因是，她不是把水羊送给我们，只是借给我们用一下，在借用期间，等水羊将了小羊羔儿，我们家把小羊羔儿留下，再把小羊羔的妈妈还给麻闺女儿姑。就这个借羊生羔儿的事项，我娘和麻闺女儿姑达成的是口头协议。对于麻闺女儿姑的这个善举，我娘很是感激，感激得眼窝子又湿了一回。在此之前，因家里没有钱，我们买不起猪，买不起羊，买不起兔子，连小鸡娃儿都买不起。别说家畜家禽了，我们家也没有看家的狗和逮老鼠的猫。我们那里祖祖辈辈传下来的规矩，小狗和小猫不能拿到集市进行交易，不能卖钱，只能在亲戚朋友和乡里乡亲间互相赠予。看到谁家的狗或猫怀孕了，向狗或猫的主人预订一下，倘若主人同意，待狗或猫生产后，预订者就会得到一只小狗或一只小猫。我们的娘没有向任何人家开口预订过小狗或小猫，家里穷得好像失去了预订的资格，还是别让别人家沾了我们家的穷气为好。而麻闺女儿姑主动把水羊借给我们家，等于一下子给我们家带来了新的希望。尽管我们兄弟姐妹不知道水羊在什么情况下才会将小羊羔儿，什么时候才会将小羊羔儿，但有希望总是好的，总让人感觉前方有了奔头。

三月里来是清明，刮了春风还是刮春风。春风刮过去，把麦叶的背面翻过来，一路翻白，像湖面上的层层波浪。刮风稍停，"湖面"很快恢复平静，又是一片绿色。别看离上次和二堂哥一块儿放风筝只有一个星期，麦苗又长高了不少，在旗帜样的顶叶下面，似乎已经开始孕穗。麦子地里还种有一些豌豆，豌豆的秧子不能直立，都是顺着麦苗的秆子往上爬，有时爬得比麦苗还高。豌豆花已开出一朵两朵，花儿有桃红色，也有蝶白色。在我看来，那些早开的花朵像小小的耳朵，它们把"耳朵"试探性地支棱起来，是在打探遍地花开的消息。一旦打探到别的花朵也在开放，它们再轰轰烈烈地开放也不迟。油菜花跟豌豆花差不多，也是零零星星地开出了一朵两朵，与满天星光还差得很远。油菜花与豌豆花的不同，在于它高贵的金色，哪怕油菜花还没有完全打开，但在阳光的照耀下，已放射出耀眼的金光。地边种的兰花豆所开的花朵的确有点像兰花的样子，可它们好像并不愿意沾兰花的光，花瓣的颜色粉中带紫，紫中带黑，每一朵花都像是在扮鬼脸，都像是要给人们带来一些笑意。燕子在麦田上方快速飞来飞去。我听大人说，燕子飞得这样快、这样低，是为了捉虫子吃。我只能看见燕子，没有看见在空中飞行的虫子。我想，因为燕子的眼睛小，才能看见小东西，我们人的眼睛太大了，反而看不见细小的东西。花间飞行的蝴蝶是白色的，只有展开的翅膀的边缘才有一些浅灰色的花纹。那些花纹不但不会影响蝴蝶的白，好像对蝶白有所装饰，使蝶白显得更加白光荧荧。我注意到了，蝴蝶都是成双成对地飞，放单飞的情况很少。在个别时候，我也看到过有一只蝴蝶在飞，正纳闷儿另一只蝴蝶在哪里，眨眼之间，另一只蝴蝶就从不知名的地方飞了出来，又飞得成双成对，并上下左右有所缠绕。

　　我们在麦田间的土路上往南走了一里多路，才来到了南河的河堤下面。二姐牵着羊攀上高高的河堤，下到河堤内侧的河坡里，我们才来到了放羊的地方。河坡离水边并不是很宽，坡度也不是很平缓，但总算有一些不种庄稼，只长野草的坡地。那些野草有茅根草、扫帚苗子、灰灰菜、狗尾巴、艾蒿、臭荆条，还有狗儿秧、蒲公英、浆浆瓢、酸不溜等，可以说五花八门，应有尽有。来到河坡的草地里，羊终于可以不受限制地放开嘴巴吃草。二姐放开了牵羊的绳子，羊二话不说，就埋头在草丛里吃起来。羊吃得切切割割，发出一种细碎的很好听的声音。

　　二姐把荆条筐和镰刀放在草地上，并没有马上开始割草。二姐这才跟我说话："是咱娘叫你出来拾羊屎蛋子，我没有说过叫你跟我一块儿出来，你不能怨我。"

　　我怨二姐了吗？我并没有怨二姐，让我出来拾羊屎蛋子是娘的意思，不是二姐的意思，我犯不着埋怨二姐。1958 年，村里开始办小学，二姐和我同一天入学。别看二姐比我大两岁，她却是我的同班同学。二姐很喜欢上学，学习成绩也不错。可是，娘不让二姐继续上学了，只让我一个人上学。二姐没有说娘重男轻女，也没有说娘对孩子有偏心，哭过一场之后，就放下课本到地里干活儿去了。大姐可以和生产队里的女劳力一起干活儿，挣工分，二姐年龄还小，还没有挣工分的资格，只能背起筐子，给家里割草，拾柴火。麻闺女儿姑借给我们家水羊后，娘就把放羊的任务交给了二姐。对于我还可以继续上学，二姐没有表现出任何眼红，一点儿都没有和我攀比，好像这一切都是应该的。至于我自己，我当时还不懂事，对上学的事并不是很看重，觉得上学不上学无所谓，上学被老师管着，不上学反而更自由一些。我对二姐说："我不怨你，我谁都不怨。"

"谁都不怨就对了。"二姐说。

我没有忘记娘交给我的任务，在羊吃草的时候，我就有些机械地盯着羊拉屎的地方。迟迟不见羊拉出屎蛋子来，我就看羊的肚子。这只羊腿细，脖子细，毛长，肚子瘪瘪的，显得有些瘦，一点儿都不像怀有羊羔儿的样子。羊肚子里没有羊羔儿，但羊吃了草，总该有羊屎蛋子吧。羊的小尾巴摆来摆去，怎么连羊屎蛋子都不拉呢！

二姐看出了我的专注，对我说："你不用老看着羊，想玩什么就玩吧。羊拉屎不分时候，等羊拉屎的时候，我再喊你过来拾也不耽误。"

河坡里有什么可玩的呢，我只能到水边去玩玩水。水边的浅水处长着一丛丛芦苇，还有一片片香蒲。芦苇有些发紫，香蒲一水儿发绿。水面上漂浮着一些马鞭草，还有一些浮萍。马鞭草的叶子是尖的，浮萍的叶子是圆的。有蜻蜓立在马鞭草的叶子上，有青蛙在浮萍上追逐。水是活水，在从西往东流。水流得慢慢的，跟不流差不多。偶尔从上游漂过了一片树叶，以树叶的移动为参照，才能看出水是流动的。有水就有鱼，不用说，这条河里也会有鱼，我要是把鱼竿带过来在这里钓鱼，说不定也能钓上个把鱼来。想到鱼，我就蹲下身子，用手中的茶缸子从河里舀水。茶缸子破不破，可以瞒得过羊屎蛋子，却瞒不过水，我舀了多半茶缸子河水，刚要把有些脏污的茶缸子清洗一下，水就开始从茶缸子下面的漏洞里往下漏，漏得像水羊撒尿一样。漏水我不怕，河里的水多得是，我多舀几茶缸子就是了。当我终于把茶缸子清洗干净，我发现，河水是很清的，清得可以看到茶缸的底子，还可以照见人影。好像听二姐说过，她放羊放得口渴了，就走到水边，把双手捧起来，从河里捧水喝。我手中有盛水的家伙，喝起水来方便得很。我伸手舀到清水，刚要喝两口，意外看见有一只小虾竟被我舀进了茶缸子里。小虾在水里弹来弹去，射来射去，像是急于跳出如来佛手心的样子。我撮起两根指头捉它，一捉二捉捉不住，等茶缸子里的水漏干了，我才把它捏住了。我没有掐头去尾，也没有去掉须子，就把整个小虾放进嘴里吃掉。当我把它放进嘴中的一刹那，它在我舌头上弹跳了一下，扎得我的舌头有些麻。小虾再小也是肉，吃起来肉筋筋的，咸滋儿滋儿的，味道相当不错。

二姐走过来了，给我送来了几条"面筋"，还有几颗"蛋黄"。二姐所说的"面筋"，是包裹在茅根草里面的花苞，不等茅根草长出花穗，二姐就把里面的花苞剥了出来。花苞是一根细细的乳白色的长条，嚼起来筋筋的，甜丝丝的，确有一点儿面筋的味道。二姐所说的"蛋黄"，也是花苞，是蒲公英的花苞。蒲公英的花苞圆圆的、小小的，比一粒黄豆大不了多少。剥去花苞外面那一层绿色的花萼，露出里面鹅黄色的花苞，就被说成了鸡蛋的蛋黄。"蛋黄"刚嚼在大牙上，有些苦苦的，但嚼着嚼着，苦尽香来，越嚼越香，满口都是清香。我可不是第一次吃二姐给我采的花前果，我小的时候，都是二姐带着我玩，每年春天，她都给我采这些好吃的。有时采得少了，她宁可自己不吃，也要给她的弟弟吃。

太阳越升越高，水羊的肚子吃得朝两边鼓起来，像怀了羊羔儿一样。我知道，水羊肚子里怀的不是羊羔儿，是吃进肚子里的青草，满肚子的青草把水羊变成了一个草包。二姐也割满了一筐青草，把拴羊的绳子重新牵在手里。二姐突然喊我的名字，说羊拉出了羊屎蛋子，让我快去拾吧。我以前对羊屎蛋子一点儿都不重视，看见羊屎蛋子如看见鸡屎、狗屎一样，都是掩鼻。因为我担负起了拾羊屎蛋子的任务，才第一次对羊屎蛋子重视起来。听到二姐的报告，我如同听到了什么盼望已久的好消息，赶快向水羊跑去。

羊在拉屎的时候并没有停止吃草，它是一边吃，一边拉，前面吃，后面拉，吃草拉屎两不误。只不过，它吃下去的是青草，拉出来的是黑蛋蛋。水羊在拉黑蛋蛋的同时，白色的小尾巴还不停地摆动着，像是在播撒种子，并把种子播撒得更均匀一些。

我蹲下身子，把羊屎蛋子一粒一粒地往茶缸子里捡拾。我原以为羊屎蛋子都是硬的，硬得像黑豆一样，捡到手里，我才知道刚拉出来的羊屎蛋子都是软软的，一捏就扁。我原以为羊屎蛋子都是黑的，黑得像墨一样，拿在眼前我才发现，新的羊屎蛋子还有些发绿，是墨绿。我原以为羊屎蛋子都光光的，一接触我才感觉到，羊屎蛋子外面有一层透明的膜，有些黏手。是屎都是臭的，羊屎蛋子当然也不例外，只不过它臭得不太厉害，冒出的热气中还有一些青草的气息。我像捡宝一样，一粒不剩地把羊屎蛋子都捡到茶缸子里去了，捡了小半茶缸。我把茶缸晃了晃，茶缸子里咣当咣当一阵响。

中午回到家，我把茶缸里的羊屎蛋子拿给娘看，等于向娘汇报成绩。娘看了一眼说，嗯，不少。让我把羊屎蛋子倒进粪窑子里去吧。

粪窑子里又是水，又是草，乱七八糟，沤得冒着绿泡泡儿，臭烘烘的。我好不容易才捡回这么多羊屎蛋子，马上就倒进粪窑子里沤粪，是不是有点可惜呢！这次我没有听娘的话，舍不得把羊屎蛋子倒进粪窑子里似的，把盛着羊屎蛋子的茶缸子放到石榴树的树杈上去了。石榴树的叶子密不透风，树上正开着满树的红花，要是不仔细找，不会发现我所藏起来的茶缸子和羊屎蛋子。

水羊白天吃了一天草，把肚子吃得支奓着，晚上拉屎总是拉得很多。每天早上看，水羊都把那棵拴羊的椿树周围拉得密密匝匝，盖满了地皮。这么多的羊屎蛋子，真够拾一气的，恐怕装满一茶缸子都装不完。然而，拉在自家院子里的羊屎蛋子不用手拾，早起的大姐，抄起一把竹子做成的大扫帚，呼呼啦啦就把羊屎蛋子统统扫进敞着口子的粪窑子里去了。

收集羊屎蛋子不是我们的目的，我们最关心的还是水羊能不能将出小羊羔儿的问题。水羊拉出的羊屎蛋子再多，多得哪怕成千上万，都抵不上一只小羊羔儿。羊屎蛋子总是黑的，小羊羔儿才是白的。有一天下大雨，雨下得呼呼的，是白帐子大雨。不能再下地放羊，二姐只好把羊牵到我们家堂屋的西间屋，拴到一条床腿上。听大人说过，跳蚤最害怕羊身上的膻气，只要把羊拴在床腿上，跳蚤一闻到膻气，顿时就蔫儿了，就跳不起来了。我们家床上的跳蚤平日里跳得很欢，谁都不反对二姐把羊拴在床腿上。下着雨不能出去玩，我们姐弟说起了小羊羔儿的事。大姐说：“也不知道水羊啥时候能将羊羔子。不说多，能将一只小羊羔儿也好呀，也算麻闺女儿姑没有白白把水羊借给咱们家喂。”

二姐不同意大姐的说法，她说：“那不中，水羊至少得将两只羊羔儿，一只小水羊，一只小骚胡。”二姐天天放羊，好像羊就得听她的话，她又说：“水羊要是将不出两只羊羔子，我就不愿它的意。”

在我们姐弟中，大姐排老大，二姐排老二，我就是老三。我想，水羊要是将两只羊羔子的话，大姐二姐一人一只，可能就没有我的份儿。于是，我发表的意见是：“水羊最好能将三只羊羔子，有三只羊羔子，就算是一群羊羔子。”

妹妹和大弟弟也都知道自己是老几，也通过羊羔子联想到了自己。妹妹希望水羊能将四只羊羔子，大弟弟说还是有五只羊羔子更好一些。就这样，我们姐弟在盼望和想象中，像是在提前分配羊羔子，并像是把自己也当成了羊羔子。我的小弟弟倒是没提出让水羊将六只羊羔子，他咧着嘴哭了起来，嚷着说：“我也要羊羔子，我也要一只羊羔子。”

娘吵了我们：“争什么争，你们这是在分家吗！你们都还小，还不到分家的时候。”

有天半夜里，水羊突然叫了起来。平日里水羊是咩咩叫，叫得很是温柔。那天却可着嗓子叫得声嘶力竭，好像不得过了一样。二姐被吵醒了，她说，羊可能是饿了，她去看看。娘让二姐不要管，说水羊可能是在走羔儿。我们不懂什么叫走羔儿，二姐大概也不懂，她还是起身到院子里看羊去了。二姐去看羊，羊还在叫。二姐出去了好一会儿，才回到屋子里。二姐对娘说，外面是月亮地，她看见了羊，旁边还有一堆草，看来羊真的不是因为饿才叫唤。二姐还说，她看见别人家的羊跑到我们院子里来了，就用扫帚把那些羊赶跑了。

　　娘对二姐有所埋怨："你这孩子，就是爱管闲事，我说不让你管，你偏要管。那些羊可能都是一些没上绳的骚胡头子，可能都是水羊唤过来的。"

　　放暑假期间，我差不多每天都跟二姐一块儿去放羊。按照分工，在放羊的同时，二姐还是割草，我还是负责捡羊屎蛋子。羊的肚子每天都吃得饱饱的，但每天夜里拉过一地羊屎蛋子之后，羊的肚子都会瘪下去，连一点儿怀羊羔儿的迹象都没有。二姐听人说过，水羊要是怀了羔子，会在羊的奶子上表现出来，羊的奶子会鼓胀、下坠，两只奶穗子也会变得粉红。二姐把水羊肚皮下面的奶子看了又看，没看出奶子有什么变化。这天傍晚，西边的天上布满了红霞，红霞映在水羊身上，使水羊变得有些红，白羊仿佛变成了红羊。二姐坐在草地上，抱过水羊的肚子，一侧的耳朵贴在水羊的大肚子上听。我猜，二姐是想听听水羊肚子里有没有羊羔胎儿的声音。我对二姐说："你不用听，水羊肚子里除了草，就是羊屎蛋子，连一只羊羔儿都没有。"

　　"你不要瞎说！"二姐说。

　　这时，有一个沿着河坡拾粪的男人走了过来，走到我们身边站下了，问我二姐："这个小妮儿，我来问你，你放的是老水羊还是老骟羊?"

　　二姐没好气，说："长着两只眼，你自己不会看吗！"

　　"咦，这个小妮怪厉害，我告诉你吧，你放的羊是水羊，水羊是用来将小羊羔儿的。"

　　"不用你说，我也知道。"

　　"你是只知其一，不知其二。我还要告诉你，你把羊放得太肥了，羊的肚子里长满了板油，就怀不上小羊羔儿了。"

　　这话二姐不爱听，她生气了，脸涨得通红，说："你不会说话就别说，嘴痒了，到南墙根儿蹭蹭去！"

拾粪的男人好像也生气了，把拾粪的铁锨在草地上铲了一下，说："一个小妮儿家，你怎么能骂人呢，这是跟谁学的？"

"我怎么骂人了？我骂你什么了！"二姐把镰刀提在手里，一点儿都不示弱。

眼看脾气倔强的二姐和那个男人越吵越厉害，我意识到自己的责任。我是二姐的弟弟，有责任跟二姐站在一起，保卫二姐。于是我就走过去，站在二姐身边，对那个外村的男人怒目而视。可惜我手里没有什么像样的可以当作武器的家伙，只有一只盛了一些羊屎蛋子的破茶缸子。我想，那个男人胆敢动二姐一指头，我就敢把盛了羊屎蛋子的茶缸子砸在他头上，砸得他头破血流，羊屎蛋子沾他一脸。说不定我还会像一条狗一样扑上去咬他的胳膊。

那个男人倒是没有动手打人的意思，他说："你们庄上的大人我都认识，你爹叫什么名字？哪天见了你爹，我得把你骂人的事儿跟你爹说一说，让你爹好好管管你。"

我娘生下我二姐时，上了岁数、急于见到孙子的奶奶在屋里哭，我爹却在屋后放太平车的屋里唱小曲儿。二姐听到这样的传说，认为爹很喜欢她，她对爹也很有感情。二姐当然不会对那个陌生的男人说出爹的名字，也不会说明我们的爹已经死了。可是，当别人提到我们的爹时，二姐的眼里顿时含满了泪水。二姐大概不愿让别人看到她眼里的泪水，别过脸向东边的天边望去。西边的霞光渐渐淡去，东边的阴影开始上升。

水羊似乎也感觉到了气氛不太对劲，咩咩叫了两声。

那个多嘴多舌的男人可能也看到了二姐眼里的泪水，没有再说什么，扛起铁锨走掉了。

转眼到了秋天，高粱红了，棉花白了，谷子黄了，到处是庄稼成熟的气息。当生产队里开始收割豆子时，水羊跟前还是连一只羊羔子都没有。盼小羊羔儿心切，我们全家人都习惯了天天看水羊的肚子。看的结果是，头天傍晚羊的肚子是鼓的，到了第二天早上，羊的肚子就瘪了下去。如果说头天看到的是希望，一夜过去就变成了失望。可是，谁都不能不承认，羊是明显变肥了。麻闺女儿姑刚把水羊借给我们家时，水羊的腿是细的，脖子是细的，脊骨也是细的，摸到哪里都有些硌手。现在水羊的腿是粗的，脖子是粗的，脊背也变粗了，不管摸到羊身体的哪个部位，一抓都是一把厚墩墩的肉。如果说水羊刚到我们家时不过二十来斤的话，现在恐怕得超过了六十斤。另外，水羊刚到我们家时灰秃秃的、脏兮兮的，一点儿都不漂亮。经过我们家人几个月的悉心照顾和精心喂养，水羊变得干干净净、白白亮亮，比一个小媳妇儿都好看。其实，二姐和我从没有给水羊洗过澡，也没给水羊梳过毛，它一吃得肥，就长得壮，心情一愉快，身上的毛自然而然就亮了，眼睛也亮了。只不过水羊的任务是将小羊羔儿，将不出小羊羔儿来，长那么漂亮有什么用呢！真让人发愁、叹气。

我有一位堂叔，他是生产队的队长，也是麻闺女儿姑的哥哥。堂叔对水羊能不能怀小羊羔儿的事也很关注。有一天早上在院子外的饭场吃早饭时，我娘问堂叔，水羊怎么老也怀不上羊羔子呢？堂叔的回答被我听到了，堂叔说，因为村子里缺少成年的老骚胡，一些小骚胡还没有长成，它们的蛋就被人割掉了，或者捶烂了，早早地就失去了爬羔儿的能力。我娘说，在水羊走羔儿期间，夜里连叫了三夜，倒是有些骚胡头子被水羊唤过来了。堂叔说，那些骚胡都是小骚胡，有那个心，没有那个苗子，爬羔儿也是瞎爬。堂叔还有一个说法，跟那个拾粪的男人的说法几乎是一样的。堂叔说，水羊来到我们家后，全家人都尽着它，它的生活太好了，吃得太肥了，肚子里长满了油，再怀羊羔子就难了。

"这真是，人走了背运，人帮忙，天不帮忙，连一只羊羔子都得不着。几个孩子天天盼星星盼月亮似的，都盼着能见到羊羔子，看来指望不上了。"娘的声音有些发沉。

堂叔说："没事儿，哪天见着我妹妹，我跟她说说，水羊不用还给她了，到过年时，你们家干脆把羊杀掉，吃肉算了。"

娘摇头说："那可不中。"

这天晚上，我做了一个梦，梦见水羊如我所愿，将出了三只小羊羔儿。小羊羔儿的嘴唇红红的，眼圈儿毛毛的，身上软软的，一只比一只可爱。我马上向二姐报告好消息，也不知发出声音没有，自己却醒了过来。一醒来，我马上爬起来，跑到院子里看究竟。天上有大半块月亮，满院子都是月光。我看见了，树根上只拴着那只水羊，哪里有半只小羊羔儿的身影呢！在月光的照耀下，那只水羊浑身发着白光，像是用一堆新雪堆成的雪羊。"雪羊"在地上卧着，我走过去，蹲下身子摸了摸它的脖子，它才站了起来。我经常跟在它屁股后头捡它拉的羊屎蛋子，它对我已经很熟悉。它用舌头轻轻舔了舔我的手，仿佛对我说："刘家的哥哥，你不好好睡觉，半夜里爬起来干什么？"

我们那里有一个说法，叫虫不过冬，债不过年。意思是说，一到冬天，蚂蚱、蛐子、蟋蟀等就死掉了。欠下的债呢，必须在过年之前还清。

在刚踩住腊月的一个星期天早上，娘对我二姐说："快过年了，你今天去金庄把水羊还给你麻闺女儿姑吧。"

二姐一听娘说让她去金庄麻闺女儿姑家还水羊，眼圈儿一下子就红了。二姐是个有责任心的人，她认为水羊一直没能将出小羊羔儿，是她的责任。从春天到夏天，从夏天到秋天，从秋天又到冬天，二姐天天放羊快一年了，对水羊也有了一些感情，她有些舍不得把羊送走。

娘看出了二姐的伤心，说："虽说水羊没留下小羊羔儿，你麻闺女儿姑对咱家的人情咱还是要领。人说话得算话，年前必须把水羊给你麻闺女儿姑还回去。要不这样吧，让你弟弟跟你一块儿去吧。"

我的个亲娘哎，眼睛怎么老盯着我。派我拾羊粪蛋子不说，还水羊的事怎么又派到了我头上。我知道，我们庄离金庄十多里路，七拐八拐要走半晌午才能走到呢。我说我不去，水羊来的时候是一只，回去的时候还是一只，二姐一个人去还就可以了，去那么多人干什么！

娘有办法劝我去，她的办法是抓住我的弱点。我的弱点是什么呢？是嘴馋，肯吃嘴。娘说："去吧，你麻闺女儿姑一看你们把羊养得这么肥，心里一高兴，说不定会留你们吃饭，会给你们做一些好吃的。"

娘一抓我的弱点，我的心就软了，脑子里开始想象麻闺女儿姑会给我们做什么好吃的，或许用麦面给我们烙油馍，或许给我和二姐每人煮一个咸鸭蛋。我故意磨蹭了一会儿，以掩饰自己的弱点，最终还是同意了跟二姐一块儿去麻闺女儿姑家走一趟。

二姐牵着羊在前面走，我在后面跟。因为不必再拾羊屎蛋子，我就没有带那只破茶缸子，空着两只手。出了村子，我们先是沿着一条土路往南走。走过一座石桥，我们就拐上河堤，沿着高高的河堤往东走。我看见我们的影子映进河水里，我们和羊是头朝上往前走，水中的影子是头朝下往前走。在水中头朝下的样子是可怕的，好像我们会随时朝着无边无际的水底沉下去。只看了几眼，我就不敢再看。走着走着，天下起了小雪。雪花很小，也很稀，几乎看不见。春来时地里初开的豌豆花和油菜花虽说也是零零星星，总是看得见的，可冬来时初开的雪花儿却不易察觉。我是觉得额头上凉了一下，又凉了一下，仰脸往天空看，才发觉下起了小雪。河堤下面的地里都种上了小麦，满地都是绿色。雪花落在麦地里，很快被绿色淹没，一点儿都不显白。雪花落进河水里，很快与河水融为一体，跟没下雪一个样。雪花落在羊身上，倒是存下了几朵，但因雪花与羊毛靠色，也看不出羊身上有什么变化。

我们来到了麻闺女儿姑家，她对羊的态度和对我们的态度，大大出乎我和二姐的预料。麻闺女儿姑大概也知道了水羊一直没将出小羊羔儿，她接过牵水羊的绳子拴在一棵树上后，竟照水羊的肚子上踢了两脚，一边踢一边吵："你这个没用的东西，我踢死你，踢死你！"

　　眼看接近晌午，麻闺女儿姑没有任何留我们吃午饭的意思。二姐说："姑，我们回去了。"

　　麻闺女儿姑仰脸看了一下天说："雪可能会越下越大，趁这会儿雪还没下大，你们想回去就回去吧。"

　　我们离开麻闺女儿姑家时，听见那只水羊在我们背后叫了两声。我们没有回头。

　　我们回家走到半路上，雪果然下大了，雪花在空中飞舞，天地间一片迷茫。

　　我和二姐都有些想哭。

原载《小说月报·原创版》2024 年第 4 期

木棉或鲇鱼

李修文

　　即将登陆的这场台风，菲律宾给它起的名字，叫作木棉。可是，这名字冒犯了老挝的一个少数民族，音译过去，恰好与他们膜拜的一位神灵同名。因此，老挝气象局打破惯例，自行给它起了个名字，叫作鲇鱼，意思是，这场台风，就像河底的鲇鱼，以淤泥、腐殖和小鱼小虾为食，是不洁和令人厌弃的。不用说，于慧的新婚丈夫，老欧，喜欢第一个名字——木棉。想当年，释迦牟尼在灵鹫山说法，又拈花示众，众皆默然，唯有迦叶尊者破颜领会，于是得传金缕袈裟。这金缕袈裟，另外一个名字，就叫作木棉袈裟——自打中风又恢复以后，老欧便信了佛，也不光是信佛，道观、关帝庙、龙王堂，甚至杭州西湖边的岳王庙，只要见到，他便一定会长跪不起，为的是他那没好利索的半边身体，赶紧彻彻底底地好起来。直到今年春天，机缘殊胜，老欧认识了一位上师。这上师，开设了一门课程，名叫悉达吠陀。真是神奇啊，自从上了这门课，老欧的半边身体，竟然一点点好转起来。不用说，也是因为上师的开示，老欧和于慧，这对新婚的夫妻，才横穿了小半个中国，来到这座岛上。但说实话，关于那场即将到来的台风，要是问于慧的意思，在木棉和鲇鱼之间，她更喜欢鲇鱼这个名字：上岛以来，各条海岸线上，浊浪拍岸，海水穿过一道道防浪堤，不停地灌进岛内；还有那些塑料做的沙滩椅，被狂风卷上半空，一遍遍拍打着他们租住的酒店公寓窗户，这不是成千上万条鲇鱼精从大海里爬上岸来作魔作妖，还能是什么？再说了，这岛上的淡水湖里，原本就出产一种鲇鱼，但满身都是剧毒，那剧毒的名字，叫作金黄色腺体脱氢鳞状细胞毒素。早些年，好多人吃过它之后食物中毒，送了性命。一度，这种鲇鱼，还上过好几种药学辞典，后来，岛上的人对它们展开了灭绝式的捕捞，渐渐地，就再没有人见过他们吃过它们了。

　　其实，老欧非要来这座岛，和于慧还是有关系的。自打他们相识，她就没少跟老欧说起这座海岛，年轻时，她至少来过这座海岛十几二十次，怎么能不对他常常提起这里呢？她的第一个丈夫——小田，对，她一直叫他小田——就在这座岛上当兵。那时候，作为一个炊事兵，每隔几天，小田就要去几十海里外的另外一座小岛上，给在那里驻守的战士们送菜；只要她来探亲，便会陪着小田一起去。通常，他们会在晚上出发，小田开船，她就坐在新鲜的蔬菜中间，看着天上的星星，海面上涌起的白雾，还有偶尔从海水里跳出来的鱼，再闻着海风味道、茄子西红柿的味道和小田身上散出的汗味。每逢这样的时候，她总是忍不住，搂住了小田，在他脸上，在他身上，不要命地亲。到了那时，小田便将船停下，也去搂她亲她，甚至，他们会将自己脱光，做爱，海浪溅在他们赤裸的身体上，凉凉的，却只能让他们黏得更紧。可惜的是，自始至终，她都没能给小田生个孩子，是她的问题，多囊卵巢综合征。她却一直不死心，每一回，当他们在船上做爱，最后的时刻，她都会把两条腿夹得紧紧的，生怕错失了怀孕的机会。小田却总是笑着，让她平缓下来，又对她说："没孩子就没孩子呗！这辈子，我给你当儿子，你给我当闺女……"

俱往矣。现在，她已经五十好几，和小田早早断了缘分。当她以为自己注定孤身终老之时，传说中的黄昏恋竟然来到了她这里：经人介绍，她嫁给了老欧，想当年，老欧绝对算得上是名动一时的人物——倒回去二十年，作为国有机械厂的厂长，他雷厉风行，一手主导了企业改制，几乎一夜之间，他让两千多工人下了岗；然后，自己从银行贷款，买下了工厂；再经过多年经营，企业起死回生不说，更是连年都成了纳税大户，各种荣誉称号，什么什么突击手，什么什么时代先锋，就没有哪一年从他身上丢掉过；他唯一的女儿，早早移民到了波士顿，要不是突然中了风，他给自己定下的时间，是把企业干到七十五岁再谈退休。事实上，他也真是有一颗虎胆，哪怕中了风，也丝毫都不信邪，医生和女儿叫他卧床静养，他偏不，咬着牙，硬是从床上爬起来，报名参加了悉达呋陀课程。渐渐地，奇迹发生了：除了右侧的半边身体还没有那么灵光，试问当初那些跟他一起住进医院的中风病人，谁比他恢复得更好？也就是在这个时候，老伴去世了六年的他，全不管女儿的反对，一心想要再婚。于是，有人给他介绍了刚刚从一家民营医院退休一年的护士于慧。两个人认识还不到两个月，火烧火燎地，老欧就娶了于慧，大概的原因是：于慧根本不像之前跟他接触过的别的女人，别说惦记他的钱了，她连过去的他是何等人物，竟然一点都不知道；不光他，医院之外的任何事情，她都像是不知道。他跟她说起当年自己如何九死一生才安排好好几千号下岗工人，她睁大了眼睛，又可怜他："这样啊！"他跟她说起自己为了使企业重新上路，跑到广东别开新路，出了车祸差点死掉，她又睁大了眼睛，还是可怜他："这样啊！"更别说，中风之后的恢复期内，没有哪一回不是于慧搀着他去上悉达吠陀课；按照上师的开示，下了课，他还要勤练吐纳打坐慢跑等，于慧更不拦着，专门找僻静的地方，陪他去吐纳打坐慢跑。这样一个女人，不赶紧把她给娶了，还在等什么？

老欧自己也承认，在于慧面前，他根本不像是比她还大十多岁，反倒变成了个小男孩，一会见不着她，他就急得快跳脚，一刻也忍不住地打电话对于慧撒娇："你怎么还不回来？再不回来，你就别回来了……"

还没过多大一会，他又给她打去了电话："我饿了！"

以中风为界，跟过去相比，老欧的确变了个人，苏东坡的诗、戏曲频道播放的歌剧《洪湖赤卫队》选段，尤其是一周三次的悉达吠陀课程，如此种种，都令他伤怀不已：这一辈子，错过了太多好东西了。现在，他再也不想继续错过了：那天，他和于慧，一起看一部冗长的泰国连续剧，看到男女主人公去普吉岛结婚旅行，他当即便攥住了于慧的手，告诉她，他也要带她去结婚旅行，不去别的地方，就去她经常说起的那座岛。于慧吓了一跳，脱口说："这样啊！"紧接着，老欧拨通了上师的手机，向他报告了可能的行程，得到了上师的肯定，然后，他放下电话，再坏笑着去看于慧："我得去感谢一下小田，要不是他，你还说不定在哪儿呢？"如此，这件事，就这么定下来了。距离出发的日子还有三天的时候，老欧的女儿打来了电话，打算紧急叫停他的荒唐。女儿先是历数了他身上残存的一样样毛病，又告诉他，她查过了，一场史上未见的巨大台风，正在太平洋上生成，它要经过的路线，恰好就是他和于慧要去的那座岛，"到了那时候，有命去，没命回来，看看你怎么办？"哪知道，女儿的话彻底激怒了老欧，挂掉电话之后，老欧命令于慧，赶紧把定好的三天之后的票改掉，一刻也不等了，明天一早，他们就走。

第二天，他们坐的是早班机。当飞机结束轻微的颠簸，开始平飞，老欧问于慧："九九八十一难，你知道吗？"

"八十一难？"于慧没明白老欧的话是什么意思，茫茫然再问他，"……是唐僧西天取经的八十一难吗？"

"正是。"可能是中风之后太久没有出过远门，老欧的脸上，笑嘻嘻的，"实不相瞒，我就是唐僧，我也有八十一难。"

"……"显然，于慧越发不知道该如何去接老欧的话了。

"不过呢，都快渡过去啦，"老欧下意识地动弹着右侧的半边身体，"盘丝洞的妖怪，火焰山的魔王，都他妈被我打倒了，我他妈的，不对，还有你，咱们两个，离木棉袈裟护体的时候，不远啦!"

没想到的是，一上岛，老欧就吃起了小田的醋。先是在废弃的军营里，老欧非要去他和于慧当年住过的营房里去看一看，结果，真找到了那间结满了蛛网的营房，又听于慧说起，在这营房里，她和小田，一起学跳过水兵舞，做过麻辣火锅，有一回，还把床给睡塌了，老欧顿时就黑了脸，扔开她的手，一个人气鼓鼓出了营区；当他们路过海岛东岸的一块竖立起来的屏风般的礁石，于慧说起，当年，她和小田，往几十海里外的那座小岛上送菜的时候，每一回，他们的船，就是从这里下水的。老欧冷笑起来，手指着大海，他发了狠："几十海里而已，也没多远嘛，你再等我几天，等台风过去了，我也划船，把你送过去!"

到了晚上，于慧的偏头疼犯了，疼得要死要活，却发现自己这趟出来忘了带药，只好忍着痛，顶着大风，出门去买药。临出门，老欧撒娇，堵在门口，不让她出去，说要买药也应该是男人去干的事。两人正僵持着，风刮得更大了，一只沙滩椅被风卷上半空，砸在了他们的阳台上。这么着，事情就没得商量了，她差不多算是生气了，冲他喊："你不要命了吗?"这才让老欧听话，乖乖待在公寓里等她回来。之后，她出了门，步行了差不多二十分钟，总算找到了一家二十四小时都开门的药房。回公寓的时候，却麻烦了：海水灌进了岛内，来时之路全都被海水淹了，不一会的工夫，那水就淹到了齐腰深，她只好重新再找一条路。可是，她的头疼得厉害，也晕得厉害，光是在一个空荡荡的美食广场里，她就来回闯荡转悠了半个多小时，死活也走不出去。刹那间，看着在台风季里歇业的那些黑洞洞的店铺——小湘厨、铁锅炖、三千里烤肉——她还以为自己来到了阴曹地府。最后，她总算是冲出了美食广场，风也刮得更大了，闪电一道接连一道，雨水当空而下，几分钟就成了瓢泼之势。完了，当街里站着，于慧一边冻得瑟瑟发抖，一边绝望地想，今天晚上，只怕是回不去了。哪知道，几分钟过后，远远地，她听到，老欧正在喊着她的名字，她盯着前方仔细看，果然，闪电里，老欧朝她奔了过来，天知道他是怎么找到她的! 一下子，她的眼泪都快掉了下来。接下来，老欧蹲下，让她趴到自己的背上，对，他要背着她，蹚水回公寓。她当然担心老欧的身体，执意不从，但老欧却发了大脾气，到最后，她也只好乖乖听话，让他背自己回去。刚走出去没多远，老欧便快喘不上气来，她问了一句他还吃不吃得消。"小田，看见没？你老婆，我背着呢！"老欧却愣生生地将脖颈一挺，小跑起来，又对着茫茫雨幕大喊了一句，"我的老婆，我背着，你就别瞎操心啦！"

回到公寓，老欧显然是冻着了，上下牙都在打战，四肢也在哆嗦不止，于慧赶紧打开淋浴，给他冲澡，冲完了，再手持一块干浴巾，将他的身体一点点擦干。擦到他的两腿之间，那里似乎有了反应，动了一下，她看见了，他更看见了；但只动了一下，他们也都只好装作没看见。突然，老欧右侧的半边身体，僵直着，再不动弹，嘴巴也打了结，喊出来的话，一瞬之间就变成了大舌头："糟，糟了，我好像……我好像又中风了！"这下子，她的魂都快给他吓没了。但她毕竟是护士，她一把拉开浴室的门，冲到客厅里去找药，临到要出门，老欧却又一把拉住了她，哈哈笑着，对她说："吓你的，我故意吓你的！"紧接着，他坏笑起来，看看自己的两腿之间，再盯着她："再过几天，我会让你知道厉害的——"没等老欧的话说完，于慧这回，是真的翻脸了，将两只手在自己的心脏上捂住了好一会儿，这才没好气地，一把将他推出了浴室，老欧也知趣，不再纠缠，乖乖回到了客厅里。于慧关上门，先是打开水龙头，将水温调凉，拼命冲刷着自己的头，好半天，刀割一般的头疼才稍微减轻，她眼前的一切，也不再是忽远忽近忽明忽暗，她这才拉开窗户，拼命地朝着闪电和雨幕里张望，拼命地找着小田的影子。

是的，就在于慧和老欧短暂分开的这段时间里，一件断然不可能发生的事，发生了：天哪，她竟然，遇见了小田。遇见他的地方，不在别处，正是之前的美食广场：远远地，她看见一个人影慢慢走过来，和她一样，站在铁锅炖的屋檐和招牌底下躲雨，恰好，一道闪电，将他们两个人照亮，霎时间，他们看着彼此，各自难以置信，等到下一道闪电来临，转瞬即逝的光亮里，两个人再一次看清楚了对方——就这么一小会儿，他们的眼睛里，都淌下了眼泪：虽说过去了这么多年，他们都老了，但是，化成灰，她认得他；化成灰，他也认得她。

最终，还是小田先跟于慧说话了："……我知道，你现在，过得挺好的。"

于慧完全说不出话来。

沉默了一小会儿，还是小田继续说："你们上岛的时候，我看见你们了……你们，过得挺好的。"

又有什么不能承认的呢？她干脆吸了吸鼻子，对小田说："是还行，挺好的。"

停了停，她反问小田："你呢？"

"我？"小田低头，看看自己厨师服，那厨师服上，东一块油渍，西一块油渍，于是，不无凄凉地，小田笑了，"……我还能怎么样？"

于慧追问他："这么多年，你一直躲在这里？自己开店，还是给人烧菜？"

"对，躲在这里……在民宿里给人烧菜。"小田又低下了头，可是，再抬头时，眼神里却多出了一丝嘲弄，还不只是嘲弄，那甚至，是恨意，他的笑，也不再凄凉，而是像一支箭射过来："为了嫁给他，没少下工夫吧？"

"不是你想的那样——"于慧慌忙回答他。真的是孽债，这一辈子，只要小田生气，她就会慌张；一慌张，说话时，就像她最早认识的老欧一样说不利索。

小田的嘲弄越来越明显："当初，你不是说好了，不管活到什么时候，都要守着我的吗？"

"是说过，"听小田这么说，一股巨大的委屈，还有愤懑，也迅速地攫住了于慧，她径直反问他，"那你呢？你又对得起我吗？"

如果不是老欧喊着于慧的名字远远找过来，两个人的争辩，只怕还会无休无止地继续下去。所以，当老欧背上于慧，又冲着茫茫雨幕大喊起来："小田，看见没？你老婆，我背着呢！"实话说，彼时彼刻，于慧的心，差点被这句话吓得跳出她的身体：要是依了小田当兵时的脾气，这下子，老欧还有命活着回去吗？奇怪的是，小田像是没听见，一点声息都没发出来。于慧趴在老欧的背上，头脑里倒是止不住地错乱：就好像她和小田，全都回到了年轻的时候，要是有人胆敢逗弄她那么一两句，要么像一把剑，要么像一块铁，或刺或砸，小田都会各种斜刺里跳将出来，不要命地朝着对方冲杀过去。然而，今时不同往日，于慧等了一会儿，并没有等到小田跳将出来，便只好任由老欧背着自己，一步步往前蹚。也是，其实当年的小田，自打转业，进了工厂当厨师，他就不再是当兵时的小田啦。只不过，即使这样，于慧也知道，小田没离开，他一直都在跟着自己和老欧朝前走，这不，路东的槟榔树与槟榔树之间，路西的凤尾蕉与凤尾蕉之间，总有一个人影，忽而闪现，忽而消失，这要不是小田，还能是谁？

老欧是何许人也？打这晚开始，他便看出，于慧不太对劲，但是，看破却不必说破。第二天，于慧在床上几乎躺了一整天，老欧倒是跑进跑出，给她买吃的喝的，还专门找到岛上的医院，给她买了更对症的头疼药；第三天，一大早，天刚蒙蒙亮，他便叫醒了于慧，要和她去赶海。糊里糊涂地，于慧就被他拉扯着，来到了大风摧折了一晚之后肮脏的海滩上。一路上，头顶上的广播里，正在播报着一则新闻：菲律宾和老挝，还在为几天后那场台风的名字争吵不休。她忍不住去想：还别说几天后，就现在，海滩都已经够脏的了，何止海滩，前后左右，无一处不像个垃圾场，这台风，不叫它鲇鱼，还能叫什么？老欧也听完了广播，却像是对昨晚的风级很不满意，甚至有些恼怒地问她："你说，这场台风，他妈的为什么还不来？"她哪里答得了老欧的话呢？她的头还在疼，世间万物，仍在忽远忽近、忽明忽暗，心底里，也禁不住暗暗疑惑：这么长的海滩，一个人都没见到，海面上，暂时也风平浪静，都没有一道海浪朝他们涌过来，他们两个，这是赶的哪门子海？做梦一般，不知不觉间，她被老欧拉扯着，来到了那块屏风般的礁石前，然后，老欧让她站着别动，当当当，当当当，他用嘴巴给自己奏乐，转而跑到了礁石后面，再现身时，于慧看到，老欧竟然拽着一条船出来了。天知道他是怎么办到的呢？可不管怎么说，他的意思，于慧却很明白：他要兑现自己发下的狂言，划着船，从这里出发，送于慧到几十海里外的那座小岛上去。显然，老欧的疯狂超过了她的想象，她只有愣怔着，站在海滩上，看着老欧将那条船推入海水，再看着他跑回来，攥起自己的手，并排朝着船走过去，临走到船边，于慧如梦初醒，问老欧："你这是不要命了吗？"老欧接口就笑答："谁说不要命了？我的命，硬得很，这点子海水，拿我有什么办法？"话音未落，老欧再将她往前一拽，她趔趄着，几乎倒下去坐在了船上。

好吧，他们出发了，风平浪静的大海，真是好：薄雾正在散去，浑浊的海水也在慢慢清澈起来，一点点细雨降下，打湿了于慧的脸和头发，使她差点觉得，自己回到了特别年轻的时候，那时候，她连小田都还不认识，一切都没开始，一切都像大海一样，空旷，无边无际。可惜的是，他们两个的船，并没划出去多远，就碰到了海警的巡逻船。一见到他们，巡逻船上的大喇叭立刻响了起来，喇叭里的声音警告着他们：台风就要来了，他们必须赶紧回到岸上去，否则，巡逻船就要动用强制手段驱离他们。老欧恨得牙痒痒，可是没法子，他也只好挥动双桨，把船往回划。回到海滩上，老欧生着气，也不理于慧了，一个人，再去将船藏在礁石后面，以待来日。于慧想过去搭把手，哪知道，老欧却一把推开了她，她只好止步，看着他一个人拖拽，一个人忙活。只是，等到老欧消了气，从礁石背后跑出来，举目四望，却再也看不见于慧了，不用说，这是于慧跟他生气了，一个人先回了公寓，这下子，老欧认输了：罢了罢了，还是回去认错吧。于是，朝着公寓的方向，他先是小跑起来，然后变成了狂奔。

　　但是，于慧并没在公寓里，老欧在公寓里等了好半天，也没等到她回来，他不再等了，出门去找她。这时的他尚且不知：几乎大半天，自己都将奔跑在找她的路上。海滩边的树林，十好几家餐厅、美容院和水疗洗浴中心，好几处网红打卡景点，以上诸地，他全都去找过了；中间，他甚至还哭了一场——经过他们早上分别时的海滩，看着空荡荡的海面，猛然间，他有了不好的预感：难道，就因为自己冷落了她，还推了她一把，她便想不开，一气之下，跳进了大海？果真如此的话，他该怎么办？接下来的日子，又该怎么办？一念及此，老态发作，两行眼泪夺眶而出，怎么忍也忍不住，好在是，一阵伤情之后，他又转念想，无论如何，于慧总不至于去跳海，这才戛然止住，接着去找她。终于，在那条人烟稀少的商业街，快走到头了，一抬眼，老欧看见了于慧：她也看见了他，像是被他吓住了，一哆嗦，消失在了路边的一条巷子里。但是，老欧却看得真切，她不止一个人，在她边上，还有一个男人，两个人还挨得特别近，近得就像是一对夫妻。

　　接下来，一个追，一个躲，他们两个，兜兜转转，跑遍了商业街和它周边的好几条巷子，在一家良品铺子的门店前，老欧终于截住了于慧，她身边的那个男人，却没了踪影。躲了这么久，于慧也跑不动了，好似待宰之羊，背靠在仿古建筑的粗大门柱上，喘息着，脸色煞白地看着老欧，老欧也不废话，上来就问她："他是谁？"

　　于慧避无可避，只好照实承认："小田。"

　　巨大的惊愕袭来，老欧的嘴巴都差点合不上："他，这些年，一直在这岛上？"

　　"对。"于慧点头，眼神却是涣散的，像是在看老欧，又像没看他，想了想，又补了一句，"我也是刚知道。"

　　猛然间，一阵眩晕，将老欧裹挟，他的眼前发黑了一阵子，这短暂的发黑，和他第一回中风之前的情形一模一样，顿时，他的心狂跳起来，站也站不住，往前跟跄了两步，但他拼了命，活生生将自己给定住了，再看看四周，确定自己并不是再一回中风，这才问于慧："他，想让你留下来？"

"是。"于慧继续承认,"……他想让我留下来。"

"我问你——"到了这时候,老欧才想起那个要命的问题,"你们就这么,就这么逛了一个上午?"

见于慧不解,他便追问了一句:"没干点别的什么?这一上午。"

这一次,于慧明白了,慌忙摇头:"我头疼得厉害,走一阵,就要歇一阵。"

老欧放了心,巨大的怒意却没消退,天上下起了雨,不同于清晨里的细雨,雨珠粗硬得很,老欧干脆仰起脸,任由它们砸在脸上。可能是经受了不小的刺激,哪怕背靠在门柱上,于慧也站不住,想走,又怕老欧不同意她走,捂着头,看看老欧,再看看四周,身体一软,差点倒在地上。罢了罢了,看她这样子,老欧的心也软了,暗暗地,叹了口气,走到她身前,蹲下,让她趴到自己的身上,他要把她背回去,于慧也明白他的意思,听话地趴好。真是奇怪啊,按理说,这辈子,他也没少碰别的女人,可是,每一回,只要于慧挨着他,那两只乳房只要轻轻地蹭一下他的什么地方——他的胳膊、他的脸、他的后背——只要蹭上去,他便什么都忘了,哪怕早已无法做爱,他也只想着跟她腻歪在一起。现在又是如此:在越下越大的雨里,满街的芭蕉叶,片片都显得碧绿肥大,还有那些蕉干,直挺挺向上耸立,全都顶着一朵两朵的瓣叶微张的芭蕉花,而它们,竟然让老欧脸色潮红,直喘粗气,他觉得,那蕉干,是自己,那芭蕉花,是于慧。

老欧并不知道,实际上,于慧对他说的,是假话。在小田的出租屋里,小田推倒过她,也几乎将她的衣服给脱掉,她一直不让,双脚蹬踏不止,其中一脚,蹬在了小田的胸前。看她这样,小田也泄了气,站到窗前,抽着烟,背对她,嘿嘿冷笑:"你也是这样踩他的吗?"她当然无言以对,小田却不打算放过她:"你今年,五十几了?"小田扫视着她,又自问自答:"五十六了。还好,胸还是胸,屁股还是屁股,腰粗了点,不过呢,他喜欢,人人都知道,他最喜欢骑大洋马,我没说错吧?"而于慧,从床上坐起来,将衣服整理好,也不敢看小田,低着头,盯着自己的脚,这双脚上穿着的鞋,是两个人拿证之前,老欧买给她的,产自意大利,漆皮,厚底,每只鞋面上各嵌着一只蝴蝶结,暗暗发着光。小田也看到了这双鞋,"嫁给他,你没少花心思吧?"小田拿自己的脚踩在她的脚上,踩着踩着,他突然喊起来,"对了,你他妈的,不会从那时候就开始想嫁给他吧?"他说的那时候,于慧自然知道是什么时候,她连连摇头,不知道她想起了什么，突然，眼睛就红了："那时候，我怎么可能认识他？"

"也是……"见于慧哭起来，小田也大概猜出了她为什么而哭，声调低下来，问她，"想起烧鞋子的那天晚上了吧？"

于慧抬起脸："你也还记得？"

怎么可能不记得呢？那天，是于慧从厂医院下岗之后的第一个春节，腊月二十八，再过两天，就要过年了，而他们，因为前一年小田的妈妈住院动手术，所有的积蓄花完不说，还欠下了不少债。越近过年，上门要债的人就越多，所以，哪怕已经是腊月二十八，他们两个，还在火车站前的广场上卖衣服。衣服是于慧批发来的，最贵的不超过五十元，最便宜的只要五块钱，下岗之后，她就一直在做这门生意。入夜之后，天上下起了大雪，他们害怕早回家会被债主堵门，就一直熬着，熬到半夜了，才敢往回走。他们的家，在郊区，从市区西北角出来，得翻过两座山，才能到达他们的厂区门口。这天晚上的雪下得太大了，山路上都结了冰，一开始，小田还骑着自行车，驮着于慧，于慧的怀里，抱着一堆没卖掉的衣服。渐渐地，冰层越来越厚，几乎寸步难行，他们刚打算推着自行车往前步行，一个打滑，连人带自行车带衣服，全都跌下了山路边的深沟里。那深沟，连同里头的树和灌木丛，全都结着冰，仅靠徒手，无论如何都攀不上去；而漫山遍野里，除了他们夫妻，再没有过路人，到后来，他们都快被冻死了，为了暖和一点，小田手持着打火机，想去点燃没卖掉的衣服来烤火，可是，它们早就都被大雪浸湿了，根本点不着。这时候，于慧想到一个法子，她找小田要过打火机，再脱下自己的鞋子，将打火机伸进去，点燃里面的人造毛，渐渐地，一整只鞋子都烧着了，起了火，借着火势，他们接着去烧那些没卖完的衣服。一件烧完了，再烧另一件，从五块钱十块钱的，直烧到五十块钱的，全都快烧完了，总算来了一辆过路的货车，他们拼命地喊，那辆货车的司机终于听到了喊声，停下来，扔给他们一根绳子，才将他们吊回到了山路上。

"留下来吧，别跟他回去了，"小田的脸上，淌出了眼泪，他明明白白去求于慧，"留在这里，跟我一起过。"

"你也别骗你自己，我有这个把握，你还是想跟我一起过的。"停了停，小田继续紧盯着于慧，"要不然，在海滩上，我对你一招手，你就乖乖跑过来了？"

于慧自然没法子去反驳他。是啊，真是贱啊，就那么一会儿工夫，老欧还蹲在礁石背后，吃力地将那条船系牢在石孔里，她也只是远远地依稀看见小田对她招了招手，便什么都不管，撒开腿，跑到了他的身边，再任由他将自己带到了他的出租屋里。可是，现在，时隔多年之后，她的合法丈夫，是老欧，她还怎么可能留得下来？隔着窗户，她已经看见了好几遍老欧在岛上来来回回地找自己，再不回到他的身边去，他要是动了雷霆之怒，事情又该如何收场？算了，该走了，她不再犹豫，起了身，要往外走。"你可别后悔，"小田冷声对她说，"我不会拦你的。"他的话虽这样说，见她照旧出了房门，他还是追了出去。

只是这么一来，老欧可就跟发了疯差不多了：之前，清淡的饮食、适量的运动、戒烟戒酒，这些中风病人恢复期内必须做到的戒律，他一直都在坚持；现在，他更要坚持，唯有适量的运动这一项，他下定了决心，不再遵守，而是擅自加大了运动量，以使自己早日变成和小田一样的"正常人"。是的，承认了吧，他其实还远远不是一个"正常人"：右侧的半边身体，那些看起来的自如，都是他强撑出来的，一旦前后左右都没人的时候，他便撑不动了，再往前走路时，多半只有左侧的半边身体拖拽着剩下的部分吃力地挪动。为今之计，除了加大运动量，还有什么别的法子呢？于是，除了早晚各一次的环岛跑，一有时间，他就要划船，对，那条藏在礁石背后的船，一回回被老欧拖拽出来，再推入海水，自己坐上去，挥桨，一点点划远，远到变成一个海面上的黑点，远到让一直站在公寓窗户边看着他的于慧手脚冰凉，心都提到了嗓子眼里，他才往回划。

这天晚上，天都快黑了，海面上的那个黑点，还没划回来。眼看着天上海上风浪大作，一整座岛上的树都被风吹得纷纷扑倒，海浪也在骤然间升高，一道道向海滩挤压，本地电视台中断了正常节目，反复播报着台风很可能今晚就将经过此地的突发新闻，于慧再也坐不住，攥着手机，冲出公寓，奔到了海滩上，再踮起脚，死命地朝海上张望，可是，茫茫海水间，怎么都看不见老欧和他的船，她给老欧手机打了几十次电话，每一次，听筒里传来的，都是"您拨打的用户已关机"，这可怎么办？这可怎么办？于慧全然没了方寸，除了对着大海连喊了几十遍老欧的名字，她再也没有别的法子，只有在遍地的淤泥里来回地走，每走一步，鞋子陷进淤泥，要使老大的劲，才拔得出来，好巧不巧地，小田却像个鬼魂一般，悄无声息地，又站到了她身边。

"别喊了，说不定，他早就回去了。"小田提醒她，"这里的风太大，我敢打赌，他是换了个地方，上岸了。"

夜幕浓重，于慧看不清小田的脸，不过，听他这么说，她也好歹松了口气："……是吗?"

"在水库里捞鱼的那天晚上，刮的风也有这么大——"小田不看于慧，幽幽地，去看被夜幕席卷的大海，黑黢黢的海面上，一点亮光都没有，足以说明，就连那条四处围追堵截的巡逻船，也回到了避风港，小田侧过脸，问于慧，"我没说错吧? 那天晚上的风，不会比现在的小吧?"

听见小田这么问自己，于慧的身体，猛然定住，不再左右走动，没敢继续朝着大海张望，也没敢去看小田，只是低着头，鼻子一酸，哭了："我当然记得，怎么可能忘得了?"

是的，只要她愿意，在水库里捞鱼的那个晚上，随时都能像她看过的那些电影一样，招手即来，在她脑子里飞快地过一遍，就像现在，当她抬起头，大海已经凭空消失，换作了当年的那座水库——这座水库，距他们当年的工厂并不远，却与四县接壤，仅水域面积就有六十多平方公里。因为它接纳的支流甚多，并且还纳入了不少的潜流和暗泉，所以，出产的鱼种便格外多，在所有的鱼中，最被食客们视若至尊的一种，是产量极少的白甲鱼。此鱼其实属于鲤鱼科，但因为常年只吃水底岩石上的着生藻类，别的食物则一概不碰，肉质便格外鲜美，直引得多少董事长、总经理竞折腰。这天，节令正是霜降，小田得到命令，非要去水库里捞回几斤白甲鱼不可，只因为，第二天，好几位大人物要驾临工厂，厂长要招待他们好好吃上一顿，来通知小田去捞鱼的人说，白甲鱼要是捞不回去，他便就地下岗，再也不用回去了。可是，那白甲鱼，从来只在夏天从水底游向水面，其余的时间，一律在水底的岩石附近游荡，霜降时节，他有什么法子把它们捕到手里来呢?

晚上，于慧收了卖衣服的摊，匆忙便往那水库里赶，风刮得那么大，她实在不放心小田一个人待在水库里，果然，等她到了水库边上，小田划着船去接她，大风袭来，她差点就一头栽进了水里。和她想的一样，船舱里，一条白甲鱼都没有，他们两个，瑟缩着，继续划船，来到小田之前布好渔网的地方，一道道拎起来，除了零星的杂鱼，根本没有白甲鱼的半点影子，时间一点点过去，风也大到了快将他们的船掀翻，又检查了好几遍渔网，还是一无所获。终于，小田下定了决心，吩咐于慧在船上坐好，他自己，则准备下船，扎猛子到湖底的岩石边上闹一闹，看看自己究竟能不能把白甲鱼们往水面上赶一赶。听他这么说，于慧一把拽住他的裤腿，"不行，"她失声喊起来，"这会没命的!"风太大了，哪怕她拼了力气喊出来的话，一下子就被风送远了，但是，小田听明白了，他的身体，发了一下颤，苦笑着，问于慧："要不，你说说，还有没有别的法子？"于慧当然没有别的法子，只是拽紧了小田的裤腿，一点也不松开。"听话，"小田将她的手掰开，再轻声叮嘱她，"你坐好，我去去就回来，实在不行的话，咱们就认命。"说罢，他一把推开于慧，从船上跳下去，于慧再怎么阻拦，都已经来不及，下意识地，喊了一声小田的名字，眼睁睁地，看着小田从水面上消失，只剩下水面上扩散开去的波纹，在大风之中，迟迟无法聚拢。好在，没让她等多久，离船不远的地方，小田现身了，他仰卧在水面上，一口口，吐出了灌进嘴巴里的水，于慧手慌脚乱，刚要挥动船桨朝他划过去，他却一个猛子，重新钻进了水下。

回忆至此，戛然而止，就像年轻时看露天电影，胶片烧着了，银幕上不再有什么画面，变作了一块白布，于慧的眼前，水库也消失了，取而代之的，仍是夜幕下的大海。现在，海浪冲破夜幕，犬牙一般，正在一点点向着她和小田奔涌。她刚要往后退避两步，突然，小田的脑子里，也像是过完了好几部电影，又像是明白了一切：整个身体，都在止不住地战栗；他的脸，激动到了近乎扭曲的地步，然后，他一把抓住于慧的胳膊，脸都快贴到她的脸上去。"我知道了，我知道了，你一直都在守着我呢，"几乎是一字一句的，他的眼睛，逼视着于慧的眼睛，"你带他到这里来，是想要他死在这里，对不对？对不对？"

"……"天大的秘密，就此被小田戳破，于慧的眼前，还有她的脑子里，全都又只剩下了一块白煞煞的电影幕布，她看着小田，又像是没看他，再转过身，去看一整座岛。这座岛上，全部所见，树和灯杆，公寓和商业街，灯塔和玻璃栈桥，齐齐地，像躺倒的巨人猛然站起身来，在往下倾塌，说话间，便要将自己和小田埋进海滩上的淤泥里，她赶紧再往后退，退进了大海，全身上下，都被海浪砸中，湿漉漉的，幸亏了小田，一把将她拉回到身边来，而她，却在短暂的时间里经过了好几轮天旋地转，再也忍不住，蹲在地上，呕吐了起来。

小田放下被他戳破的秘密，着急地弯腰，俯下身去问于慧："你这是，生了什么病吗？"

好吧，也没什么好瞒着他的了，于慧抬头，告诉他："抑郁症……"

停了停，她又说："得了好多年了。"

小田迟滞地蹲下，抱着膝盖，看向扑过来的浪头："我知道，肯定是因为我，你才得的这个病。"

"对，"于慧下意识地回答他，"因为你。"

话都说到了这里，小田也就痛下了决心，"既然你都把他带到这里来了——"小田咬了咬牙，径直对于慧说，"剩下的事情，交给我吧。"

　　于慧的病，又犯了，头疼得厉害不说，眼前的小田忽远忽近忽明忽暗不说，之前，那些倾塌的巨人们，树和灯杆，公寓和商业街，灯塔和玻璃栈桥，一根根，一座座，忽然起身直立，将她托举了起来，所以，她又眩晕着呕吐了。她明明还蹲在淤泥里，却觉得身在半空之中，一边吐，一边答应着小田："剩下的事情……交给你了。"

　　这天深夜，回到公寓，跟小田提醒过的一样，于慧果然看见，老欧早就回来了。于慧进门时，他正站在硕大的电视屏幕前，盯着电视新闻看，一步也不挪，屏幕上，新闻主播总算宣布，经过好几天的争吵，在国际气象组织的干预下，菲律宾和老挝终于达成了一致，正在到来的这场台风，它被最终定下的名字，还是叫作鲇鱼。这名字当然令老欧不满。"鲇鱼！"见于慧回来，他一指电视屏幕，气恼地问于慧，"你说说，这是他妈的什么破名字？"而此时，那场传说中的台风，果然正在到来，气恼是气恼，也不知道怎么了，这场台风的到来，却让老欧异常兴奋。也是，连日里，他一直都在抱怨，抱怨真正的台风为什么还不来，现在，它总算来了。老欧捏紧了拳头，呆立在原处，就像被多么殊胜的神迹给震慑住了，屏住呼吸，看向窗外，整个身体，纹丝不动，之后，他仍不满足，又牵着于慧的手，拖拽着她，一起站在了窗边：一整座岛上，连日里被风吹倒过的树，现在已经彻底匍匐在地，看上去，好似被蹂躏过的奴隶们全然放弃了抵抗；狂暴的雨水击打在各处，都发出了轰鸣之声，这轰鸣声，由远及近，像是一旦开始就再也不会结束；比雨水声更加轰鸣的，显然是雷声。那雷声，每响一声，就如十万吨炸药在天空里炸开，不仅让于慧的耳边嗡嗡不止，更让楼下街道上的两只不知去往何处的野狗完全没了方向感，屈膝，低头，蜷缩着，任由雷声一遍遍碾压着自己。然而，老欧的脸上，却越来越兴奋，当他看见一棵槟榔树被拦腰折断，树冠被风吹得东游西荡，迟迟无法落地，反倒飞奔到了自己的窗前，他笑了，闭上眼睛，早早张开双臂，就像是，隔着窗户他也能将它抱在怀里。当然不能，他深吸了一口气，睁开眼睛，告诉于慧："我这八十一难，快过去了！"

　　这不是于慧第一次听说他的八十一难了，为了不影响第二天她和小田商量好了的事，再加上，她觉得，身边的老欧，兴奋得让她几乎不认识，她的心底里，顿生了巨大的不祥之感。所以，有那么一阵子，她想好好问问老欧，到底什么是他的八十一难，话要出口，她却变成了刚认识他的那时候，脱口就说："这样啊……"

一清早，刚起床，名叫鲇鱼的台风还在它拉开的序幕之中，于慧的头却疼得连半步路都走不了。于是，按照前一晚她跟小田商量好的，她问老欧，他们两个，能不能换个地方住下，原因是，这家公寓楼的地势太高了，他们住的楼层也太高了。自从住进来，她就一直在头疼；好一点的时候，头也在晕个不停。现在，台风又来了，眼睛一睁开，看到的全都跟地动山摇差不多，再住下去，她只怕真的是一分钟也活不下去了。哪知道，老欧听完她的话，一点犹豫都没有，连声答应了她，赶紧在手机上打开了好几个App，去搜合适的地方，没两分钟，他便挑出了几家中意的，再让于慧来选，于慧捂着头，选定了一家，那是一家紧靠着大海的悬崖上的民宿，其实，说是悬崖，那座山，不过才几十米高，民宿老板耸人听闻，将民宿的名字叫作了"悬崖"。一刻也没停，老欧把电话打过去，定下了一间套房，然后，他便搀着于慧出门了。出门前，于慧问他，没有车，他们怎么走，他却哈哈一笑，回答于慧："放心吧，山人自有妙计。"的确如此，接下来的一切，老欧都成竹在胸——下了楼，老欧让于慧稍等一会儿，他自己则在倾盆的雨水里跑远了；再回来时，开来了一辆电瓶车，他便招呼于慧坐上来，一起向着那家悬崖边的民宿开过去。

离民宿还有一段坡路，大堂门口的那处网红打卡点——一座绿色金属做的风车，已经在望，电瓶车进了水，只好停下。老欧手里拎着两个人的箱子，却蹲下来，还要背着于慧跑过去，于慧跟他说，她完全可以走过去，老欧不听，非要伸出手去拽她。也不知道怎么了，老欧手上的劲，比往日里都要大，他轻轻一拽，她便倒在了他的肩膀上。老欧背好了她，起身，向前跑，一边跑，一边对着茫茫雨幕喊："小田，看见没？你老婆，我背着呢!"听他这么喊，于慧不禁打了个哆嗦，就连躲在那座风车背后的小田，也打了个哆嗦。于慧隔着雨幕，去看越来越近的小田，小田也张大了嘴巴看着她，但是，他们两个都来不及再多想了，说好的目的地，马上就要到了：离金属风车还剩下十几米。于慧差不多是在求老欧，说她在他背上实在头晕得厉害，这才让老欧放下了她。接下来，两个人一起往前走，快走到金属风车底下的时候，于慧故意拖慢了步子，让老欧一个人走在前面。这时候，小田动手了，只见他，抹了一把脸上的雨水，后退两步，使出全身力气，再将金属风车推倒，那风车，应力倾斜，直直地朝老欧砸了下去，可偏偏，不远处，一根电线杆突然倒下，好几根电线先于风车下坠，又稳稳地兜住了风车，轻轻松松地，浑然不知地，老欧便逃过了这一场劫，站在民宿门前，连连挥手，直招呼着于慧走快一点，再走快一点，于慧只好看了一眼小田惊骇的脸，不自觉地加快步子，来到了老欧的身边。

此时，天空堆满了黑云，黑云挤压着微弱的天光，加上屋外的电线杆又倒了，电就停了，因此民宿里到处都是黑洞洞的，明明是白天，四下里，却跟天黑了一模一样，老欧和于慧的身上全都淌着雨水，在大堂里办理入住的柜台前等了好半天，模模糊糊之间，总算等来了小田——台风季节，民宿老板提前给员工放了假，自己则去了云南旅游。现在，一整座民宿，就只有小田一个人。小田给他们办入住的时候，于慧一直紧张得想挪动几步，又一步也不敢挪，是啊，她生怕老欧把小田认出来，好在并没有，一来是，小田也冷静得很，直到把房卡递给他们，他都没抬起过头来；二来是，老欧只见过小田年轻时照片上的样子，毕竟，现在的小田，也老了。果然，一切都在正常进行，办好入住，小田帮他们拎着行李，走在最前头，领着他们，穿过枯山水式的庭院和一条长长的甬道，来到了他们的房间门口，临要进房间时，于慧回头，看见小田正捏紧了拳头，又对她深深点头，她这才稍微安心，关上了房门。

并没有让小田等多久，于慧就动手了：房间里，通向阳台的滑动门开着一条不小的缝，不断有雨水透过那条缝射入房间，靠墙的桌子，挂在墙上的电视屏幕，还有一小块地毯，都被雨水打湿了。这些，于慧一进门就发现了，但故意装作刚刚看见，惊叫了一声，快步跑到门前，去将它关严实。门外，就是厚厚的玻璃做成的阳台，嵌挂在崖壁上，正对着大海，不过，小田早就将玻璃给偷换了，只要老欧站上去，那新换的玻璃，必然会马上碎裂，到那时，老欧便只有活活掉到崖底里去的结局。于慧站到门前，使出全身力气，去拉扯着它，那门却像是被卡住了，丝毫也不滑动，这下子，就只有轮到老欧上了。老欧见状，赶紧唤回于慧，自己上，还是不行，那门照样不滑动，于是，他便将自己置身在那条缝中，一只脚还踩在房间里，另一只脚迈起来，打算落到阳台上，再对着那滑动门侧面去用力拉扯——果真如此的话，老欧离掉到崖底下摔死，就只有一步之遥了，可是并没有，他的那只脚刚刚抬起来，好巧不巧，一只空调的挂机猛然间重重坠下，擦着老欧的身体，坠向阳台，砸穿了玻璃，直直地奔向崖底，转眼，便消失在了空茫茫和黑黢黢的雨雾之中。

又落空了，于慧止不住地愤懑了起来，她恨不得对着不知身在何处的小田喊叫一通："你是个废物吗？你他妈的，到底还能干什么？"急火攻心之后，她不再管老欧了，而是一个人，气冲冲地，拉开房门，跑向了大堂，去找小田兴师问罪。再看老欧，即便是在这场台风里越来越兴奋的他，也呆呆地看着阳台，深陷在后怕里。后怕了一阵子，他从箱子里掏出了一尊小小的神像，这神像，是第一期悉达吠陀课程结业时，他的上师送给他的。现在，他将这神像供在桌子上，倒头就跪下了，嘴巴里，还在不迭地念诵着上师教给他的经文。另一边，穿过枯山水式的庭院和长长的甬道，于慧跑进了大堂，来到了办理入住的柜台边，阴冷地，盯着柜台里的小田，不用说，此前在房间的阳台上发生的事，小田都看见了，此刻，他只有硬着头皮，告诉于慧："再过一会，就要开饭了，吃饭的时候，解决问题。"

于慧被他气笑了："你知道，有多少回，我都打算在他吃饭的时候解决问题吗？"

小田："……"

于慧也不再看他了，继续笑着，张望着刚刚离开的房间，房间里，桌子上的那一尊小小的神像，闪烁着微弱的铜光："土豆发芽了，生龙葵素；甘蔗发红了，长节菱孢霉；黄花菜要是不焯水，本身就带着秋水仙碱，对中风的人来说，全都要命，可他妈的，这些，我都做给他吃过了，还是不死，我才带着他到这岛上来，你他妈的，以为我嫁给他之后是白活到现在的吗？"

"我保证，他活不了了，"小田被于慧的神色吓住了，往后退了一步，又喃喃自语，"鮨鱼，我准备好了。"

"鮨鱼？"听他这么说，于慧又糊涂了，却咬着牙，"就他妈的这场台风吗？"

"你忘了吗？这座岛上，有一种鮨鱼，人要是吃了，只要抢救不及时，就得死，这些年，大家都以为它们被灭光了，其实没有，我捞了好几条，一直养着。对了，就刚刚，我还做了一条，端给狗吃，狗一吃完，就死了……"一边说着，小田一边弯下腰去，从柜台底下抱出来一条死了的狗，"今天，他要是还不死，我去死。"

"我查过百度了——"眼见于慧还在死死地盯着自己，小田对她举起了手机，"这种鮨鱼身上的东西，叫作金黄色腺体脱氢鳞状细胞毒素，真的是剧毒。"

可是，小田的话，还是落空了。正午时分，开饭之前，小田顶着大风，到屋外的库房里启动了应急的发电机，这样，偌大的餐厅里总算亮堂了些，但是，跟往日里相比，吊灯、餐桌、窗户上的纹饰，甚至桌上的菜，看上去，还是都影影绰绰的。老欧和于慧，刚刚在餐桌前坐下，就像准备了一辈子，小田便一道接连一道，端上了他做的菜，尤其是那一条肥硕的鲇鱼，刚出锅，汤汁饱满，撒着紫苏和葱花，散发出浓郁的香气，被小田摆在了老欧的正前方。如此，根本用不着于慧劝他多吃两口，老欧的筷子，早已直直地奔向了它，一连吃了好几口，却一点事情都没有，不仅如此，于慧还突然发现，这才两分钟的工夫，老欧的脸，竟然一下子变年轻了，就好像，老欧一直都在等着的什么丹药，现在终于找到了，服下了。一场返老还童的奇迹，在于慧的眼前，就这么发生了。这到底是怎么回事？于慧慌忙转头，朝四下里看，去找小田的影子，小田却不知道躲在哪个旮旯里，全无踪迹，就在她张望了一阵子，再回头去看老欧的时候，只一眼，她便呆愣住了：就过了几十秒而已，老欧的脸，跟刚才相比，更年轻了，还有他右侧的半边身体，也自如了。天知地知，自打中风，老欧都是用左手拿筷子，现在，于慧明明白白地看见，老欧拿筷子的手，变成了右手。这叫她怎么不被他吓住？莫非，这鲇鱼，这鲇鱼身上的金黄色腺体脱氢鳞状细胞毒素，不光要不了他的命，反而，恰恰是跟他对症的药？

实际上，即使老欧，看着自己自如起来的身体，也有点不相信，他放下筷子，起身，站在餐桌边，也不理会于慧，自顾自地甩动双臂，再原地踏步，结果却不由得他不信，他的右臂、他的右腿，全都恢复到了没中风之前的样子。既然这样，他干脆先不急着吃饭，而是在偌大的餐厅里小跑了起来，他越跑，就越年轻；他越跑，于慧的眼前，就越像是在过电影一般，看见了好多个当年的他。那些他，是自己还没嫁给他之前的他：一时间，他在登台领奖，只见那领奖台上，两条红色的缎带斜挎在他的肩膀上，两条缎带上，都是烫金的字——什么什么突击手，什么什么时代先锋；一时间，在当年的机械厂会议室，企业改制工作会还没结束，他接了一个电话，于是中断会议，发下了命令，要食堂的大师傅小田连夜去距机械厂旁边的水库里捞白甲鱼，如果捞不到，小田就别回厂里来了。于慧的眼前还在过电影，再看老欧，不跑了，回来了，在于慧对面坐下，先是笑嘻嘻地看了一会儿她，然后，埋下头，专心地吃鱼，那条肥硕的鲇鱼，转眼就被他吃掉了一大半，那些袒露出来的鱼刺，一根根，好似什么怪物的獠牙，说话间，便要像老欧一样变身，再一口咬住于慧的脖子。

老欧真的变了身，这么短的时间，他已经年轻到了于慧快不认识的样子，再看于慧，眼泪倒是流了一脸，良久之后，她咬着牙，问他："……

为什么，你就是死不掉？"

老欧却一个劲地，盯着窗外去看，看着看着，他从口袋里掏出了那一小尊神像，供了快要吃完的鲇鱼边上，再双手合十，低下头，对着那尊神像，也是对着几千公里外的上师，大声喊起来："师父啊，台风过去了，我这八十一难，算是过去啦！"

听老欧这么说，于慧也忍不住，去看窗外，果然，窗外的一切，都令她愤怒：这场台风，居然就这么结束了，不知道从什么时候起，雨没再下了；之前的暴风也渐渐平息，一点点，变成了微风。悬崖边，那些没有被台风击毁的树，轻轻地，被微风吹动，逐渐伸展和苏醒过来——是的，跟老欧一样，它们都活下来了。"我明白了，你跟我到这岛上来，不是冲我来的，也不是冲着小田来的，"事已至此，于慧反倒笑了起来，"……所以，根本就没有他妈的什么结婚旅行，你来这里，就是为渡劫来的，对不对？"

"不然呢？"老欧笑着，老老实实地承认，"我师父说了，想要上九重天，就得渡这一劫，这场台风，躲是躲不过的。"

"不过呢，还是得谢你，"老欧将鱼汤拌进米饭，再将它们吃得一口不剩，"要不是你动不动就跟我提起这座岛，我哪知道这里就要刮台风呢？这八十一难，还不知道什么时候才能完。"

于慧环顾了一下四周，还是没看见小田躲在哪里，接着问："到底……什么是你的八十一难？"

到了这时，没有什么事还要再瞒着她了，老欧痛快地回答她："师父说了，我从中风到彻底恢复，要经过八十一难，八十一难都挨过去，我就能上九重天，上了九重天的人，都有木棉袈裟护体；只要穿上这木棉袈裟，从此以后，我就有十八罗汉跟着了——左边九个，右边九个，福来接福，祸来挡祸。对了，要不，我跟你说说什么是九重天吧？我们悉达吠陀，共分九个境界，就是九重天：第一重，叫小梵天；第二重，叫长净天……"

"土豆发芽了，你照吃；甘蔗发红了，你照吃；黄花菜没焯水，你还是照吃——"于慧打断了老欧的话，径直问他，"所以，自打我嫁给你，你就是在渡劫，这场台风，其实是你他妈的最后一劫，对不对？"

"可不吗？"民宿外的天光渐渐明亮了，从窗子外探进来的一朵紫薇花也清晰可见，老欧对着它，深深地嗅了一会儿，再站起身来，对着于慧，伸出手去，"劫都渡过去了，木棉袈裟也穿上了，咱们两个，该好好过日子啦，走，我带你去划船，就划到以前你跟小田去过的那座小岛上去，咋样？"

"既然这样，"于慧终究忍不住好奇，继续问老欧，"你还不跟我离婚？还有，当初，你他妈的，到底是咋想的，非要跟我结婚？"

"离婚？我为什么要跟你离婚？"老欧笑出了一口白牙，反问着于慧，再蹲到她身边，攥起了她的手，轻声告诉她，"实不相瞒，这辈子，我还有一个劫，这劫万一要是来了，想渡过去，还是得靠你。"

于慧不自禁地仰起头："靠我？"

"非得靠你不可。"老欧捋了捋于慧散乱了一脸的头发，"咱们两个，都是稀有血型，Rh 阴性，你说，哪天这劫来了，是不是还得靠你？"

至此，于慧也不再盯着老欧看了，她先是几乎躺倒在椅子上，双目涣散地打量着四周，吊灯和餐桌，窗户上的纹饰和那朵蔷薇花，还有那条只剩下了骨刺的鲇鱼，都被她来回看了好多遍。看着看着，她的嗓子像是被卡住了，她的鼻子也像是被堵住了，一口气都喘不上来，她只好仓皇着起身，一把拉开窗户，把头伸出去，大口喘气，这才稍微好受了些，再回头时，眼泪又淌了一脸。"小田，你这个货——"不管不顾地，她扯着嗓子，对着厨房大喊了起来，"还不动手，你他妈的，到底还在等什么？"但是，厨房里，没有人来回答她，她的眼前，只有老欧那张年轻得让她快不认识的脸，那张脸，离她越近，就越是让她想手拿一把刀子，再一刀一刀割上去。可是，刀在哪里呢？小田那个货，又在哪里呢？一刻也不忍了，她死命地挣脱老欧的手，三步两步，奔向厨房，去找刀子，去找小田。也不知道怎么了，当她一把推开厨房的门，倏忽之间，时空倒转，她猛然发现，自己来到了当年的水库上：已经是后半夜了，一直被云层挡住的月亮都出来了，她还蜷缩在船上，等啊等，等啊等，可就是等不到小田从水底下回到水面上来。她当然不想就这等下去，有好几回，她顶着风，直起身来，挥动双桨，想往更远的地方划过去，但是没有用，风太大了，她划出去多远，风就又把她和船顶回来多远，实在没法子了，她只好将头伸出船舷，徒劳地，对着水面去喊小田的名字，喊着喊着，船身颠簸了一下，再缓缓荡开，她回过身去，这才看见，小田的身体，卡在渔网上，漂浮着，一动不动。到这时，她反而来不及喊他，赶紧伸出手去摸一摸他的脸，而小田，早就没了呼吸。

"这么说，"水库消失了，眼前所见，仍是一间辽阔的厨房，于慧看着满目的灶台、冰柜和锅碗瓢盆，也不知道是在问谁，"你早就死了？"

"十几年前，他就死了，"于慧转身，看见老欧站在自己背后，还是一脸的笑，又跟她说，"你忘了吗，你嫁给我，是为了让我死，好给他偿命的啊。"

停了停，老欧又说："别管他啦，你管管我，我过得容易吗？"

"是吗？"照旧还是茫茫然地，于慧脱口说，"这样啊！"然而，这一回，她不再指望还会有谁来做她的帮手了，暗暗地，她的手，从身边的橱柜里拽出了一把刀子，紧紧握住，然后，一刻不停地，再举着刀子，对准老欧，用尽所有力气，刺了过去，但是，老欧却像是早早就发现了端倪，她刚一起步，他便闪躲开来，再紧紧攥住她的手腕。现在的他，是恨不得比于慧还年轻的他，所以，她的手、她的刀，哪里还能动弹呢？"听我的，划船去吧，"老欧也没生气，只是轻声地提醒于慧，"别忘了，我都修到九重天了，木棉袈裟都被我穿上了。"只是，于慧怎么会听他的呢？再一回，暗暗地，她的左手，又在背后的案板上摸到了一把刀，闪电一般，她将那刀高高扬起，砍向老欧的脸，刹那间，老欧的脸上就多出了一条口子，这口子，不停地往外淌着血。老欧难以置信，抹了一把脸上的血，再朝四下里看，四下里，并没有十八罗汉跟着，这才惊叫着，又忙不迭地，放开于慧的手腕，转而不要命地往外跑，跑出了厨房，跑出了餐厅，又跑过了枯山水式的庭院和那条长长的甬道，看样子，他是想跑回自己的房间里去，眼看着，于慧就要追不上他了，那一尊神像，却从他的口袋里掉了出来，他想捡起来，又怕于慧追上，只稍稍犹豫了一下，于慧便追上来了。刚一追上，她手里的刀，不偏不倚地，对准老欧的脸，狠狠砍了下去。可是，好死不死，偏偏这时候，高高悬挂在墙壁上的一幅巨大的油画，可能是被台风吹刮了太久，砰地坠落，正好砸在于慧的头上。再看她，先是她手里的刀哐当落地，而后，她的身体一软，昏迷过去，跟随着那把刀，倒在地上，一点动静都没有了。

再醒过来，已经是第二天的黄昏，这家名叫"悬崖"的民宿里，空无一人。倒是不奇怪，台风季节，民宿老板提前给员工放了假，自己则去了云南旅游，现在，一整座民宿，就只有于慧一个人。醒过来之后，她躺在床上，往外看，一眼便看见了玻璃阳台上的窟窿，但是，她捂着头，想了好半天，也想不起那窟窿是怎么弄出来的，不过，她大概也知道是怎么回事：除了她在犯病的时候这么折腾，这一地的狼藉，还能是谁弄出来的呢？电视还开着，屏幕里，主持人正在播报着关于台风马上要来的新闻：即将登陆的这场台风，菲律宾给它起的名字，叫作木棉；可是，这名字冒犯了老挝的一个少数民族，音译过去，恰好与他们膜拜的一位神灵同名。因此，老挝气象局打破惯例，自行给它起了个名字，叫作鲇鱼，意思是，这场台风，就像河底的鲇鱼，以淤泥、腐殖和小鱼小虾为食，是不洁和令人厌弃的。

迷迷糊糊地，她起了床，顺手拿起桌上的药瓶，推开房门，信步往前走，一路上，她经过了两把躺在地上的刀，一幅从墙壁上掉下来的巨大的油画；再往前走，就走进了餐厅，餐厅里，桌椅翻倒，碗碟碎了一地，一桌没有吃完的菜正散发着浓重的腥臭味道。现在，她总算想了起来，她的名字，叫于慧，她有一个新婚的丈夫，叫老欧；而今天，正是老欧赶来这座岛上跟她会合，并且开始他们的结婚旅行的日子。这老欧，真是个急性子啊，悉达吠陀课程刚一上完，也不管什么台风，一点都不听劝，火烧火燎地，非要来这里不可，一想到这里，于慧也慌了，只因为，天黑之前，老欧坐的船就要来了，这么一来，她也就没再回去把自己收拾一番，而是一仰头，将大半瓶的药倒进了嘴巴，紧接着，她冲出民宿，往码头上跑。一路上，大风不停地将海水的味道送到她的鼻子跟前，让她一边跑，一边想起了更多当年的味道：深夜里的船上，小田开着船，她就坐在新鲜的蔬菜中间，看着天上的星星，海面上涌起的白雾，还有偶尔从海水里跳出来的鱼，再闻着海风味道、茄子西红柿的味道和小田身上散出的汗味，每逢这样的时候，她便总是忍不住，搂住了小田，在他脸上，在他身上，不要命地亲。

原载《花城》2024 年第 2 期

老　歌

王　凯

　　按现在的说法，苟兵应该能算上个文艺青年。即便那时节我总能看到他乌黑油亮的脖子和衣领，以及芨芨草一样支棱着的头发和一挠头就像沙子一样落在肩背上的头皮屑。

　　我叫勾兵，字文生。这是他同我说的第一句话，一下就把我给搞自卑了。我从来没听说过天底下还有人姓勾，更惊人的是他居然还有字，在此之前我一直以为只有赵子龙李太白这号古人才具备这种资格，而他明明是个活人，还长着一张又大又扁的嘴巴。没过一分钟，他又转过头来。你是营房娃，对的啊没？你咋知道？你们营房娃都说普通话，你的书包我一看就是部队上发的黄挎包，对的啊没？我承认他说对了，这让他有点得意。你吃啊不？他从书包里掏出个发黄的东西问我。这是啥，馒头吗？这个是芽面包子，很好吃的。鸭肉馅的吗？啥鸭肉，芽面！你连芽面都不知道？那你可真是孤陋寡闻。前些个收麦子下了几场雨，打下来的麦子好多都发芽个球了。芽面就是发芽的麦子磨成的面，它们马上就会变成麦芽糖，要不成了，只能磨成芽面包包子，包成包子甜甜的倒也好吃着呢。但我看着那包子里白色的馅不像好吃的样子，就说我已经吃过早饭了。

　　你还有早饭？吃的啥？

　　我妈给我炒的米饭。

　　油炒大米饭，我知道，还要打上个鸡蛋，对的啊没？我以前吃过一回。苟兵咽了咽口水，把手里的包子拿远了端详片刻才咬下去，边嚼边说，我还是喜欢吃面。

　　这时候我终于想到该问他啥问题了。你的那个勾是哪个勾，勾引的勾吗？你这个词组得不行，你应该说钩心斗角的钩。其实也不是这个勾。他停下嘴，犹豫了一下，用手指沾了点口水，在我掉了漆的桌面上写了个字。这不是钩呀，这是苟，一丝不苟的苟，这应该念苟吧？谁说的，这个字念姓的时候就念勾。他突然板起脸，严肃又小声地开始给我普及苟姓的来历。他说他这个姓源自轩辕黄帝众多儿子中的一个，史书里面有很多记载，就他们这一支来说，最早可以追溯到前秦皇帝苻坚的老娘苟太后。皇帝和太后这样的大人物我不敢质疑，只好换了个问题。

那你为啥还有个字？

我刚给自己起的。文生，你觉得咋样？

正当我感觉他说得挺有道理时，教室后面跑过来一个又高又壮的家伙，猛一把拍在苟兵的背上，把他手里半个芽面包子都拍得掉在了桌上。呔！狗屎，你咋装着没看见我？赵春年！苟兵的脸立刻涨红了，你胡说啥！你放尊重些！我咋不尊重你这个狗屎了？我又没喊你臭狗屎。赵春年嘿嘿笑着又在苟兵的后脑勺拍了一巴掌，我认为苟兵应该奋起反击，可他只是瞪着赵春年，并没有进一步的举动。你知道他姓苟不知道？赵春年又转向我，我们在东街校念书的时节都喊他狗屎。赵春年还打算继续讲下去，可惜上课铃响了，他只好意犹未尽地跑回座位。

鼠辈，人人得而诛之！苟兵冲着赵春年的背影愤怒地嘀咕一句，又转回头，你别听那个驴日下的胡说，你叫我文生就对了。

最开始我的确这么叫过他，可惜并没有坚持多久。这不能怨我，毕竟班上男生都这么喊他而我不这么喊他的话显得我不合群。这种带有明显侮辱性的外号如今听来相当过分，但把它放在一九八七年的水青县一中其实也不算个啥事情。要知道水青历史上曾是月氏、匈奴、北凉和西夏的属地，历来有着硬朗剽悍、直言不讳的民风，男生们又都十分崇拜黄日华那样的郭靖，你根本不可能知道每天进出校门的上千个书包里除了课本和馒头之外会不会还藏着半块红砖或者一把菜刀。刚进水青一中那两个月我几乎不敢离开教室，总感觉校园里危机四伏，随时可能因为一个考虑不周的眼神或者楼道里撞了谁的肩膀而挨上一顿打。不光学生打，老师也打。现在的学生倘若挨了老师一巴掌那可了不得，立刻就会惊动有关部门以及广大网友。当年可不是这样。至少在我们水青县不是这样。那时节的家长们——尤其是调皮男生的家长——生怕老师不关心自己的孩子，每次开家长会时都会一窝蜂地上前拉住老师，恳请老师打自己的孩子。他们坚信"三句好话不如一马棒"的古训，孙悟空要不是脑袋上挨了菩提祖师三戒尺怎么能得到真传？挨打才是孩子受到老师重视的最直接证据。退一步说，老师不打，他们自己在家也得打，人家老师少说也是个大专生，有一些还是本科生呢，打起孩子来自然比他们更加专业。从这点上讲，大家管苟兵叫狗屎已经相当文明，属于动口不动手的君子所为，只要我们不当着张小娜的面喊狗屎，苟兵其实也生气不到哪里去。他一般只会皱皱眉头，再回上一个"鼠辈"了事。

那们都上了中学了，还像个小学生。你不要跟那们学。你爹是当兵的，我爹也当过兵，原子弹爆炸的时候他就在边上站岗呢，咱们都属于满门忠烈，对的啊没？苟兵尽管经常词不达意却依然显得谈吐不凡，我是个文人，不跟那们一般见识，我的书还看不过来呢。

然后他就开始看书。他几乎随时都在看书。他书包里总是装着各种武侠小说，既有金庸、古龙和梁羽生的，还有全庸、古尤和梁习生的。他的书每一本都旧得像被五百个人看过，有不少连封皮都没了，却被苟兵视若珍宝。任何时候我抬头，他准在那儿看书。老师不在他就放在桌面上看，老师在他就放在桌斗里看。他的课桌上有个可以取下来的斜圆柱形树瘤，他用手托着书从那个小洞里看。他看得十分入迷，有几次老师走到面前他都没发觉，老师不得不给他来上一个"加脖子"——水青方言里，这是用手掌拍击后脖颈的意思——他才如梦初醒。遇上这种情况，有的老师会批评几句，有的老师会让他去教室后面靠墙罚站，苟兵对此都不以为意。唯一让他害怕的是我们的班主任兼语文和地理周老师，因为周老师不仅会给他好几个"加脖子"，会训斥他，会罚他站，关键是还会没收他的书。苟兵的书总共被周老师没收过四次，我记得这么清楚是因为每没收一次他都会来找我借两块钱好去重新交一份租书的押金。你的钱呢？你租书应该有钱呀！那是我妈给我买本子和字典的钱，我骗我妈说我字典丢了，就这几个钱还叫我妈给打了一顿。那你应该找周老师把书要回来呀。我去要了，结果这个驴日下的把我的书撕掉了，还打了我两个"逼兜"。水青方言中，"逼兜"就是耳光的意思。在我们水青一中，老师体罚学生大多使用"加脖子"而非"逼兜"，说明老师在动手时已经充分考虑到了打脸伤面子的问题，采取了这种能够兼顾课堂纪律和学生自尊的打法。但周老师作为苟兵的表姨父，打他几个"逼兜"倒也无可厚非。整个水青县常住人口不足五万，一个人从南关小十字走到北街大十字，路上起码能碰上六个亲戚——当然，不包括浙江木匠和我这种"营房娃"。

几次下来，苟兵不敢再在周老师的课上看小说了。好在其他课上他仍旧手不释卷。反正其他老师不是他家亲戚，少了这层关系，苟兵爹妈估计也张不开嘴求人家去打他们的儿子。每次上语文或者地理课，苟兵都低着头奋笔疾书，时不时用舌头舔一下不出水的钢笔尖。他像羡慕我的军用挎包一样羡慕我的那支"英雄"牌钢笔，但我舍不得借给他用。我不知道他在写啥，问他他就会用手捂住面前的草稿纸不让我看。我唯一能确定的是他没在写老师让写的东西，不然的话他期中考试语文不会才得四十三分。听上去这成绩实在不咋样，但要是跟他的代数二十二分、英语十八分相比的话已经相当不错了。

作文才给我五分，这个驴日下的。苟兵让我看他的卷子，周老师在上面批了六个红字"驴唇不对马嘴"，我啥地方对不上马嘴了？那让写一件难忘的事，我写的这不是难忘的事是啥？

我看了看，苟兵写的是他过年的时候想要买几个"夜明珠"那样的花炮来放，可是他妈只给他买了两挂一百响的小鞭，他一气之下决定自己制造一个超级大花炮，于是每天去路边捡那些没炸的鞭炮，把里面的火药全部捻在一个鞋油盒子里，等火药装了半盒之后他觉得有点散，就找了根大铁钉想把它们捣得结实些，不料迸出的火星引燃了火药，烧掉了他的眉毛和头发，脸上的疤过了一个多月才掉的故事。苟兵差点被自己炸死，我也觉得这事挺难忘，可这个难忘和卷子要求的难忘好像又不是一个意思。

周老师可能想叫我们写那种积极向上的事情，他不是说咱们班上好多人写的都是去学校菜地拔萝卜吗？我想了想说，应该是写这种。

拔萝卜？这种事情给小白兔写还差不多。苟兵一把扯过我的卷子，我瞭下你写的啥？噢，你也写的拔萝卜，拔个萝卜就给你二十七分？拔萝卜算个尿啊！他愤愤不平地用指头戳着我的分数，拔萝卜能比收麦子还累人？

说归说，苟兵并没有因此而消沉，尤其是看到赵春年语文只考了二十几分位列全班倒数第一，并挨了周老师一记响亮的"加脖子"时，不禁露出了纯真的笑容。他上课时继续看武侠，语文课和地理课上继续写个不停。我感觉他起码写了半年或者两个学期，没准更久，总之有一天下午自习课时，他突然转过身来塞给我一个本子。

我写了个……小说。他的脸正对着我，眼睛却瞭着我斜后方的张小娜，要不是他经常这样跟我讲话，我很难相信他是在跟我讲话，请你给我拜读一下。他说完又飞快地转回了身。我这才注意到他给我的不是个本子，简直就是一本书。封面是一张像是从水泥袋上裁下来的牛皮纸，内页则是对折的十六开草稿纸，他在折痕上歪歪扭扭地缝上了线，搞成了一本线装书。

《射鹰英雄传》

苟文生　著

　　需要说明的是封面上那个书名号不是我加的，苟兵当时就是这么写的。他还用钢笔在上面画了一个挽弓搭箭的武士。画画是苟兵的另一个爱好，他在课本的空白处画满了大大小小又大同小异的武士和兵器。刚上初二时他报名参加学校的美术兴趣班，可惜没被录取，他说他每次画武士都要从头盔顶上那个尖尖开始画，可是美术老师弄了一幅鲁迅的白描挂像让大家临摹，这搞得他无从下手、名落孙山。那次以后他就不怎么再画了，而是专心写他的小说。他的小说看起来有点费劲，主要是字写得歪七扭八而且每一行都往右上方倾斜，不过想到这已经是他认真誊写过的，我还是很认真地读了一遍。书并不厚，他在每个页角都标了页码，总共四十多页，我只用半节课就看完了。这部小说主要讲述了龙首派少侠诸葛文生的意中人欧阳小娜不幸落入邪恶的吴总兵之手，在东狂、西疯、南爷、北婆这四位武林前辈的帮助下，他与吴总兵展开殊死搏斗并最终大获全胜的故事。我捅了捅苟兵的背，告诉他能写出这样一部武侠小说相当厉害，我最喜欢他写的"吴总兵"，尤其是写到当诸葛文生提剑闯入总兵府时"吴总兵正和一个妓女在床上……"这一句。

　　不过里面好像没说到"射鹰"的事情呀，你是不是忘写了？

　　真的忘尿了，不写也能行，对的啊没？他挠挠头，你帮我把书给张小娜，叫那给看看咋相？

　　这个请求让我有点犹豫。一方面张小娜长得挺漂亮，还是班上的英语课代表，学习成绩和我不相上下；另一方面她家里是省属焦化厂的，也说一口普通话，又和我坐前后排，所以我也有点喜欢她。现在苟兵写了一本书出来，而且还让我送给张小娜看，这让我不太自在。可是在苟兵充满期待的注视下，我不得不转过身把书给了张小娜。

　　这是什么呀！张小娜惊叫一声，好像看到手上有蚂蟥似的，看也不看就把苟兵的著作扔回我桌上。我不看，我没时间看这些东西，我作业还没写完呢！我不得不拿起书再次回头递给她，写得挺好的，你就看一下呗。正推让着，赵春年不知什么时候蹿了过来，一把把书抢跑了。

　　嘿嘿，让我看看。啊呀狗屎，你会写书了啊，诸葛文生，你咋不写上诸葛狗屎哩。赵春年站在过道上，一边蘸着唾沫翻书一边嘻嘻笑着，啊呀，还有一个小娜！小娜，嘿嘿，张小娜，狗屎把你写到书里去了！

这可把苟兵气坏了。他冲上去想把书抢回来，可赵春年高举着书，任凭他怎么跳也够不到。正争着，教室门"咣"地被推开，卷发大鬓角、茶色变色镜、黑色短皮衣和棕色长筒靴的周老师出现了。来，你们两个过来。两个人一前一后磨磨蹭蹭地挪了过去，刚一进入周老师右手的射程，苟兵就挨了一串响亮的"逼兜"。赵春年经常挨打，很有经验，立刻低头缩脖，不料周老师却转攻他的下三路，抬起皮靴朝他大腿来了三脚。这是啥！周老师一把扯过赵春年手里的书，又用书朝着苟兵脑袋上抽了一记，闲得没事情是吧？没事情就给我到河里头洗土块去！

第二天早自习，周老师站在楼道里抽完一根烟，捋了捋头发上了讲台。

苟兵！周老师一点名，苟兵赶紧站起来。我们盯着周老师，他却没接着往下说，而是拿着苟兵的书在手里"哗哗"地翻来翻去，好一会儿才把书合上，面带微笑地扫视着台下说，苟兵同学的大作我昨天晚上已经拜读过了，大家猜一猜我有啥发现？周老师举起手里的《射鹰英雄传》顿了顿，一页就有十、二、个错别字！

这可把大家乐坏了，教室里哄地乱了套。我本来不打算笑的，毕竟我是苟兵作品的第一读者，书里的吴总兵又给我留下了那么深刻的印象。再说苟兵此刻正站在我正前方一动不动，脑袋几乎垂到了桌面，我要笑的话显得不太够意思。问题是周老师说的话实在太好笑了，隔着好几排我都能听见赵春年驴叫一般"昂昂昂"的笑声。我实在忍不住，只好趴在桌上把脸埋在胳膊肘里。我们笑了好一阵，周老师伸出双手往下压了好几次，教室才终于安静下来。

来，过来把你的大作拿回去，藏之名山也好，束之高阁也罢，反正我看一百年之内出版不了，你就先消停消停吧。周老师晃着手里的书，金庸能写小说是因为人家读了不知道多少书，你苟兵读了几本？先把你那语文给我弄及格再说吧！

苟兵起身勾着头去拿书，不小心在讲台角上绊了一下，又引来一阵哄笑。等他往回走时我终于能看到他的正面了，我却不太敢看。他向下倾斜的脸被日光灯照得黑一块红一块，变得斑斑驳驳。他低头坐回座位，两只胳膊前后摆动起来，我探出脑袋瞅了一眼，就见他伸进桌斗的两只手正在用力撕扯他的书呢，有几块小纸片从他的腿间飘到了水磨石地板上。

后来我们再说起"一页就有十二个错别字"的事情，苟兵自己也跟着我们一起笑，尽管多少含着些尴尬。作为一个曾被自己制作的花炮炸过又被自己写的小说羞辱过的少年，这表明他成熟了许多。一旦有人喊他"狗屎"，他不再用"鼠辈"这种过时又无力的词语回击，而会直接来一个"日你妈"后收刀入鞘。

苟兵成熟的另一个标志是他嘴唇上的绒毛越来越厚，并且上了初三以后他常常三天两头就会请假。他请假的理由要么是浇地或者锄草，要么就是上肥或者打药，还有两次是给驴修蹄子和给猪打针。周老师倒是回回都同意，苟兵给我说过周老师给他说他上不上课区别不大，反正啥也听不懂。苟兵和我一样都有个姐姐，不同的是我姐还在念高中而他姐几个月前刚刚嫁到了古浪。初一初二时苟兵可没这么忙，那时他姐在家，好多事情不用他干，现在他姐嫁了人，就轮到他来干活了。他不光自己干，时不时还要叫上我。搞得他每回叫我去他家玩的时候我都十分纠结，一边想去他家玩，一边又担心他骗我去干活。他家在县城东北边，我骑车过去少说也得半个小时。他家那几间房子感觉都黑乎乎的，唯一的装饰是堂屋墙上挂着两个红色镜框，里面贴着一些黑白的老头老太太、年轻男女和光腚小孩的照片。最显眼的是个穿着军装的年轻人，看上去十分英俊，毫无疑问就是苟兵他爹，但跟我经常见到的那个又老又瘦披着军大衣坐在院墙下面晒着太阳咳嗽的苟兵他爹一点儿也对不上。他家前院只用碎砖铺了条小道，后院里养着驴、羊和猪，还没拐过房头就是一股臭味。另外还有一些鸡和一只黄狗，黄狗浑身脏毛，见了我就龇牙咧嘴狂吠不止，我必须隔着门缝看苟兵把它拴好才敢推门进去。

如果光是这样也没什么，我还是挺喜欢去他家玩的，最喜欢的是躺在他家的麦草垛上看天上的云飘来飘去。但苟兵肯定不是这么想的。有一回他叫我星期天去他家吃麦仁饭，到了才知道他是叫我帮他把粮仓里的麦子装进麻袋再用架子车推到磨坊去，弄得我满头满脸都是灰。你们营房娃没见过磨面，叫你来长一下见识。排队等机器磨面的时候他说，我要不叫你来你都不知道面粉是咋来的，对的啊没？还有一回他说带我去他家地里玩，说那里有好多麻雀我们可以捉来烤着吃。我给他拾了一下午麦穗累得腰都直不起来，结果一只麻雀也没捉到。

我爹身体不行了，啥重活都干不成。我们坐在地埂上看着一群一群的麻雀在割过的麦地里来来去去，有的就落在一两步开外歪着小脑袋看我们两个搓着烤麦穗弄得两手黑。我妈说他是在新疆当兵的时候受伤了，我问我爹，那又叫我不要胡说，我也知不道是咋弄的。

苟兵说着说着就有点忧伤，然后就开始唱歌：

> 不要谈什么分离
> 我不会因为这样而哭泣
> 那只是昨夜的一场梦而已
> 不要说愿不愿意
> 我不会因为这样而在意
> 那只是昨夜的一场游戏

苟兵每次都唱这首歌。自从电视上那个穿着粉色衣服戴着珍珠项链的女主持人介绍了一堆闻所未闻的台湾歌手之后，苟兵就喜欢上了唱歌。这很奇怪，此前我看他写过书画过画却不记得他啥时唱过歌。一夜之间，王杰、张雨生和小虎队就像曾经的金庸、古龙和梁羽生一样令他痴迷。尽管他跟我隔了四排座位——我个子长得快被换到了教室后面，而他还坐在第二排——也不影响我上课时一眼扫过去就能看到他的嘴巴一张一合地默默地唱歌，以至于有几回周老师怀疑他在课堂上偷吃东西而叫他站起来把嘴张大。苟兵的嘴长得又宽又扁，嘴角突入两腮，张大后一眼就能看到粉红的扁桃体，从这点上说他还真是天赋异禀。上课他都在念念有词，下课就更不用说了。他会在教室、楼道、厕所、操场以及放学后的大街上以不同的音量唱个不停。他肯定是我认识的人里面学歌最快的一个。他从来没有利索地背下过任何一篇课文，却能记住所有的歌词，用的还全是"国语"发音而非水青话。他英语从来没考到过二十分——老师说他哪怕弄上ABCD四个纸团抓阄都不至于考这么差，但《青苹果乐园》里那几句英文他却唱得相当流利。最令人惊讶的是他总能唱出那些令人生畏的高音，就像《我的未来不是梦》或者《是否我真的一无所有》的副歌部分，而他平时说话时喉咙里总像是卡着一块馒头似的带着种"嘶嘶"声。他自己做了一个很厚的牛皮纸封面的本子用来抄歌词，一笔一画写得十分工整，如果光看这个本子很多人会以为他是我们班的语文课代表。在学习唱歌这件事情上苟兵无疑已经达到了一丝不苟的程度，不然的话他不会一遍又一遍地练习，直到能像王杰那样把"黑暗之中沉默地探索你的手"的"探 suǒ"唱成"探 shuǒ"。遗憾的是学校里不考唱歌，否则苟兵绝对能靠这一门课的成绩把他的总分拉进及格线。

在所有的歌手中，苟兵认为没有一个能比得上王杰。按现在的话来说，他就是王杰的脑残死忠粉。他常会歪着脑袋微闭双眼并将空握的右拳置于嘴前做演唱状，一天到晚都像王杰那样吊着个脸，能让他露出笑容最有效的方法就是夸他的模样和歌声很像王杰。苟兵给我说过，这个世界上他最想得到的一件东西就是一盘王杰的专辑磁带。那盘磁带简直不是磁带而是一块磁铁在吸引着苟兵这粒铁粉。这就是为什么苟兵会在上学或者放学路上突然驻足不前，因为王杰正藏在街边某家店铺的喇叭里大声唱歌。其实这磁带县城文化街新华书店的柜台里就有，王杰在那个塑料盒子里露着半张脸，那副闷闷不乐的样子跟苟兵还真有几分相像。问题是一盘磁带标价九块八，而苟兵口袋里的钱不会超过两毛。他去书店看过好几次，最后一次去时发现那盘磁带已经卖完了。为此他不得不跟赵春年成为好朋友。正如他早就不再打张小娜的主意一样，这也是一个成熟的标志。张小娜上了初二之后身体迅速发育而成绩却一落千丈，早就被免去了课代表职务并坐到了教室后排，目前正跟对门初三（5）班一个喜欢穿白球鞋和大号西装的男生谈恋爱。那男生家是地区水泥厂的，家里兄弟四个，老大和老二都已经进了监狱，老三年龄不够暂时去了少管所，所以我们都说苟兵的选择十分明智，他要继续喜欢张小娜的话很可能已经横尸校门口。

相比之下，和赵春年成为朋友显然利大于弊。虽说赵春年他爹在南关菜市场开肉铺，但家里大瓦房盖得相当气派，每个房间都是瓷砖地面，整个院子水泥铺地，还有一个漂亮的花池子，院墙从上到下全由红砖砌成，不像苟兵家只在墙根垒了三层青砖，再往上都是土坯。赵春年家里也有一条狗，但他家的大狼狗天天都能吃上肉骨头因而体格雄壮、皮毛黑亮，和苟兵家那条脏兮兮的土狗不可同日而语。但是他们的共同之处也很多。首先，赵春年的成绩稳居全班倒数第一，而苟兵在这方面也不遑多让。其次，他们两个都经常挨老师们的打，唯一的区别是苟兵主要被理科老师打而赵春年恰好相反，当然在周老师那里他们挨打的次数总在伯仲之间。最后也是最重要的一点在于，他们都喜欢唱歌并且都非常崇拜王杰。尽管赵春年长得更像成奎安而且高音总是拔不上去，但他的优势也很明显，那就是他有一盘王杰的专辑磁带。赵春年曾把这盘磁带带到班上炫耀过一回，可惜班上没有播放设备他只能拿了回去。我猜苟兵就是那一次开始对赵春年产生了好感以及把磁带借来听听的念头，然而他又怕赵春年理解不了这种爱屋及乌的情感反倒对他加以羞辱甚至"加脖子"，就不停地撺掇我去借。

你的座位刚调到那前头，下回考试那要是不抄你的，我把我的头给你。苟兵分析说，那抄你的咋也能抄个六十分，你问那借个磁带那咋好不给你借，对的啊没？

这个理由听上去挺有道理，问题是我可不想给赵春年抄。万一被老师发现我就得受连累，我好歹还是个数学课代表呢。再说这家伙放学时经常不打招呼就一屁股跳上我的自行车，他估计能有一百六十斤，胳膊有我两个粗，这种情况下我既不敢怒也不敢言，只得屁股离座站起来拼命蹬车才能勉强前进。最讨厌的是他在后座上还不停抽烟并往大街上吐痰，每次都要折腾到南关龙首商场门口才跳下车扬长而去，搞得我像是他的专车司机。

上次我还给赵春年说我最喜欢小虎队不喜欢王杰，你现在让我去借他肯定不相信。但我又不好拒绝苟兵的请求，只能想个说法搪塞他。你先去找他，实在不行我再问他，这样比较好吧？

也行。苟兵大概觉得我的理由也挺有道理，我要能把磁带借上，那你就把你们家的录音机借我听几天，咋相？

啊？我这才想起来苟兵家堂屋里确实只摆着一台黑白电视机和一台老式收音机，真没见到过录音机。不过我认为苟兵根本不可能借到磁带，他十有八九要被赵春年嘲笑一番或者捣上一拳，这样就没我的录音机什么事儿了。没想到下午课间休息苟兵跑过来找赵春年时，赵春年非但没有把他一脚踢飞，反倒表现得十分文明。

来，你先给我说你最喜欢王杰的哪一首歌？赵春年的口气挺像个老师，你说一个，我看看对不对。

《故事的角色》？苟兵愣一下，我觉得这首歌最好听。

行，算你懂。赵春年嘿嘿笑起来，朝着苟兵的肩膀来了一拳。磁带先不给你，这两天我正喊我爹买个双卡录音机，买回来了我直接给你录上一盘，咋相？

我没有空白磁带咋弄？苟兵使劲搓着脸，不知道空白磁带几块钱？

你还真是个狗屎。我说给你就是白给你，我还要你的钱？赵春年乜了苟兵一眼，你能有几个钱？

赵春年作为一名班霸，平时总以欺负人为乐，但凡他挨了老师的打，总要想方设法在同学身上找补回来。好在他没打过我，我认为一方面是因为他老坐我的车不好意思下手，另一方面是因为周老师比较喜欢像我这样成绩不错的学生，打了我的话我要去告状，十有八九会被周老师加倍打回去。此刻他突然变得这么友善令我们半信半疑。没想到过了几天，赵春年真给苟兵拿了一盘翻录的《一场游戏一场梦》，顺带还送了我一盘。我没好告诉他我和苟兵两个人只有一台录音机，用不了两盘磁带。不知道是赵春年的磁带并非原版还是空白磁带质量太差，放出来的歌声里总是混着呲啦呲啦的杂音，时不时地还会绞带，不过这不影响苟兵和赵春年以王杰的名义成为好友。既然他和苟兵成了好友而我又是苟兵的好友，他就不太好意思强坐我的车了，而是经常和苟兵结伴步行回家。我有好几回碰上他俩在路上唱歌，他一边抽着烟一边搂着苟兵的脖子，压得苟兵东倒西歪。他几乎不再喊苟兵为狗屎了，而是亲切地称其为"文生"。

说实话这人还不错。苟兵也基本不在背后骂赵春年了。就是音乐细胞不够，唱歌跑调，还一直说我唱得不对。

大概过了一两个月，我确信苟兵已经学会了王杰专辑里的所有歌曲，毕竟每一首我都听他唱过不下二十遍，所以我就让他把录音机还我。苟兵嘴上答应得挺好，可就是迟迟没有动静。尤其是我姐快要高考了，天天催问我录音机的事，还说她要考不上大学那就是我造成的。她这么一说搞得我妈也紧张了，骂了我好几回，让我赶紧把录音机要回来，弄得我又急又气。麦地刚泛青的一个周末，我气呼呼地骑车跑到苟兵家准备把录音机拿走，刚把眼睛贴上院子门缝，就听见了那条讨厌的黄狗在叫，同时还掺杂着歌声和咳嗽声。咳嗽声是苟兵他爸的，而歌声却不是王杰而是张雨生的。我喊了好几声，苟兵才出来把狗拴住。

过了"五四"我就还你，行啊不？苟兵说，我保证！

你都保证了六回了。我说，我姐急着用它听英语呢。

马上"五四"节，过了节我保管送到你家去。

为啥要等"五四"？我说，跟"五四"有啥关系？

"五四"学校不是要搞那个艺术节，我想报个唱歌的节目。苟兵脸红了，我本来说的报王杰的歌，周老师说王杰的歌不行，我就报了个《我的未来不是梦》。春年给我借了个伴奏带，我这两天正练着哩。

要不我给你唱上一遍，你听听看行啊不？见我不说话，苟兵又说，唱这首歌还是要有些技术的，我感觉我还得再练上个几天。

苟兵说着按下倒带键，磁带吱吱地转起来。等音乐响起时，苟兵卷着个作业本唱了起来。他的嗓音虽然没张雨生那么清亮，但听上去还是很不错。尤其是那几个高音我都替他捏把汗，他却能不太费劲地唱上去，那歪头眯眼大嘴开合的动作看着很像回事。只不过还没唱完，就听院门"咣"

的一声响，苟兵吓了一跳，立刻关掉了录音机。

我咋给你说下的？我叫你把羊放到外头吃上些草，你放的羊呢？我咋养下你这么个东西！隔着窗户看出去，苟兵的老妈挂着铁锨蒙着头巾，穿一身洗白了的蓝布衣服，两只黄胶鞋上都是泥，估计是刚下地回来。你成天价就知道个唱、唱、唱，你唱怂哩！

我正说的放羊去呢，刘志毅过来了。苟兵很尴尬地应了一声就把我给卖了，那叫我给那唱个歌听一下，我就唱了一下。

刘志毅在呢噢。苟兵老妈露出点笑容，我擀上些面，你吃罢了再回吗。

不了不了。顾不上录音机，我赶紧去推自行车。谢谢阿姨，我先走了。

你是部队上的娃娃，家里条件好，学习又好，以后考个大学啊当个兵啊啥的咋都能行。不像苟兵，上学上学不行，下地下地不行，啥啥都不行。苟兵老妈叹口气，皱纹包围着的眼睛满是血丝，说实话，你和那不是一条路上的人，我说的对的啊没？

我不知道怎么回答，只能红着脸快步往外走。才出院门，就听见"咣当"一声响，听着像是铁锨飞出去落在了地上。回头一看，正在散步啄食的几只鸡扑棱扑棱地四处乱飞。那阵势可比周老师打他或者我妈打我要大多了。我妈打我基本是徒手操作，顶多拿个鸡毛掸子或者笤帚疙瘩，这让我庆幸的同时又十分不适。苟兵老妈跟我妈岁数应该差不多，但看上去比我妈要老上十五岁。她刚才说的话是什么意思？听上去仿佛苟兵学习不好又不听话跟我有什么关系似的，这让我很难受。我不喜欢这种感觉。我跳上车使劲蹬着，生怕院子里的骂声追上来。

我以为苟兵肯定要被他妈打得三天起不来床，第二天一早他却完好无损地来了学校，嘴里还哼着"我的未来不是梦，我认真地过每一分钟"，然后跑来找我借衣服。他说"五四"艺术节上台得有一件衣服，我去年穿过的那件屎黄色的短夹克就很不错，想让我借他穿一穿。

你还不如送给我算了。苟兵嘻嘻笑，那件衣裳放着你又用不上，你今年穿也小了，对的啊没？

对个屁！我一听就冒火了，你先把录音机还我再说！

我又没说不还给你，不是说好了"五四"以后吗？

谁跟你说好了？那是你自己说的！

你就说借是不借？

啥意思？你吃屎的还把拉屎的给鼓住了？我气得用了一句水青谚语，就是不借！

苟兵在我座位前愣了几秒，扭头走了。走了正好，我还懒得搭理他呢。不过想到他有可能因此更加赖着不还我的录音机，又让我有点担心。晚上我正在家写作业，电话突然响起来，我走过去一接，是大院门口值班室一个叔叔打来的，说有个姓勾的找我。我跑到大门口，苟兵正站在路灯底下的树篱边，一手插在裤兜里，一手提着录音机，脚底下伸出一截又粗又短的影子。

机子我还给你了啊。苟兵把录音机递给我，里头还有个磁带，我也用不上，都给你拿来了。

你咋过来的？我一时间反倒不知道说啥好了，只憋出一句废话。所以苟兵也没回答，只是把两个手都插进裤兜里扭身走开，小声唱着"是否我真的一无所有"消失在了夜幕之中。

接下来的几天，我没和苟兵说过话，眼神偶尔碰上也会马上移开。连抄我卷子都抄不及格的赵春年都看出来了。你和那咋了？赵春年捅我的背，那经常说的你是那最好的朋友，这会子咋又不行了？赵春年的问题很讨厌，让我想起刚上初一时苟兵也问过这种令人难堪的问题。学都上了一个月了，你们两个为啥互相不说话？他转过身来冲着我问，眼睛却看着我同桌的女生，弄得我满脸通红。是她不跟我说，又不是我不跟她说。那会儿我是这么回答的，现在想起来还觉得很蠢。但现在我初中都快毕业了，当然不能像从前那么幼稚。你问他去啊！我翻了赵春年一眼，回转了身。我自认为表现得毫不在意，可也不得不承认赵春年的话令我内心泛起了好几圈波澜。放学回家后，我从柜子里翻出了那件"屎黄色"夹克。那是我姑姑从上海寄来的，她在附信中说她记得我身高一米五，其实我都一米六了，所以这件衣服我穿了两回就没再穿。当时苟兵非要试一下我就给他试了一下，说实话他穿上还挺合适的。

五月三日早上，我把衣服塞进书包，准备给苟兵一个惊喜并顺便与他冰释前嫌。奇怪的是他的座位一整天都空着，赵春年也不知道他干啥去了。第二天艺术节上我同样没看到他。从节目的角度说，苟兵没来倒也不影响啥，我们在操场上看了整整一下午的节目，光是《我的未来不是梦》就有男声独唱、女声小合唱和歌伴舞三个版本，如果苟兵真穿着我的衣服上台，那应该也是水平最差的一个。不过那时候我并不关心台上的节目演得怎么样，我只是想不明白苟兵究竟去了哪里。

那天演出一结束，我骑着车直奔苟兵家。还没把脸凑上门缝，铁门突然开了，我差点一头撞到苟兵身上。这家伙穿着平时那件发白又肥大的军便服，手里提着个红色的暖水瓶，正站在门口木呆呆地看着我。

你这两天干啥呢？咋没上学去？

我爹肺上长了个瘤子，昨天才做罢手术。我刚从医院回来喂了个牲口。苟兵说，你跑上做啥来了？

我给你拿了衣服，结果你没来学校。我从书包里掏出衣服，给你吧。

你拿回去吧，这会子也用不上了。苟兵舔舔起皮的嘴唇，下午节目演得咋相，好看啊不？

你又没上台，没啥意思。我说了句好听的，把衣服递给他，不演出也能穿，反正我穿也小了，你穿上正好。

那我真的拿上了啊。苟兵发红的眼睛亮了一下，接过衣服转身跑回屋里，出来时他已经换上了。这件衣服配上好久没理的头发和忧郁的表情，苟兵看上去跟王杰的造型基本没啥两样了。

自从我骑车把苟兵捎到县医院门口分手之后，再见到他时中考都已经结束了。全班四十多个人有十八个考上了水青一中高中部，只有我一个人考进了省重点市三中，剩下的同学基本都不再念书，有的回家务农，有的准备当兵，还有的在家里开的商店或者饭馆干活，只有赵春年继续在水青一中的职高班学音乐。班上同学都说，以赵春年的形状和尺寸根本不该学什么音乐，还不如跟他爹去学杀猪。但是水青一中的职高班刚刚开办，除过音乐就只有文秘、会计和家电维修这几个专业，而赵春年的语文、数学和物理从没及过格。从这个角度讲，还真没有比音乐更适合他的了。我们同时也认为最应该上音乐班的其实是苟兵，可惜他啥也没上。他爸做了肺癌手术后就从县农机修配厂病退了，苟兵要去厂里接他爸的班。所以不出意外的话，苟兵从学校领到的那张初中毕业证将是他这辈子的最高学历，当然，确实也没有出过什么意外。

这样一来，我见到苟兵的次数就变得相当有限。市里离家四十多公里，平时得住校，顶多周末能回家一趟，要是天气不好半个月也回不了一次。即便如此，刚上高中那段时间，我还是趁回家时去过苟兵家两次。一次他上班去了没在，还有一次我刚坐了几分钟，他妈就催他去干活，我也就知趣地告辞了。其实以前我去他家他有时也不在，或者他妈也让他去干活，但不知道为啥上了高中后再去他家的感觉跟从前变得很不一样，也许是因为他家里总弥漫着一股难闻的中药味，要么就是他家房子里的光线似乎比从前更加昏暗。我很不喜欢这种感觉，所以后来就再也没去过。反倒是偶尔在街上碰到苟兵时比较轻松，我们也总是能多聊几句。一般都是我给他讲一点学校里的事情，他给我讲一点工厂里的事情。学校对我们来说大同小异，而工厂我可就完全不懂了，我只知道农修厂就在去市里的国道边上，距离县城有个六七公里，灰色的院墙围着一些灰色的厂房，还有一根高大的烟囱，但我从来没有进去过，而苟兵却在里面上班。这样一来，在路边聊天时总是苟兵说得多。刚开始他说自己正在学钳工，每天从早到晚站在台钳跟前拿个锉刀锉工件，头几天累得他连面条都夹不起来，师傅还经常骂他，只要他用嘴去吹钳台上的铁屑，那个"驴日下的"师傅就会和周老师一样毫不留情地给他几个"加脖子"。过段时间再碰上时他又改口了，说师傅虽然严厉但是心挺善，教会了他不少东西，还让他负责记录车间工作日志，说他只要好好干很快就能转成正式工。

上学的时候我学啥也学不会，这会子我师傅那倒说我学东西学得快，你说可笑啊不？还有一回，苟兵坐在那辆缺了链盒的破自行车上，搓着布满黑纹的手掌，下了班那们走掉以后，我再把工具给那们收拾停当，我们车间主任说我眼里有活，说是后头叫我到床子上干去呢。

我问他啥是"床子"，苟兵这下来劲了，翻着大嘴给我介绍了一番他们厂里的各种机床，可惜我一点都听不懂，也没概念，直到上了大学我们去学校附属工厂搞金工实习时才想起苟兵曾经讲过的那些车床、铣床、刨床和磨床。那时节我更感兴趣的是苟兵一个月能挣多少钱。对这个问题苟兵显得有点不好意思，说他刚上班还算学徒工，每月只能领到四十来块钱，他妈都给他存上了。为了证明他说的是真的，还翻开了口袋让我看，结果掉出来了一些闪闪发亮的铁屑。

你怕啥，又不叫你请客。我逗他，你上班的时候是不是也在唱王杰？

那是你们学生家的事，我们车间里机器震得人啥都听不见，还唱个屎。苟兵想了想，赵春年的学不知道上得咋相？

我看他上得挺来劲。我说，上回他来市里找我玩，还说他上课的时候指挥全班合唱《堕落天使》，把教导主任都给招来了。

噢，那个驴日下的行呢。郑智化的歌我也爱听，不过你知道啊不，《堕落天使》是个快歌，我不太喜欢快歌，那的歌比王杰的张雨生的都好唱些，赵春年那唱去也不费啥力气。苟兵停了停又说，还是你们念书的好，对的啊没？

还有个周末，我约了家在水青县的一个女同学一起去新华书店，买完书后我们又去青年街的小吃摊吃酿皮。刚坐下就看见苟兵骑着车往过走。我喊他一声苟兵他没听见，我又喊了他一声狗屎他才捏住车闸停下来。我正想逗他说叫你大名你不答应，叫你狗屎你倒听得清楚，结果没逗成。因为我猛地发现他平时总穿着的那件蓝黑色劳动布工作服的左袖上多了一块黑纱，我这才反应过来。只是那时节我还不明白宇宙一般巨大又深奥的死亡对苟兵意味着什么，于是一下愣在了那儿。

　　老爹刚走了，我正戴孝呢。苟兵倒显得挺平静，甚至还冲我笑了一小下。他看上去瘦了不少，抿起的嘴巴比从前更长，仿佛一条深不见底的裂缝。你做啥呢？

　　我跟同学过来吃点东西。我说，正好一起呗。

　　不吃了不吃了，你们吃你们的，我还有事情呢。苟兵虽然这么说，眼睛却瞅着旁边的小推车，老板娘正在案板上麻利地切着酿皮。从前我们两个放学后偶尔也会去吃酿皮，不过都是我出钱。我知道苟兵很喜欢吃这个，每次连碗底的调料汁都要喝个干净，当然了，街边上的小吃他样样都喜欢，所以当我再次邀请他时，他不再客气，马上支起车子拉出马扎坐了下来，还不忘叮嘱老板娘多给我们加上些面筋。在等待酿皮的那一会儿工夫，他一直在跟我的女同学攀谈，给她讲初中时的我学习成绩如何优异以及我们两个关系如何好。他用那种看酿皮的眼神不停地打量着我的女同学，又问起人家叫什么家住哪里，搞得我同学不得不拿出书假装来看。

　　你这个同学有毛病吧？等苟兵喝净碗底的调料汁并跟我挥手告别后她说，问东问西的，真烦人。

　　为了纠正这种错误看法，我不得不给她讲了苟兵当初是如何写武侠小说以及如何热爱唱歌的事情，结果逗得她连酿皮都吃不下去了。这让我很得意。那时节我有些喜欢这个女同学，她好像也对我有点意思，要不然市里的书店比县城的大得多，我约她出来她完全可以不出来。

　　很久以后我才意识到，那其实是我最后一次见到苟兵。当然，我的意思不是说苟兵的故事是小音乐家杨科那样的悲剧，截至目前他都活得好好的。我只是说在我的印象中，苟兵总是在某时某处便可以碰上的那个人，只是我们一直没有再见面。高三那年夏天的一个周末，赵春年来找我借我爸的军装，说他准备在毕业晚会上演唱军旅歌曲时，我才知道农修厂好长时间发不出工资，说是马上要卖给一个江苏老板，工人们都回家了，苟兵也没再上班，正在长城新村那边的工地上给人筛沙子呢。难怪我每回坐班车经过农修厂时，大铁门总是关着，那根烟囱也不再冒烟。那天赵春年倒是兴致挺高，来的时候还背着吉他和一包猪头肉，说他九月份就要去兰州学音乐，不过不是学唱歌而是学乐器。

苟兵那也想学呢，还说的存上些钱了也买上一把吉他。不过我看那的样子买尿不成，那的老妈把那的钱全都收掉了，说是后头给那结婚用呢。赵春年说，最后那买了个口琴，现在能吹上十来首曲子，也还行的呢。

这让我挺意外。我以为苟兵早就像不写武侠小说一样不再唱歌玩音乐了，至少在我们不多的几次闲聊中他从来没提过这些事情。还有结婚，听上去是件多么遥远又无聊的事情啊，而他居然都在做着准备了。那天赵春年现场给我弹了一曲《致爱丽丝》并问我弹得咋样，我当然说他弹得不错，哪怕他把那首我们耳熟能详的曲子弹得坑坑洼洼。听赵春年弹琴时我一直在想苟兵吹口琴该是什么样，我感觉应该要比赵春年弹琴好听。

几个月以后，我去西安上大学，那时节郑智化已经不怎么流行了，取而代之的是"魔岩三杰"和一帮摇滚乐队。毕业后我留在了西安一家单位工作，当时我爸也转业回了老家，从此我再也没回过水青，自然再也没见过苟兵。老实说，我很少想起他。那时节我已经明白，少年时的交集往往就是我们此生全部的交集，跟我们部队大院里随着父辈转业离开的孩子们一样，不太可能再见面了。如此一来，想不起苟兵也实属正常。

所以有一天，传呼机上突然出现一个水青的电话号码时我想了好一阵也没想出是谁。那个略显喑哑的水青口音很热情地和我说了好几句话，而我还在脑袋里拼命搜索与之匹配的信息。

呔！对方停了停，放大嗓门喊，我是苟兵，你听不出来我是谁了，对的啊没？

我赶忙解释说电话有杂音听不太清楚，苟兵说他正在东街的电话亭，确实吵得很。我同他寒暄了几句后就失去了话题，两个人在电话里沉默起来。还好只隔了一小会儿，苟兵重新接上了话头，先说他已经结婚了，老婆是东泉乡的，去年刚生了个闺女，他妈不太高兴，接着又说他一直没找到我的联系方式，前段时间赵春年从兰州回了趟水青他才知道我的传呼机号码，最后说他早不给别人干活了，给别人干活也挣不上几个钱，所以他自己在家里养了十来头猪。

这两年猪肉价钱可以，我也学会咋养了，猪这个东西全靠饲料，饲料好就长得快，饲料不行猪就不长肉，光吃泔水啊酒糟啥的根本不行。苟兵给我简要普及了一下养猪常识后说，我现在就是饲料上差得太多，问题是饲料卖得太贵，我就说的你手上有闲钱没有，能不能给我借上些？

噢，这样啊。我犹豫了几秒钟，你要多少啊？

三千就行，咋相？

要这么多啊。我说，我现在——

借个两千也行。他立刻改口，我再找别人借上些，今年的饲料只要能供上，猪卖掉我就能给你还上，年前就能还上，行啊不？

这下把我难住了。作为一个正常人，我不想借给他。一来我月薪不到五百块钱，一直想换个一千多块钱的汉显 BP 机都迟迟下不了决心；二来苟兵跟我相隔千里又多年未见，我看不到他养的猪，谁知道他说的是真是假？他干吗要找我借钱？他难道不知道对朋友的要求越少友谊才越长久吗？我甚至都不确定此时我们之间的关系究竟还算不算友谊。我们只是江河源头某处的两滴水，曾在清澈的小溪里一同前行，掠过柔软的水草，滚过光滑的石块，穿过鲜红的鱼鳃，又随着浪花跃起，那无忧无虑的流淌纯真而快乐，然而时间的河水裹带着命运的泥沙，我们早就在浑浊中彼此远离了，他为啥还要拿一张旧船票来登上我的客船呢？

我有些烦躁，却还是没有办法拒绝他。他在电话里的声音那样亲切热情又谦卑诚恳，仿佛在为我营造出一个在冬日暖阳下回忆往昔的氛围。我想起从前每年过年前，他都会冒着严寒走上几公里路给我送来一袋子糖油花。这种面饼中间夹着一层红糖并做成花朵或者蝴蝶状的油炸食物最初的口感是硬得几乎要崩掉牙齿，然而只需要回锅蒸个几分钟又会变得香甜可口富有嚼劲。每年打完新麦磨了面，他都会叫我去他家吃拉条子。苟兵老妈做的拉条子拌上炒菜我能吃三碗。还有他爹，虽然总在咳嗽却始终笑眯眯的，喜欢拿几个刚从鸡窝里摸出来的蛋让我带回去吃。我甚至还想起了他家院子里的狗和鸡，以及阳光下刚刚收割过的麦地。

我刚上班也没啥钱，一千行不行？我在回忆中终于给自己找了一个平衡点，一千吧，一千我还能拿出来，这两天就给你汇过去。

挂了电话我才想起来忘了问苟兵还弹不弹吉他或者吹不吹口琴，但比起借钱这又算不上个什么事情了。苟兵收到邮局汇款后给我来了封差不多也有十二个错别字的短信，说他很感谢我的帮助并承诺年底就会把钱还我，让我尽管放心。可惜几个年底过去，《双截棍》都开始流行了也没见他还钱，而我也不好意思写信问他要，这种分明占理却如同索求的感觉令我一想起来就会很不舒服，并像当年借给苟兵录音机一样感到后悔。

大概二○○一还是二○○二年，赵春年来西安看病联系上了我，我才知道苟兵的确在家养过猪，也找他借了一千块饲料钱，结果那批猪养到快出栏的时候突然传染了猪瘟，几天之间全都死光了。

那这几年在新疆给人种葡萄呢，我的钱也才还了五百，剩下的我就说的算展了。你的钱那也给我说过几回了，说欠下的钱没给你还上，那不好意思见你。赵春年说，苟兵还说的上学的时候因为了个啥事情，那叫周老师攘出去两天，你陪上那一起走掉两天没上课。那还说了个可笑的话，那说的你虽然是个好学生，但是你很够朋友。

这话把我也逗笑了。啊，要是赵春年不提，当年好多事我当真已经忘掉了。像我曾给儿子买过许多玩具，后来他长大了，那些东西在落满了灰尘的纸箱里一搁就是好些年，除非搬家，否则永远都想不起来那里头究竟还有些什么。时间会让记忆漫漶，我已经想不起那是初二的夏天还是初三的秋天，只记得有天下午自习时老师不在，教室里乱成一片，严重影响了我和苟兵的交谈。那两天他正在教我学习划拳，他说水青的每个人不见得都会喝酒，但绝对都会划拳，如果我不会的话那简直就不是人。按说划拳的规则很简单，只要你喊出的数字等于两个人伸出手指的总和就算赢了，可实际操作起来就不是那么回事了。最大的困难就是我的嘴和手总是对不上，比如我喊四时可以出一个两个三个四个手指甚至不出手指，可我每次都只会出四个手指，这让苟兵非常着急。他可能认为这是他唯一可以拿来教我的本领，对我提出了像周老师一样严格的要求。

太吵了，咱俩还是去外面吧。我拉着他出了教室，跑到走廊尽头的厕所里。苟兵不厌其烦，倾囊相授，一遍又一遍纠正我的口诀和动作。口诀方面，每一拳开划之前不能按小说里写的那样喊"哥俩好"，而要说"兄弟两个好上"；喊"一"时要说"一心敬你"，当然也可以说"点你穴位"，这主要根据对方是长辈还是同辈而定；喊"九"时最好说"酒你喝上"，这样可以从气势上压倒对方；至于"五"则尽量避免，因为"五"是最容易赢的拳，只有别处那些不讲究的地方才会使用。还有动作，每一拳开始时都要握住对方的手，开始张嘴再放开；出"一"只能用大拇指，出"二"只能用拇指和中指而绝对不能用拇指和食指，否则就是对对方的不尊重。而我作为一个初学者，单出拇指和中指时准会把无名指也带起来。我们两个就在厕所里一来一回地反复练习，交谈时我用的是普通话，划拳时就换成了水青话，不然的话我无法领会其中的精髓。我们练得如此投入，完全没发现周老师已经站在了厕所门口。他走进来二话没说，上去就给了苟兵一脚外加两个"逼兜"。

自习课你们在做啥？课不上还划上拳了！周老师勃然大怒，你是茅台酒厂的厂长么？那你还上啥学呢，赶紧把书包收拾上滚！听见没有，现在就收拾去！还有你刘志毅！周老师又转向我，你作业都写完了？每门课都考了满分了？好像也没有吧？那你有这时间学点啥不行，非跟上他胡混，你跟上他能学到啥东西？

我们两个低着头一路小跑回了教室。苟兵一坐下就开始收拾书包，这我倒很理解。周老师叫他滚他不得不滚，反正他已经滚过好几回了。可这一次不太一样。这一次是我把他叫出去的。这搞得我十分内疚。周老师打了他又让他滚，却没打我也没让我滚，那我怎么办？眼看着苟兵收拾完书包离开了教室，我终于忍不住了，七手八脚地把书本文具塞进书包，也跑出了教室。我噔噔噔地跑下楼梯，一直跑到教学楼前的旗杆那儿才追上苟兵。

你咋跑上来了？他瞪大眼睛，周老师又没撵你，你跑上做啥呢？赶紧回去吧！

他是没说让我滚，不过也没说不让我滚啊。我突然感到很兴奋，你一个人滚了我怎么好意思！

那天下午，我骑车带着他去吃了酿皮要么就是炸油糕，又去县城边上的小河里抓青蛙，到了放学点我才回了家。按照周老师的惯例，被赶出教室的学生第二天也不能来上课，于是我和平时一样背上书包离开家，在南关小十字跟苟兵会合，我们轮流骑了十多公里，去看山脚下正在重建的大佛寺。中午我照例回家吃饭，下午又和苟兵去附近的水库玩，在水库边的树林里捡了些树枝来烤苟兵从家带来的土豆，我们一边等待，一边大喊大叫地划着拳，那声音在泛着波纹和白光的水面上一去不返。

我把你给连累了。傍晚回家的路上，苟兵一边蹬车一边回头，忧心忡忡的样子。明个你还是赶紧上学去吧，你跟我不一样，你是好学生。

你去我就去。我却觉得很愉快，你不去我也不去。

去也行，就怕那个驴日下的又打我呢。苟兵停了停，打就叫他打去吧。

我已经记不清我们重新去学校那天周老师有没有打苟兵，好像没有。周老师见到我们就当什么事也没发生过一样，这种可能性更大。无论如何，至少苟兵教会了我划拳，三十多年过去了，我还清楚地记得水青划拳所有的口诀、动作以及规则。要说起来可能还有些别样的意义，那就是苟兵促成了我此生中唯一的一次自我放逐。

但我依然没有再同苟兵联系过。这倒也没啥不对的。就像我喜欢过小虎队、赵传和潘美辰，后来喜欢黑豹、唐朝和林忆莲，再后来又喜欢上了伍佰、许巍和莫文蔚……其实那些歌手和他们的歌我一直都是喜欢的，只是现在不怎么听就是了。

直到最近，我闲来无事刷抖音，看到有人在放王杰《一场游戏一场梦》的原声磁带，就躺在那儿把它听完了。接下来页面上就开始不停地推送这些经典老歌。终于有一天，我看到一个名叫"音乐文生"的用户在唱《一场游戏一场梦》，他歪头闭眼的模样看上去跟三十多年前如出一辙，嘴还是那么大那么扁，不同的只是头发已然花白，眼角堆满皱纹。他在小小的屏幕上认真地唱着，他不知道我正在看他。

原载《天津文学》2024 年第 2 期

命运慢跑团

蔡崇达

和黑昌熟悉上，是去年回家过年时。

那是我在时隔两年多后第一次返乡。

两年多没回家乡，倒也说不出什么特别的原因。就是此前父亲去世了，回到家乡，按照繁文缛节终于把葬礼办完，突然觉得深深的说不出的累和厌倦。

我曾以为，自己不算特别难过。父亲中风多年，如此艰难地熬了这么多时日，他真的尽力了。那个葬礼上，我表现得很成熟，每个流程、每个细节我都控制得很好，好到，按照习俗该号哭的时候倒突然哭不出来。

本来报社的主编给我批的是一周的假期，还说，如果需要，和他再说，他理解的。

但其实葬礼不需要这么长的时间，葬礼后第二天，时间就全空出来了。

我因此不知道自己要干吗，坐着也难受、站着也难受、躺着也难受，在家里怎么都难受。我也不理解为什么难受。

走出家门，走在哪儿，总有人要安慰我。他们不需要安慰我的，我觉得我处理得很好了，我反而很厌恶他们一次次提及这个事情，他们一说，我就找个理由转身赶紧躲回家。

熬到第三天，吃饭的时候，我和母亲假装随口一说"报社在催我回去了"。

母亲看着我，直直看着我，看了许久。

她似乎想了很多东西，但她只说："那就回去吧。"

我说："母亲你呢？要不随我去北京？"

母亲说："我觉得我还是留下好。"

现在回想起来，我那样做确实很不正常。听到母亲的回复后，我就马上去收拾行李。甚至收拾完行李马上订了最快的航班。那天，泉州没有下午回北京的航班，我为此还买了从隔壁城市厦门出发的机票。

要离开的时候，母亲就坐在门口。那时候正是下午，阳光像雪花一般打在母亲身上，衬得她身后的房子像个黑乎乎的洞。

我愧疚了，我说："母亲要不一起走吧？"

母亲应该是为了安慰我，所以笑着说："走吧，你搞好你自己，我搞好我自己。好一点儿了再回来。"

我还是离开了。我在东石镇转盘那儿找了辆车，一上车就和司机说："赶紧开，去厦门机场，赶紧开。"

司机正在抽烟，说："别急，我这烟刚点上。"

看着他一口一口地吞吐着烟雾，我焦虑地抖着脚。我还是催了，师傅快点儿、快点儿走。师傅不耐烦，转过身白了我一眼，却愣住了。他说："你好像哭了。"

我说："我没有啊。"

我当时在北京谋得了一份都市报社会版热线记者的工作，是那种屁股没法沾上椅子的工作：哪里有人丢猫了，有人自杀了，有人养出十几头的兰花了，中国第十四亿个人诞生在哪家医院了……突然的一个什么事情，就要拽着我，马上脱离身处的状态。

当时热线记者每个人要轮流携带一个手机，以保证这座城市犄角旮旯发生的鸡毛蒜皮的事情都可以马上找到人。

我曾在刚蹲着马桶的时候接到过电话，那边和我说厨神争夺赛决赛了；在点的菜刚上的饭店里接到过电话，告诉我某桥边发现一具浮尸……本来是极度厌恶这份工作的，觉得做着这样的工作，自己的生活是破碎的且没有建构秩序的机会。

回到北京后，我突然觉得这份工作很好。这座巨大的城市一直在发生那么多故事，它们一发生，就像新生儿毫无节制地啼哭，要我们过去，让尽可能多的人知道他们诞生了。

反正我不知道怎么面对那巨大的时间，让这些毫无节制的故事这么毫无边界感地挤占，倒也是解决方案。

我主动申请，夜班热线也由我来吧，假期乃至春节的热线我都来值班吧。同事们对我当然觉得不好意思，甚至自此总愧疚地主动关照我，但他们不需要愧疚的。其实是我在利用这些故事：它们一个个喧闹地占据我的生活，我因此被挤压到完全没有机会去琢磨心里到底发生了什么，或者已经发生了什么。

是的，对于心里发生了什么，我觉得，自己最好不知道。虽然，我总是觉得心里慌慌的，甚至察觉到自己越来越异常，比如开始厌恶"未来""将来"这类字眼，比如我经常一整天就盯着那个热线电话，期待着这个城市新长出什么东西，赶紧来占据我的时间。

如此糊里糊涂，竟然拖成了两年多没回家乡了——毕竟，热线电话无论白天夜晚还是平日假期，都在我身上。

但我一度还觉得，起码对于家乡、家人那部分自己处理得还不错。

从父亲葬礼回来后，我是曾莫名和母亲怄着气，有半年不怎么说话，但后来，还是每周和母亲通话一次，这和以前一样。以前父亲中风，舌头也瘫了一半，说话不利索，从那时候我就只和母亲通电话了。我依然会和母亲聊聊天，她会同我说一些自己和镇上的人发生的故事。只是我不会再问父亲的情况。不问了，我感觉他就应该还是记忆中的样子。即使有时候脑子里会有杂音提醒我，父亲不在了，但我不问了，这个事情就没被坐实。

第一年春节，得知我无法回来，母亲说："不回来也好，你终究要在外面安家的。"

第二年，母亲觉得我不对劲了，说："你是不是害怕回来了？你是不是还是处理不好你父亲离开的事情？"

我说："没有啊，就是忙。"

到第三年临近春节，母亲判定我是有问题了。

有一天她突然问我："你这几年怎么样？"

我说："我没事啊，就一直失眠，估计是一直值夜班值的。"

"你几岁啊？"

"你都记不得了？我三十了。"

"我意思是，你才这个岁数就一直失眠，你肯定没处理好。你还是没搞好你自己。"

"那你怎么样呢？"

我突然觉得，母亲和我像是并排躺在病床上的受伤的战友，在相互询问伤情。

"我也算不上特别好，但对于过日子，我还是比你有经验的吧。"母亲竟然还轻声地笑了一下。

母亲最后下了个判断："有问题，就回来一趟吧。"

我不理解母亲为什么就此判断我有问题，以及为什么我有问题了，治疗方法是回来一趟。

但我还是回来了。

我确实也隐隐觉得，我好像得回来一趟了。

那一天我是在深夜乘飞机到达家乡的。

可能是在北京住惯了，身体习惯了干燥肃杀的空气。再回到这个南方海边小镇，一出飞机舱门，就感觉黏腻的水汽往身上贴，往鼻孔里、往皮肤上的每个毛孔钻。感觉过不了几天，自己鼻子里、身体上，都该长青苔了吧。

换上出租车，本来想透口气，开了下窗，黏腻的空气一团团往脸上、身上打。我关上车窗，开始恍惚，自己竟然是在这里生长的？这样的体感，真真切切地告诉我，再如此下去，我真成了家乡的异乡人了。

我一开门，就看到母亲坐在椅子上，一副睡眼惺忪的模样。

"哎呀，我竟然睡着了。"母亲听到我进门，突然醒来，似乎还一不小心流了口水。看样子睡得不错。

南方没有暖气这回事，晚上要进被窝是最难的，母亲说知道我要回来，连续晒了几天的棉被。但棉被没有留下太阳的多少痕迹，钻进被窝那一刻，感觉自己钻进了冬天海边的滩涂里。我忍不住吸了一口气，然后再不敢轻易移动，直到感觉自己身体上的温度慢慢被棉被吸收了，好似自己终于抽出根系，扎进棉被里，构成了一条系统，世界才重新暖和起来。

然后我觉得自己像种在棉被里的植物盆景，反正我是不愿意离开它了。

然而，我果然还是睡不下。

我试图找过原因，但是没有合理的原因：没有兴奋的感受，没有涌上什么特别的回忆，也没有正在焦虑的事情。我躺在那儿，明明只是植物盆景，但还是睡不下。

窗帘拉得不是很严实，露出一小面玻璃。我从那一小面玻璃，看着外面的天，从浓稠的黑，慢慢变灰，变淡，眼看着慢慢地、慢慢地即将泛出来了，泛出鱼肚一样的白。

我突然想起，此前好像朋友圈里谁发过的，东石镇那一年新建了条海堤跑道。

那条朋友圈有张照片角度很好，一群人跑在海堤上，感觉像是往海的深处跑去。

哦，我想起来了，这是黑昌发的。

七八年前我被宗族通知得回来参加宗亲会，说是祖厝落成。"是个子孙都得回来，不回来就没祖。"这样凌厉的通知，恐怕没有谁有拒绝的勇气。

那时候父亲还在，已经偏瘫了。父亲认为这是大日子，坚持要穿上他唯一的一套西装。

西装这类衣服，胖的人本就不太好穿上的，父亲又站不住，只好坐在椅子上，母亲和我来帮忙套。我们折腾得大汗淋漓，最终他的上半身勉强塞进去了，而裤子实在不知道怎么套。父亲终究很难穿下。是父亲想到一个方法，他干脆趴在地上，我们像装麻袋一样把他装进西裤。裤子是穿上了，只是裤腰系不住。

母亲想了个办法，用一块轻薄的毛毯盖在父亲的身上。然后我们三个人偷偷会意地笑着，一起去了宗亲会。

那天我才知道，这个祖厝出去的人还真是多，热热闹闹的，挤满了从世界各地赶回来的人。有的人说着日语，有的人说着英语，还有个人应该是混血，头发带点儿金黄，眼睛已经不黑了，但还是指着摊开在案桌上、像长出无数水系的大河一般的族谱，激动地用闽南语喊着："我看到了，我爷爷叫蔡尤款，我是尚字辈的!"

族谱平常都是小心地收纳在祖宗牌位下面的长条抽屉里，这样展开来，我看到自己的名字、父母的名字和很多人的名字也成了这条大河的某条溪流，内心还是有温温的感慨。

此时有个大嗓门冲着我们大喊："哎呀，我家老大来了!"他皮肤黝黑黝黑的，是海边生活的人的模样，但那天特意穿着西装，西装略显宽大。他冲过来，一下子抱住我父亲，还做出要亲我父亲的样子。我父亲被逗笑了，笑出了满嘴抽烟黑掉的牙。

父亲面部一侧偏瘫，一张嘴，口水就直直地流，但他还是忍不住说话："这个黑昌，从小就这样不正经。"

黑昌瞄了一眼盖在父亲身上的毯子，嘿嘿笑着："自从生病了倒富贵了啊，胖到裤子穿不下了吧。"

黑昌调皮地作势要掀开，父亲脸顿时红了，紧张地把毯子拽紧，一紧张，口水又直直地流。

黑昌笑着说："看来连装枪的兜都锁不上了，日子过得不错。"

母亲又恼又笑，做出嫌弃着驱赶的样子："去去去，这么不正经，做什么宗族大佬。"

宴席上，黑昌拿着白酒杯特意来敬我们。他应该是要喝醉了，嗓门更大了。他说他是特意来敬我的。他说："辈分上我应该是你堂哥，因为我是你太爷爷的兄弟的曾孙，我们都是崇字辈的。"

他说："我现在的身份是咱们宗族理事会新生代的负责人，我有个愿望，就是可以让你们这些出去外地的人，以后还想着回来。"他说："你父亲我小叔不好和你说，但我偷偷告诉你，他可太想你了。他偏瘫在家里每天摸着你的照片偷偷想到哭，你能不能答应哥哥我，常回来看你父亲我小叔。我要去看他他还嫌弃，他就想见你，你要知道，你父亲现在什么都没有了，只有你们了……"

我听得难过了，不敢去看父亲的脸。我知道父亲委屈得像个小孩，扑簌簌掉着眼泪。父亲自从生病后，越来越像小孩。

母亲也哭了，但生气地瞥了瞥黑昌："别乱说话了，我家黑狗达可疼他父亲了。"

黑昌看到自己把我们一家三口说哭了，不好意思地挠着头。他说："我错了我自罚三杯，要不一壶。"他拿起酒，真把一壶酒给喝了。

"真过瘾啊！"黑昌喝完酒大喊了一声，突然声调放低，"你还有父亲多好，我都没有了。"

我才发现黑昌也哭了。

我就是在那天，被迫和他加上微信的。他眼泪一抹，不由分说地拿出手机，说："兄弟加一下，咱们必须亲起来。"

和他加上微信的人，很难不看到他发的朋友圈。

他早上发，中午发，下午发，晚上还发。他发的朋友圈，通常都有一个标准的文案：这是今日份的美好小东石，请注意查收。

他发过晚霞，发过新建的跨海大桥，发过在寺庙里打麻将的婆婆阿姨们，发过路上光屁股跑的小孩，发过这条跑道……然后我记得了，当时他发这条海堤跑道的时候还说过，这是一条用荧光粉铺成的跑道，天暗的时候就会发光。

我想，我得去看看。趁着现在天还没全亮。

屋子里还是黑的。

我摸着黑，找到母亲放在门口鞋柜上的大门钥匙，出了门，沿着石板路往海的那边走去。

我想，海堤跑道应该在那儿的。

是的，很容易确定，海堤跑道就在那儿——我往海的方向走，看到路上陆陆续续有穿着运动服、运动鞋的人，骑着摩托车也往海的方向驶去。

他们大都是中年人，大都大腹便便的，明明看上去睡眼惺忪，但莫名精神抖擞。

某一刻，我觉得我和他们成了一条河流，我们要一起欢欣雀跃地汇入海洋。

到的时候，天空已经是灰白的。那条海堤跑道并没有发出炫目的荧光，只是安静地躺在那儿，伸展向海的方向。

海堤跑道的入口就在沿海大通道的边上。不知道由谁搬来了几块大石头，大家约定俗成地在这里停放摩托车。

大部分是身材肥大的中年人，但激情满满的样子。他们开始做着形形色色的热身。

有的热身是不断地举手、举手、举手，似乎要举起自己来；有的则不断捶打着自己的身体，似乎以此可以打通经脉；有的人则面对着海面一会儿大呼一声，哈！再来一声，嘿……

然后，大家就开始跑起来了。

我稀里糊涂也跟着跑起来了。

太阳正在升起来，往地上这么一照，我才发现许多人头上亮着光，再一细看，跑步的许多人头都秃了。有的秃在正中间，有的秃在后脑勺，还有的全秃了——他们全部盯着光，在呼哧呼哧向海跑去。

我没有刻意，但眼睛还是不自觉往一个个亮光点看。亮光点在跳动着，有时候还有留存的几根长长的毛跟着跳动，莫名感觉真是倔强，和这些人一般。

我正在发呆，前面一个人突然转头了，我以为是自己不小心冒犯到他，赶忙低下头。那人干脆就原地跑着，等着我跑近。

我脸涨得通红，低着头硬着头皮往前跑去，终于跑到那人身边了，头还是不太敢抬，那人却突然大喊一声："我没认错吧？你竟然来跑步啊。"

我抬起头，才发现，是黑昌。

我分不清他是热情还是激动，虽然我就在他面前，他还是扯着嗓子问："大作家你怎么回来了？"

他说："你也来跑步啊？"

他说："跑步好啊，得锻炼身体啊，特别是你年纪也不小了。"

他看着我忍不住打量的眼神，意识到什么，笑着说："我早秃了，平时戴着假发好看些，但跑步的时候，感觉假发一蹦一蹦，好像是谁在敲我的头，心里不爽快。要敲我的头，那只能我老子，哪轮到假发？所以跑步的时候干脆就不戴了。"

我说："不好意思啊。"

他说："怎么会，你不觉得我秃头也很帅吗？"

他说："你今天算是来对了，这是咱们东石镇的新一景。"

黑昌郑重地指向那条通向大海的跑道，以及上面那条奔跑的人流："这是东石镇最有光芒的景色。"

我以为他是要开始介绍这新建的海堤跑道，他却充满深情一字一句地喊出来了："命运慢跑团！"

命运慢跑团？我还是被这个名字震撼到了。

黑昌看到我的表情，更得意了："这个名字好吗？"

我一下不知道如何评论，于是点点头。

"是我取的。"他兴奋地向我解释，"这个慢跑团我加入之前就在的，只是此前没名字。"

他说："其实这是东石镇古老且神秘的组织，我无法确定它具体从哪个时候开始。但我知道，它最准确的名字是——中年男人牛逼奋斗干到底慢跑团。"

他说："我发现，很多人大都是在四十岁步入中年的时候找到它的。"

黑昌打量了我一下，看我听得很认真，说得更激动了："我发现它的时候，刚过四十。以后你就会知道了，人一过四十，就容易睡不好。睡不好，有因为身体，有因为内心焦虑。四十了，身体开始走下坡了，但男人嘛，这个时候需要担的责任又恰恰最重，还有，还会困惑人生意义什么有的没的。焦虑又睡不着，总会忍不住起床走走的；走着走着，总会想出来透透气的；出来透气，就会看到有人在跑步。看到有人在跑步，就会莫名其妙跟着跑起来了。"

我听着听着，脸不自觉红了。

黑昌察觉到了我的表情，他恍然大悟："对哦，你也快四十了吧？"然后，得意地问，"你是不是也是睡不着出来走走才发现我们的？"

我没有否认。

黑昌开心地拍了拍我的肩膀："欢迎你加入命运慢跑团。"

黑昌像在拉客户一般，继续说："这个慢跑团真的特别好，咱们中年男人，不太会那些腻腻歪歪的东西，到了这个年纪，一般分两派，要么喝酒，要么就跑步。喝酒伤身还费钱，跑步健身还省钱。我后来为什么建议这个叫命运慢跑团？因为我发现了，最终选择不去喝酒，每次早上睡不着起来跑步的，都是还不服老的人，都是还要和世界杠的人。怎么说？"黑昌着急地寻找词语，"就是，就是不服气，就是还要和世界继续战斗的男人。"

黑昌说得满脸通红，青筋暴绽，犹如他此刻就站在广播台上演讲一般。

虽然很奇怪，但我确确实实被感染了。我不断看一个个跑步的人，早上的霞光给他们均匀地镀上了金光，我感慨起来："是啊，咱们家乡还挺好的。"

黑昌如同自己被夸奖了一般，咧开大嘴乐呵呵地笑。

然后他突然想到什么似的，激动地说："对哦，我和你说过吗？你父亲生病前也是我们慢跑团的。"

父亲？我愣了一下。在我对父亲的所有记忆里，完全没有他出来晨跑的信息。

"是啊，你父亲和我说过，他也是四十多岁时参加这个晨跑团的。当时没有海堤跑道，他们一开始就沿着东石镇主街那条石板路跑，后来太扎眼了，总有晨起准备做生意的人看到，开他们玩笑：'这么热血啊，还对老天爷不服气啊。'他们就挪到了中学去跑，但中学不让进，他们就绕着中学的围墙跑。你也知道，中学外围都是墓地，那几年在墓地跑的时候，是最诡异的，老觉得身旁空气冰冰凉凉的，但还莫名清爽……"

我听着有些难过，自言自语着："我竟然不知道。"

"你当然不知道啊。"黑昌听到了，"人少年时候总睡得沉，你父亲生病前，我经常五点到你家楼下，和你父亲会合后，我们再一起边聊天边跑，跑到中学去。虽然你和我不熟，但我对你可熟了，对你可亲了。"

黑昌转过头来直直看着我："你父亲很容易喘，但他还喜欢边跑边说话。他说加油站的生意快养不活家里了，他想偷偷去隔壁村兼职当环卫工人，就是一早一晚两次打扫，他说不能让你知道，你自尊心强。他说儿子以后是拿笔坐办公室的，得保护你心里的傲气。他说他觉得对不起家人，四十岁了才发现自己这么没本事……"

我眼眶红了，不想让黑昌看到，于是说："要不我们跑起来。"我想，跑起来他就不会说话的时候还要老盯着我看了。

黑昌说："好啊。"

黑昌边跑边继续回忆："后来你父亲生病了，我每天早上会绕过去看看他再出发，他每天总要拉着我说他的难受。他说觉得自己要拖累你了，而且越来越拖累；他说，哪有父亲拖累儿子而不是照顾儿子的；他说自己曾想过偷偷死掉，不能拖累你，但又舍不得看不到你。他说他不知道怎么处理自己才对你最好……"

我难过到无法控制，停了下来，低着头，不断用手臂擦去涌出来的眼泪。

黑昌这才意识到，他说的这些话让我难过了。他故意把头撇一边去，抬高声调："哎呀怎么这么年轻跑一点点就喘了？再苦再累都要跑起来。我们的口号是：命运就是我们跑出来的路。"

命运就是我们跑出来的路。

母亲见我从外面进来，有些吃惊，问："你什么时候出门的？"

我说："去跑步了。"

母亲顿了一下，说："哦，你父亲中风前也老去跑步的。"

看来母亲也知道父亲跑步的事情。不知道的只有我。

我想赶紧转移话题："我看到黑昌了，他真是个……"我想了一会儿，"很有激情的人。"

"黑昌啊。"母亲一提到他就不自觉地笑了，"你知道他有个绰号吗？"

"什么？"

"东石大喇叭。他从小就叫这个名字了，他从小就这副性格。"母亲又忍不住笑了，"对哦，他结婚的时候你还帮他滚过床的，你忘记了吗？"

我回想了许久，实在没印象。

"就是你五六年级的时候去参加的那个很盛大的婚宴啊，那天晚上办了可有三百多桌。"

母亲这么说起，我好像记得有这回事情。

我记得，大概小学五年级吧，有一次我不知道为什么穿着很正式。然后我们村书记带着我，一个晚上到处和人敬酒。我记得，当时各种人都有，有左青龙右白虎。我记得新娘很漂亮，像挂历海报上的女郎。我记得新郎很白很瘦，一副吊儿郎当的样子。我还记得，我在众人的簇拥下，当着大家的面，在一张铺着大红被套的床上滚来滚去，好像还要喊着：一滚祝福早生贵子，二滚……

"是啊，新郎就是黑昌啊。"母亲说。

那就是黑昌？我实在对不上。那个瘦瘦白白、吊儿郎当的新郎是黑昌？

"是啊，就是他啊。黑昌家可算是咱们这儿最有分量的家庭了，他大哥一改革开放就冲去广东开公司发了家，他父亲是咱们家族的话事人，当时还做咱们村的村书记。他是三兄弟中最小的，从小母亲就特别偏爱他。因着这偏爱，他对一切总百无禁忌又毫不在意，小时候就特别爱捉弄人，去学校读书还和老师动起手来，十七八岁就把隔壁村的姑娘弄大了肚子。那次结婚，是他父母压着，得对人家负责任。他父亲是个极其公道的人。"母亲说。

母亲越说我越记起来更多了，我记得的，那是场奇怪的婚礼，新郎总是百般不愿意的样子，夫妻对拜的时候不愿意，进洞房的时候不愿意，几次都是村书记上去打他脑袋，终于逼着把婚礼办完了。

母亲往下说："结婚后他父亲就给他们分了家。过了五六年吧，他父亲就生病了，说是肺癌，接着半年不到，就走了。他父亲走之后，黑昌和老二便在老大开的公司干活，但没几年，黑昌就不干了。说是老大对他不好。其实啊，大家都说，就是他从小没吃过苦，不靠谱呗。

"他这辈子唯一正经做过的事情，是从老大公司出来后，自己开过一家海鲜酒楼。生意是很好，但他总不好意思和朋友算账，两三年不到就倒闭了。酒楼倒闭后就没怎么正经干活，一会儿和结拜兄弟说要去广州打拼，消失过几年，后来再出现，别人问广州怎么样，他就一直摆手一直笑：不提啦，不提啦，提了伤感情。后来又说要买股票，再后来干过什么挖币，反正最后都不提啦。

"表面，家里主要是靠他老婆守着个小海味店，支撑着花销。但实际上似乎又不是。他母亲和老大住一起，他大嫂倒是偶尔偷偷和我抱怨，他母亲每个月月末都从老大这里要钱，要的还不少，问用处，就说'我买六合彩输了不行啊',甚至偶尔还会'一不小心拿错一些金银首饰'去当,当完的钱'我们也不知道去哪儿了'。

"后来宗族里的老一代,念着他父亲的好,就在他过了四十岁后提议让他开始参与宗族事务,什么祭祀啊、节日和红白喜事啊,这些热闹事情他倒擅长。宗族里给的工资不多,但他做得似乎倒很开心。"

"从小不正经到大,但是那个浑不憷的劲儿倒一直在,只是年岁增加,从怼别人,慢慢到更多地怼自己,大家倒越来越喜欢他了。"母亲最后这么总结。

"有时候想,看着一个个人长出各种样子也真是好玩。你看,那种人人皱眉的混世魔王,现在也长得越发慈眉善目了。对哦,他两个儿子一个二十五、一个二十四,现在都在谈婚论嫁。你看,混世魔王都要当爷爷了,这日子多快啊。"母亲感慨着,我却一直在回想着,二十多年前那个瘦弱白皙一副玩世不恭模样的黑昌。

"他父亲人可真好啊,可惜走得早。你父亲偏瘫后不老爱坐在门槛上嘛,老书记有段时间经常来看望你父亲,也陪着坐在门槛上,每次来总会拿点儿他觉得好吃的小东西,什么麦芽糖啊,橘封条啊,风吹饼啊。他们还会一起回忆,回忆小时候一起去偷地瓜、抓螃蟹。我们不是不让你父亲抽烟嘛,老书记总会偷偷打量着我在不在,然后偷偷掏出烟,点燃了,再塞给你父亲。每次我经过,他又赶紧拿过来,放在自己嘴边,假装是他在抽烟。这俩老小孩。

"老书记总会像安慰小孩子一样,拍拍你父亲的肩膀:'很辛苦吧?我知道的。咱不怕,咱们可都是男人了。'等到他父亲去世后我才知道,原来那时候老书记已经知道自己生病了。

"老书记去世后,有段时间黑昌来了。他也坐在门槛石上。我每次问他什么事情,他都说没事。我故意逗他,说没事干吗来我家门口坐着,他眉毛一挑,说:'你家门口好,正对着石板路,我在这里看路过的美女安全,我老婆问起,我还可以说,我在陪你家老蔡。看那婆娘敢说我什么。'他表情和口气很夸张,但眼眶红得很。

"他想念他父亲了,还不想让人看出来,害羞什么?"

母亲说着说着,自己倒悲伤起来了。

下午,黑昌突然来我家了。

他随手拎着两只花蟹。母亲推辞着不要，他说："小婶子收下，你儿子不是最喜欢吃这种螃蟹嘛，这不现在又恰好时节。"

听说他来了，我下楼来，恰好听到，有些吃惊："你怎么知道？"

"我怎么知道？你父亲和我说的啊。他以前小气，只买一只，而且还特别小，我老说他：'是去贴肚脐眼吗？'他当时还没生病，抡起手就要扇我，我可打不过他，边跑边说：'你手掌都比这所谓螃蟹大。'气得他脱下拖鞋就朝我扔。"黑昌说得眉飞色舞。

我这才知道，每次重要考试或者节日的时候，出现的那只小花蟹是怎么来的。一开始我会问，父亲总和我说："就咱家前头那个讨海的文才送的，他们说你会读书，给你补补。"

黑昌进门先是打量了一圈，眼睛不经意间瞥过门槛，顿了一下，嬉皮笑脸地说："看来你们是真想念我小叔，家里的所有东西都舍不得换。我以后要是死了，得回来看看，我婆娘会不会为我保留原来的东西。"然后他突然想到了什么，"对了，她肯定不会换，她穷啊。"

母亲白了他一眼："别乱说，现在你家两个儿子都在谈婚论嫁。"

这句话倒让他吓了一跳："是是是，现在可是考察的关键时刻，不能乱说话。我家不穷的，不穷的，花蟹每天当饭吃的。"

母亲又气又恼："都要当爷爷了还没变，估计到老都不会变了吧。"

"这不现在都老了，还这样，估计到死都不会变吧。"他还非得又接上话。

对着我坐下来，黑昌却反而突然说不出话了，几次张了张口，最终对着我一直笑。

"黑昌哥是有什么事情吗？"

他手一拍自己的大腿，"嗨，你看说正经事情我就不会。"又支支吾吾了好一会儿，终于说了，"就是，你不是在北京当记者吗？记者嘛，采访的事故肯定多吧？"

我说："是啊。"心里很纳闷。

"就是，事故多了，总要送医院的吧，送医院，总会认识……认识医生吧？"他费了力气才把烫嘴的话说出来。

医生？我是没想到他问的是这个。

"哎呀，"他压低声调趴在我耳边说，"就是，我有个好兄弟，也是咱们命运慢跑团的，他生病了，我想帮他问问。我在想，要不要劝他去北京看看。"

"但北京看病很贵吧。"他好像在自言自语。

"生病了当然得去看医生，只是如果不必要，不是非得去北京的。"

"好像是肺病，也可能是肺癌？"他神秘兮兮地说，"我不知道，他也没去检查过。就是呼吸不上来，然后，还会咳血。那一咳，纸巾一捂，一朵梅花，鲜艳鲜艳的。"

"那确实得去检查。"

"是啊，我就在想，要不要去检查呢？"

"当然得去检查。"说完这个，我突然意识到什么，盯着他问，"不会是你自己吧？"

黑昌一下子跳起来，看上去很生气："哎呀，这大过年的不好乱咒人吧。"

"不好意思，我不是那个意思。"自己确实冒失了，我赶紧道歉。

他着实生气了："我才几岁啊，我还每天跑步。你看到的，我跑步吭哧吭哧多有力。"

我赶紧解释："因为你父亲——咱们的老书记，我记得是肺癌去世的，所以我才联想到的。只是你确实也得注意啊。"

他还是很激动："我多注意，我每天运动，我现在不抽烟了，当然主要也抽不起了。你想，两个儿子就今年结婚，万一再一起生孩子，那花费可大。我得强身健体省钱待命等着带孙子。"

内容是抱怨的，但他说着说着，口气却越来越得意。母亲恰好走过来，听到了这一句，在旁边应和着："可不是。估计咱们镇上你这一代人最早娶老婆的是你，最早当父亲的是你，现在最早当爷爷的也是你了。"

这句话黑昌觉得很中听，笑得嘴一咧一咧的："好像是哦。"

母亲送完黑昌回来，还是埋怨了我一下："净瞎说，现在他两个儿子都在谈婚事，女方那边可都在打听他家的家事，要伤了人家姻缘，看你怎么补救。"

那确实，现在的东石镇，许多方面都越来越开化了，但姻缘方面，老一代的人倒死死守住原来的规矩。无论是自由恋爱还是媒人介绍相亲的，真正谈婚论嫁的时候，家族里的人都有责任和义务，发动所有力量来打听对方的情况。上至祖宗的品格和教养，旁至远近亲性格和纠纷，能打听清楚的，都得打听清楚。有时候还会雇些贩夫走卒各种旁敲侧击地问，搞得谍战大片一样，确实胡乱说不得。

我想着，自己刚才那样冒冒失失确实不好，明天一早去海堤跑步时，再向他道歉。而且，我还想和他再聊聊天，说不定，他会再说些我不知道的父亲的事情。

那日晚上，我竟然睡着了。

睡梦中，我梦到和父亲在海堤跑道上跑步。梦里父亲是偏瘫前的模样。

父亲问我："北京好还是家乡好？"

我梦里竟然说："都不好。"

"那哪里好？"

我说："小时候好。"

梦里父亲说："你现在也爱跑步了？"

我说："我不爱，我只是心里憋得慌，需要跑跑。"

父亲笑着说："我也是。那以后我们一起跑好不好？"

我开心地说："好啊。"

然后我突然知道自己是在做梦，一哭，我就醒了。

醒来的时候，已经是十点多了。

我下了楼，看到母亲已经搬了把椅子坐在门口，身旁是她整理好的烧香的供品。

母亲说："今天倒睡得好了，看来，回家好啊。"

母亲说："陪我去拜拜吧，咱们都几年没去了。"

东石镇的习俗，过年前后总要把家里走动过的神明都拜一圈，就类似于和看着自己长大的长辈们汇报一年来的境况。母亲这几年，为了父亲麻烦过的神明可不少，算下来，十几座庙是有的。母亲性子又是急的，总想尽快拜完，每年过年，母亲总让我骑着摩托车带着她，特种兵般开始战斗的一天。

母亲把钥匙扔给我。那是父亲生病前买的摩托车。父亲偏瘫后，唯一开摩托车的便只有我了。这辆摩托车都快二十岁了吧。

"车我拖进偏房了，你去取一下吧。"母亲交代我说。

"好的。"我边说，边去厨房先拿了块布，想着，这么几年没回来，摩托车积尘得多厚。但进了偏房，倒发现摩托车被擦拭得干干净净，甚至可能还擦过油，铮亮铮亮的。我再用钥匙插进去，油表动了，还是满箱油。

我知道了，应该是母亲悉心照顾着的。毕竟那是父亲留下来的为数不多的东西。按照我们这儿的习俗，人走之后，所有的日常用品都要拖到海边一把火烧掉的。

把摩托车推出门，我发动车，母亲把供品先放在后置车厢，然后假装不经意地说："以前啊，你父亲偶尔会开车带我去海边兜风。他老爱不等我上车，就把摩托车突然开出去，假装自己要到哪儿，其实逛一圈很快回来，然后把车就停在这儿，把油门催了又催，问：'这位水姑娘，去不去海边兜风啊？'"

母亲突然不说话了。

我不敢转身看她，把车启动了往前开。我知道的，车开起来，就会感觉海风在抱着我们。

按照母亲的规划，先去关帝庙，再去观音阁，然后去夫人妈庙……这些庙大都在海边，我载着母亲，一路呼呼的风声，一路白花花的阳光。母亲一路总在回忆，到了一站，开启一站的回忆，下车便烧香拜拜，路上便一路盯着海风，和我讲过去的故事。

风很大，话语被吹得零零碎碎，还好记忆本来也零零碎碎。

母亲说："要嫁你父亲前，我娘家那边有人打听到你父亲脾气可凶，老爱打人，还有人说，你父亲喜欢玩，整夜整夜地不回家。我偷偷跑来观音阁抽签，忘记签诗是什么了，但我记得，解签的师父告诉我，放心啦，这个男人心里柔软得像女人，为妻子孩子做牛做马的命。你看，菩萨真准。"

母亲还说："你小学一年级考试考了年级第一名，你父亲晚上竟然睡不着，偷偷说，我儿子出生在咱们这两个没文化的人家里，会不会耽误了？我儿子应该是老天爷给的，我哪有什么聪明能遗传给他。要不，我们送去我外表姑家里养，她家出了两个大学教授，咱们付钱给他们。我说，人家怎么肯？你父亲说，肯的，她家到现在都是孙女，孙辈的还没有男孩子。我说，但你舍得吗？你父亲想了很久，说，哎呀我舍不得，那可是我儿子啊……"

夫人妈庙到了，母亲还在说着前面的故事，突然有人在后面按着摩托车喇叭。一回头，是黑昌，他载着妻子，妻子抱着供品。再一看，后面还有两个白白净净、清秀俊俏的小伙子，那应该是黑昌的两个儿子。我看着他们，倒真切记起二十多年前婚礼上那个黑昌的样子了。两个儿子各自载着的，应该是各自的未婚妻吧。看样子，他们应该刚烧完香，准备去下一站了。

母亲看着这阵势，很是开心："这么着急，都还没办婚礼，就来夫人妈庙求子啦。"母亲猜这背后肯定有故事的，毕竟夫人妈是管女人生育的。

黑昌还是那种口气，拉着嗓子喊："你知道的啊，我着急的，我比大家想象中的还着急。我老是和儿子们说，先上车后补票也不是不可以。"

说完，他转头对着自己两个儿子挤眉弄眼。两个儿子脸顿时红了。

说起来，我已经二十多年没见过黑昌的妻子。我还可以在她现在的脸上，找到当年的那些模样，但是她变得又黑又瘦，一直安静地看着我们说话，一副悲伤的样子。

我本来想对黑昌说声不好意思，但看着家人都在，特别是两个未来的媳妇也在，便不好再说了。

我就说："黑昌，明天早上去跑步吗？"

黑昌那个大一点儿的儿子显得有些吃惊："老爸你还每天去跑步？"

看来他儿子和我当年一样，不知道自己的父亲是东石镇命运慢跑团团员。

黑昌得意扬扬地笑起来："臭小子，你老爸我可积极向上了，每天五点多就起来跑步，你们睡到大太阳晒屁股，哪会知道？你老妈就知道。"

黑昌的老婆对着我们点点头，意思应该是她知道的。她终于说话了，就一句："跑步好，跑步身体会好。"

黑昌的小儿子催着说："得赶紧走了，待会儿还有事情。"他边说边看后座的女孩子，我想，应该是他未婚妻不耐烦了。

黑昌说："那我们走了啊，明天早上见，走啦。"边说，边催起了油门。油门呼哧呼哧，甩出了黑黑的一条油烟。

幸好定了闹钟，但闹钟竟然叫了许久我才醒来。

昨天拜完所有的寺庙到家，已经是晚上八点多。随便吃了点儿母亲做的卤面，身子一暖和，竟然犯困了。趁着困意，赶紧躺床上，迷迷糊糊的时候想着，晚上会是好觉，摸出手机，赶紧定好了闹钟，突然眼一沉，坠入睡眠中了。

我骑着摩托车到海堤跑道路口时，黑昌看上去应该等了好一会儿。他就在那入口处，一会儿抖抖手，一会儿抖抖脚，来回走着。看到我，他那大嗓门又来了："总算来了哈。"

我刚要道歉，他很是开心地说："看上去睡得不错啊，真好。"

已经有人跑回来了，不断和黑昌打招呼。黑昌说："咱们得赶紧跑起来，要不我待会儿赶不及回去给老婆儿子做早饭了。"

我没想到现在是他在负责做早饭，毕竟在二十多年前，他还是个玩世不恭的混世魔王。他看出我的想法了，咧着嘴笑起来："你等着，等你有孩子了，你也会变'孝子'——孝顺孩子的。"

再转念一想，他似乎突然找到可以反击的方法了："你看，你父亲也可是大'孝子'。以前跑步，每天边跑步边说，我儿子啊，胃不好，怪我，随我的；我儿子啊，有点儿凸嘴，不好看，还怪我；我儿子喜欢吃这个，我儿子不喜欢吃那个。"

他说着，我听着；他笑着，我也笑着。但笑着笑着，我还是有些难过，其实我一直知道的，父亲离世后，这世界上再不会有人如此疼爱我了。特别是年纪越大，还指望能有谁疼爱，说起来自己都不好意思吧。黑昌也察觉到了，想用开玩笑调节下说话的气氛："其实，不就这个年纪睡不着，早起来跑步，早起来做点儿饭，也算打发时间嘛。"

黑昌可能为了哄我开心，开始讲起我父亲的威风往事："你知道吗？你父亲年少时候可是咱们东石一霸，当时我们都纳闷怎么还有姑娘敢嫁给他，我估计是你母亲娘家那边的打听团不够专业。"

"不是啊，我母亲说父亲一向温柔得很。"

"那是结婚前，来，我和你说几个故事。有次你大伯，也就是你父亲的哥哥，不知道为什么和人吵架了，对方也是大家族，威胁着哪一天要把你大伯套在麻袋里打残了扔地瓜田。他很担心地叫来你父亲说了。你父亲抢起把开山刀，一个人单枪匹马冲到人家家里，对着十几口人喊，谁敢动我大哥一根毛，我要谁一条腿！对方完全被你父亲的气势吓到了，竟然赶紧道歉和事了。再比如，你父亲当时有十几个结拜兄弟，有个结拜兄弟叫阿贼，一天早上醒来脑梗了，陷入昏迷。当时大家都穷，他家人和亲戚都说要不算了。你父亲那时在当海员，算是比较有钱的，他跑去轮船社把自己能提的工资都提了，还提了未来两年的钱，硬是把阿贼送去厦门的大医院抢救。人没抢救回来，但你父亲的钱全花光了，一夜回到解放前。这不，后来和你母亲结婚的时候，都没钱把房子盖起来。"

"但你不是说我父亲抠抠搜搜的？"

"是啊，就是有了妻子孩子之后，你看，要让男人变孬只需要一件事：结婚生子。"

黑昌这么总结："你看，我也是这样。"说完他自己笑了。

我想，黑昌猜出来了，我老找他，是想听父亲的故事。那一天，他边跑边认真地回忆，说完一个故事，说等等啊，我还可以找到的，等等啊……我们沿着海堤一会儿跑一会儿走，也算完成了一个折返，他讲了一个又一个我不知道的父亲的故事。

回到起点，黑昌本来已经挥手和我告别了，却突然又叫住我："其实有个事情我一直耿耿于怀，我想还是告诉你吧。你父亲应该是在你读初二还是初三那一年，跑几步就喘到不行，动不动就停下来捂着胸口说心脏闷闷地疼。我劝他一定要去看医生，但他说，那个时候加油站的生意已经很差，他老担心以后不够钱供你上大学，所以他不敢去看病。他说，看心脏的病怎么可能便宜的？我当时也是父亲了，我很理解他的想法，所以我只是说，那你自己找点儿药吃，没想，过了不久，他就因为心脏病引发中风了。"

黑昌说得很难过："其实男人自己垮了，才是对妻子孩子最不好的事情吧。你以后结婚有孩子了，可千万记得，这是做父亲经常犯的错。"

春节报社只给了七天的假期，我犹豫要不要请假几天，试探性地问了副总编，他倒激动了："不是啊，前两年都你来顶，大家订的车票可都是延迟回来的，你不拿着热线电话，谁拿啊？"

母亲在旁边听着，说："那你还是赶紧回去吧。"

母亲说："你这次回来得很好，这不，睡眠都好了。"

回到北京，我马上又坠入此前的生活里。虽然我努力沟通，不想白天、晚上、周末、节日都带着热线电话，但经过两年，大家都理所当然觉得，它就是应该黏在我身上的。

我因此依然不时要被北京这座城市哪个犄角旮旯发生的事情很早地叫醒，也经常，被有些突发的事情搞到很晚才能休息。

我睡得不规律或许是正常的，但我因此在朋友圈看到了黑昌奇怪的作息。

早上特别早，六七点的时候他会发一张照片，照片里是块木制牌匾，从上到下刻着五个字：感谢你来过。晚上特别晚的时候，凌晨两三点吧，他会发另外一张照片，照片是和早上那张对应的另外一块牌匾，从上到下刻着五个字：欢迎你再来。

刚开始看的时候，我还觉得这两句话莫名好笑，像是他的性格：话总不好好说。我还认出来了，这两个牌匾不就是他当时开饭店的那副吗？但后来看着他一直一直发，倒莫名觉得不是滋味：感谢谁来过？是谁要离开？欢迎谁再来？谁已经离开了？或者谁要离开？

而且，黑昌不用睡觉的吗？

看了一周，我还是给他发了个信息："黑昌你最近如何？"

他秒回："很好啊，好到不能再好了，再好下去，老天爷都要妒忌了。"然后，果然又附赠"这里是美好的小东石"系列。唰唰唰连续发来九张图片，最后发来文字：这世间千好万好不如家乡好，这人间千美万美不如家人美，东石等着你回家。这些内容我看过，昨天傍晚他就发在朋友圈的。

"我在东石很想你啊，想你在北京过得有没有比我在东石好，我知道没有。"显然他发完这些还觉得不过瘾。

我说："我也很好。"

他说："肯定不会比我好。"

我无法招架了，不知道怎么回复他。干脆就不回复了。

过了好一会儿，他又发信息来了："被我说中了吧，都没法回了吧。尽量过得好一点儿，感觉不好，就去跑步，北京也可以跑步，哪里都可以跑步。"

他说得意犹未尽，又发来一条："记得啊，是个男人无论遇到什么，都要跑起来，跑下去。别忘记了，你可是东石镇命运慢跑团北京分团团员。"

我想，我以后一定再也不轻易给他发信息了。

虽然回到北京我终究回到了被热线电话支配的生活，但我发现，自己心里确实有些重重的东西在生长。这东西还是隐隐约约的，但确实存在，它让我不会在一空闲下来，一没有具体的事务牵扯住的时候，就感觉自己轻飘飘的。

琢磨了许久，我想，那东西或许是心里开始生发出的、对所谓生活的构想吧。虽然，试图构造生活真不是件容易的事情，但心里生发出对未来的某种期待，终究是我的内心在和这世界重新连接。无论如何，父亲是拼尽了全力，才把我送到目前这样的生活，我想，我得就此努力为自己构造好的生活，或许这是父亲最希望我做到的，或许这也是，我能为父亲做的唯一的事情吧。

睡眠好之后，我反而实在爬不起来晨跑了。有时候加班晚回家，倒是会在路上碰到夜跑的人。不知道是北京的原因，还是因为夜跑和晨跑的人本身不一样，北京夜跑的大都是年轻人，穿着好看的衣服，拥有着好看的身躯。我喜欢看着他们，奔跑在满是霓虹灯和酒气的三里屯，我还是会因此想起东石海堤上奔跑的那些中年人，我想，他们和他们，奔跑的时候，灵魂应该都是充满生命力的吧。每次我站在一旁，看着他们从三里屯跑过，总会感觉，北京吹来了东石的海风。

黑昌还是一早一晚发着那两条奇怪的朋友圈，以及坚持不断更新着"今日份的美好小东石"。除此之外，黑昌的日子越来越热火朝天了。先是第一个准媳妇那边经过漫长的考察，点头同意结婚了，然后第二个也同意了。接着，他的朋友圈开始了新的系列："人逢喜事精神爽啊"。

今天要去女方家下聘礼啦，明天要去定喜宴啦，后天儿子儿媳妇们要去拍婚纱照啦，大后天……总结一下，就是闽南婚嫁习俗事无巨细地在线直播。

我因此也把黑昌的朋友圈当连续剧追，我看他一会儿在儿子儿媳旁比"耶"，一会儿挤在一堆祭祀用的猪头中间吐舌头。照片里他乐呵呵的，我看着也跟着开心。

只是，我对其中一个内容不太理解，还觉得隐隐不适：他经常突然发一张咧开嘴笑的自拍。没有前因没有后果没有主题，就突然发出来。过一会儿就删掉。虽然是咧开嘴笑，但我总觉得表情有点儿扭曲。有次我还好事地点开看，感觉，嘴巴确实是咧着的，但是眉毛是皱着的。有次我还看到，脸上似乎有泪痕。

我几次犹豫着要不要给他发信息，但总担心又被他轰炸，最后还是作罢。想着，等我今年春节回家再问吧。

如黑昌所愿，在农历六月的时候，大儿子、二儿子一起办了婚礼。

他的朋友圈是这样发的："儿子们知道我没钱，所以体贴地为我拼团了婚礼。一次婚宴办两件大事，真是值。看到朋友圈的赶紧自己来登记，红包你们自己看着办，要给一包我也不嫌弃，要给两包其实也合理。虽然来只吃一顿喜酒，但毕竟是两场婚礼啊，乡亲们自己看着办哈。"

我边看边笑，想着，果然是黑昌啊。

正想着，黑昌给我发信息了："想着你机票比红包还贵很多，我就不要求你来了，而且毕竟咱们也只是远亲，你不和我亲，我也批评不了。反正过年你本来也要回来，回来记得找我补顿喜酒，你给我补个红包，两个就更好。"

我回复他："一言为定。"

黑昌的二儿子果然践行了黑昌提倡的"先上车后补票"，刚结婚不到一个月，黑昌又发出朋友圈："我有孙子啦，我儿子和他老爸一样勇！"我看着朋友圈，突然想起二十多年前那个白白净净的玩世不恭的黑昌。虽然披着一副衰老臃肿的皮囊，但黑昌果然还是那个黑昌。

那天黑昌又给我发了个信息："穷死你堂哥我了，发这条信息只是告诉你，你现在欠我三个红包了。"

我开心地回："不是远亲吗？最多给两个。"

他回复我："看你对我真心不真心，就看你给的真金多少斤。"

我记得是十月十五日左右，黑昌突然没有发朋友圈，我当时是觉得奇怪，但也没太在意。然后第二天也没发，第三天也没发……过了一周，我觉得心里疙瘩得不舒服，终于还是给母亲打了电话。

"黑昌是不是有事了？"我问母亲。

"你怎么知道的？"母亲吃惊地问，"他已经按照咱们这儿的习俗睡在厅堂里，感觉是要不行了。"

我愣了一下，然后我知道了，我突然知道了——那次他来问我找医生的所谓的那个朋友，真的是他自己。

我对着母亲喊起来："过年找我的时候，他就知道自己生病了吧？"

"是啊，镇上的青山医生去看了，说是肺癌。现在每天咳血，血都不是一朵一朵的，而是一大片一大片的了。"母亲说，"对哦，有个事情其实我还没来得及当面和你说。黑昌在儿子婚礼上特意拉住我，要我叮嘱你，千万别说出去他问过你关于医生的事情。他当时脸色已经很苍白了，但还是笑得很大声，靠在我耳朵上轻声说，告诉黑狗达为了这个可爱的堂哥一定保密，如果让我儿媳妇们知道，我早知道自己生病了，她们会说我骗婚，毕竟现在哪有娘家会爽快同意自己的孩子嫁给可能有肺癌基因的人家啊；如果让儿子们知道，他们会生气，会怪我为了给他们办婚礼省钱不去看病，他们会自责难过很久，甚至一辈子吧。现在这样的结局很好，请黑狗达一定帮我守住秘密。"

我突然明白了，那几张让我不适的有泪痕的笑脸，应该是他疼到受不了的时候发的。他太疼了，但他不能喊出来。他还得假装自己没有生病。

黑昌毕竟是我太爷爷的兄弟的曾孙，算是堂兄弟，按照习俗，黑昌走的消息无论我在哪儿，宗族总要通知到的。本来我和宗族的联系人是黑昌，现在黑昌走了，其他宗族话事人都和我不熟悉，消息是母亲正式转发给我的。

　　母亲说："你不用特意回来的，毕竟黑昌只是你远房的堂亲，咱们农村习俗就是多，怕你们大城市的领导不理解。"

　　但她又说："不过。如果你要能回来送送黑昌，也是真好。我想，无论黑昌还是你父亲，应该都会特别高兴的吧。"

　　我和母亲说："我想回来。"

　　果然还得是黑昌。或许是我参加的葬礼不够多吧，反正我是第一次看到双手比着大拇指的遗照。遗照里，他笑得一整排牙齿全露出来。牙齿应该还是修过图的，洁白得快要发光。

　　闽南的葬礼，总要搞得金光灿灿、热闹非凡的。中间是纸糊的金灿灿的灵堂，后面是安放着黑昌身体的棺材，灵堂前排中间是一个永远在燃烧金纸的铁桶，两边则是请来的哀乐团。或许就是要用这金灿灿的热闹，把悲伤的情绪全部挤走吧。

　　我一走进厅堂就看到，金灿灿的灵堂两边放着他朋友圈经常发的那两个牌匾："感谢你来过"和"欢迎你再来"。我想，应该还是黑昌的主意吧。我知道的，他甚至为了要放这两个东西，把它们写进了遗嘱里。

　　我看着那两个牌匾，想象着那段时间黑昌每天一早一晚发着它们的心情。我想，应该是他每天一大早就疼醒了，身旁是睡着的妻子，他憋着不敢叫出声，于是发了一张"感谢你来过"。我想，应该是他每天疼到深夜两三点都睡不着，疼到在家里来回走着，但他和妻子孩子住一起，他必须咬着牙忍着，最终躲进厕所发了一张"欢迎你再来"。

　　按照习俗，我也要烧点儿金纸给黑昌。边烧边忍不住抬头看黑昌那个两手比着赞的遗照，我边看边难过边笑：感谢你来过，欢迎你再来啊黑昌。

　　黑昌的儿子们看到我了，特意起来迎我。黑昌的大儿子说："小叔，你好像和我父亲很好啊。"

　　我说："是啊，我也觉得很神奇。"

　　黑昌的小儿子说："有空儿的时候能和我们说说父亲吗？我这几天一直在想，我们对他的事情知道得太少了。你看，连他每天晨跑都不知道。

我们是不称职的儿子。"

我看着他，仿佛看着当年的自己。

我想安慰他："我父亲晨跑我也不知道，还是你父亲告诉我的。"

但我不知道要不要告诉他们，其实我已经知道了，孩子总不容易知道父亲的故事，或者说，父亲总不舍得让孩子知道自己的故事，特别是拼到最后一丝力气都要护着自己孩子的那种父亲。

比如我父亲，比如黑昌。

我看着黑昌的两个儿子，一副手足无措但又尽量显得理性克制的样子。我知道，他们在努力表现出责任和担当，每个儿子在失去父亲后，总觉得自己要表现出男人的模样。我想，当时我在父亲的葬礼上，大概也是这般吧。

毕竟只是某个远亲的葬礼，报社只给我批了两天的假期，第二天一大早，我便得回北京了。为了图个便宜，离开家乡选择的是早班机。我前一天晚上就预约好了五点半出发的车。

那天晚上我睡着了，但睡得不深，四五点钟便又醒了。我不想吵醒母亲，轻轻地收拾好行李，轻声地出了家门，早早地等在路边。

天灰蒙蒙的，还没泛白。我不时听到有喘气声由远而近，我知道，那是一个个当了父亲的中年男子正在为了和这个世界抗争，努力奔跑着。

我盯着地面，不让自己看路过的这一个个奔跑的人。我害怕自己会从他们身上看到黑昌，看到我父亲。

终于，约的车到了。摇下车窗，司机问："是去机场的吧？"

我说："是的。"

司机师傅是个四五十岁的中年人，看上去很是疲惫。他打着哈欠，抱怨着："真搞不懂你干吗叫这么早的车。"又自己小声嘟囔着，"真搞不懂我干吗通宵接这单车。"

我知道他为了什么，我知道他其实清楚自己是为了什么：他和所有父亲一样，只是为了自己的妻子和孩子。如果他只是为了自己，他熬不住这个通宵的。

车行驶到出东石镇的那个路口，路的左边是海堤跑道，右边便是去机场的路了。

我不愿意让自己看到那条海堤跑道，闭着眼，假装自己睡着了。车开动了，车要过红绿灯了，车要离开东石了……但却突然紧急刹了一下车——有人奔跑着横穿马路，师傅差点儿没刹住。

"干吗啊这些人。"师傅看来有些被惊吓到，生气地抱怨着，"真佩服这些老哥们儿，一个个大腹便便的，一大早折腾自己。都这把年纪了，扑腾什么啊。"

我听着不舒服："别这么说，你不知道他们有多拼命。"

师傅斜着眼看了看我，说："这个岁数拼命有用吗？"

我不想和司机说话了，自己转过头看着窗外。我知道我难过了，心里不断在辩驳："怎么会没用呢？他们现在再无力，他们的努力再可怜，无论如何最终还是多护着自己的孩子、家庭一些的。"

我越想越难过，突然下了一个决心："师傅，拐回去一下。"

师傅转过头看着我，气恼地说："啊？我现在都开到下一个路口的右转道了，车掉头得走左转道啊。"

我尽量控制着情绪，但我知道我的声音有些颤抖。我说："麻烦师傅了，我想去海堤那边找人说些话，我必须得去海堤那边找到他们说说话。"

师傅嘴里还是嘟嘟囔囔，但终究还是掉了个头转回路口来。

我看到那条海堤跑道了，我看到命运慢跑团了，我看到一个个中年的疲惫的父亲，拼了命试图扛起自己。

我知道自己的眼眶开始湿润，我下了车，冲进海堤跑道里，冲进那些奔跑着的中年人里。我跟着他们跑起来了。我看到世界在我面前跳动着，我看到大海在我前方闪着光，然后我看到了，我看到父亲了，看到黑昌了，我看到他们就在前方奔跑着，他们朝着大海在奔跑着。

"加油啊，父亲！"我突然喊出来。

"加油啊，黑昌！"我站在海堤跑道上，我站在一群奔跑的父亲里，忍不住大喊起来。

喊着喊着，我知道自己在号啕大哭，把三年前没哭的泪水，哭出来了。把昨天没哭的泪水，哭出来了。

我对着他们的背影喊："感谢你们来过啊！"

我对着这群奔跑的父亲们喊："欢迎你们再来啊！"

原载《人民文学》2024 年第 3 期

辑

二

许多树

叶　弥

气候、食物、房屋的高度，甚至路上铺什么样的石料、长什么样的树，都会影响一个城市的格局与人的身心。小城里的姑娘一望而知，她不仅出生在小城里，还祖祖辈辈生活在一条小巷里。此刻她正走在一条非常古老的小巷子里。经过两座石桥，她从巷子的最深处走到了巷子前部。巷子外面是一条大马路，自行车川流不息。今天这个日子对她好像有着特殊的意义，她穿着新的连衣裙，脸上浮现出傻乎乎的笑容，一副见识少的纯真模样。连衣裙的料子不错，是真丝乔其纱，米色的底子上印着一大堆线条轻浮而平庸的紫玉兰花。拘谨的浅 V 领，浅得把领口两边轻轻一提就能变成圆领。北京姑娘的裙子下摆已经短过膝盖了，可这个小巷姑娘的连衣裙长长地拖到小腿以下。巷子里铺着的石块凹凸不平，长年累月地走在这种路上，让她养成了谨慎的小碎步，眼睛还时不时地瞅一眼地面。这样一来，她的长连衣裙更显得累赘了。此时一阵风吹来，把她的连衣裙下摆吹得翻了起来，一直翻过膝盖。洁白的大腿在裙裾边若隐若现，就像玛丽莲·梦露那张著名的站在风口的照片一样，不同的是小巷姑娘慌得把包扔在地上，两只手在风中乱挠一气，想把裙子抓回原位。

站在二楼的小伙子看见这一幕，一边抽烟一边笑着说："这还差不多。"

小伙子站着看风景的地方是一幢私家小楼。低调的小小木门，里面是深宅大院，院里停着上海新出的"桑塔纳"轿车。民国式的两层楼，上面爬满野生的老薜荔。院子里绿树成荫，有一棵名贵的百年紫玉兰。院子外面也绿树成荫，但都是寻常的香樟树。私家小楼和巷子外面的大马路隔着一条小河，站在二楼，河、船、石桥、自行车、汽车……周围的热闹或寂静的光景全都一览无余，当然被大风吹开的大腿也被他看得清清楚楚。这时候他又说了一句话：

"这座小城缺少时代感，需要一阵大风吹开保守的樊篱。"

大风掠过地面几秒钟后一跃而上，蹿到马路边的香樟树上，把树冠吹得倒向一边。随即大风发出一声尖啸，遁入虚空无影无踪。巷子回归寂静，姑娘的裙子也复归原位。但她惊魂未定，弯下身子摸一摸裙边，确定裙子不会再翻卷开来后，直起身体，朝后面偷偷看了一眼。

还好，后面的巷子空空荡荡，没有人看见她被风掀起的裙里风景。当她的眼光不经意地瞥到那座宅院里的小楼时，她发现二楼上有位小伙子正看着她，他抽着烟，脸色温和平静。和她见过的所有的男士都不同，他目空一切，好像掌握着这个世界。

她看到小伙子扔掉香烟，那香烟头带着暗示抛过来，在空中画出一个大大的抛物线，落在院墙内。紧接着小伙子从楼边的紫玉兰树上摘下一朵花，也朝她抛了过来。和香烟头一样，紫玉兰花带着暗示画了一个小小的抛物线，落在院墙内。今天是五月一日，这棵紫玉兰树上还开着不少花。

她加快步子走了，抛香烟头也好，抛紫玉兰花也好，她只知道二楼这位小伙子看到了她的大腿。

这座宅院里的保姆每天都要上菜市场购买活的鱼和虾，她认识保姆，看见了彼此微微一笑。保姆浑身都透着大户人家的神秘气息，手腕上戴着手表，大热天上菜场都穿着皮鞋而不是拖鞋，从不与路人搭讪。宅院里那棵百年紫玉兰开花的时候，巷子里有头有脸的人偶尔会上门要求观赏一下，可她只能远远地看一看露出白墙的紫玉兰树梢。她家住在巷子底的大杂院里，大杂院中间长着一棵百年板栗树。邻居们平时相处还算和平，大家努力保持着脆弱的平衡。可每到收栗子的时候，院子里就开始明争暗斗。为了多分点栗子，那些女人们动足了心思，好像少了几颗栗子就要死一样。她不喜欢这种生活，可也不知道如何改变。

这就是他和她最初的相遇。一个是北京男孩，五一劳动节期间来到姨母家里小住。一个是江南小巷姑娘，常居此地。他们相差一岁，但显而易见他们在任何方面差别都很大。他今年春节在家里从彩色电视里看了央视的首场春晚，而她住的大杂院连一台九英寸的黑白电视机都没有。不同的人，处在同一条时间之河，所处的环境不同，时代也是不尽相同的。他所处的是大时代，她所处的是小时代。

他们第二次见面的时候，已经过了四十年。时间到了二〇二三年的初冬。温暖的早晨，她早早起床，在湖滩的栈道上看风景。薄雾笼罩湖面，雾气缭绕。湖边的山坳里也飘荡着白雾，这种雾有着另外的名称，叫岚。岚烟蒸腾，比湖面上的雾更白，也更凶猛。太阳已从东边安静地露出了半个脸，水面上开始洒上金光，晃动着的波涛变得明亮耀眼。他也在湖岸边看风景，离她不远，站在一棵古老的大麻栎树下。他来得比她更早，站在大树下如一幅剪影。也许他喜欢太阳出来之前的神秘，当太阳渐渐升起时，他就走了。她回身看一眼，把他看得明明白白：年龄与她相仿，或许比她大一些。穿着藏青色的套头毛衣，搭一件米色薄呢夹克衫。靛蓝色牛仔裤，运动鞋。他步伐稳健，腰板挺直。

她看了看手表，随即也离开了栈道。湖滩上的芦苇被割得干干净净，露出大大小小黢黑的湖石，湖水永不停息地冲刷着它们，徒劳地想改变着什么。她看见那人走进了山坡上的五星级宾馆，她住在山坡下的民宿里。区里组织退休教师来此休养两天，她跟着来了。她是一所小学的数学老师，退休了。这几天天气晴暖，吃饭都在院子里。早餐期间，整个民宿里全是这帮退休教师们的欢声笑语。他们的声音从院子的矮栅栏中传得很远，吸引了不少游客的注意。

退休教师们吃完早餐没有离开的意思，他们商量着要把愉快的气氛延续到中午。很快就有人拿出二胡拉了一曲《梁祝》。小提琴、笛子也依次上场，京剧、昆剧轮换着唱。看来他们都是有备而来的。就这样你方唱罢我登场，不知不觉太阳升到了天空当中，阳光也暖和得像是五月天。她换上一件真丝米色印花连衣裙，手持羽扇，在一台录音机的伴奏下跳了《橄榄树》。这件连衣裙是她四十年前穿过的，如今还能穿上，不得不说，她的身材保持得很好。连衣裙上的紫玉兰花平淡无奇，连衣裙式样保守，裙摆又大又长，舞动时却一扫平庸，显得她身姿曼妙，光彩照人。

他站在围观的人群里津津有味地看着她跳，心里有一股浪潮拍过，就像湖里的浪花拍打岸石。当然他根本认不出眼前跳舞的女士就是四十年前看到的小巷姑娘，她连衣裙上的紫玉兰花也没让他想起姨妈家里的那棵百年紫玉兰树。姨妈一家早就搬走了，那院子也卖给了一家企业做办事处。里面的格局早就被打乱，唯独紫玉兰树还在年年开着一样的花朵。他什么都没想起，却不妨碍他看得津津有味。他把手拍得比任何人都要响。

她跳完后就到午餐时间了，这样消磨时间真奢侈，也真美好。她正要进屋去换衣服，和她同住的孙姓女同事喊她：

"汪海英，有位先生盯牢你看。"

孙老师刚喊完，那位先生就走了过来，伸出手对汪海英说："我叫雷兴东。"

四十年后两人相遇，知道了彼此的名字。

孙老师又说："雷兴东，汪海英还是独身一人，没结过婚，没谈过恋爱，你不要没事找事哦。"

汪海英听了这话也不恼，看着雷兴东咧嘴一笑。没想到雷兴东比她更大方，主动抛来橄榄枝，说："我也是独身一人——离婚五年了。"

他话音刚落，周围的人就开始起哄。汪海英还没来得及进屋换衣服，就被急于做红娘的同事们推着和雷兴东一起走出去了。孙老师把自己身上的风衣脱下来披在她身上，热乎乎地对她说："你孤单了大半辈子，愿你碰到一个好姻缘。"

两个人沿着湖边找到一家小而精致的餐厅，选了靠湖的窗边坐下。窗外的草地上飞舞着成群的蚊蚋，海棠开着花。一位本地中年男食客气呼呼地说："该死，今天21℃。十一月二十二号了，农历也十月十号了，真正热得不像话。"汪海英点了一份煎牛排，五分熟。她问雷兴东："五分熟，你可以吗？"雷兴东说："没关系。"她再点了一条清蒸白鱼、三两水煮河虾、一份蔬菜拌沙拉、炖蘑菇汤、两小碗胡萝卜丁焖米饭。她说："AA制好吗？"

雷兴东说："好。我喜欢AA制，有时代精神。"

这句话说到汪海英的心坎上了。她说起自己怎么努力接受AA制的过程。说完以后，雷兴东说："是啊，活到老学到老。你是本地人吗？"

汪海英对他这句问话掂量了片刻，语气有点暗沉沉的："是的。"她也问了雷兴东一句："你是北方人吧？"

雷兴东说："我是北京人。我这次是来参加一个会的，北京已经冷到了零下五六摄氏度。这里温暖如春，我就多待一天，明天走。"

汪海英说："北京是首都，我们这里是小城市，不好和你们比的。"

她以为雷兴东会客气一下，夸夸她的城市，毕竟这座城市的格局与以前大不一样了。就说她出生的那条小巷吧，早就拆掉变成了一座市民公园，只有那棵大板栗树还在。但雷兴东只是不置可否地微微一笑。

她有点害怕他的微笑。他的微笑里有一股不可阻挡的底气。这份底气来自他的城市、他的学识、他的仪容。底气中应该还有他的出身家庭和生长的环境，他不知不觉地把这些底气都漏出来了。

为了自尊心，汪海英决定不问他的底细，除非他自己说出来。

水煮河虾端上来了，汪海英把虾盘朝雷兴东面前推了推，雷兴东又把虾盘朝她面前推了过来。一来一回地推，把他们之间刚刚形成的无形障碍暂时消除了。他们相视一笑，说出的话也轻松多了。

汪海英说："我的同事们都是好人，心直口快，也爱开玩笑。"

雷兴东说："我开得起玩笑。我们都这个年龄了，该怎样就怎样，不用扭扭捏捏。嗯，你很会点菜。你让我改变了对这座城市的印象。"

汪海英想了片刻，还是没好意思问他以前对这座城市的印象，这样显得与他针锋相对。她说："我以前不会点菜，后来我跟一位营养师学习了这方面的知识，知道什么样的人该吃些什么。"

她开始说起怎么和那位营养师认识的，她怎么抽出时间去学营养方面的知识。说完以后她意识到她的话太多了，于是抱歉说自己可能太紧张了，所以不停地说。雷兴东的话打消了她的顾虑。他说：

"我也紧张得很。你说得越多我就越轻松。"

汪海英说："原来如此，你是喜欢看我出洋相啊。"

两个人默契地笑起来。汪海英问："你抽烟吗？想抽烟的话可以去湖边抽一会儿。"

雷兴东说："我上大学的时候抽烟，后来和我的妻子结婚，她不让我抽，我就戒掉了。我们没有孩子。我年轻的时候不想要孩子，所以我们就不生。"他说完就沉默了。

"你继续说下去吧，不能总是我一个人说。"汪海英说。

雷兴东问："你想让我说什么？"

"说你想说的。"汪海英回答。

雷兴东抬头想了一想，眼睛看着她说："你出生在什么地方？"

这不是汪海英想听到的。她不希望和雷兴东一问一答，虽说她是数学老师，但生活的程式化是她不喜欢的。可雷兴东好像有一种天生的魅力，他的问话让她不可抗拒。

汪海英回答道："我出生在市中心一条小巷子里。我家十几代人都出生在那条小巷子里，那里很静的，可惜老院子拆掉了，不然的话带你去看看。城市变大了，变亮堂了，老巷子越来越少。"

雷兴东赞叹道："你是小巷子里走出的姑娘，可是你的身上太有时代的气息了，完全可以和北京这种大城市的姑娘相比。"

汪海英的脸上一阵红，心一下子跳得非常轻快。她恍然觉得自己真的成了雷兴东嘴里所说的大城市姑娘。

不出所料，她激动起来，开始吐露真心话。她讲述那条老巷子如何破烂不堪，邻里关系如何差。她住的大杂院里有一棵大板栗树，每到收栗子的季节，院子里就开始上演由女人们主导的钩心斗角大戏。所以她后来不吃栗子，因为她一看到栗子，就想起那些支离破碎的市井生活。

说完这些，她又重点介绍了她年轻时怎样立志离开这样的生活。有她的日记为证，她十三岁就在日记上写下要离开陈腐的市民生活，她决不做碌碌无为的小市民。她十九岁那年，不顾全家反对，在大杂院众人异样的眼光中，她从小巷子里搬走了。

她说到大杂院众人的异样眼光时，动情地长长叹了一口气，仿佛回到了四十年前她搬出大杂院的那天。回首往事，她有点佩服自己，十九岁离开家独自住到外面，在一九八三年，是一项大胆开放的举动。雷兴东对她这个行为很感兴趣，问："搬出去一个人住，是你自己决定的吗？"

她一愣，没有反应过来。

雷兴东把她的一愣看在眼里，心里明白，说："我知道了，不是别人替你决定的。如果是你自己决定这么大的一件事——哦，对十九岁的女孩子来说，那时候是一件大事了。你很了不起。我比较好奇，想问问你，到底有什么原因呢？"

她从嘴边拿掉一根虾的细须，慢慢地放在桌上的纸巾里，低着眼睛，克制住内心的急躁，再说下去，恐怕就失控了。她回答说："我刚才说过了，是想改变生活，追求进步。褪去陈腐观念，避免成为新的小市民。"

雷兴东不再追问，对她的话礼节性地点点头表示同意，还求饶似的深深看她一眼，并且说："我懂了。"她看得出来，他不懂，他也不相信她说的理由。或者说，他相信这是一个理由，可这个理由是浮在表面上的，更深刻的理由在表层下面，他想要知道的是更深层的理由。

为了让他真的懂，于是她继续说下去。

她说她搬出小巷子后，在一所大学边上租下六平方米的一个小房间，开始报考会计员。当时她的女友们有学绘画的，有学服装设计的，有考大学的，还有去了美国、英国、日本发展的。可她报考了会计员。

她说得很详细。提起她最初的奋斗史，她努力克制着情绪。她从种种细节发现雷兴东是个沉稳的人，他来自大城市，他一定不会喜欢容易激动的女人。小家子气的女人才会情绪失控。

就这样，汪海英坐在那里波澜不惊，脑子里的想法却一个连着一个。她一瞬间有点忘了这顿午饭的目的。当她再一次从自己的过往生活中清醒过来时，鼻头上渗出油汗，脸上露出了羞涩的笑容，嘴上忙不迭地抱歉，低下了头。雷兴东善解人意地及时给她解围：

"在我看来，报考会计员是最好的选择。生存总是大于一切。"

听话听音，雷兴东的话总会让她感到一丝不安。其实她的故事还没讲完。她不是把生存看得高于一切的人，很多时候她为了理想而活。考上会计员后，迷上了数学。那时候有个说法叫：学好数理化，走遍天下都不怕。她想走遍天下。于是她一边工作一边报了夜校数理化班。一年学完考上了省里的师范院校，毕业后回家当了中学老师教数学。可她觉得自己还是需要进步，就辞职去了深圳创业，感受时代的浪潮。四十多岁时，她决定今后的目标要放在培养孩子上面，一番折腾终于进了小学当数学老师。她的人生起起伏伏，不论是输是赢，她都在努力地活出精气神……

她抬起头，想说些什么，欲言又止，决定不再说了。她的咽喉处开始痉挛，伴着一股紧扼的酸楚。她喝了两口水，咽喉才慢慢松弛下来。然后她就想到一个问题，雷兴东一直在夸她，对她赞许有加。但不知为什么，每一次的夸赞，都与她的期待背道而驰，都会让她不由自主地自卑一下，使她的述说像一种自我证明，也像是一种迫不及待的浅薄的炫耀。而说得越多，无奈的意味也越明显，对自我越发不能肯定，而他的附和更多的只是表达一种礼貌。她忽然感到自己说的话没有价值，甚至觉得自己以往的人生也没有价值。她有了哭泣的冲动。

当然她忍住了。

面对雷兴东这样的人，她不甘心一无所获。这种不甘心，关乎她的自尊，和爱情无关。

她试探性地说了一句："谢谢你。我觉得你对我比较肯定。"

雷兴东想也没想就说："肯定的。"他回答得太快，太快就有点敷衍。

她心里对自己失望极了，不该这样试探他，难道无数个辗转难眠的夜晚并没有让自己得到有益的启发吗？

她看看手表说一点半了，风有点凉，她还穿着丝绸连衣裙呢。虽说孙老师给了她一件风衣，到底是冬季，一过十二点，空气就慢慢地凉下去。

这顿午饭就这样结束了。值得一提的是，雷兴东体贴地把她的羽毛扇从桌上拿起，放在她手中，然后去结了账。她也没有再提 AA 制。她有点兴味索然，第一次觉得自己与进步、前卫、年轻这些词有着不可逾越的鸿沟。哪怕每天都 AA 制，也无法扭转这个局面。怎么会这样呢？她问自己，昨天还没有这么脆弱。难道爱上雷兴东了？好像没有。

回到民宿里，她的同事们已经睡完了长长的午觉，准备去镇子里逛一逛。镇子在山的后面，他们必须从山脚边绕过去才能走到镇子。这座山并不高，山体却庞大，从民宿绕到镇子里要走一个小时。虽说交通便利，有公交车，也有民宿区专用游览车，但他们还是决定走一走，活动活动筋骨。汪海英现在最想休息一下，她脸色苍白，眼睛无光。孙老师把她拉到一边问："怎么样啊？"

她打了个哈欠说道："他说我有时代精神。"

孙老师说："那是给你打上一百分了。你不是就喜欢这种话？"

她说："他让我摸不着头脑。"

孙老师说："不是我说你，你和男人交往，老是抓不住重点。"

她说："谁说我抓不住重点？我这大半辈子的重点和别人不一样罢了。"

孙老师说："好了，你不要自我表扬了，你回房休息吧。我们可能要在镇子上吃了晚饭回来。你一个人不会孤单的，因为雷兴东会来找你一起吃晚饭！"

孙老师把汪海英埋怨了一通，最后问道："他是个什么样的人？"

汪海英没说话。

孙老师说："这个人给我的印象是稳而狠。不是我一个人这么说的，我们大家都这么认为。"

她最想说的就是这句话，说完她才安心地走了。

汪海英的脑子里就一直想着"稳而狠"这三个字，这三个字好像在吞噬她长年累月积攒起来的自尊心。

她琢磨个不停，想得头都发昏。

到底是冬天了，白天虽说很暖和，却很短。下午的太阳留不住，眼睛一错就掉入西边的无尽云窟里，只留下一天空的晚霞。她闭上眼，和衣躺在床上，似睡非睡，心里一点也不踏实。醒来后，她脱掉连衣裙换上毛衣和灯芯绒长裤，却对着连衣裙长吁短叹起来。这条连衣裙是有故事的，她忘不了这些故事。

听到敲门声，她打开门，果然是雷兴东来找她了。他也睡了一觉，精神焕发的样子。他说：

"我觉得我们应该一起吃晚饭。你说呢？"

她马上答应了。

"我想在吃晚饭之前，我们一起去温泉里泡泡。我的宾馆里有温泉游泳池。"雷兴东说。

她又马上答应了。但她其实不会游泳。她说没带游泳衣。雷兴东说不妨，他也没带，宾馆的小卖部里有游泳衣卖。她跟在雷兴东后面走了，从民宿到宾馆也就十几分钟的路程，这一路汪海英心里老在埋怨自己为什么不学会游泳呢。她这一生学会了许多东西，唯独没有去学游泳。因为她觉得游泳这一项技能并不能给人生增添多少光彩。

雷兴东很高兴，嘴角上一直带着微笑，他指着天空说："看，晚霞。这是我见过的最美的晚霞。"

粉红的晚霞动人心魄地横亘在天空上。

雷兴东要回房间拿拖鞋，他不习惯穿宾馆里的拖鞋，他出差从来都是带着家里的拖鞋。

他们在小卖部里买了泳衣，来到温泉更衣室。汪海英换上泳衣，在花洒下冲了身体，来到泳池边。这是一个室内温泉游泳池，现在是傍晚，里面除了雷兴东在游泳，一个人也没有。她不会游泳，但以前也下过水，知道扶着池边的扶手，把身体慢慢浸到水里，这样就不会头重脚轻地漂起来。她站定以后，不好意思观看雷兴东，就仰头朝窗外看了一会晚霞。晚霞中灿烂有力的粉红色正在高歌一曲，洁净透亮的冰蓝和粉蓝如花一样绽放。

雷兴东朝她游过来，他的自由泳看着特别帅气，她不看也不行。她发现她以前想得不对，游泳这项技能是可以给人生增加光彩的，雷兴东现在的状态说明了这一点。他在水里像鱼一样灵活，看得汪海英心里一动，心脏某个地方掉下一片陈年老垢，双脚也不听话地漂浮起来，身体像只葫芦一样在水里翻，吓得她一把拉住了游过来的雷兴东。雷兴东说："原来你不会游泳。我来教你吧。"

汪海英惊魂未定，赶紧说："好呀。"

语声娇嫩，话一出口，她自己也吓了一跳。雷兴东对她的语声很敏感，慢慢贴近她，紧紧地盯着她看。他们的脸上都挂着水珠，在泳池炽热的灯光下，显得神采飞扬。汪海英想："他不会就在这里亲我吧？要是他亲我的话，我怎么办？我要是没反应，那就是个傻子。我要是迎上去，会不会显得像个没见过世面的土包子？"

雷兴东朝后退了一步，对她说："你身材保持得很好，我知道自律是不容易的。"

她松了一口气，然后她忘了对自己的警告，控制不住地说："是呀，大家都说我身材保持得很好，这很难的。我十九岁那年的连衣裙，现在还能穿上。为了保持身材，我吃了许多苦呢。我有二十年没有吃过晚饭了。一天只吃两顿。三十岁开始，每星期跳三次有氧操，再做两次瑜伽。五十岁选择地中海饮食，吃了九年了……"

雷兴东一如既往，还是很有耐心的样子，对她的话不停地点头表示赞许，然后教她如何潜入水里，如何憋气。她抓着扶手，勇敢地把头埋进水里，就像她对待生活那样一往无前。可是她忘了闭上眼睛，一进水里就看见雷兴东健壮的身体。他中午吃饭时说过他六十岁了，他的身体一点也不像六十岁的人。她从水里冒出来，闭上眼睛，擦掉脸上的水。再次睁开眼，还是不敢看雷兴东，转头又去看窗外的晚霞。晚霞还在改变，妖娆的紫色覆盖了粉红和蓝色。雷兴东凑近了问她："你不高兴了？"

她说："没有。我就是生自己的气，怎么不会游泳呢？"

"你会的很多了。你对自己要求太严格了。"雷兴东说。这句话，他用了一种客观的口吻说出来，是对她的评价，却不是表扬。

她说："我看着你游吧。你现在浑身散发着光彩。"这是对雷兴东的表扬，却不是客观评价。雷兴东当然听得出来，他当即"呵呵"一声笑，一个鱼跃蹿出去老远，而后他潜入水中。正当汪海英四处找他时，她的脚丫被人抓了一把，她吓得一声惊叫，雷兴东浮出水面，哈哈大笑。他这个玩笑开得冒冒失失的不得人心，汪海英生气地推了他一把。他说："游泳池里就我们俩，水又这么清，你怎么会看不到我？你真奇怪。"

汪海英抓着扶手爬上岸走了。她换好衣服出来，雷兴东在外面等着她。说："现在吃晚饭太早，那边大榉树底下有一张椅子，我们就坐着看看晚霞再走。你看晚霞，各种深浅不同的紫色，还有黄色、灰色……就是没有绿色，哈哈。你走慢一点，我穿着拖鞋跨不开步子。"

汪海英说："谁和你一起吃晚饭！"

雷兴东脸上讪讪的，停下脚步看着汪海英走了。她走过老榉树，树上的白鹭们一动不动，对她恍若不见。她狠狠地盯了它们一眼。雷兴东嘴里自言自语："她是有点奇怪。她可能有过很不好的经历吧。"

两个人就这样分开了，没有在一起吃晚饭。

晚上临睡前，汪海英在电视机前面做了一套瑜伽，做完后心还是纷乱不堪。突然她心念一动，推开门走了出去，看见一轮清冷的月亮悬在头顶，月光清清楚楚地映照在大地，她甚至能看清每一棵树的叶子。也许是山地的缘故，这里的树真是不少，柘树、白皮松、蜡梅树、老槐树、黄杨古树、大梓树……她围着民居走了一圈，纷乱的心有些定了。回到屋里，孙老师对她说："你不要慌，明天雷兴东会来找你的。"

她说："我才不管别人找不找我，我继续走我的路。明天回家，我就去重新学英语。我以后要一个人去国外旅行、居住。我要去看看国外的人工智能，我要见识更大的世界。"

孙老师说："你总是能化悲痛为力量。雷兴东这样的人，不要也罢，他一看就是优越感很强的人，表面上对人客气有礼，骨子里有一种傲慢。"

汪海英和雷兴东第二天也没有互相告别。雷兴东一早就去了高铁车站回北京，汪海英一觉睡到十点钟，脸上和心里都很平静。离开雷兴东，她又恢复了内心的平衡。下午，她和大家一起坐车回到城里。她住的地方是一个环境优美的小区，她住在二楼的平层里，面对着外面的湖水，最主要的是，楼外有两株老树。一株是大板栗树，一株是紫玉兰树。它们都挂着牌子。紫玉兰树换了一个名字，叫辛夷。只要在家，她每时每刻都能看到这两棵挨在一起的树。

她刚回到家，四点多，突然阴天，暗无天日，狂风大作。她想起十九岁那年夏天，在巷子里碰到的那阵狂风。她庆幸昨天天气暖和，让她有机会在冬天里穿着十九岁的丝绸连衣裙跳了一曲《橄榄树》。她的世界里有许多树，它们全都挨在一起。挨在一起，一时就分不清它们的高低。

时间再回到四十年前，五月一日这天上午，她从巷子底的大杂院里走出来。她十九岁，高中毕业，已经在丝织厂工作了。今天她不上班。她穿上了新做的米色真丝乔其纱裙子，裙子内衬的料子也用了丝绸。裙子下摆那里印着紫玉兰花，她准备去相亲。丝织厂的师傅给她介绍了一位机修工，独生子，家里有两间房子，还有一小间厨房。缝纫机、自行车都有，听说马上要买黑白电视机了，条件很好的。她高高兴兴地走在巷子里，没想到快到巷口时，不知从什么地方刮来一阵大风，她的裙摆被刮得掀了起来，她的大腿暴露在风中。

那阵诡异的风瞬间就跑得无影无踪，她也在这时候看见路边那所民国式大宅里，一位小伙子站在二楼看她。小伙子向她抛来香烟头和紫玉兰花，她不反感这种暗示，她甚至心里很高兴。高兴之余又心有不足，她不喜欢他抛来香烟头。不管怎样，这位小伙子与她见过的任何男士都不同，他带着一股见多识广的骄傲，他的身上打着前途无量的印记，他好像天生就属于大江大海，而她是小河小沟里的人。可是没关系，她有决心从小河小沟里游到大江大海里，成为一个与他平等的人。

这天她没有去见师傅给她介绍的对象，以后也没去见。她给不出拒绝的理由。大家看不上她这么不讲道理，都不给她介绍对象了。

而她开始了小巷姑娘的跋涉之旅。从十九岁那年到现在，她从没有停止过前进的脚步。她从大杂院搬出来，她参加过许多门类的考试，会计、数理化、天文、地理、电脑、经济管理、舞蹈、绘画、写作、服装设计、中医、营养学、心理学、园艺园林学……她不断换工作，她紧跟时代潮流，她永远在学习和充实。她谈过两次朋友，一次也没有动过心。所有这一切，都是为了小巷里的那次相逢。那位小伙子是她前进的情感动力，也是她停滞时的鞭子。因为只见过一次，她很快就忘了小伙子的面容。他对她来说只是一个崇高的象征物，一个神圣的目的地。这种感情有点像爱情，又有点不像爱情；有点像竞争，也有点像人生的阴影；有点像无价值的某种自卑执念，有点像价值连城的自我实现。她塑造了自己，也限制了自己。无比矛盾的人生，源自小伙子当年向她抛出的两样东西：一样是香烟头，表明两人之间的差距，这差距让她的自尊心受了伤害，所以她要用尽全力拉平差距。另一样是紫玉兰花，花朵表明他对她的爱慕。来自高处的爱让她感到无比荣耀……在这卑微的情感中，她过了四十年。她今年五十九岁了，还穿得上十九岁那年的连衣裙。连衣裙下摆印着紫玉兰花……

她不知道，雷兴东就是四十年前把香烟头和紫玉兰花抛给她的人。四十年的岁月，一切都改变了，一切都没有改变。

原载《小说月报·原创版》2024 年第 3 期

四天麻将

徐皓峰

1

二十世纪五十年代初的香港，有一点像罗马，漂亮女子走在街上，会遭尾随。要被一路尾随到底，知道了家门，会生祸。一位女子警觉遭尾随，闪进街边一家拳馆。

像医馆门口贴医生照片一样，拳馆门口贴拳师照片，像位中学老师。女子计划躲十分钟，不料尾随者前后脚进来。他十七八岁，背个能装两副拳击手套的人造革皮囊。香港中学大多开拳击课，四五点放学时分，街面上常见这种皮囊。

女子识得，原来不是尾随，是踢馆的。进门者说："喊你们师傅。"室内五十平方米，两个高中生模样的小伙子在练习，身板单薄，动作不协调，明显的初学者。

武馆里间门开着，挂半截门帘，师傅坐藤椅，可见一双腿。夏日着短裤，腿上不见肌肉块，常人般松垮，久不晒太阳的惨白。

师傅掀帘出来，比学员更单薄的身板。

进门者掏出拳击手套，说白人办事科学，戴上这个比，不会打伤。师傅笑了，常年吸劣质烟形成的牙垢，问，你是怕打伤我，还是怕我打伤你？进门者说，怕打伤你。师傅说，你戴吧，我不用，不想打伤你，我控制手劲就行了，人的神经比拳套可靠。

俩学员赶她了，女子不好再看下去，出了拳馆。

过了一年，女子穿得起贵衣料，买了自行车。曾经躲进的拳馆，在她上下班路上，有时会想，那天走了后，踢馆者是被打了，还是打了师傅？

被人尾随的第六感袭来，她停车回身，有个走路肩膀不晃的身影，正是一年前背拳击皮囊的青年。

他经过她，和一年前一样，走入拳馆。

一年前，他被打服了，交了半年学费，但一天没学，出急事，去了印尼。他叫高今粥。师傅叫陈识，叹口气，"你来学拳了。"

学第一个拳式，叫开拳，一般由老徒弟代教。陈识身边没这样的人，亲自教。学会后，高今粥练习二十分钟，说："我只学您一招，退还给我一半学费就行。"

陈识下眼睑收紧。退一半，很体谅。一般拳馆，是一月一交。一年前，高今粥被打倒三次，说见了真货，一次交半年。如此激情，第二天却没来，两个月里，陈识天天等他，之后是隔三岔五地想，是否出了意外，人已丧命——今日又见他，是真高兴。

陈识说钱数大，拳馆现在只有些零钱，跟我去银行。

要回里屋取外衣，进来位踢馆者。不是愣头青年，是穿长衫的师傅，自称刚从北方过来，开了拳馆，不了解南方拳，习武人好奇，想体会下。语言客气，其实是要在当地立威。

师傅姓陆，今天只是来递帖子，比武约在十天后。生活操劳，十天可养养身体，合理。陈识却说，十天后有事忙，要比，现在比。

陆师傅眼光亮起，收敛后，说可以。

馆内有三位学员，陈识掏出三角钱，请他们出门喝汽水，歇过四十分钟再回来。师傅们打架，不给看，学员不情愿地走了。确定他们走远，陈识插上门闩。

高今粥还在馆内，陆师傅问，怎么还有个人？陈识说，我得留个人，万一你把我打坏，有人送我上医院。陆师傅说，那倒不会，我有控制，最多要他扶你去里屋躺会儿，便能缓过来。

陈识道谢，两人动手。

打得干脆，打法跟一年前打高今粥不同，陆师傅倒地。陈识有控制，陆师傅未受拳伤，膝盖跌地，有些肿，不妨碍走路。

陆师傅走后，高今粥向陈识表态，不用去银行了，那些钱还是学费，等我几日会来学。

等几日，是想另外找辙，先挣出一月伙食费。

从印尼回来，行李存在以前住过的船户区，二十几条窝棚小船拴在岸边，旅馆般出租。没从拳馆拿回钱，高今粥到船老大家，说交不出租金了。船老大表示没关系，先住进来吧，等有钱再给，咱们是老门老户。

高今粥说："不耽误你赚钱，作为老门老户，我这堆行李存你这儿，就是帮我了。"船老大拿钥匙，执意要给他开条船。高今粥拒绝，又提出个请求："白天，你容我回来喝两次白开水就行。"

香港自来水不普遍，打水要付钱，平民阶层常闹水荒。船老大问："夜里你睡哪儿？"

"鸟窝。"

鸟窝，商家关门后的门洞，遮风挡雨。

逛到街上没人，高今粥寻了家气派门洞，左右门洞都睡乞丐，独这家没有，不及细想，赶紧占上。

睡得累，感觉到天亮，起不来。等街上走车了，他还软着，直到门开，出来人踢他。看体格气质，像拳馆住馆学员，拎拖把水盆，要洗门洞。高今粥望招牌，果然不是商家，是拳馆。难怪乞丐不睡这门洞，该是挨过打。

学员开口骂，北方口音。高今粥腾身而起，"听说北方人仁义，对上门挑战的，打伤了给医药费，没打伤送路费？"

学员说是。高今粥问路费给多少，听到恰好够一月饭费，欣喜若狂，"我不是睡鸟窝的，是踢馆的。"

谁想馆主是陆师傅。

昨日倒地的丑态，被瞧见，陆师傅脸僵。高今粥说台阶硬，没睡好，希望动手前，先借您学员的床再睡一会儿。

陆师傅道："见外了。睡我屋。"

大约一个半时辰，高今粥神完气足地醒来。陆师傅备下了一桌菜，"小老弟，你没吃早饭吧？咱们就提前吃午饭。"

饭后，陆馆长表态，说拳馆刚开，经济不充裕，你每月来领八元，可领三月，如想一次性结账，我衣兜里有十五元，你全拿走。

高今粥惊愕，问咱俩之间是什么账。

陆师傅以为高今粥是来要封口费的——拿了钱，就不会泄露他败于陈识的事。高今粥表态，陈师傅允许我观战，是瞧得起我，我跑来讹您钱，还是人吗，日后怎么见陈师傅？

陆师傅黑脸，说凑出二十四元，你拿走。

高今粥道："呵！我的话你听不懂，怎么还越给越多了？"

陆师傅让他再喝口酒，离席而去，片刻回来，摆上三十元，"一定收下，我谢谢你。"青筋暴起，要拼命的架势。

猛想到，这钱不收，陆师傅难安心，败绩外泄，拳馆开不成，断了他财源。高今粥拿了，陆师傅送他出大门还不够，让学员留门口，自己按贵客礼节，陪高今粥出街口。

走出四五十步，高今粥没忍住，问："您这么怕输，那天为何去挑战？"陆师傅解释，是演戏。

甲方挑战，乙方应战，往往定在十天后，十天里，请一位中间人劝说，双方就不打了，对外宣称打过了，不相上下。这番折腾，是演给学员们的戏，显示当师傅的不断有战绩。

高今粥问："怎么陈师傅说当天打，您就答应了呢？"

陆师傅道："他一副没休息好的样子，我觉得能占上便宜。戏演多了，也想真有次战绩。"

2

高今粥回船户区交租金，船老大说你二舅把你行李挪酒店去了，办了入住手续，叫你上那儿住。递上个墨绿色塑料的门牌，标着房间号，坠着钥匙。

高今粥问："你怎么确定是我二舅？"

船老大道："不是你二舅，谁会为你花那么多钱？"

船老大和儿子帮抬着行李去的，带回了钥匙。询问二舅相貌，想不出是谁。高今粥没有二舅。

到了酒店，前台说，订房者交了四天房钱。房间里有两个热水瓶，一罐免费茶叶。高今粥喝了个水饱，两小时后饿了。来时已查看，隔酒店两条街，有大排档。走到大厅，被前台喊住，问晚饭时段，您外出干吗？

这逗笑高今粥，答复晚饭时段，当然是去吃饭。前台说你二舅还交了用餐押金，三楼和顶楼都有餐厅，只管点。问二舅相貌，侍者没船老大有口才，但一个人被描述了两遍，大致知道了相貌，高今粥自信，碰上了，能认出来。

次日，没去陈师傅拳馆学拳，傻吃傻喝，等冒牌二舅现身。二舅没来，侍者敲门，说二舅出钱每天给您买一张彩票，选号码吧。高今粥让侍者代选，说我不信这东西。次日通知，代选的彩票中奖，百元。

高今粥日进百元，到了第四日。有人敲门，竟是陆师傅。合情合理，高今粥暗笑，船老大、前台描述的二舅都不准呀。

"我既然答应了，肯定不会往外说，您不用这样。"

"我哪儿有钱这么请你？"

陆师傅之前说谎，跟陈识比武，不是刷战绩，是受人之托。来港开拳馆，靠一位大哥庇护，大哥要求，算是投名状吧，没探出陈识实力，探出他实力，大哥从此待他如手下。

陆师傅带高今粥去了顶楼餐厅，口中大哥五十出头，跟船老大、前台描述的二舅不同。高今粥释然，取行李、办入住，大哥有手下。

大哥原是京城纨绔子弟，拜过两位武术名师，战争期间家财未破，南下香港后投资自来水公司，不用开拳馆赚辛苦钱，但喜好混武行，来港的北方拳师多会拜见他，求资助求庇护。

大哥开门见山，讲了和陈识的芥蒂。

一年前，大哥和几位朋友酒后散步，街对面陈识走过，一友人说南方拳，北方人理解不了，瘦成这样的人，竟也是位开馆师傅。趁着酒劲，大哥说这种人开馆就是骗子，自己打一夜麻将后也能打他。

醉酒人对自己的音量无感，陈识在街对面听到，喊话："我连打四天麻将，也能打你。"大哥回头一笑，陈识也笑。大哥酒醒了一半，没再说话，被友人拉扯走了。

陈识的笑容，无法形容。一年来，雇混混找碴儿两次、请拳师踢馆两次，占不了便宜，也试不出深浅。陈识是高手，是否高过我？成了大哥心病。

以中彩票的方式，付出的三百元，是买高今粥偷袭陈识。"陈师傅对你上心，选传人的意思。他不会防备你，教你的时候，你偷袭他。偷袭的一招，我教你。"

高今粥掏出三百元放桌面，"这事我不干。"表态四日酒店的住宿费、餐费，他会在前台结清，不动押金。

大哥道："有骨气，随你意。"叫陆师傅点菜，任由他离去。

收拾行李时，有些后悔，该吃过饭再翻脸。手里只有三十元，结账是三十七元，前台说大哥常安排人住，酒店对他的账有优惠。优惠了五元，还差两元。

想起了房间清洁工。每天上午十点，她会来。酒店规定，清洁工不收小费，给他留下人格高尚的印象。

上下跑，在五楼发现她。问能不能借两元，她还是没跟他说话，毫不犹豫，拿出两元钱。没说好何时还她，高今粥离开酒店，将行李送回船老大处，两手空空，上街闲逛到天黑。

脑子里想的都是清洁工，她让他有种归属感，想请她吃饭、看戏、看电影，给她买衣服、买自行车……高今粥躺进个富户的门洞。

片刻出来俩男仆，说这不是刷夜的地方，赶紧走。高今粥依旧躺着，报上名字，说别人不能睡，我能睡，不信问你家主人。

是大哥家。

给请进门，高今粥问中午谈的事还有吗。大哥笑，说有。住了两日，练熟了偷袭的招。北方名师秘传，诱导性组合拳，如果第一下，对手辨不清是虚招，便会在第四下被打中。

第三日，回到船户区，租了条船，之后每天去陈识拳馆。

为避开其他学员，陈识教他在早晨四点至七点。高今粥不舍得买手电筒，去时天黑，借了陈识的灯笼。

过了十五天还没动手，陆师傅来船户询问，高今粥说学得上瘾，动手后就再学不成了，请缓几日。缓到二十天，陆师傅找来，说再不动手，你这人就没信用了。

二十一天，陈识给高今粥矫正动作，高今粥动手。猝不及防，陈识倒地。比想象的容易，佩服大哥的招好，骂自己混蛋。

陈识晕了三四分钟，醒来后没了再打的能力，强撑着回里屋，找出杆笔尖镀金的钢笔，说着了你的道，是我没本事，近来没钱了，笔是真货，上中学时父亲给买的，当封口费吧，你别跟人说。

钢笔拿给大哥看，笔尖的镀金几乎磨没，大哥判断："说明这笔真是他的，所以你说的事是真的，我终于掂量出他的斤两。"

高今粥汇报，陈识是脖子大神经丛受击造成的晕厥，没受伤，休息三小时，便可恢复正常。大哥道："容他歇三天。"

第四天，大哥登门，向陈识递挑战帖，问："听说你不耐烦等十天，喜欢当天就打？"陈识笑了，和一年前街对面的笑容一样，点头称是，提出个要求，请高今粥当见证人。

大哥奇怪，问这人是谁。陈识回答，他应该是你的人。

大哥颜面挂不住，出门叫司机接高今粥。等过一小时，高今粥到来。关了拳馆，比武开始三十几秒，大哥躺在地上。

人晕了，不能立刻扶，四分钟后大哥自己爬起，生高今粥气，和陈识联手骗自己比武。陈识说高今粥是我想培养的人，对他观察得细，他起歹意，怎能瞒过我？那天，我是故意让他打到。

大哥叹了句："行。"陈识倒茶，"你总在背后找我别扭，不如让你亮相来打，打完这场架，一年前的那场嘴战可以结束了吧？"

大哥道："你连打四天麻将，是打不败我的。最多是连打两天麻将。"这逗笑陈识，"是我说大话，我不对，向您赔罪了。"

喝过杯茶，这事就过去了。

高今粥待不住，跑出拳馆。

大哥说："陈师傅，你培养他，是用错了心。他为了三百元，出卖了你。"陈识道："惭愧呀，他出卖我，我利用他。他不配是徒弟，我不配当师傅。"

3

三百元，脏得不知该怎么花。

高今粥回酒店，租了一日房。次日上午等来清洁工，向她交代，自己有家，是开皮鞋店的，长兄支撑家业，自己只爱习武，跟老爹闹翻，离家出走，成了船户。

一年前家里在印尼开分店，受长兄劝，去坐堂看店，老实了一段时间，忍不住跟当地人比武，打伤了位警官的儿子，逃回港。烂摊子又得长兄处理，没脸回家。

"你是我的脸面，带你回家，老爹不原谅也得原谅。"

清洁工笑，说我能帮你这么大忙啊。

高今粥说当然，我家什么都有，回了家，你跟我过好日子。

清洁工说按规定，她们不能跟客人说话，得干活了，您听我自言自语吧，"酒店里从没有过穿成您这样的客人，所以之前打扫时，我会多看两眼，觉得您背后有故事。"

至于什么故事，她没兴趣。她跟所有人的关系，都是远远看着，不需要看明白什么。当高今粥跑来借钱，她借，是从小爷爷奶奶教育，人要帮人。左邻右舍、亲戚朋友，她都帮过，多帮一人，是习惯了。

打扫干净，她说，您还我钱就行，我不想了解您。

高今粥还了钱，想起陈师傅的钢笔还在他这儿。

还钢笔时，高今粥说："偷袭您，不是为挣三百元，是想让生活里发生点别的事，现在这事没了，您还愿意教我吗？"

等了五秒，高今粥说："您是要我交代那件事是什么事，再判断吗？这事，我没法说。"等了五秒，高今粥又说，"三百元，我拿着脏，会还回去。"

陈识开口："拳馆的水电费还没交，要还就还我吧，我挨了三拳，你才赚到它。"

一年后，陈识说："教了你这么久，你还没给我磕过头。"

高今粥磕头，陈识却把身子偏开，说半个身子受磕头半个身子不受，是承认教过你，不承认你是我徒弟，你只是你个人，没师门。

陈识传承的南方小拳种，碰上了北方名拳汇集香港的大时代，为验证祖师技巧，要高今粥挑战各门，打两年。

高今粥走出拳馆时，路面驶来一位骑自行车的女子。两年前，她怀疑他是尾随流氓。一年里，看多了他，她径直过去。

高今粥耳畔，响着陈师傅的临别语："打成什么样，都不要回来见我，你的事我都会知道。"

原载《中国作家》2024 年第 1 期

阅读障碍

黄　梵

一

老温的手又大又粗，隆起的指关节和厚厚的手掌，充满握斧子、拧扳手需要的那种力量。没有人知道他心里却最在乎书。他常为书忙得不可开交，觉得如果要给书献一份礼物，最好的礼物莫过于书架。从他决定自己做书架，到把父亲遗留的书全部上架，整整忙了一年。做书架是他读书计划的一部分，他想给自己创造一个克服阅读障碍的新环境。

把书都安顿到书架上的那天，他设法庆贺了一番。他给自己做了一盘三文鱼刺身，取出一瓶搁了十年的茅台酒，斟满一杯，对着满书架的书，心里念经似的，道出了心愿：恳请各位大师不吝赐教，为愚徒指路！

他一直不明白，别人喝酒是越喝越困，他从来都是越喝越兴奋。有人猜测他之所以从未醉过，可能是体内有东亚人没有的解酒酶。当他把盘中餐一扫而光，酒足饭饱，觉得自己的精神像从蒸汽火车冒出的蒸汽，要直冲云霄了。他认定此时万事俱备，已攀上巅峰的兴奋，正适合用来对付阅读障碍。他来到书架前，像将军检阅部队那样，从一头徐徐走到另一头。好家伙！父亲遗留的书，足足摆满了十一个书架。他给自己将要买的书，也预留了一个书架，准备摆些与众不同的书。

他对父亲留下的书，心存敬意。光看书名，都是他也喜欢的。兴许对人世感到迷惑不解，父亲把全部热情投入了历史书。早有口碑的全套《史记》《汉书》《后汉书》《资治通鉴》等，占据了书架最显眼的位置。老温过去总忍不住用那双大手去翻动它们。他为读《资治通鉴》，做过数次努力，均以失败告终。每次把书捧在手上一动不动看封面时，他最为激动。"资治通鉴"四个大字，把他的心撩拨得厉害，光是司马光的传说，就让他对司马光的书充满神往。翻到目录页，他感到略微眼花缭乱，那些字像窗外河堤上的山桃草，他呼出的气像风，仿佛正把它们吹得左摇右荡。他设法让眼睛盯着第一卷的第一页，看完第一页，待目光转到第二页，他诧异地发现，自己已不记得第一页说了什么。读第二页时，他再也做不到逐行阅读了，目光变成了跳远运动员，恨不能一次多跳过几行。他感到了沮丧，一目数行令他完全看不懂内容，不等目光扫完第二页，理解力已溃不成军，他只好难过地把书合上。每次等不到读第三页，他就开始打哈欠，睡意如猛虎扑来。父亲还留下了一套白话本的《资治通鉴》，为了避免重蹈覆辙，老温曾尝试从第二本读起。他要把读第一本的未竟之志，放到第二本上碰碰运气。第二本是《资治通鉴》第十三卷到第二十七卷的内容，从汉高后元年讲起。待他看完第十三卷的第一页，脑中只剩下了"元年"两个字。他沮丧地，开始用目光在第二页上跳跃，待强撑着用目光扫完，他几乎坠入了梦乡……

　　老温喝过酒的脑袋，像淋过雨一般清醒，他巡视着书架上的书脊，当目光触到蔡东藩的全套历史演义书，他会心地笑了。是啊，他常听父亲议论蔡东藩的书，说切不可被书名中的"演义"二字误导，蔡先生向来不虚构历史，务求事事确凿，唯语通俗，用小说体写史而已。老温把父亲最后一句话听进了心，他对小说的魅力坚信不疑，暗暗把这套书留作克服阅读障碍的突破口。他知道，经过无数次阅读尝试的失败，他需要一个重整旗鼓的时机。

　　现在，他看见这个时机正向他招手。他随手从蔡东藩的书中，抽出了一本，是《两晋演义》。他不打算在沙发上坐下来，相信站着有利于保持清醒。《两晋演义》前两页讲的大约比较空泛，用不着刻意记什么，他竟有所突破，哪怕磕磕绊绊，好歹进入了第三页的阅读。第三页开始讲魏主曹髦，因"司马昭之心，路人皆知"，决定亲自讨昭，哪想路遇贾充带数百人，来阻挡曹髦乘坐的车子。贾充即将寡不敌众时，恰逢成济带兵路过，成济问为何事相争？贾充厉声道：司马公豢养汝等，正为今日，何必多问！成济听罢，立刻手起戈落，将曹髦刺死在车中。老温觉得这段历史比小说还惊心，看来历史助他顺利进入了第四页。读到司马昭召集群臣商议后事，陈秦提议杀贾充，向天下人谢罪，没想到司马昭却嫁祸成济，将成济斩首，且灭他三族。天晓得，这么惊心动魄的历史，为何蓦地让老温打起盹儿来。他无法保持直立，身子已经倚向书架，脑海里漂浮着成济的形象，不知不觉进入了梦乡……

几声打鼾引发的腭垂振动，惊醒了他。他发现自己靠在书架上，双手仍保持着刚才的姿势，捧着《两晋演义》。他庆幸自己是在家里，不在书店或图书馆。正因为有这样的懊恼，他一般不去书店或图书馆，生怕自己翻书时会像刚才那样睡着，丢人现眼。这也是他不去书店买书的缘故，宁可守着父亲的那些繁体字旧版书。

没过多久，老温又郑重其事试了一次。他在书架前踌躇半晌，慎重抽出了一本《清史演义》。读前三页跟上次一样，虽然磕磕绊绊，还算顺利。转入第四页，哪怕他竭力保持自己的意识，明明看起来是书房的屋里，却出现了松软的沙漠。他忍不住试着走上沙漠，脚刚踩上沙子，却发现沙子下面是空的，他一脚踏空，扑倒在地。醒来，发现自己趴在地上，书已甩出老远。他把书捡回来时，看见封面撕开一道大口子，弧形的，几乎横贯封面。这道口子分明也撕在他的心上，隐隐作痛。他放心不下，立刻忙碌起来。

他很少再做裱糊的活儿，可是工具材料一应俱全。比如，他觉得自己需要常备糨糊，就定期用面粉、糖、醋、水，熬制一种适合做纸艺的糨糊。他打开冰箱，取出一瓶糨糊，用剪刀从白纸上，剪下比口子稍长的纸条，用粗大的指头蘸满糨糊，再往纸条上涂抹。他心细手敏，在别人手里不易驾驭的弧形纸条、张牙舞爪的口子，却对他的粗大手指言听计从。口子两边的封面，又严丝合缝地合为一体。若不留意，根本看不出封面曾经撕开过。只是，当他用指头蘸着冰冷的糨糊时，那些早已消失的冻伤记忆，等不及地从深藏的指骨里，一下蹿了出来，令他有几分恍惚。他坐在桌边，开始坐立不安，仿佛又置身在小时糊火柴盒的某个冬天。

二

他从上小学开始，放学回到家里，二话不说，就得跟哥哥、弟弟一起糊火柴盒的内盒。三人组成一个小流水线，分别完成糊内盒的三道工序。他做第一道工序"打条"：将纸条摆好，涂刷糨糊，再将小木条粘在标出的位置，取下，交给弟弟做第二道工序"圈盒"。弟弟用左手拿着黏好纸的木条，右手沿木条捋纸条窄边，将木条对准，圈起弄成盒状，再交给哥哥做最后一道工序"封底"。哥哥把圈成形的内盒，套在模上，模上已放好一块木底片，哥哥用双手把涂着糨糊的纸边按下，黏牢木底，再将两端纸边按下，按实黏牢，糊内盒的三道工序就算完成了。

老温最怕冬天糊火柴盒，屋里冷得跟户外差不离。母亲想出一个法子，来缓解三兄弟身上的彻骨之寒。她倒一盆热水，搁桌肚下面，让三兄弟把脚都伸进盆里温着。要干活儿的手，就没这福气，还得去蘸冰一样冷的糨糊。本来老温的手匀称，手指修长，很适合弹钢琴，可是命运让这双手找到的不是艺术，而是让手越变越粗的活儿。经过无数次的冻伤，老温的指关节已凸成疙瘩模样，像糖葫芦一样穿在手指上。一到数九隆冬，他的手就红肿得像肉包子，冻疮如甲虫爬满手背。红肿的手指，一旦沾上冰似的糨糊，如受酷刑。老温的手指常冷得失去知觉，不觉得那是手指，倒像冻在他手上的几根冰凌。

屋里是争分夺秒的气氛，得尽快完成每天糊一千个火柴盒的任务。当时，糊一万个火柴盒，能挣七元。母亲给三兄弟规定的任务，是每月务必糊三万个火柴盒。自从父亲被人陷害，判刑入狱，没有工作的母亲，只剩这个法子来让一家人勉强度日。老温起先还想兼顾学业，盼着早点儿糊完，去做老师布置的家庭作业。可是糊火柴盒的活儿，很快露出了它的专横，糊完一千个火柴盒，至少要四五个小时，没等糊完他已精疲力竭，头跟鸡啄米似的，屡屡犯困。每天完工，他只剩爬上床的力气，那点力气只够他去梦里做家庭作业。

老温的学业随之陷入困境，无暇练习，不但令他听的课在脑中一片模糊，理解力也溜之大吉。这个局促不安的孩子，虽然心有不甘，仍不得不做出一个重大决定：课文内容可以一概不顾，但他必须认得字。认字，对其他孩子轻而易举，对老温却尤为艰难，他只能用上课时间来记住那些字。上学或放学路上，他总是让眼睛留意街上那些标语、匾牌、门头等，那些硕大的字，常让他在犹豫之中，蓦地爆发出惊喜——他又认出了课本中的几个字！后来，他想把糊火柴盒的时间也利用起来，就把旧报纸铺在桌上，边涂糨糊边认报纸上的字。每过一阵子，觉得那张报纸不新鲜了，就换一张新报纸铺上。

多亏那时的课本没什么像样的内容，学校又不看重考试，他总算混到中学毕业，分配到纺织厂当工人。说实在的，读书这十年，他只全力做了两件事：糊火柴盒和认字。他真比班上那些时间宽裕的同学认的字还要多。亏了有父亲的那些旧版书，他除了认简体字，也认繁体字。说来神奇，光凭繁体字的字形，他就能轻易看出对应的简体字。只是这套认字法，给他留下了一个遗憾，他只会认繁体字，却不会写。光凭图形认字这件事，让他意识到自己可能有图像方面的天赋，他暗暗记在了心上。他是纺织厂的保全工，工作琐碎繁杂，一切会造成生产出岔子的水电机械等问题，都是保全工该解决的，他要保全每道生产工序不出问题。一天下来，精疲力竭的程度，比糊火柴盒好不了多少。

一天傍晚，他下班骑车回家，尽管精疲力竭，还是没法克制小时养成的习惯——喜欢盯着路上一切有字的东西看。路过一家单位的墙报时，他只扫了一眼，就不由自主地刹住车子，墙上有《南京日报》！谁也不知，那么爱认字的他，因为糊了十年火柴盒，早已落下阅读障碍。任何书，他只能读完第一页，读到第二页就昏昏欲睡。唯一的例外是读报纸，他可能心理上可以把报纸，永远看作书的第一页。

他扫视着各篇文章的标题，突然发现报纸一角，有一则豆腐块似的南艺夜大招生公告。他死死盯着那个豆腐块，觉得这则公告事关自己的未来。他虽然记性很好，为了万无一失，还是把公告里的单位、招生关键内容，默记了十来遍，直到觉得完全灌进了脑子，才依依不舍地离去……

三

糊完封面的第二天下午，老温直挺挺坐在二楼工作间，像往常那样，按部就班，继续创作钢笔点画。老温刚退休一年，可能长期过着极自律的生活，他看上去比实际年龄要小十来岁。他一边用钢笔朝画布上点着墨点，一边不时扫一眼电脑屏幕上的照片。与看书截然不同，只要是看图像，他可以五六小时盯着图像，没有一丝倦意。他并不想成为一个画家，却坚持画钢笔点画，画了三十多年。他很感激钢笔点画代替文字，把一切心里想说的话，都化作钢笔墨点说了出来。只有他知道，那些墨点不再是墨点，皆是图像的寓言。

三十多年前，那张《南京日报》让他抓住机会，考上了南艺夜大工艺系产品设计专业。有个日本老师讲黑白用器画时，讲到了钢笔点画。他第一次接触钢笔点画，就爱上了，再也不肯释手。三十多年来，他不曾违背学点画的初衷，从来没有偏离写实的形象。一些朋友不知内情，老是劝他画点儿抽象画，他一概装作没听见。谁人能知，自从他有了阅读障碍，图像是他唯一能依靠的精神拐杖。

父亲遭诬陷入狱后，再艰辛的生活也没让他哭过，更没有疯掉，他自认是认字和看小人书救了他。他央求母亲给他买过两本小人书，以此作为换书的资本，几乎换遍了他认识的所有学生。小人书成了他唯一能读下去的书。说来神奇，每当他读小人书上的文字，读得稍皱眉头，眼皮稍有要垂下的倦意，他只需把目光投向小人书上的白描画，那些画就像战鼓，立刻擂得他精神抖擞，双眼圆睁，再无倦意。这样一来，小人书上的那些白描画，就像一个孩子戒不掉的奶嘴，哪怕有一天成人了，仍忍不住偷偷含在嘴里。上中学以后，没人相信他衣兜里仍藏着小人书。上课时，他常借口肚子不好，溜去蹲厕。难以置信，那是他一天中最享受的时光。他掏出小人书，一幅接一幅的白描画，让他有了无限耐心，让他宁可在臭气熏天中，一直待到下课铃打响。中学期间，他没法再用小人书去换小人书，就索性一遍又一遍看仅有的几本。时间一长，他倒看出了一些线描的技法，便开始用铅笔试着去临摹。没想到，他自己都惊呆了，他画得还真有些传神。可能那些线条被他温习了千百次，已悄悄流淌在血液里，就等着铅笔来唤醒，令它们在纸上复活。有一天，放学回到家里，他兴冲冲向家人展示了上课画的铅笔画，母亲看得直摇头，忧心忡忡地嘟哝：将来靠这个可吃不了饭哪。哥哥和弟弟却又惊又喜，扯着嗓子嚷嚷：哇，你是个艺术家耶！他兴奋得不知所措，却竭力镇定地说：其实这也没啥了不起。哥哥和弟弟的由衷称赞，让他忽然明白，等将来有一天上班了，他业余该做什么——应该画画！

老温看着电脑屏幕里的男人照片，心里开始有异样的感觉。这幅男人钢笔点画，他已画了两周。按照惯例，他用这幅画迂回表达的是父亲。照片上的男人却完全不像父亲，倒像他想象中父亲应该有的样子：大胡子，双眼充满怒气，像摩西一样，已把智慧和强力合为一体。生活中的父亲，完全是另一副样子：瘦削，没有胡子，走起路来摇摇晃晃。不过，他心里清楚，光父亲心里的那种骨气，就当得起用摩西一样的人物来表达。今天，他打算把画像的面容再修饰一番，当他修饰到男人的眼睛时，蓦地有点自持不住。男人双眼里的怒气，让他对父亲的愤愤不平，感同身受。这么多年来，父亲受冤的事，就像地窖里的旧物，他故意盖上地窖的盖子，不去触碰它。时间一长，他竟有遗忘的平和感。没想到，那些款款点在眼睛上的墨点，蓦地失控，变成了他眼里的泪珠，令他大吃一惊。

泪水在男人的世界，是不受欢迎的。自从他有了糊火柴盒的生涯，他就命令自己要成为比父亲强大的男人，避免遭受父亲那样的不公。他真成了自己想要的样子：络腮胡，双手粗大，肌肉男，双眼圆睁时，眼里有审视人的严峻。他以为大功告成了，可以一辈子不哭，永远保持男人范儿。

没想到，那些不经意点出的墨点，会把他拖入内心最隐秘的柔软地带。他突然放下钢笔，痛哭起来。断流了几十年的泪水，原来都积在心里的某处，这会儿趁着决堤都涌了出来。

他发现，哭真比不哭要好，哭完，浑身的经脉都通了。他两眼直视着画，觉得这倒是掀开地窖盖子的好时机。他起身走向楼梯，还没到三楼的储藏间，已闻到一股灰尘的气味。有一只檀木箱，跟着他的时间最长，却用得最少，里面有父母的物什，他打开的次数屈指可数。此刻，灰尘像一袭白婚纱，浪漫地罩着檀木箱，仿佛在弥补母亲结婚时没有婚纱可穿的缺憾。他从箱底翻出了父亲年轻时的照片，父亲长得瘦削，穿着翻领白衬衣，却精神抖擞，眼神咄咄逼人。照片背面写着"南京，1962年"字样。那也是老温出生的年份，再过十年，父亲就遭人暗算，锒铛入狱。

四

父亲原是南京某工厂的副厂长，人称温伯，为人正直，从不以权谋私。1972年应上级进驻学校的要求，赴一所乡村中学当工宣队指导员。他一向信任学校的老师，和他们成了朋友。有个男老师叫张郎，教政治课，与温伯走得很近，常隔三岔五找温伯聊天。有时还拉着温伯去镇上唯一的饭馆，喝一碗肉片汤。在肉很稀缺的年代，肉片汤已算打牙祭的佳肴。等两人已无话不谈了，有一天，张郎神神秘秘来找温伯，说有要事找他，拉他去河堤上走走。温伯那天胃有些不舒服，还是忍着难受，跟张郎去了河堤。

来到堤上，张郎向身后看了看，见没人，才开了腔，说自己从小的梦想，就是进城当工人。一想到工人，就有神圣的感觉，那才是当家做主的工作。可眼下他不但屈就乡下，还只能当"臭老九"。表面上学生称他为老师，心里指不定有多鄙视他呢。他兜了一圈，总算把话引到了关键处，他开始恳求温伯，"我想来想去，只有你能帮我跳出农门，实现梦想，你是我前世修来的贵人，我俩一见如故，也是前世修来的缘分。我知道，招人进手表厂，对你只是举手之劳，还请温伯看在朋友的分上，务必帮这个忙……要是将来进了手表厂，我一定为你做牛做马……"

张郎的一番表白和恳求，把温伯弄得十分尴尬，温伯不得不把眼睛闭上，好好想一会儿。一定是什么地方出了差错，让他对张郎的友情产生了误判。对了，他想起来了，张郎是学校业余话剧团的演员，有演戏的天分。张郎笑起来会让人觉得，那笑纹里的真诚仿佛会延绵一生。温伯就是被张郎第一面的真诚打动的，加上张郎握手有劲，给温伯留下了好感。他记得和老师们握了一圈，只有张郎的手有握力，其他老师的手都软绵绵的，要么就蜻蜓点水，触碰一下就缩回去，给人饿了一天没力气或没有诚意的感觉。温伯想到这里有点后怕，莫非从张郎下力握手的那一刻起，之后的一切交往，都是张郎为达成"河堤谈话"进行的事先铺垫？

温伯花了很大心力，才从张郎营造的氛围中挣脱出来。有一刻，他几乎接受了张郎希望他扮演的角色——贵人，帮助张郎从"农"字打头的人，升格为工人阶级的一员。温伯甚至想，把乡村教师张郎招进厂里，也算得上是给厂里做贡献，毕竟那年头的工人，知道勾股定理已算有文化。他直视着河水，心里承受着折磨，一方是已经建立的友情，另一方是他视为立身之本的做人原则，双方在他心里鏖战了十多个回合，末了他惊讶地发现，若无做人的原则，自己死的念头都有，他实在不愿活成没有原则的行尸走肉。

"我们的关系再好，厂里的事还是得公事公办，我不能走后门把你弄进厂里。"

温伯的话一出口，张郎的表情就变了形，那一直微笑的脸，不由得抽搐了一下，他不敢相信地瞪大眼睛，有点结巴地嘀咕道："怎么……你……你一点忙都……都不肯帮吗？"

温伯边走边垂眼皮看着地面，咬咬牙说："违背原则的忙，我不能帮！"

张郎有点不高兴了，"我倒想知道，把我弄进厂里，究竟违背哪条原则？"

温伯酝酿了一下该怎么说，"我虽然管人事，但做事正派才能服众，现在厂里不缺人，每年只招老职工的孩子进厂，算是照顾。我把你从大老远的乡下弄进厂里，手表厂还不开了锅？我以后还怎么服众？再说，我也不允许自己这么干。"

"你就放自己一马嘛，下不为例，看在朋友的分上，只此一次，行不行？"张郎眼巴巴地看着温伯，样子都有点可怜了。

"不行！"温伯声音不大，却不容商量。张郎如同被温伯打了一拳，不由得朝前踉跄了几步。张郎扭头盯着温伯，看了好长时间，好像已经不认识温伯了。他竭力压着心里的恼怒，再次试探性地问温伯："你总不能眼睁睁看朋友烂在这里，对吧？请你看在朋友的分上，务必帮这个忙，好吗？"

温伯几乎没有停顿，先把头向上扬了扬，马上摇起头来，直摇得两腮从嘴里挤出一连串"不不不"。

张郎感到了绝望，怒火冲口而出："老温你真没良心，老子光请你吃饭就请了无数次，你真没劲……"话没说完，他就冲下了河堤，一溜烟消失在林荫道里。

温伯看着张郎消失的地方，早已忘了胃疼。他站在堤上思量了好久，最终认定自己没错！

过了一天，温伯心里已经有谱儿了，他打算请张郎吃一次大餐，一来还以前张郎请肉片汤的人情，二来缓解两人的紧张关系。温伯找到张郎，张郎劈头就问："吃完饭，还帮我忙吗？"

"不行！"

"那我就不吃这个屌饭了！"说罢，扬长而去。

又一天的午休时间，没想到张郎跑来找温伯，张郎没再谈帮忙的事，只问温伯如果请吃饭，他张郎能否叫几个朋友？温伯心里倒真高兴，高兴这顿饭能大大改善两人的关系，"当然可以，你多叫几个朋友吧！"

下了班，温伯到达约定的饭馆时，张郎已和二男一女，直挺挺坐在桌边等他。他注意到有个男的肩上挎着一架海鸥牌相机。他的第一反应是，张郎想让这次吃饭的人，一起合影留念。张郎真这么做了，等菜上来还没开吃，张郎就提议合影。拍照片时，张郎把那女的推到温伯跟前，介绍说是他的学生，刚工作不久，请温伯多多指导。温伯发现那女的还是个姑娘，约莫十八九岁，紧张得双手攥着拳头。酒过三巡，温伯开始头晕目眩，感觉他们喝的当地老白干后劲十足。张郎和三个朋友斟满酒杯，一轮又一轮起身来给温伯敬酒。温伯只记得最后的一幕，那姑娘和他碰完杯，站着等他先喝，他一仰脖子喝完，还没看清那姑娘喝了没有，就双腿一软，眼前一黑，倒在桌上睡着了……

当他被一阵吵闹声惊醒，发现自己已经在床上，有一屋子的人围着看他。他和衣卧在床上，却露着腚，外裤内裤已经褪到膝盖处。那姑娘低头坐在床沿，双手捂着凌乱的上衣，泪水涟涟。

张郎一伙把温伯扭送到派出所时，温伯已百口莫辩。公安拿着张郎赶洗出来的相片，只问温伯，相片里的男子是否是他。他看着相片，心情不能平静，只见自己露着腚，趴在姑娘身上，手已经伸进姑娘的上衣里，上衣纽扣还被扯掉了几颗。他大喊冤枉，说这是张郎设的圈套，故意陷害他，他什么也没做。公安冷冷地看着他，语气不容置疑，"我只认物证，这张照片就是物证！"

那年头，他的种种申辩，都敌不过那张陷害他的照片。他被判定强奸罪，服刑七年。

五

几天过去，老温心里还在隐隐作痛，他决定暂时不碰父亲的书，但心里还是牵挂着那个阅读障碍。还有别的办法吗？他看着那个预留的空书架，觉得找一些别样的新书，说不定也是解决之道。可是去书店大海捞针，对他是难上加难的事，他怕还没找到想要的书，就坠入了梦乡。

一天下午，画家林彬和黄梵夫妇相约去牛首山河河堤散步，路过老温家时，林彬酒瘾犯了，就带黄梵夫妇径直闯入老温家。门厅墙上挂满的木工工具，引起了黄梵的注意。他发现，工具下方的一排橱柜，每个抽屉和门上都贴着标签，注明里面是什么物品。萧澜是天生的女主人，热情邀请这对陌生的闯入者，进门喝咖啡。席间，萧澜聊到老温的身世，和他的阅读障碍，黄梵扭头问老温：看橱柜上的那些标签，也会头昏吗？老温以他惯有的沉稳，认真想了一会儿，摇摇头说不会。

黄梵似乎有点兴奋，继续问："你买东西看价格清单，是不是也不会头昏？"

老温又让问题入了心，似乎困难地排除杂念，蓦地发现了真相，"咦，还别说，真是这样！以前在纺织厂当保全工，我看表格、清单、说明书甚至薄本的工具书，都没有问题。我最怕的就是书里的概念，还有因果、逻辑关系。反正我看见物品或物品名称就兴奋。"

问完，黄梵心里有底了，他建议老温找梁锋的长诗《工具诗》来看，说里面有大量清单，文学作品兼有工具书的属性，非《工具诗》莫属。

老温还像往常那样，与林彬喝酒喝到六分醉。客人走后，他坐到画室的扶手椅上，看着他一直摹画的男人肖像，不再感伤了。男人肖像在他眼里变了形，成了他并不认识的梁锋。不知过了多久，他觉得天亮了，就来到客厅里。他惊诧地发现，长条桌上居然有一本《工具诗》，莫非是黄梵悄悄留给他的？他一把将书抓在手上，几乎夺门而出。腕上的手表显示，已到了清晨出门散步的时间。他沿河堤走完一小时，不顾有点儿疲惫，在河堤上的长椅上坐下来，打开了书。

真的很神奇，不仅是因书里大部分内容是清单，而且他还破天荒可以一直往下读。那些列着铅笔、练习本、钉子、火柴盒等物品的长长清单，刚开始与他过去看的工厂清单没什么不同，可是读着读着，当他意识到这是诗人写的诗，这么多物品的名称，就渐渐合成一个想朝他说话的整体，他无法确定它想说什么，但分明感到它要说的不是物品本身，仿佛有很多别的意味可以说，这令他着迷不已。莫非他歪打正着，闯入了"看山不是山"的境界？他想，以前他读不进去的那些历史书，缺的正是这样的入口，他居然在一本诗中找到了。这么说，是诗帮他克服了阅读障碍？他简直喜形于色，至少他有了一本可以不让他入睡的文学书。

读着读着，他坐不住了，迫不及待想把好消息告诉萧澜，就起身疾步往家里走。到了家门口，才发现没带钥匙。他用力敲门，屋里没有回应，就敞开嗓子朝门里喊：萧澜，萧澜……最后一嗓子总算有效果，他听见萧澜大声问他：老温，你怎么啦？老温，你怎么啦？醒来，他发现自己还坐在扶手椅上，萧澜正在摇他的手臂。他羞愧难当，没有说话，见窗外已经大亮，就嘀咕说出去散步，轻手轻脚下了楼。

他来到河堤上才真正清醒。河水的涟漪像玻璃碎碴闪闪发亮，清晨的空气是他心里最妙的作品，他能感受到它的美、清新、纯粹，甚至它穿过鼻腔的喃喃低语，但他永远看不见它，它永远保有神秘。他破天荒先在长椅上坐下来，打算坐到心定，再起身散步。现在，他只能想象梁锋的《工具诗》，竭力回想梦里读过的那本书，他想逐一触摸涌动在书里的那么多意味。

原载《当代》2024 年第 5 期

少年猎熊记

海勒根那

少年达瓦追踪那头黑棕熊已经有两天了，一直从金河到牛耳河的汇合处，再往前就是宽阔的贝尔茨河。达瓦不知道这头老公熊为什么只沿着河流走，钻过一片又一片次生林和砍伐殆尽的原始落叶松林。河床刚刚解冻，浩荡的冰排像成群结队的野犴拥挤过江，露着灰突突的背脊，发出震耳轰响。山风还是那么冷硬，任谁都嚼不动，达瓦的脸冻得又红又紫，狍皮猎装像冰一样贴在身上，让他不住地打着冷战。这几天一直没吃过什么像样的东西，肚子瘪瘪的，两条腿比上了脚绊还要费力，再这么下去，达瓦肯定会被黑棕熊拖垮掉，而他距离营地却越来越遥远了。

这次达瓦独自出猎，只带了猎狗"皮球"，牵了驯鹿托嘎为他驮运行囊，干粮也没来得及准备充足。要知道乡里正在收缴猎枪，工作组说，大兴安岭要全面禁猎了，这叫"生态保护工程"，以后再捕杀野生动物就属于犯法。工程不工程的没人懂，达瓦一言不发，守着猎枪在营地里呆愣了两天，阿妈巴拉杰伊也愁眉不展，眼里都是灰蒙蒙的雾气。猎人没有了猎枪还能叫猎人吗？巴拉杰伊嘴上不说，心里犯着嘀咕，有几头驯鹿将要临产，她都懒得去管。红头文件上规定，缴枪限期三天……第三天头上，天还没亮，达瓦忽然挺身坐了起来，和巴拉杰伊说："阿妈，我还要再打一次猎。""春天可不兴狩猎的，孩子，野物都在这个季节繁殖呢。""可他们会等到秋天才让咱交枪吗？"达瓦直瞪着眼睛，瞳孔映着通红的炉火。巴拉杰伊往吊炉里放着猪肉，那是从山下买来的，吃饲料长大的猪煮起来腥味很重，熏得她直掩鼻子。"山里什么猎物都没了，这个你知道的，要不谁会吃这种臭烘烘的肉啊。再有，你也没剩几颗子弹了，想打几只灰鼠子回来吗？""不，阿妈，我刚刚梦见了几只乌鸦，围在我的头顶嘎嘎叫呢。""那可不是什么好兆头。""怎么不是好兆头？你忘啦，这是反梦，乌鸦为啥叫啊？那是吃到熊肉了……"

那天早上，达瓦信誓旦旦地与阿妈说着这些，巴拉杰伊耷拉着脸没一点兴致，却不得不为儿子准备行装："达瓦，一个人狩猎是有危险的。""能有什么危险，我手里有枪呢……""他们来找你我该怎么说？""你就说我出门打工了。""问起枪来呢？""就说枪早就丢啦。"

达瓦牵着驯鹿走的时候，阿妈一直站在营地望着他的背影。作为猎人，十七岁的达瓦看上去还稚嫩着呢，他穿的是阿爸列庞戈生前的猎装，与他单薄的身体相比显得过于肥大，那杆斜背在肩上的猎枪快有他的个头高了。达瓦就这么晃晃荡荡地去了，直到隐没在山林里。

在金河流域转悠了两天，如巴拉杰伊所料，达瓦的背夹里只多了三只瘦瘦的饿毛饿刺的灰鼠子，连个狍子的白屁股都没见到。那又怎么样呢，总之达瓦不想就这么回营地去，他宁愿一个人带着猎狗和驯鹿在林子里闲逛。山岭的春天多好啊，到处都是万物复苏的景象，林地里厚厚的腐殖土踩上去像云朵一样松软，潮湿的空气充满松脂味儿和各种林草发芽的香味儿，沁人心脾，恨不得用碗舀起来喝上一气。

那头黑棕熊是达瓦出猎的第二天黄昏时遇到的。下午的那会儿，猎狗"皮球"忽然警觉不安起来，它先嗅到了一坨黑乎乎的粪便，形状跟人屎类似，从软硬程度看，拉屎的家伙应该并未走远。还有没交枪的猎人哪？达瓦想着，一边寻找那个人在沿途树干上留下的刀痕（猎人返程标记），除了几棵新折断的碗口粗的树，再没有什么异样。达瓦随着猎狗在黑白桦混交林里穿行，林地里尚有未融化的积雪。这时，前面的"皮球"又传来一阵吠叫，一片煤黑色的雪堆上印着几方硕大的脚印，湿答答的，已辨不清掌纹。达瓦安抚住猎狗，一边持枪向林子外边摸去——远远的，他望到了那个家伙，在密匝匝的灌木丛里隐现着半个身子，达瓦先前以为那是个闲坐的"老猎"正不停地往嘴里塞着什么东西，嗯，应该是舔大拇指上的口烟呢，达瓦放松了警惕，准备上前打个招呼，等他走近些却不由得停下了脚步和呼吸——我的天！那确是位"老爷子"（鄂温克猎人对公熊的尊称）——一头庞然大物般的棕熊，浑身的毛泛着灰黑色，正守着小山包似的蚁丘用树棍捕食蚂蚁……达瓦生来第一次遇见大熊，一时间心跳如鼓，不过猎人的本能还是让他下意识地端起猎枪，手却抖得像风中的树叶，还没等他瞄准，黑棕熊却"忽"地站起身形，张开獠牙大嘴，冲着达瓦的方向瘆人地呼嚎了几声——"嗷——呜——嗷——呜——"随后噗噜几声响鼻，倏忽之间消失在夕光渐暗的灌木丛林里。

时间仿佛凝固了般的，达瓦好半天才收回魂魄，要不是猎狗在身边狂吠，他还以为刚刚的一切是自己的幻觉。天就要黑下来，达瓦定了定神，决定先趁着傍晚的光亮去找回驯鹿托嘎。

金河在幽暗的山岭间缓缓流淌，不时发出冰排断裂的声响。夜风凛冽，达瓦寻了背风处露宿在河边，借着朦胧的月光，他找来干草垫在岸上，铺好犴皮褥子和狍皮睡袋，几天来第一次点燃了篝火。灰鼠子在跳动的炭火里炙烤，发出滋滋的响声和诱人的焦香味儿。达瓦的脸被映得红灿灿的，随着火光忽明忽暗，他想起三年前第一次随大人们出猎，阿妈将列庞戈的猎装和猎枪拿出来，像端着一盘金子似的递给达瓦，那年他十四岁，刚刚读完六年级。作为猎乡的孩子，达瓦从小就像祖先神附体了一样独来独往，从不和同龄孩子一起玩耍，沉默得好似饱经风霜的"老猎"。是的，与踢足球、看动画片、打电子游戏相比，他更爱背上沉甸甸的猎枪和大人们一起风餐露宿，爬冰卧雪。

那天傍晚，阿妈特意为第一次狩猎的达瓦点燃了白桦木堆，以保佑猎手祛除晦气的仪式，让达瓦背着猎枪从熊熊烈火中跳跃过去，经过圣洁之火的洗礼，少年达瓦就正式成为一个猎人了。巴拉杰伊用目光抚摸着儿子的头脸和他小小的身躯，"去吧孩子，到山林里去，像你的阿爸一样，打到最多的猎物，当个最好的莫日根（神猎手）……"话没说完，阿妈已是满眼的泪水……是啊，达瓦的阿爸当年是多么棒的猎人啊，身体强壮得像一头公犴，他猎杀的野物比刚入夜的星星还多，那时，列庞戈这个名字像无处不在的风，传遍了大小兴安岭。可就是这么一个"猎神"般存在的人，却在达瓦五岁那年的秋天失踪了。那次秋猎，列庞戈仿佛有什么预感似的，巴拉杰伊那时还年轻，用冬天最冷季节打到的狍子皮给丈夫做了一身崭新的猎装，列庞戈咧着大嘴乐呵呵地试穿了一下，声音洪亮得像口铜钟："这个给我儿子达瓦留着吧，我还是习惯穿我的旧行装，不怕刮也不怕脏，以后等达瓦长大穿上它，保准带劲儿。"说完，头也不回地和弟弟果佳牵着一长串驯鹿钻进林子里去了。谁能想到这么一个几棍子都打不死的猎人，竟在追撵一头棕熊时出了事儿。果佳他们说，列庞戈大概是失足从山崖上掉进贝尔茨河里被激流冲走了，生不见人死不见尸，单单把他的猎枪留在了崖顶……

达瓦与"皮球"分食着干巴巴的灰鼠肉，一边想着这些落满灰尘和枯叶的往事——那是怎样的一头棕熊呢？列庞戈阿爸又是怎么遭遇它的，当时到底发生了些什么，让一个最好的猎人尸沉崖底？这些问号打懂事起就在达瓦的脑海里萦绕，他想念阿爸，那是他心目中男人的榜样，如今他听到越多"老猎"们讲的列庞戈的故事他就越难过。是的，阿爸的形象是达瓦自己用猎匕一刀一刀刻在心中的，可那个男人的模样却只停留在"猎业生产队"的合影里，闪着一对公熊才有的又黑又亮的小眼睛，左耳上一只问号似的银耳环是他的标记。列庞戈为什么戴着"问号"啊，难道像他那样精干的猎人还有什么不明晓的事情吗？不会的，他该什么都懂，天上的地下的，山岭和森林里的，他该无所不知！阿爸要活着该多好啊，他会早早就教给达瓦所有狩猎的技术，包括眼下遇到的这头棕熊，他会告诉儿子该怎么将这个大家伙一枪毙命，而不是要一个少年独自面对这一切，更要命的是，少年的枪膛里仅剩下两颗子弹……阿爸，我能猎到它吗？达瓦抬头望向夜空，那里正有大半个土黄色的月亮像刚出炉的烤饼似的，散发着焦煳的味道。我一定能猎到它，阿爸，我要证明给你看，达瓦是列庞戈的儿子，是鄂温克最好的"莫日根"！

山岭刚升起晨雾，达瓦便背上猎枪收拾好行囊上路了。猎狗在前，驯鹿在后，达瓦不断用砍刀开道，斩断拦路的横枝乱杈。冷雾像沉沉的布幔，遮挡着视线，好在有"皮球"引路，进入昨日遭遇黑棕熊的灌木丛后，很快就找到了它遗留下的气味儿和蛛丝马迹，猎狗不断发出警示。达瓦兴奋起来，太阳辉煌的光芒透过树隙照在他身上，让他浑身充满力量，那是阿爸列庞戈赋予的勇气。他气喘吁吁，不时用袖口擦拭额头上的汗水，一步也不停歇……待他再次窥见那位"老爷子"已是这天的下午，达瓦示意"皮球"止步，"皮球"浑身抖成一团，呜咽着蹲坐下来，达瓦则一个人躬身潜去。

……黑棕熊老得不成样子了，达瓦这次看清了它，许是漫长的冬眠消耗了所有脂肪，它体瘦毛长，像个穿着破大氅的病秧子，而且左后肢有残疾，走起路来身体失衡，总是支棱着一侧肩膀，不过这些都没有影响它过河入林的速度，既不显得笨拙也不虚弱，敏捷得像只大猿，忽左忽右，神出鬼没般，有时竟让达瓦怀疑那不是什么棕熊，而是森林里的黑幽灵。无论那是什么，都没什么可怕的，达瓦为自己鼓气。猎人钻进山林，再强大的野兽也是猎物（鄂温克谚语）。子弹不能浪费任何一颗了，只有靠近目标有十足的把握时才能开枪，这让达瓦狩猎有了难度，要知道，棕熊的嗅觉跟猎狗一样灵敏，猎人只有逆风才能接近它。

接下来的两天时间里，少年猎手一直紧跟着黑棕熊，不知不觉翻越了好多道山岭，直至进入贝尔茨河流域。老家伙似乎早已注意到了达瓦这条"尾巴"，当达瓦在林隙间瞥见它的身影时，恰逢它也回转过头，定定地盯着跟踪者，达瓦能感觉到对方深邃如老人一般的目光，里边有曲曲折折长满杂草的山间小路，和一棵大树的年轮，少年心头不由得一震，须臾，黑棕熊又像什么也没发现一样，若无其事，一瘸一拐地行去了……甚至有那么两次，达瓦在林中迷失了方向，差点与黑棕熊面对面撞见，那一刻少年猎手却不知所措了，甚至于忘记了摘家伙，白白错过机会，而对方好似碰到根碍事的木桩一样，随便绕开他，大摇大摆地擦肩而过。

达瓦脑子有点乱，假若老家伙真的有所察觉，为什么不甩掉要置它于死地的猎手？它嗅到猎枪里的火药味儿应该屁滚尿流地仓皇逃去才对，可事实恰恰相反，这头黑棕熊始终保持着一头老熊的尊严，行动起来不紧不慢，一边沿途采撷杂食，一边四下里观风望景，左拍拍右闻闻，仿佛惬意地享受着大自然春色的旅者，待危险逼近时又一忽儿隐入森林，与达瓦这个少年猎手捉迷藏似的若即若离，又总是在射程之外……这种姿态似乎带有某种轻视，更像是挑逗达瓦，这让少年猎手好不羞恼，而且他感觉到，黑棕熊正将他引入贝尔茨河右岸，那里是人迹罕至的汗玛原始森林，一旦钻进那片浩瀚如海的天然屏障，达瓦休想再猎到它了……

夜晚再次降临。爬了一天山岭的达瓦疲惫不堪，连给托嘎上脚绊的力气都没有了。犴皮靴里除了汗水就是脚泡破掉的血水，手和脸也布满了伤痕，那是密林的枝杈为他留下的记号。现在，少年猎手仰躺在贝尔茨河岸，一动也不想动，猎狗"皮球"和他一样累坏了，头贴地面趴卧着。有那么一刻，达瓦晕晕沉沉睡着了，他梦见了一张脸，仿佛是用刀子刻在大树上的脸，由模糊到渐渐清晰，"白纳查神？"达瓦叫了一声，那张脸漠然地看着他，像是一副生气的样子。"我做错什么了吗？白纳查神……"少年小心地问道，可转眼间那张脸竟变作了黑棕熊狰狞的面孔，张着血盆大口，一对黑豆大的眼睛闪烁着摄人魂魄的凶光，从喉咙深处发出呜噜啊噜的低吼……达瓦一个激灵坐起来，呆愣了好半天才缓过神——眼前，空阔的贝尔茨河依旧喧嚣奔流，一旁的猎狗"皮球"紧张兮兮地望着主人，达瓦伸手摸了摸它的头，这才努力爬起身来。

握了一天的砍刀，手指僵直得拿不住火柴，划了几次才勉强点燃了桦树皮，拢起一小堆火，又赶忙压上湿树枝，将几个烤馕和长了绿芽的土豆焖在里面，这个季节接近原始森林是万万不能点明火的，好在守着河岸，随时可以取水灭掉。这几天，达瓦和猎狗仅吃了三只灰鼠和携带不多的干粮，一路捡拾了些解冻的浆果和松塔充饥。夜更深的时候，河面吹来的风也更冷了，阵阵酸痛从浑身的骨头缝里钻出来，冒着气泡似的，又像无数老鼠撕咬着达瓦的肌体，让他无法入眠。猎狗"皮球"不知去向，饿了几天肚子许是觅食去了。忽然间，一个黑乎乎的东西从冰河里隐现出来，那是一个人的身形，把落在水面的星星和月亮搅得哗啦哗啦地响。达瓦警觉地拿起了枪……

"别怕，达瓦，我是你的阿爸列庞戈。"那个高大的人说起话来，声音像从水里捞出来似的，湿淋淋带着一股鱼腥的味道。

"阿爸？列庞戈？"达瓦紧皱眉头，满腹怀疑，乌黑的枪筒抖动着。

"是我，孩子。"

达瓦看不清男人夜空似的黑漆漆的面孔，却瞥见了他左耳那个问号似的银耳环，在月色下闪闪发光。少年放下了枪……

"你真的是——列庞戈？"少年惊讶地问。

"没错，我的孩子，"男人说，"你一进入这片山林我就看到了你，你长大了，很勇敢，很能吃苦……"

达瓦摇摇头，他还不能完全接受这个从河水里冒出来的人，"我只想成为一个好猎手，"他说。

"可现在的森林已不再是过去的森林，一切都变得快认不出了。"男人说，"我像你一般大的时候，森林茂盛极了，到处都是野物，随便一次出猎就能打到数不清的棒鸡、乌鸡、飞龙、狍子、野猪、马鹿，还有像一间房子那么大的犴达罕，那时我们狩猎小组还叫猎业生产队，每年秋猎、冬捕都有任务，上边要多少张犴皮、狍子皮、雪兔皮，多少野鹿茸、熊掌，多少头野猪、香獐子（原麝），我们各个生产队都能保证完成任务。有时为了过节给一些集体发福利，几天的工夫就会打回几卡车的狍子，在长长的拖车厢里摞得像山一样高。不过那不是我们猎人干的，有权势有汽车、有全自动步枪的人才会像抢劫似的，我们猎人打猎总不至于赶尽杀绝，把几个月大的小狍子统统打死……"

说着话，黑脸男人往达瓦身边靠近些，他走路的样子很古怪，右肩上翘，腰也半弯着，他捡了根枯木坐下来，这样月光就照见他的前身了，达瓦惊异地发现，男人交叉在一起的两只手仿佛都没有大拇指。

男人接着讲："那时候熊也真多，上山一次，随便就能遇到几只黑熊或棕熊。过去我们鄂温克人轻易不捕猎它们，认为那是天神为了惩罚犯错的人，让他们变成了熊。可后来这些传统有一天被外来的风吹散了，我们也开始毫无顾忌地猎熊，光死在我枪口下的熊就有两位数。有一次冬猎，我和果佳两个人打死了三头冬眠的棕熊，那是一头母熊带着两头熊崽。生产队的猎人们费了半天的劲儿才剥了它们的皮，割下厚达一拃的羊脂玉般的油脂，把头、蹄、下水和各部位的肉分割开来，再把这些分装在不同的兜布里，捆绑在十几头驯鹿的背上，一路驮回营地。生产队将熊皮、熊掌和熊胆上交后，其余均分给了营地的每家每户。于是我们开始庆祝，挨家吃熊肉，喝熊油脂，每个人的脸都像涂满了熊血一样红。吃熊肉的时候我们不停地学着乌鸦叫，那是在让乌鸦为我们替罪呢，让熊神误以为是这些食腐鸟在吃它们。我们还要比赛喝熊油，被火化开的泛着气泡的熊油像一碗碗金水，被猎人就着烈酒灌进肚里，那滚烫的液体让男人们迷醉、癫狂、血脉偾张，甚至忘乎所以，接下来有哭的，有笑的，有动刀子的、枪走火的……那是熊在猎人的肚子里翻腾、咆哮，发出的最后愤怒……"

"阿爸……"达瓦摇着头叫了他一声。

"达瓦，你听我说，阿爸猎杀的熊太多了，猎杀的野物也太多了，"男人颤抖着声音，"我那时浑然不知这些，只一味地想着去山林里猎取，这是对天神腾格日的冒犯，大地上所有的一切都是她的孩子，连蚂蚁和小草都有自己的生命、灵魂，阿爸太贪婪了，所以，我是触犯了天条的人……最后一次猎熊又是我和弟弟果佳干的，那年秋天，我俩出猎遇到了一头老棕熊，一路追逐，直到这条贝尔茨河边，我用枪打伤了它的后腿，以为稳操胜券了，结果它把我引向了悬崖，引向了不归路，这是天神对我的惩罚，孩子……"

"阿爸，你打伤的是它的左后肢？"

男人点点头。

"它是黑棕色的吗？"达瓦又惊诧地问。

"我忘记了，也许是黑色，也许是棕色，不管它是什么颜色，达瓦，你若遇到它不要去碰它就是，听我的话。"

"不，阿爸，我已经遇到它了，没错，是那头老公熊，没想到是它把你引上绝路的，我一定要杀了它，替你报仇……"达瓦咬着牙根说。

"达瓦，我说过，你千万不要那么做，那样结果会很糟糕……"

"那又怎么样，阿爸，作为猎人，你在山岭里无人不知，你是成功的，可我还连只犴都没猎到过，遇到熊也是第一次，我不会做半途而废的事情，我要体验做一个莫日根的荣耀。"

"一个好的莫日根是用猎物堆出来的，山上的野物快绝迹了，虽然它们不是鄂温克猎人打光的，可我们也有份儿，让林子喘口气吧，不要让天神怪罪……"黑脸男人还想说点什么，却听到不远处猎狗惊恐的狂吠，那是"皮球"回来了……

"我把你的猎犬吓到了，达瓦，"男人说着，扶着膝盖站起来转身离去，臂膀一高一低地走。

"阿爸，你的腿怎么了？"

"那儿受过伤，孩子，"男人回过头来，目光殷切地望着达瓦，"记住我的话，不要让悲剧再重演一次了……"

随着一阵水声喧哗，男人已潜入河中，像一头熊那样游去了，荡起一阵涟漪，直到沉没水底……

达瓦一夜未眠。天亮前他做出了自己的抉择，少年的好胜心占了上风，无论如何，他要用光这最后两颗子弹，而且心里早有了猎人的盘算。是的，再不能让老家伙牵着鼻子走了，那样即便追到贝加尔湖去，也只能做它的跟屁虫。贝尔茨河的月牙形大甩弯就在脚下，按黑棕熊几日来的行迹，它只会继续沿着河湾前行，达瓦要做的就是横插山岭，在"月牙"的末端截住它，那儿有个孤绝的山谷，黑棕熊穿过谷底就会甩开河流进入汗玛森林了。

这是一次奔袭，也是一次阻击战，达瓦孤注一掷，他没有带碍脚的驯鹿托嘎，直接取了脚绊任由它去，在收拾必用的家什时，他看到列庞戈坐过的地方像被雨淋过似的，一片水洼的洇迹。

傍午，达瓦和猎狗"皮球"就翻越了两道山岭，直抵目的地。淋漓的汗水湿透了猎装，像水洗的一样，达瓦索性把它脱下来披在肩上。达瓦曾经来过这个山谷，那时，他刚刚学会打猎，几个"老猎"带他来这里蹲夜。月亮刚挂在天上，一只狍子傻愣愣地来河边喝水，"老猎"把机会让给了达瓦，让他这个新人练练手，达瓦眯着眼睛连开了三枪，枪枪跑空，连狍子的毫毛都没伤着，狍子还左瞧右望呢，琢磨耳边的声响是哪儿来的，要不是旁边的"老猎"补了一枪，这真成了笑话。后来，嬉皮笑脸的"老猎"嘲笑达瓦，说他不像列庞戈的儿子，更可气的是给达瓦起了个难听的绰号，叫他"三空"——这个猎人的耻笑让达瓦好长时间抬不起头来，那会儿他就暗暗发誓，总有一天，他要让所有"老猎"刮目相看……阿爸，别怪我不听你的话，我要猎到那头老公熊，像你一样获得"莫日根"的名声，这是最后机会了，达瓦叨念着……

山谷下是一片略显开阔的平滩，长满了过人高的枯黄芦苇，达瓦和猎狗以其做掩体，四下窥视，这是黑棕熊进入原始森林的必经之地。此河段因为河面变宽而使流速变缓，一簇簇冰排也分散开去，不再你拥我挤，冷水鱼耐不住寂寞，趁机跃出水面，东一条西一条，鱼鳞闪闪画着银色弧线。据那些"老猎"讲，过去一到冰裂季节，平滩的鱼跳跃起来就像放鞭炮一样，噼里啪啦地响，而且都是尺把长的大鱼，那场面热闹极了。不过就像阿爸说的，一切都今非昔比……

终于，那个黑点从远处浮现了，毫无遮挡，摇摇晃晃地渐行渐近。一路上饥肠辘辘的黑棕熊是直奔着平滩的鱼群来的，这会儿就张舞着四足潜入河水。作为一头经验丰富的老熊，它记忆中也该是旧日的画面，却哪里想到河鱼已寥若晨星。水滩刚好没过腰际，黑棕熊好一阵扑腾，像个淘气戏水的孩子，一时水花四起……当它再一次从水面露出头脸，竟亦成功捕获了一条小鱼……达瓦一直在准星里瞄准着猎物，不断调整靶心，一旁的猎狗忍不住低声呜咽……达瓦后来想，那天一定是熊神作怪，就在他将要扣动扳机时，没有任何理由和征兆，黑棕熊突然鬼使神差地奔向了河岸，连嘴巴里叼的小鱼都弃之不顾……达瓦不会再放过这个机会，一声震耳的枪响，"嘎——"声音冷得像刀子划破天际，老熊应声跌倒在地，子弹竟然击中了它的那条残肢，不偏不倚，在它的旧伤疤上又添了一枪……黑棕熊显然没有预料到，一副茫然受惊的模样，许是怀疑被什么东西咬了一口，它呜呜哀叫，低头翻找，才发现下肢的伤口，嗅到了火药熟悉的味道……它寻向枪声的来源，瞥见了芦苇荡中的达瓦，灼灼的眼目里有股说不清的意味，那该是一位老人忽然遭受孩童的一击而不知如何怪罪，满带着失望和责备，瞬息，它爬起身来，拖着那条伤肢，用三足奔行，像团黑旋风般地冲向了山谷右侧的山崖……那一刻，不知缘于何故，达瓦竟忘记了枪膛里最后一颗枪子，他没有射击，只是呆呆地望着黑棕熊远去……

达瓦后来不断否认自己与那头老公熊有任何感情，是的，他追踪了它三天，嗅着它老松树般浓郁的朽香，踩着它的足迹，多少次亲眼见到它高大又瘦削的身影，那又怎么样？它只是他眼中的猎物，不会是别的什么。可是，为什么没有在关键时刻补上一枪，那样的话，或许老公熊早已臣服在他的脚下，失去了所有的尊严、力量、生命体，四肢坍塌，头颅垂地，连喘息和心跳都没有了，成了一摊任人宰割的熊肉，它再不会奔跑、咆哮、乖张，或者愤怒，再不会噗噜噗噜地喷吐白沫，摇头摆臀抖落一身灰尘，忽而凝神深沉地盯望着你……

少年猎手好不懊恼，现在他再想追击黑棕熊已没可能，它已跃上山崖，消失无踪。达瓦环顾四野，他望到了南面山岭上那座护林站的瞭望塔，想起果佳叔叔就在那儿做护林员。是时候补充给养休整一下了，垂头丧气的达瓦领着猎狗直往护林站。

将近日落的光景，达瓦顺着一条窄窄的油漆路爬到岭上。一架涂着防火红的直升机停在护林站旁的空地，几个消防员正对着山岭指指点点。

木刻楞的屋子里热气腾腾，陈设与物件杂七杂八，行军床、保温壶、望远镜、电话机、锅碗瓢盆……

"达瓦，工作组正满世界找你呢。"果佳叔叔端了一盆米饭给他，达瓦狼吞虎咽，连同两盘炒菜不到一根烟的工夫全部入肚。

"再不缴枪可就有麻烦了，"果佳拧开一瓶"根河白"，他一头黄卷卷的头发，眼睛和列庞戈阿爸的一样小，颧骨高高的。"我可是在你阿爸失踪以后就把猎枪放下了。"

达瓦瞅着叔叔，"而且你还成了护林员。"

"是啊，森林就是我们鄂温克人的家，我要看好这个家。"

"可是你没看到吗？林子已经快被采伐空了……"

"现在禁止伐木了，所有的林子都不准再开发了，过去是过去，现在不让采伐就是进步。"果佳直接用瓶子往嘴巴里灌酒，瓶里嘟嘟地冒着气泡，"……达瓦，不要去追那头熊了，刚刚我听你讲，心里就犯嘀咕，现在我喝点酒想起来了，你追那头棕熊，从金河一直到牛耳河、贝尔茨河，然后你在山谷打伤了它的左后肢，真是见鬼了，你知道吗，我和你阿爸最后捕猎那只老公熊时就是这个经历，一模一样！世界上有这么巧合的事儿吗？"

达瓦瞪圆眼睛，满脸震惊。

"没错，就是在那个河滩，你阿爸打伤了棕熊的后腿，和你一样，也只剩下了最后一颗子弹，而我的早打光了，脚脖子也不小心扭伤了，肿得像发面馒头。后来你阿爸一个人去追击受伤的熊，随它爬上了山谷旁的山崖……等我第二天早上好不容易爬上崖顶，一瘸一拐地寻遍了整座山，只在靠近悬崖的一棵老刺柏树旁拾到了列庞戈的猎枪，枪膛里那颗枪子还在。我站在悬崖边朝下面望了望，足有一百尺深的崖下，贝尔茨河像静止的蓝飘带似的，没一点儿动静。你阿爸就这么失踪了，后来生产队发动了所有猎人，山上、山下、沿河找了个遍，连个尸首都没找到……"

"难道是棕熊将阿爸吞掉了？"达瓦凝神望向窗外，窗口那儿挂着一把枪身斑驳的"半自动"。

"是贝尔茨河把你阿爸吞掉了，被熊吃掉最起码能剩下骨头和衣物。"

果佳叔叔表情迷离着，酒已经把他的眼神变得像木杆一样僵直，"后来，我去山崖上祭祀列庞戈，在那棵刺柏树上刻下了白纳查神像，你阿爸够可怜的，我只想让他和山神在一起……"

"叔叔，能给我几颗子弹吗？"达瓦打断他，眼眶红红的，一边用鹿皮擦拭着猎枪。

"不，"果佳把头摇得像风车一样，"我没有什么子弹……"

"你有，叔叔……"达瓦往窗口旁看了看。

"那不是打猎用的，达瓦，现在已经禁猎了，我们用枪是为了护林……"果佳叔叔又咕咚了几口酒，"听我说，别再打那头老熊的主意了，这很危险，我担心你会像列庞戈一样有去无回……"

达瓦用异样的眼神看着果佳，"你已经不是猎人了，叔叔。"他不无失望地说着，一边和衣倒在行军床上。

"只要不离开林子，天天能嗅到它的气味儿，听到鸟兽的叫声就够了，懂吗达瓦，不论是不是猎人，我的心都噙着山林的露水，长着密密实实的枝叶……"

"可猎人的血管是用熊油泡软的，眼睛也是用狍子皮、鹿皮擦亮的，不是吗？"

"过去是这样，现在不是了，雪和山涧的溪水一样能擦亮眼睛。"果佳眨巴着星星似的眸子。

达瓦困倦了，室内的炉火正伸出舌头舔着他的周身、他的眼皮，让他昏昏欲睡，少年就这么怀抱着猎枪，生怕被别人抢去似的，稍瞬便打起了鼾声。

果佳叔叔独自一人喝着酒，揪着头发，自己和自己说话，有一句没一句地唱歌，一夜没睡，就在凉板凳上坐着，守着达瓦。他看着达瓦的一张稚气未尽的脸，睡梦里都散发着小樟子松那种辛辣味儿，这个鄂温克猎人的孩子多好啊，倔强得像块清水里的石头，要在过去，一定是个"莫日根"的料儿。天快亮的时候，果佳打了一个盹儿，等他再睁开眼睛时，达瓦躺的床上已空空如也……

漫山都是浓雾，使山岭显得神秘而寂静。达瓦和猎狗走得很快，雾气像长着天鹅绒毛，裹在达瓦的身上，摸起来凉丝丝滑溜溜的。不到两个时辰，少年猎手就和"皮球"重返了山谷。枪伤的血滴暴露了老熊的行踪，使达瓦和猎狗沿着山崖毫不费力地摸到了它。受伤的老熊明显放慢了逃离的速度，从东倒西歪的毛树丛和不断歇息的痕迹看，它已力不从心……

再往崖顶上去，虬曲的偃松长满陡坡，穿行起来十分费劲儿。一处山体滑坡拦在半山腰处，成堆的石块差点掩埋了几棵矮树。达瓦蹬踩着碎石小心地攀缘，猎狗却停下来嗅向一块斗大的尖如利斧的石头，上面沾满了黑乎乎的尚未凝固的血，达瓦从中抽出一条皮肉，带着粗硬的兽毛，没错，那是老家伙黑棕色的长毫。

它真够倒霉的，达瓦想着，肯定是在爬山的时候遭遇了泥石流，伤到了身体，那是春天雪山融化的结果。这么说来，它更不会逃远。

一人一狗爬上崖顶时，正当日出岭上，七彩光束撩开山顶的重重雾霭，像是要把老公熊最后的面纱层层揭掉……随着一大摊血迹的出现，猎狗"皮球"率先嗅到了它，狂吠不止，达瓦也感受到了它的气味，唯有受伤巨兽才会散布的慑人氛围，让山风都紧张得呜呜作响。达瓦再次窥见了它，在一棵几搂粗的刺柏后面，"老人家"背靠树身，坐在那儿，大口大口地喘吁着……刺柏树正对达瓦的一面刻着一张人脸，是他在梦中见过的"白纳查"神的脸，那是果佳叔叔刻在上面的……达瓦举起猎枪，对准了黑棕熊半露的头颅……

"达瓦！"一个声音从刺柏那边传过来，瓮声瓮气又湿漉漉的，听起来那么熟悉，"达瓦！"那儿又叫了一声，达瓦惊愣住了，是那头黑棕熊在叫他，没错，声音是它发出来的，这怎么可能？一定是幻觉，是邪恶的致幻神在蛊惑自己……黑棕熊张合着嘴巴，嘴角泛着血沫，这会儿就扶着树干立起身来，目光直视达瓦，那是列庞戈的目光，平静得像一潭秋水，又满带着父亲的慈爱……老熊晃动了一下双耳，达瓦明晓了它的暗示——它的左耳上正挂着那枚问号似的银耳环……达瓦不敢相信自己的眼睛，眼前一片梦境般的雾霭。

黑棕熊已狼狈不堪，蓬乱着脏兮兮的长毛，满身的血污与尘土，像刚从战场的硝烟里爬出来似的，它呜啦着喉咙："我和你说过，达瓦，天神会把犯错的人变成熊……这是腾格日对我的惩罚……"

"阿爸！"达瓦喊了一句，浑身像被雷电击中了一般战栗，猎枪随之脱落在地，一时间泪水滚滚……

"是我让你伤心了，孩子。"黑棕熊蹒跚着向前走了两步，伸出熊掌来，想给少年以安慰……就在这时，仿佛参天的刺柏戛然断裂了般，那声响震得人心尖颤——一颗子弹命中了黑棕熊的胸口，它痉挛了一下，欲堵住喷血的弹孔，却顷刻间蜷下腰去，跪倒在那里，掀起一阵尘土和几片陈年的落叶……

达瓦的身后，果佳叔叔将端举着的枪放下来，一副趔趔趄趄站立不稳的样儿，他抖着手，掏出酒瓶子又猛灌了一口酒，顺便用衣袖抹了下瓶嘴，对达瓦说，"你不听我的话，孩子，我和你说过，这很危险……"

山岭中最后一声枪响是达瓦扣动的扳机，枪口冲上，枪声直上云霄，震荡着莽莽苍苍的林海，仿佛是对黑棕熊最后的祭奠……从枪声散落的苍穹下望，达瓦和果佳正站在料峭而浩荡的春风里，站在一派苍翠生机的群岭间，原本高高的崖顶忽然显得那么低矮，而两个人的身影似乎比蚂蚁还要渺小……

原载《十月》2024 年第 2 期

辑

三

春江水很暖

林那北

一

丹梅拨出电话，对方接起，是个女声："你好。"

丹梅心想，我不太好。她伸出食指正要摁下屏幕下方那个红色圆圈，又猛地停住。"您哪位？"她问。对方有五六秒的沉默："我叫珊珊。有事？"声音明显提高了一些，居然有几分亢奋。丹梅长吸一口气，又悄悄吐掉，然后挂断了电话。

长到四十二岁丹梅才发现自己对数字有特殊能力，现在她六十二岁了，中间这二十年，她数次错愕，但也没深究，就丢脑后了。比如她最早也学别人用小本子记电话号码，到需要拨打时，先习惯性地拿出本子，刚动手翻，脑中立即有一串数字非常清晰地划过，还一闪一闪地亮着。算不算雕虫小技？她觉得是。偶尔一两次丈夫陈德恰好在旁边，似乎有点意外，但什么都没说，应该也没太在意。倒是儿子曾很不解，为什么每次期末成绩出来，刚把各科分数说出，丹梅在一秒钟内就把总分报出来了。儿子以为是老师告诉她了，她摇头。儿子不信。她不认为这有什么好解释的，笑笑。儿子初中毕业后去新加坡读高中，大学以及硕博都在美国读，如今在硅谷工作，几年才飞回来一次，嘻嘻哈哈说起往事时，如果调侃起自己小时候读书不上心，考试很渣，丹梅就会随口道出某次某科的成绩。儿子不承认曾考过那么丢人的成绩，一旦较真了，丹梅就翻开樟木箱，那里专门收集儿子用过的旧物——课本、作业簿、日记本之类，找出刚刚说的试卷，标在上面的成绩一分不少一分不多。陈德好歹是本科毕业的，她只有高中学历，是全家学历最低的。跨出中学校门时她十六岁，还不知数学中的正负数为何物。从小学到中学她一直在文艺宣传队跳舞，各种民族舞都跳，芭蕾舞也跳，《北风吹》中她是喜儿，《洗衣歌》中她是小卓嘎，《草原女民兵》中她是旗手，总之都是领舞，每天被要求加练，演出又连绵不断，时间都被占满了。当时玩得爽，报应最终却来了，大学想都不用想，两年后招工进市漆器厂，她当起一个月十八元工资的学徒工。刚进厂时，她鼻子没法接受樟脑油的味道，喷嚏一个接一个打。但稀释大漆都得用樟脑油，逃无可逃，慢慢就接受了，吸进去一口口渐渐觉得香。但没香几年，厂却倒闭了——这是后话。

进厂第八年，她可以非常熟练地坐在车间工位上给花瓶和果盘贴蛋壳、刷底漆时，忽然在妹妹丹桃的婚礼上认识了中学美术老师陈德。他是新郎庄明的同学，深栗色头发，微卷，皮肤白得像欧洲人。丹梅纤细高挑，小头小脸小肩小屁股，但黑。她羡慕皮肤白的，那天就多看了陈德两眼。婚礼过后第二天，丹桃夫妻回娘家时，就把比丹梅小三岁的陈德也一起带来了。庄明认为，丹梅多看的那两眼是有春意的。丹梅辩解说没有。庄明说那现在有了。转过身他问陈德的意思，陈德笑笑，说听你的。新婚的丹桃比丹梅小四岁，这时站一旁满脸红扑扑地起哄，说那太好了，就定下来吧。后来真的就定了，按庄明的说法，陈德对丹梅是一见钟情，陈德却辩解道庄明对他说的正相反，是丹梅对他一见钟情。事已至此，最终的结局反正都是洞房。也可以说，丹梅的婚姻其实是庄明和丹桃一手缔造的。现在丹桃已经病逝，庄明已经再娶，沧海桑田，那段火热关系早就如鸟兽散，剩下丹梅和陈德的婚姻，就像个遗址。

陈德大学时学的是国画，后来才改画漆画。漆器厂倒闭时，陈德说挺好挺好，所谓的好就是丹梅下岗后可以专职给他打下手了。漆画是新兴画种，那时还不普及，很小众，路上挤的人比起国画要少很多。它除了画技，还讲究工艺性。画技陈德不缺，而工艺丹梅拿手。陈德用粉笔直接在上好黑底漆的木板上画好线稿，余下的贴蛋壳、做纹理、髹漆、打磨、推光、揩清都归丹梅。闲着也是闲着，丹梅没推辞，帮陈德是应该的。其实陈德的画一年卖不出几张，一平尺最多叫价一万块钱，打对折也出手，总之挺难的，他很焦急。以前儿子在国外上学需要钱，现在儿子有工作，正打算在美国买房，这又是一个大坑，多少钱都不嫌多。算起来，陈德真是个尽责的父亲，至于是不是称职的丈夫，这个丹梅已经很久不去想了。年轻时两人好像情也没多浓过，结婚生子，然后合力育儿，关系渐淡，大框架却没散。别的漆画家一般会雇几个助理打下手，陈德没有，他的助理只有丹梅，这是两人之间新的平衡。陈德把工资卡交给丹梅，虽没说透，理解成给丹梅开助理工资也没有错。丹梅没什么大消费，最多买些股票。K线图她不看，也看不懂，买与卖全凭直觉，这么多年居然能略有盈利。个别股也猛跌过，她从不割肉，而是耐心做T，高抛低接，把成本降低，等新一波行情来了，再一把甩掉。总的说来日子很安稳，至少比丹桃幸运。有时从手机上看到那些被抓贪官的新闻，她也会庆幸陈德是本分的中学老师。既没病没灾，又不偷不抢，这辈子还有什么不知足的？

家中只有两姐妹，五年前丹桃死了，前年底父亲发了场高烧死了，一周后母亲也死了。陈德说丹梅这一两年情绪变得比更年期时更不稳定。丹梅想何止情绪，父母死后她一直胸闷心悸，睡眠也非常糟糕，总是担心下一秒还会发生什么。

换以前她不会注意到那个手机号，更不可能拨过去。确实有点奇怪，一连好几天了，有时手机一晚上会响起几次，屏幕上却没有显示人名，也就是说陈德没有把对方存进通讯录中，这说明什么？说明陈德特别不在意，或者故意隐蔽。有时正洗澡，放在外面茶几上的手机响起，丹梅正要往里递，陈德已经裹着浴巾忙不迭冲出来了。不在意的人至于这样？

趁陈德不在家，丹梅就拨了那个号码。

原来那个女人叫珊珊。

二

现在丹梅站在春江边。

这是全省最大的一条江，江面近百米宽，水流丰沛，从未枯过。五六十幢欧式别墅沿江北岸呈扇形错落排开。每天上午和傍晚丹梅都会出门，走上三百多步就到了江边。那里有个不大的码头，青石台阶一直延伸到水面。今年冬季拖得久，都三月了，天还有寒意，但南方的树木不会偷懒，这会儿已经竞相葱茏，每一处看进眼里都非常有画面感。

房子是三十多年前买的，当时这里还是郊区。建筑商敢在又荒又乱的地方建起别墅区，曾被普遍嘲讽。那次是丹桃带丹梅来看的，第一眼丹梅就喜欢上了，回家说服陈德把市中心的房子卖了买这里，三层楼，三百多平方米，才三十多万元，一楼做画室，二楼打通了做厨房、餐厅和茶室，三楼住人。陈德正愁缺个画室，就同意了。丹桃却没买，庄明嫌偏僻。后来市区扩大，把这片别墅圈进，房价涨了十多倍，庄明很后悔，大呼亏了。

大学时陈德的专业成绩在班上数一数二，本来可以留校，但留的人最后却是庄明。庄明在母校当了四年辅导员，第五年调到市教委，从普通科员做到副主任，分管后勤，官不大，权大。从个人运气上看，庄明一直很顺，从没亏过，亏的人其实是丹桃。

一楼有一百二十多平方米，却只隔了一大一小两个房间，小的是用红砖和杉木板围出来的阴房，只占四分之一面积。大漆需要阴干，控制温度和湿度的阴房是必备的。余下的大开间中央摆一张五米长、两米宽的大桌，四周一排长短不一的小桌，正平放着十二张一米乘一米即将完成的漆画，这是两个多月前有人定的。近些年书画市场不好，突然被订十二张，丹梅很高兴，陈德更高兴。《春江图》，这是这组画的题目，内容比站到春江边举起手机随便拍出来的画面更简单，江面、岸树、远山、飞鸟，每张都是写意的，构图也很接近，变化的无非是早中晚和不同的季节。木板是现成的，之前请人制作过一批，但大漆、金箔、螺钿、瓦灰、鸭蛋壳之类不够，丹梅连忙在网上挑一些放进购物车。陈德提出用腰果漆，丹梅不愿意。腰果漆是合成的，大漆则是纯天然的，同样一罐的量，后者要比前者贵八九倍，用腰果漆的工期也短得多。丹梅进漆器厂第一天就反复听师傅说"慢工细活"之类的话，做过大漆的人，眼里是装不下合成漆的。画卖不出去时，尚且肯下成本用大漆，如今有钱赚了，怎么能敷衍？她这辈子都不想碰合成漆。陈德很恼火，丹梅不理会他的恼火，连用细瓦灰打捻做纹理，她都只选大漆。这样用时自然就长了。原先陈德打算一个多月就把画交付出去，结果紧赶慢赶，到现在最后一道透明漆才罩过，等干透了才能打磨、推光。丹梅没觉得不对，大漆是讲漆性的，它必须按自己的节奏走。

她在十二张《春江图》前走一遍，用指尖轻轻摁了摁。已经起了一层漆膜，但硬度不够，还得再等几天。

这时她想起了珊珊。

那天拨通那串号码有点鬼使神差，知道对方名字后，她就挂断了电话。说到底这不是她擅长的，电话一通她就后悔了。这事本来就这样过去了，没想到第三天对方回拨过来。丹梅犹豫一下，没有接起。不知道该怎么描述当时的心情，不像惊也不像喜，都在边缘模模糊糊地滑动。然后微信"新的朋友"出现了红点，点开，是珊珊。显示的来源是手机号搜索。

丹梅的微信号就是手机号，搜一下，不难搜到。有没有加微信通常可以说明彼此关系的疏密，加了未必成密友，但不加绝对就是路人。理性上丹梅觉得该拒绝，但手还是不听使唤地通过了验证。"你好小梅姐。"珊珊马上发来一句话，还拖着一串笑脸。

丹梅没有回。她只有一个妹妹，丹桃死后，已很久没人喊她小梅姐了。

珊珊又说："前年一个饭局，您和陈老师一起来。您走路的样子真好看啊。"

丹梅没印象。她很少跟陈德出去吃饭，即使去了，满桌不是教师就是画家，她文化低，谁的话都不敢接，更不记得哪个人叫珊珊。走路的样子？年轻时可能真的好看过，跳舞的人嘛，差不到哪里去。现在老了，身体松弛，背都已经微驼，还能有什么样子？

微信铃声又响，珊珊发来一行字："小梅姐，能把陈老师那十二张画拍照发我看看吗？"

丹梅很意外，愣愣地盯着手机看。

微信又响："它们真的值那么多钱吗？"

丹梅眉头拧起。做这组画时，陈德叮嘱过她不要发朋友圈。画在成为成品和展出前，怕被抄袭，谁也不会把整幅公开出去，最多晒个局部预热一下。这次既然不让晒，她就一直缄默着，陈德自己也没吭声，为什么珊珊却知道？丹梅点开珊珊的朋友圈，发现是空的。

当天陈德回到家已是深夜。丹梅还没睡，正坐在一楼画室长条桌旁看手机。汽车停好了，门响了，脚步声进来了，她仍然不动。陈德去画前看看，很不满，说："怎么还不磨？你不磨回头我就自己磨。"

丹梅马上闻到酒气。陈德嗜酒，刚才估计是请了代驾。漆画打磨是二度创作，磨掉什么，留下多少，都有讲究，但这些年这个讲究都由丹梅把控，陈德很少沾手。她没答，陈德也没等她答，就径自上楼去了。一会儿丹梅也上去了，三楼只有一个卫生间，陈德的卧室在左侧，丹梅的在右侧。他们分房睡已经很久，具体哪天想不起来，大致儿子出生后就断续开始，起先只是偶尔，渐渐就理所当然。陈德正站在洗漱盆前刷牙，丹梅觉得还是应该问明白，她倚在栏杆上，说："这次画谁买呀？"

陈德说："嗯。"

丹梅问："一平尺多少？"

陈德说："嗯。"看上去牙刷像是被牙齿粘住了，无法从他嘴里抽出，牙膏泛出浓厚的白泡沫挤在唇边，使陈德的皮肤一下子晦暗了。一个人的丑陋总是会这样突然到来。她转身走进自己房间，过一阵陈德房间灯暗了，她才出来洗漱，然后再进屋关上灯。黑暗中她耳边一直响着陈德的两声"嗯"。傻子都听得出他在应付。为什么要应付？

三

在城里一家茶楼，珊珊正坐在对面。

早上醒来，丹梅又点开珊珊的微信朋友圈。很意外，竟能看到内容了，也就是说之前不让她看，现在又让了。一条一条往下翻，内容杂芜，去其糟粕后，得到的精华是：一、珊珊三十岁出头；二、个子不高，五官平常；三、她在市教委上班，是庄明的同事。

丹梅很久没跟庄明联系了，但微信还在，点开，显示"朋友仅展示三天的朋友圈"。很奇怪为什么有人要这样半掩半藏，好像只能活三天似的。她在床上又躺了会儿，眼睛盯着天花板出神，然后给珊珊发了微信，问："有空吗？"珊珊答有。丹梅没有马上出门，而是等陈德先动身。上午有课，陈德得去学校。汽车轰鸣声远去后，丹梅才叫了车。

她订的茶楼就在市教委边上，走路十五六米。

珊珊化很浓的妆，假睫毛有点夸张，穿白卫衣、黑牛仔裤、戴黑框眼镜。这是一张陌生的面孔，丹梅不记得之前什么时候见过。回忆了一下，在朋友圈的照片中，并没见到戴眼镜的珊珊，那么这会儿是故意戴？"有事？"珊珊问。丹梅笑笑，摇头，马上又点头。她问："你知道陈德最近在做漆画？"

珊珊端起茶杯喝两口，放下时脸朝窗外看一眼。路边的杧果树已开出密实的花了，黄中带粉，一串串丰满地坠着。"噢，是十二张，叫《春江图》是吧？"

丹梅马上问："画是你买？"

珊珊用食指推推鼻梁上的眼镜架，没有答。丹梅注意到珊珊眼光这时正定定地落到她手指尖。她一惊，低头看到自己指甲缝有几星深咖色——其实是漆渍。平时干活时她都戴上乳胶手套，但漆无孔不入，真是防不胜防。她把双手从桌面垂下，搁在腹前，用一手的指甲隐蔽却有力地抠另一手的指甲。那天上过透明漆后，她记得曾用花生油洗过手，当时没打算出门见人，可能洗得潦草了。

手机铃声响了，是珊珊的，她马上接起。丹梅起身，到收银台先把单买了。回来时珊珊已经站起，说："有急事，我得先走。"

丹梅点点头，跟着往外走。珊珊比她矮大半个头，脖子微微前倾，背往后拱。有一瞬，"把背挺直"这句话已经滑到舌尖，这是当年跳舞时，老师经常冲她们喊的。老师还要求她们脖子拔长，肩下沉。"你在市教委是做什么的？"她问。

珊珊说："办公室做文秘。"

"结婚了吗？"

"结了。"

"有孩子吗？"

"有。"

在茶楼门外要分手了，珊珊说："小梅姐，你不要把我们的接触告诉陈老师和庄主任好吗？"

丹梅笑笑。怎么会呢？何况陈德打死都不会想到她居然记下电话号码，然后拨打过去。

珊珊说："你妹我也认识，很可惜。要是拖到今天，乳腺癌治愈率就高多了。庄主任现在的妻子就是你妹当时的主治医生，你知道吧？"

丹梅点头。丹桃病了几年，庄明带她到北京、上海都治过，最后大半年在市肿瘤医院，能用的药，就是自费的也都用最好最贵的，很尽心了。没救回，是命。正是因为丹桃，庄明才跟大龄未婚的主治医生认识，之后重组了家庭，生下一个儿子。这事虽然母亲曾很不满，叨叨过多次，丹梅却觉得合情合理。丹桃卵巢也有问题，不孕。庄明跟陈德同岁，马上六十岁了，要是丹桃能生，子女早就成年了，现在儿子才三岁，庄明也不容易。

珊珊说："庄主任儿子有先天性心脏病，你知道吧？"

丹梅一怔，她不知道，只听说那小孩身体弱。

珊珊说："刚在上海动了大手术。"

丹梅问："很严重？"

珊珊唇动了动，又抿住了，摆摆手，说："回头再聊。"话音未落，她已经走掉。丹梅站在原地看着，发现珊珊是平足，整个身子向后微仰，每一步都仿佛被谁扯了一下，多少有点笨拙。走路的样子根本不影响活着的质量，但能走得好看，当然更好。

她又叫了车，路上想起母亲。母亲对丹桃死后没多久，庄明就跟女医生结婚气得不行，怀疑两人早就暗中勾搭上了，丹桃肯定是被活活气死的。如果母亲还在世，此时丹梅会给她打个电话，告诉她庄明的儿子患先天性心脏病，刚动过大手术。母亲会怎么答？"那跟我们有什么关系？"丹梅用母亲的语气把这话在心里说了一遍，然后长吁一口气。庄明的儿子不是丹桃的儿子，确实没什么关系了啊。

已经临近中午，下了车，远远就听到窸窸窣窣的响声，原来陈德已回家，正把那幅夏季的春江画搬到垫有毛毡的石板上，边用水冲边打磨。丹梅有点不放心，问："你用几号的砂纸磨？"陈德说："刚才500号，现在800号——我看可以了，不用再磨。"

丹梅俯下身子在漆画上仔细看着，又用巴掌在画面上摸一下。罩透明漆之前，丹梅已经用360号和500号砂纸把贴蛋壳和撒漆粉的地方打磨过，这会儿平整度差不多，但光亮度不够。这个活儿还是她干得更顺手。她把陈德推开，取过打磨板，垫上1000号砂纸。

陈德开始不耐烦，说："可以了可以了。"

丹梅没有停下来，1200号、1500号，一直磨到3000号砂纸。用水再冲几遍，酞青绿和海洋绿渐变的芦苇，群青和天蓝渐变的天空，以及60目熟褐色漆粉撒出的树干和几只用鸭蛋壳贴出纹理的展翅白鹭，都湿漉漉泛着光。构图虽简单，却还是难以言说地悦目，鲜丽中有内敛，明净中有拙朴，只有大漆才能有这种通透且厚重的力量啊。

把磨好的画搬到一旁晾干，丹梅又搬来另一幅准备打磨。这个过程中她突然开口："这批画卖得很贵吗？"

陈德好一阵才从鼻孔里含糊嗯了一声。

"一平尺五千还是一万？"丹梅仍不看陈德，她俯着身子，已经重新拧开水龙头，用砂纸一下一下在画面上推着。

"一万！"陈德大声答，边说边往楼上走。

丹梅手没有停，头转过去，看到陈德的后脑勺正一个台阶一个台阶向上升去，当年深栗色的卷发已经所剩无几。平时出门他都扣顶棒球帽，回家取下帽子，五十九岁男人白花花的头皮就醒目地秃在那里了。活到这个年纪，他终于可以把自己的画以最高价一把卖出了，这不单单是钱的问题。

丹梅悄然叹了口气，她心里还是很替陈德高兴。

四

现在丹梅在陈德卧室里翻找着。她下手很轻，所有动过的地方，都小心地重新归位。这些年这个屋子除了拖地板，她一般不会进来。陈德起床自己铺好被，收下的衣服自己挂进柜子，总之都不需要她。这会儿走几圈，强烈的陌生感堵在胸口。柜子里正常，床铺下是空的，抽屉也清爽干净，没有她要找的东西——她要找什么？

她愣愣地站会儿，然后下楼。

一大早陈德接到一个电话就匆匆出去了，走时交代她抓紧把昨天磨好的画推光、揩清，最好明天就能把它们交给买家。果然是急，不急陈德不会让她用腰果漆，也不会自己动手打磨。

往画上倒花生油和推光粉，按下掌，用鱼际那块肥厚的肉用力推着，然后用细棉纸擦干，重复再来——通常她会反复推光五六次，把画上所有肉眼根本见不到的小毛孔密闭起来，让漆面又平又光又亮，呈现珠宝的质感，可是现在只两次，她就懒得往下做了。够了。真的够了吗？她突然意识到自己不知不觉间竟也在敷衍。

按常理只有委屈贱卖，才会憋着一肚子不甘草草应付。

一阵心悸，气仿佛喘不过来。她停下手，一屁股坐到椅子上，把沾满油和白色推光粉的右手搁在膝盖愣愣地出神。过了一会儿她站起，洗过手，然后背起包出门。

是个晴天，阳光有力地倾倒而出，有一股久违的明媚。小区大门旁就是银行，她进去，把陈德的工资卡插入自助机，输入密码，查了明细。所有进项都是工资，余额只有一万多，之前为了方便买股票，每个月她都及时把钱转入自己卡上了。而早上她在陈德卧室也没找到现金。陈德还有其他银行卡，这个她知道。

回家的路上，她边走边看手机，手指在屏幕上胡乱拨动，就拨出一个对话框，是珊珊的。还没回过神，她就把"能见见你吗？"这句话发了出去。

珊珊秒回："可以。"

丹梅一下子站住，愣了片刻才回过神来。她立即紧起身子扭过头快步走出小区，叫了车。半个多小时后，她和珊珊又面对面坐在上次来过的那家茶楼里了。

这次珊珊没化妆，不戴眼镜，与上次比，又像个陌生人了。"小梅姐，你想知道什么？"

丹梅嘴张了张，又闭拢。她想知道什么？她什么都不知道啊。

珊珊问："画完成了吗？"

丹梅摇头。

珊珊说："不是明天交画吗？"

丹梅又摇头。

珊珊抿起嘴，半晌才缓缓开口："春江的发源地是海拔一千多米的春山，离这里五百三十多公里——我是那里人，山上生山上长，好不容易才考上大学，水一样弯弯曲曲流到这座城，终于有家、有孩子、有一个稳定的工作……小梅姐，你们不会明白我是多么珍惜现在的生活。"

丹梅微微皱起眉。她没听懂珊珊的意思。

珊珊端起杯子喝一口，说："这茶也是我家乡来的。我们那里是茶乡，山上大半年的时间都雾气缭绕。如果还留在老家，这会儿我肯定正在山上摘茶。"

丹梅口渴，也喝了一口。真是好茶。她说："摘茶其实也挺好啊。"

珊珊笑道："当然，无论什么生活，走正路都很好。我女儿才一岁，我希望能陪着她长大，这辈子即使没有成就让她为我骄傲，也不能给她抹黑，让她瞧不起，是不是？"

丹梅心里一沉。"怎么啦？"她问得急促。

珊珊脸转向窗外。微黄的杜果花已过了花期，细看会发现比米粒还小的细果正一串串挤到树梢上，如果中途没有风吹雨打，也不被虫子咬噬，它们会渐渐茁壮，渐渐饱满成熟。

丹梅想到儿子。她没上过大学，从没给儿子抹过黑，在儿子眼里不是骄傲，却也不是祸害。而陈德呢？她吸一口气，身子往上拔了拔。"什么事？你直接说吧。"

珊珊又喝一口茶，抿抿嘴："小梅姐，你知道陈老师这些画是谁买吗？"

丹梅摇头，心跳猛地加快了。果然是画。

珊珊掏出手机，拨弄几下，递过来，食指仍伸长了往上滑动。屏幕上显示的是一长串的对话，内容倒也不复杂，基本上都是关于见面地点和"你到了吗？""一起吃个饭"之类的闲话。往屏幕顶端瞥一眼，对话的人叫"余峰虫"。收回手机后，珊珊说："这个人从不跟我在电话里谈事，有话都见面说。"

丹梅说："噢。"

珊珊说："我出面跟他接触……其实他们早定好了，我只是走个过场。"

丹梅心里一颤。

珊珊把手臂横在桌上，身子前探过来，小声说："一开始我真没想到这么复杂。听话惯了，一吩咐就往上冲……"说到这里她闭上眼，又猛地睁开，看着丹梅，"这几天我下班回家，一看到女儿心就缩紧了。"

丹梅问："陈德让你去的？"

珊珊摇头："是庄明，庄主任。一直以来我都是他手下最本分、最老实听话的一个。"

丹梅没明白过来："画又不是庄明的。"

珊珊说："但买画的人是冲着他的。庄主任的儿子手术愈后不太好，他还在上海陪着。过几个月他要退休了，儿子却还小。他老来得子，太宠了，担心以后没钱儿子过不好日子……我也是猜的。以前庄主任不是这样的人，以前他干干净净……"

丹梅打断她："现在不干净？"

珊珊从背包里掏出一沓纸推过来："合同。"她用指节叩叩。

之前陈德的画大多是参展时被人看中，一手交钱一手交货。偶尔也拟个合同，都只有薄薄的一张纸，简单写明一平尺多少钱，订金和余款什么时候付，等等，而这份合同却有厚厚的十三页，条款共三十六条，绕来绕去都是废话，提到钱的只有一条："每平尺九万，预付十万，余款在交画当天全额付清。"丹梅不敢相信，反复盯住这行字。单从字面上看合同没问题，程序都对。《春江图》每张九平尺，十二张共售出九百七十二万？

"陈德说他一平尺只卖了一万……"丹梅仿佛站到高空的钢丝上，声音有点颤。

珊珊身子又往前探了探，说："余峰虫是建筑商，他接手了下面一所小学和两所中学的扩建工程……工程是庄主任给的。"

丹梅重重吁口气，胸口咚咚咚响。

珊珊说："合同的买方和卖方是余峰虫和陈老师，出面代签的人是我。"

丹梅问："陈德确实一平尺卖一万？"

珊珊点点头："到时候余峰虫转账给陈老师，陈老师留下画钱，余下的转我，我也可以赚十万，然后陆续转庄主任老婆……你懂了吗？绕了这么一圈，把我推在前面哩！我傻乎乎的，这几天才完全回过神。吓死了。我打电话给陈老师，让他自己找余峰虫。陈老师不理，合同也一直留在我手里……小梅姐，您帮忙把合同带回去吧。钱不要转我，那十万，我肯定不要！"

丹梅低下头。每平尺九万，十二张画一百零八平尺，陈德拿走一百零八万，珊珊分得十万，余下的八百五十四万都归庄明？丹梅把合同推还珊珊，双手撑桌慢慢站起，说："陈德也不能要。"

走两步她停住，扭过头，加重了语气："不要！"

半个多小时后她回到家，进了门就直接拿起钨钢斜头刀，一刀下去，再两刀三刀四刀下去。春夏秋冬的春江，晨光暮色的春江，风过鹭起的春江，十二张画，十二个春江的美丽瞬间，很快就在刀下出现一道道横七竖八的刮痕和凹陷。大漆坚硬得抵挡得住几千年岁月侵蚀，却也脆弱得经不起一瞬间的故意伤害。

丹梅把它们逐一拍了照，先发给珊珊，再发给陈德。

看看时间，中午两点，股市还没收盘。接下去她做了下面几件事：

登录股票账户，挑几种股票以低于现价一两分挂售，马上成交；

从证券转二十万现金到银行账户；

把银行卡单笔支付限额解开；

点开庄明的微信，把二十万转账给他，附了留言：给孩子用。

做完这些，她长吁一口气，立即关掉手机，然后转身出门。她走到江边，坐在码头的台阶上，脱了鞋，又脱了袜，把脚慢慢往下伸，并拢，绷直脚尖，脚弓高高拱起，像两座跨在水面的小桥。

被太阳晒了大半天，水是暖的。这一刻她对江水和自己的脚都很满意。

原载《人民文学》2024 年第 8 期

彼　此

哲　贵

倪笑依在微信群里喊：老大，你吱一声会死啊？

那天下午，倪箫耳和倪笑依在群里聊了半个小时，"艾特"了十几次，老大没动静。这是三姐妹组建的微信群，群名"三岔口"。家里家外有什么事，就在群里喊一声。当然，有策略的。通常情况是，其中两个人先微信私聊，达成一致意见后，再转移到"三岔口"。这就有意思了。两个在暗处一个在明处，反过来讲，也是两个在明处一个在暗处。你来我往，兵来将挡。这种游戏，她们三姐妹以前是在日常生活中玩，现在转移到微信上了——微信也是日常。她们乐此不疲。好玩极了。

她们彼此间的称呼也带有游戏成分，大姐倪笑依称大哥，倪箫耳排行老二，被称二哥，小妹倪桓卿称为老大。为什么这么称呼？当然是好玩，大概跟她们没兄弟也有关。三个人依次各差三岁。别小看这三岁，有时就是两代人。老大出生时，大哥已经读书了。倪箫耳读高中时，大哥已经从卫校毕业，在信河街妇幼保健站当护士了。而这个时候，老大还在读初中。老大的心思不在读书上，整天和一帮不良少年混迹网吧。在很长一段时间里，大哥和老大是一对冤家。她们是两个极端。大哥读书好，成绩一直是班级前三名。老大不读书，成绩是班级倒数第一，连倒数第二都没拿过。大哥话多，却不喜欢动，她可以一个暑假不出家门。老大喜欢一天到晚在外面晃荡，话不多，但她有一句口头禅：另辈。大哥喜欢管老大，老大却不服管，两人经常打架。大哥毕竟大了六岁，气势占优。老大一咬牙，剃了光头：一方面是向大哥示威，另一方面也是为了方便跟她打架——打架时，大哥喜欢揪她头发。这招很灵，头发被揪住，老大像蛇被踩住七寸，只能低下脑袋，双手乱舞，嘴里不停地喊着"另辈另辈另辈"，最后只能乖乖投降。剃了光头，大哥没法抓她头发了，势均力敌了。一直到老大去读第五档专科，她们才停止打架。手脚上的动作停止了，嘴巴上依然你来我往，在微信上你一句我一句。大哥的方式是碎碎念，中间夹杂一两个"屁"。老大的方式是快刀斩乱麻，要么不吱声，要是开口了，肯定是斩钉截铁的。

大哥倪笑依在群里喊老大"吱一声"，是因为老爸倪捷丕，他出问题了。也不是什么大问题，绝食而已。他绝食有段时间了。不吃主食，光喝酒。严格说，酒也是主食，所以，也不能称之为绝食。现在的情况是，酒也不喝了，已经两天了，粒米不进，滴酒不沾。躺在床上一动不动，一副等死的姿态。

关于老爸绝食的问题，倪箫耳和倪笑依在微信上私聊过。让不让他死？她们的一致意见是"坚决不让"，不是舍不得，而是不能让他说死就死，太随便了，太任性了，七十岁的人了，又不是三岁小孩，生死大事，哪能由他一个人潦草决定？不可能的。他自己决定是一方面，还必须经过她们三姐妹商量裁决。在这件事情上，老大是没法商量的。她巴不得他早点死掉呢。所以，这个事，只能她们两个人意见统一后，再找老大商量。那就不是商量了，是通知，是通牒。上"三岔口"之前，倪箫耳和倪笑依在微信上还有一段对话。

倪笑依：老爸不是最听你的话吗？你陪他喝酒，把他灌醉，不就屁事没有了吗？

倪箫耳：你酒量好，你来试试？

倪笑依：他不听我的。我也不跟他喝酒。

倪箫耳：我试过，这次不灵，他不理我。

倪笑依：你跟他谈古文啊，他不是最喜欢跟你谈吗？

倪箫耳：他不跟我谈了，《古文观止》都烧了。

倪笑依：你对他发嗲呀，他以前不是很吃你这一套的吗？

倪箫耳：大哥你说话要有证据，我什么时候对他发过嗲？对你发过吗？

倪笑依：你们两个人的屁事，我不管，也管不了。

接着又发一条微信：找老大，这事必须老大出马。

她们上了"三岔口"，两个人演了半个钟头戏，老大一点反应没有，好像老爸死不死跟她没一毛钱关系。所以，倪笑依才会爆出一句粗口。不过，对于倪笑依来说，不存在粗口不粗口的问题，她在妇幼保健站工作了那么多年，从见习护士当到护士长，每天跟屎啊尿啊打交道，说话难免"有气味"。

见老大还是没吱声，倪笑依又跟了一句：老大你是不是蜂蜜吃太多，嘴巴被堵住了？

倪箫耳有点想笑，大哥这句话缺少逻辑：在微信群里说话不是靠嘴巴，而是靠手指头。

其实，倪箫耳和大哥一上"三岔口"，老大倪桓卿就看到了。她没空。她是第一批开淘宝网店的人，曾经被评为首届全国十佳网商。之后，网店生意蓬勃，好像所有人都涌到网上购物了。她忙得恨不能长出三头六臂。当她将手头的订单处理停当，在"三岔口"上回了一句：吵什么吵，马上召开家庭会议。

这就是老大的风格，雷厉风行，一锤定音。她是这个家的老末，很多时候却充当老大的角色。

召开家庭会议，这事倪箫耳不是没想过，她没提出来，因为她不是主动的性格。更主要的是，她知道，她不提，肯定有人会提，不是大哥，就是老大。你看看，老大一开口就明确方向了，这就叫气魄。

家庭是个严密组织，更是一个温暖团队。一个融洽的家庭，肯定是在严肃和温馨之间达到平衡的。一般事情都是在商量之下决定和完成的，很少使用会议这个概念。

在倪箫耳的记忆中，他们共召开过三次家庭会议。逢年过节时，也是一家人坐在一起，吃海鲜，喝老酒，谈天说地，嘻嘻哈哈，商量各种琐事，但那不是家庭会议。那是家庭聚会。

如果倪箫耳的记忆没错，第一次家庭会议是因为大哥的婚事。结婚才一个月，她提出离婚。老爸说，胡闹，结婚酒才吃完就喊离婚，你以为这是小孩子玩过家家？大哥说，你喝你的酒，我离我的婚。老爸说，说结就结，说离就离，还要不要廉耻啊？大哥说，离婚跟廉耻有什么关系？老爸说，不行，召开家庭会议。大哥说，开就开。那个时候，老大经过四次复读，终于收到一张第五档专科学校的入学通知书。她不想再复读了。出去读书之前，她也参加了这次家庭会议。会议是在九月初那个周末傍晚召开的，正是东海海鲜大批量跳上餐桌的时节，老妈烧了一大桌菜，鱼类有清蒸小黄鱼、葱油鲳鱼、家烧带鱼、咸菜烧子鲚，贝壳类有龟脚、辣螺、香螺、蛏子、花蛤，虾蟹类有江蟹、小黄虾、虾蛄、赤虾。贝壳类和虾蟹类都是盐水煮法，最大程度保留原味。都是下酒菜。都是老爸喜欢的菜。这分明是一个欢乐的家庭聚餐嘛。可不是，一坐下来，老爸就频频举杯，他喝，让大家也喝。三姐妹中，大哥和老大不喝酒，不是没酒量，是不愿意陪他喝。老妈酒精过敏，一碰就浑身发痒。只有倪箫耳会陪他喝，可能也是这个原因，三个女儿中，老爸对倪箫耳特别照顾。哪里是照顾？是百依百顺，是言听计从，是溺爱。酒过三巡，所谓的"三巡"，是指老爸喝过半斤六十三度的信河街老酒汗后，终于切入正题——家庭会议开始了。其实就是投票，五个人，不同意离婚的举手，同意离婚的不用举手。老爸率先举手了，老妈紧跟其后。倪箫耳见老爸的眼睛看着自己，她知道老爸的意思，她也从来没有违背过老爸的意志。但是，这一次，不知什么原因，倪箫耳没有举手。辜负了。背叛了。老大也没有举手。大哥更不会举手。三姐妹难得结成了同盟。老爸是个讲信用的人，言出必行，愿赌服输，他同意大哥离婚。不过，他那天晚上喝醉了，背诵了一夜《古文观止》，从第一篇《郑伯克段于鄢》直到最后一篇《五人墓碑记》，两百二十二篇，一篇不落。

第二次家庭会议是因为老大，也是因为婚姻。这次不是离婚，而是结婚。老大离婚后，要跟一个比她小十岁的男人结婚。老爸故技重演，又一次召开了家庭会议，结果还是二比三。这是倪箫耳第二次违背老爸的意志。

第三次家庭会议跟倪箫耳有关。不是倪箫耳的结婚或离婚问题，倪箫耳未婚，也没有要结婚的念头，当然，也没有打死不结婚的决心。她只是无可无不可。这次会议主题是倪箫耳的职业选择问题。倪箫耳从信河街医学院毕业后，在信河街第一人民医院当内科医生，已经是副主任医师了，再过两年，科室里有个主任医师退休，就轮到她了。这时，老爸想让倪箫耳离开医院，到他的诊所来。老爸退休之前，是望江街道卫生院院长，专业是呼吸内科。退休后，他申请了营业执照，在家里开了一家诊所，名字叫倪氏儿童诊所。他结合中西医经验，用蜂蜜和几种中草药，研制出一种专治儿童咳嗽的偏方，上门求医的人，每天都要排成一条长长的队伍。说诊所门庭若市，一点也不过分。他想让倪箫耳"接班"，是因为专业对口，更因为对倪箫耳的偏爱。这一点，他从来不掩饰。他的偏爱是明目张胆的，理直气壮的。本来，这件事是不需要召开家庭会议的，但他坚持要开，大概也有故意做给大哥和老大看的意思。他就是偏心，怎么啦？

倪箫耳来诊所，还有一个原因。一年前，一个儿童吃了老爸开的药，出现肺气肿，家属每天来诊所，不闹事，也不诉苦，只是坐在门口哭哭啼啼。上班来，下班走，无比准时。导致肺气肿的原因很多，家属一口咬定是因为吃了老爸开的药。前后哭了近一年，最后赔了一笔钱了事。这事让老爸动了关闭诊所的念头。倪箫耳知道，老爸不是心疼钱，他不能接受的是家属的无理取闹，更不能接受的是有人对他医术的怀疑。可是，有人怀疑就不开诊所啦？倪箫耳劝他继续开下去，开下去才是最好的证明和还击。老爸确实是心灰意冷了，他说自己不会再给人看病开药，但他不反对由倪箫耳来接手诊所。对于倪箫耳来讲，无所谓。医院相对稳定，诊所比较自由。各有各的好。

菜还是那么丰盛，该有的菜一个没少。都是老爸喜欢的下酒菜。还是酒过三巡开始举手投票。让人没有想到的是，这一次，是四个人举手同意，唯一没有举手的人是老妈。老爸问她，凤仪，你为什么不举手？她说，这下好了，你们可以天天喝酒谈古了，天下都是你们两个人的了。

哈，这就是老妈，她的名字叫阮凤仪。老爸叫她凤仪。在这个家，她们三姐妹私下里将老妈叫四妹。四妹眼里没有倪箫耳，也没有大哥和老大，她眼里只有老倪。老倪是她的天，是她的地，是她的全部。她买菜只有一个标准：老倪喜欢的，她买；老倪不喜欢的，她看都不会看。在倪箫耳的印象中，这是四妹唯一一次没有挺老爸。不过，她举手不举手，无关紧要，四比一，顺利通过。倪箫耳有点意外的是大哥，她知道老大会举手的，老大有自己的事业，她的网店开得很好，号称信河街马云。她用赚来的钱买了十一套房子，信河街五套，杭州三套，上海三套。因此，她还有一个绰号，人称信河街房姐。她的人生有自己的轨道，也有自己的追求，一家小小诊所，入不了她的法眼。再说了，她对老爸没好感，眼不见为净。大哥不同，她是医护人员，年龄也不小了，孤身一人，退休后，总要有点事情做做的。这种情况下，由她来接手诊所是合情合理的，虽然她不是呼吸内科专业，但老爸可以带她呀，当了那么多年的护士长，什么病没见过？上手很快的。倪箫耳觉得大哥应该不会举手，然而，她却第一个举手了，比老爸还快半拍。倪箫耳看不懂大哥的地方就在这里，在很多时候，她显得没心没肺，显得简单直接，她说的话，她做的事，几乎都是本能反应。她是无所顾忌的，也是无法无天的。然而，仔细一想，也不对，看起来，她整天将脏字挂在嘴上，对什么事都毫不在乎。不是的，倪箫耳发现，在老爸面前，她从来没说脏字，也从来不吐粗话。倪箫耳接手倪氏儿童诊所第二年，大哥提前办理了退休手续。倪箫耳跟她商量，让她来诊所上班，她一口拒绝了。她的理由很简单：当了半辈子护士，早当够了，退休后什么屁事也不想干，只想开着越野车到处浪荡。倪箫耳不能肯定这是不是大哥的真实想法，但有一点是肯定的，大哥离婚后，没有再婚，她加入一家汽车俱乐部，一会儿说去新疆，一会儿说去青海。至少从表面看，她是快乐的。

倪氏儿童诊所就开在家里。他们家在丁字桥巷，有一个独立小院子，大约有五十平方米。小院子里有两间三层楼房，左边是诊所，右边是住家。

倪箫耳接手诊所后，老爸每天会到诊所看看，给她打打下手，但不会坐下来，更不开药。他主要管理院子里的蜜蜂和两畦花。花的品种繁多，有大波斯菊、薰衣草、报春花、迷迭香、紫菀等。在倪箫耳模糊而又清晰的印象中，老爸是在老大出生那年开始养蜜蜂的，也是那年开始研制偏方的。当时只养一箱蜜蜂。开了诊所后，增加到两箱。现在变成三箱。作为一家儿童诊所，是不适合养蜜蜂的。蜂蜜很甜，可蜜蜂会蜇人，大人小孩都怕。三姐妹中，老大从小胆大。倪箫耳记得，有一个夏天傍晚，快吃晚饭的时候，院子里爬进一条扫帚柄那么粗的菜花蛇，大哥和她吓得拼命往楼上爬，四妹吓得不停喊老倪，老大嘴里喊一声"另辈"，冲到院子，一手抓住菜花蛇的尾巴，一把甩了出去。那条菜花蛇飞过院墙，啪的一声，摔在墙外的水泥路上，很快爬进路边的草丛里。整个过程，老大冷静又果断，动作一气呵成，没有丝毫的惊慌和犹豫，要知道，她那时才读小学四年级啊，已经是丁字桥巷一带的孩子王，上树掏鸟窝，下河抓田蟹，没她不敢干的事。倪箫耳是后来才知道，跟她一起玩的孩子中，有个会讲闽南话，在闽南话中，另辈，是你爸的意思。天不怕地不怕的老大，却怕蜜蜂，怕得要命，怕得毫无道理，看见蜜蜂就像倪箫耳和大哥看见蛇，吓得腿都软了，嘴巴喊不出声音来。老大第一次想烧掉那箱蜜蜂是读小学五年级时。那个春天的周末，田野上的紫云英开得正旺，老大又一次被蜜蜂蜇了。她哇哇大哭，哭着哭着，突然从家里点了一根火把，冲到院子里，要将那箱蜜蜂烧掉。她还没有冲到蜂箱，老爸已经从屋里冲出来了，一把拎住她的后衣领，将她整个人拔起来，一把夺了她手中的火把，一脚踩灭。大家以为，这下老大惨了，那箱蜜蜂可是老爸的命根子，他从来不让别人靠近，包括四妹也不行。镇压是肯定的。然而，老爸将老大拎回屋后，并没有立即"行刑"，而是将她交给四妹。他对老大说，你这笔账先记下来，过几天再算。说完之后，出门办事去了。这是老爸惯用的伎俩，他不是不处罚，而是暂时"挂账"，他要将处罚的气氛营造起来，要将处罚的悬念制造出来，要让老大一直处于煎熬之中，要让老大一直处于坐立不安的状态。更要命的是，老爸每一次处罚的手段都不一样，有时是面壁思过，有时是背《古文观止》，有时是唱信河街童谣，有时让她辨认各种草药，总之，老爸肚子里有无穷无尽的处罚手段，花样翻新。老爸这些处罚手段，只针对老大，从来没对大哥使用过，更没对倪箫耳使用过。他对老大是"青睐有加"。老大对他是"恨之入骨"。那天下午，老大又试了一次，她还是想将那箱蜜蜂烧掉，反正要处罚，烧不烧都一样，为什么不烧？但是，她还没有走到院子，就被四妹发现了。四妹用一条编织绳，绑在她的腰和老大的腰之间。老大趁她午后打盹，偷偷剪了编织绳，拿着火把冲出门去，她还没有冲出家门，四妹就已经惊醒过来了。

那几天里，老爸一句没提处罚的事，也没提老大第二次想烧蜂箱的事。

执行处罚是在第二个周末的晚饭前。

老爸处罚老大基本是在吃晚饭前，吃晚饭时间就是他喝酒的时间，这段时间是神圣的，是不容干扰的。这段时间很长很长，似乎又很短很短。他很专注，很投入，沉醉在喝酒的氛围里，沉迷在喝酒的状态里。有时，他会长时间注视着手中的酒杯，注视着杯中的酒，似乎酒杯里有另一个世界，一个引人入胜的世界，一个人间仙境。

这一次，老爸抓着老大的手臂，将衣袖捋上去，露出她的小胳膊。他将老大从屋里拖到院子里，慢慢往蜂箱方向走，他好像是自言自语，又好像是对老大说：来来来，被蜜蜂蜇一下，可以提高免疫力，还能益智。

太意外了。

最吃惊的人应该是老大。她肯定没想到"敌人"会出这一招。倪箫耳也没有想到，老爸会想出这种处罚方式——他是怎么想出来的？倪箫耳坐在门边的椅子上，手里捧着《古文观止》，她正在看《酷吏列传序》，最后一句是："在彼不在此"。她身体没动，脸上也没有表情，心里却是震惊的，老爸，你下手也太狠了吧，老大最怕蜜蜂的，这不是要她的小命了吗？还是让她背《古文观止》吧，她每一次都背得坑坑洼洼，可好玩了。同时，倪箫耳也发现，自己内心居然有一丝兴奋——这种处罚方式太新奇了，太惊心动魄了。老爸你太有才了。倪箫耳有一种难以言说的幸灾乐祸，她知道不应该有这种心理，可就是有。

再看老大，她没有哭，也没有喊叫，而是奋力将双脚顶在地上，将身体和老爸的身体拉开，斜成四十五度，斜成五十度，斜成六十度，她的手臂被拉长了，拉成了一条细细的绳子。她用脚去顶老爸的脚，做着无声的抗争。两股力量太不成正比了，如果老爸是只大象，她就是一只小鹿。确实悬殊。然而，正是这种悬殊，才产生了力量感，才产生了悲壮感。倪箫耳差不多看不下去了，她很想对老大喊一声：哭吧，大声哭出来吧。可她没有喊。老大也没有哭。她转头去找四妹，四妹在厨房里没出来，仿佛根本不知道院子里发生的一切，仿佛什么也没有发生。让倪箫耳意想不到的是，这时，大哥炮弹一样从屋里射向院子，什么话也没说，一把抱住老大的身体，她的身体也跟着老大的身体斜成了六十度。她跟老大抱在一起，紧紧地贴在一起，做出无声的抗争。有了大哥的加入，力量似乎发生变化了。僵持不下了。倪箫耳惊呆了，她没想到，这一切发生得太突然了，太不真实了。倪箫耳也发现老爸眼睛里的惊奇。她很确定，不是愤怒，不是恼怒，而是惊讶，甚至还有一丝惊喜。双方的僵持只是一刹那，大哥和老大的力量，还不足以完全与老爸抗衡。当惊讶之后，老爸不失时机地朝倪箫耳这边看了一眼，两人的眼神对了一下。那是一个什么样的眼神？赞许？失望？求援？制止？好像都是，好像都不是。倪箫耳赶紧避开老爸的眼神。他们更加靠近蜂箱了。此刻，她看见老大和大哥投来的眼神，她很确定，那是求助的眼神。她还看见，老大的嘴唇在不停翕动，发出无声的声音，她能判断出来，老大发出了一连串的"另辈另辈另辈另辈"。她还隐约看见，老大的眼睛里似乎含着眼泪，但她始终没有让眼泪掉下来。倪箫耳赶紧将视线转移到手中的书本上来。是的，她在看《古文观止》。她正在看《酷吏列传序》。她正在看最后一句："在彼不在此。"她终于听到老大发出嘹亮的哭声了，她知道，蜂针已经刺进老大的手臂了，可是，她却觉得，蜂针不是刺进老大的手臂，而是刺进她的身体里。她抬头快速地扫了一眼院子，老爸已经回屋了，院子里只有大哥和老大，大哥将老大抱在怀里，尖起嘴，对着老大的手臂，不停吹气。老大像一只小猫，一动不动躺在大哥怀里。她们躺在院子里，身体变得很小很小，却又变得很大很大。

多少年过去了，倪箫耳一直记着那个场景。随着年龄渐长，那个场景越来越清晰，每个情节、每个人的表情，甚至连每只蜜蜂扇动的翅膀都记得一清二楚。但是，倪箫耳再没有提过这个话题，大哥和老大也没有提，老爸也没有。仿佛那事根本没发生过，一切都是她的想象。但她知道，那事真实发生过，就在昨天，就在眼前，就在她的脑子里。

细想起来，倪箫耳后来选择学医，一方面是老爸的建议，这是最重要的；另一个隐秘的原因是，她一直有一个疑问，老爸让蜜蜂扎老大时说，被蜜蜂蜇一下，能提高免疫力和益智，她想了解到底有没有这个理论。在医学院里，倪箫耳专门查阅了关于蜜蜂毒液的资料，蜜蜂毒液中，主要成分是蜜蜂毒针蛋白和肽类毒素，没有任何资料表明，这两种成分有益智作用。蜂蜜确实能提高人的免疫力，可是，能提高人体免疫力的食物何止蜂蜜？

她没有对任何人提过这方面的疑问。不提不等于疑问的消失，相反，她觉得疑问在滋长，在蔓延，在发酵，终有一天，会变成一道闪电，或者一场海啸，天崩地裂，摧毁一切。倪箫耳甚至有一个预感，那个时刻越来越近，越来越紧，可能就在下一次家庭会议。

好了，第四次家庭会议来了，就在今晚。时间是老大定的。对于开网店的人来讲，是没有时间概念的，因为不存在开门和关门问题。却又是极有时间概念的，对于他们来讲，时间是真正能够兑现成金钱的。所以，这也养成了老大争分夺秒和干脆利落的做事风格。这也是她的性格。

家庭会议是从晚上六点开始的。六点是下班时间，网店订单相对少，老大在"三岔口"宣布：两个钟头内搞定。紧接着，她又补一句：我会设置闹钟的。

遇到一个小问题。也可以说是大问题。老爸不愿意参加家庭会议。信息是四妹反馈过来的。四妹向老爸汇报了召开第四次家庭会议的决定，老爸毫不犹豫地吐出三个字：不参加。

这辈子，四妹一直以老爸为中心：老爸做得对的，她支持；老爸做得不对的，她也支持。或者说，对于她来讲，老爸做任何事情都是对的。老爸向东，她跟到东，老爸向西，她跟到西。老爸是她的太阳，她是老爸的向日葵。老爸说什么她都同意，包括老爸拿蜜蜂蛰老大。事后，四妹安慰老大说，你爸是为你好。老大不同意，她含着眼泪问四妹，你说的好就是拿蜜蜂蛰我？蛰你一下试试？四妹说，你想想看，你爸收回来的蜂蜜都让你一个人吃了，为什么不让你两个姐姐吃？老大说，另辈才不稀罕吃那些破蜂蜜。四妹叹了口气，摸摸老大的光头说，你生下来就咳嗽，你爸说吃蜂蜜对你身体好。老大将光头一扭，避开四妹的手，哽咽了一下，反问道，给另辈吃蜂蜜，为什么又拿蜜蜂蛰另辈？这个问题问得太尖锐了，超出四妹的回答能力，只能重复地告诉老大，你爸都是为你好。老大的回答是，另辈不信。另辈不听。你走开。

关于老爸这次绝食，四妹出乎意料地生气了。不是生老爸的气，而是生自己的。她不敢对老爸说，而是等诊所关门之后，找到倪箫耳，像犯了错误的孩子：姐，倒霉死了，你爸不要我了。

倪箫耳吃了一惊，说：关你什么事？

四妹说：怪我没照顾好。

倪箫耳想对四妹说，老爸不想活，是他自己做的决定，也有他的理由。她没说，她对四妹有这样的念头也不奇怪，对于四妹来讲，她是为老爸活着的，老爸是她的全部，更是她活着的最大动力。同样的道理，四妹大约也认为，她应该也是老爸的全部，老爸也应该为她活着。现在，她发现，老爸不是这么想的，他撇下她，想独自离去了。四妹当然应该生气。她有理由生气。老爸欺骗了她。不仅仅是欺骗的问题，她应该也愿意接受老爸的欺骗。她不能接受的是，老爸将这个骗局揭穿了。她不愿意接受。她不能接受。可是，即使如此，四妹也没有直接对着老爸生气，而是将所有责任揽下来。她生自己的气。这就是四妹的性格。倪箫耳开导说：我们都让他失望了。

四妹一听，立即摇头说：都怪我，都怪我，跟你们无关。

停了一下，她靠前一步，几乎贴着倪箫耳的脸，压低声音恳求道：妞，你爸听你的话，你能不能劝劝他？

四妹说的也不全对。在这个家，老爸确实对她很好，专业可能是一个原因，但不是最主要原因。大哥也是学医的，老爸几乎没有跟她交流。倪箫耳觉得，更主要的原因可能是他们性格中相似的软弱和坚强。作为医生，他们比一般人更能体悟到生命的流逝和严寒，他们比一般人排斥温暖，同时，也更需要温暖。老爸对她好，可能是在寻找温暖，可是，倪箫耳又觉得不是，老爸只是在怜悯她。老爸知道她的孤苦伶仃。他们互为镜像。两个人在一起时，既看见对方，也看见自己。所以，从内心里，老爸并不想跟她交流。她也不想看见另一个自己。可是，他们之间却又不能避而不见，就像不能对自己视而不见。家里人都知道，她和老爸关系最铁，老爸最疼她。他们不知道的是，这种关系是表面的，在这个家里，她可能是内心离老爸最远的人，她表面上对老爸唯命是从，老爸对她是有求必应。他们就像一个人。实际上不是，他们都知道，两人唯一相同的是孤苦无依。然而，他们心里很明白，不需要相依。他们一个人就是一个独立的世界、一个自洽的世界、一个完整的世界。这个世界可以自给自足，也可以自生自灭。正是这个原因，倪箫耳不会去问老爸为什么绝食，更不会劝他不要绝食。不需要。她隐约能猜到原因。如果换成她，大约也会这么做。她不会劝老爸的，劝也是白劝，老爸不会听她的。这也是她当年愿意接手诊所的原因之一。她对四妹说：这事要老大出面。

事实确实如此。

五点五十八分，老大进了家门，老爸还躺在床上，她对着楼上喊：老爸你再不下来，我一把火烧了那三箱蜜蜂。

老大的话音刚落，就听见楼梯响动，接着，老爸出现在吃饭间了。

还是以前的座序。他们家的餐桌是可以坐六个人的小圆桌，面对大门口的位置，是老爸的固定位置，他的右手边是倪箫耳，大哥坐他左手边，老大坐他对面，在倪箫耳和老大之间，是四妹的位置。但四妹除了执行厨师职责之外，还是服务员，一顿饭下来，她要么在厨房，要么给老爸添酒，要么给大家清理桌面，她的位置几乎是空置的。大家习以为常了。

冷菜已摆好，分别是花蛤、小黄虾、辣螺、龟脚、鱼饼、鸭舌，等等。第一个热菜鮸鱼汤端上来，鮸鱼汤加芫荽和白胡椒粉，有开胃作用。信河街人喜欢吃鮸鱼，喜欢将鮸鱼做成鱼丸，也喜欢将鱼丸做成汤。不同之处在于，信河街鱼丸的形状不是圆的，而是不规则的。信河街的菜场分为早市、午市和晚市，早市和午市卖的大多是昨天晚上或今天凌晨上岸的海鲜，晚市卖的是黄昏上岸的海鲜，相差十来个小时。这十来个小时，对海鲜来讲很重要，不是新鲜不新鲜的区别。这种区别，只有靠近大海的人才能品尝出来。是时间，更是口感。口感有时是不可言传的。晚上的菜，是四妹从晚市采购回来的。都是老爸喜欢的菜。其实，哪里只是老爸喜欢的菜？倪家所有人，包括滴酒不沾的四妹，谁不喜欢吃？无形之中，不知不觉之中，大家的口味被老爸同化了。然而，讽刺的是，老爸现在绝食了，对这些天下美味视而不见了，无动于衷了。

四妹在老爸面前放好餐具，也倒满了一杯老酒汗，二两。除四妹之外，每个人面前都有一杯老酒汗。老大事先声明：我要开车，不能喝酒。

四妹立即给她倒了一杯白开水，将老大那杯酒推到倪箫耳面前。倪箫耳看了一眼老爸，他眼睛微闭着，气息平稳，面无表情。如果在以前，当他闻到老酒汗的酒气后，呼吸会急促起来，眼睛发亮，不停搓着手掌，跃跃欲试。现在不是，他坐在那里，对面前的酒菜毫无反应，好像这一切跟他没有任何关系了。

四妹给每个人打了一小碗鮸鱼汤，老大第一个将汤喝完。她看了老爸一眼，见他还是纹丝不动。大哥第二个将汤喝完，放下碗后，她先看了一眼老爸，接着，看了一眼老大，嘴皮动了动，没有发出声音。倪箫耳从口型能够猜出来，她对老大说的是：你有屁就放呀。

老大没有听大哥的。四妹端上来的第二个热菜是江蟹炒年糕，老大吃了，还是没有开口。四妹端上来的第三个热菜是清蒸小黄鱼，老大吃了，也没有开口。四妹端上来的第四个热菜是葱油鲳鱼，老大吃了，依然没有开口。四妹一直上，老大一直吃。老大吃，大哥和倪箫耳也跟着吃。只有老爸岿然不动。他好像睡着了。不过，她们心里都清楚，他没有。他是在跟她们对峙，好像也在跟自己对峙。这时，四妹端上第十个热菜蜂蜜汤圆了，这是每次家宴的保留节目，也是四妹的保留手艺。这个菜上来，说明这次家宴接近尾声了。

按照正常程序，蜂蜜汤圆上来之后，四妹"上桌"了。她的晚餐都是从大家结束时开始的。但是，这一次，四妹没动。她没有像往常那样，也给自己盛一小碗蜂蜜汤圆。她坐在位置上，空着双手，眼睛一动不动看着老爸，又好像不是看着老爸，而是看着她自己。是直视，也是逼视。眼神是平静的，又是汹涌的；是寂静的，又是呼啸的。四妹今晚有点反常了。

一阵沉默之后。大哥问四妹：你不吃吗？

四妹的眼睛依然看着老爸，又像看着自己，摇摇头说：我跟你爸，他不吃我也不吃。

大哥又问了一句：老爸如果一直不吃呢？

四妹接着说：我也一直不吃。

倪箫耳感到有点意外，但也不算意外。四妹还是那个四妹，她是老爸的"凤仪"。不同的是，四妹今天的做法，在顺从老爸的同时，多了一份威胁，更多了一份决绝。这不是原来的四妹，却又是原来的四妹。她眼里只有老倪，心里也只有老倪。老倪活着，她不敢死。老倪想死，她跟着去啰。

倪箫耳看看大哥，大哥撇了撇嘴，似乎想说屁！倪箫耳看看老大，老大还在低头吃蜂蜜汤圆。她吃得出乎意料地慢，似乎不是吃，而是将每一颗汤圆放在嘴里吮，慢慢融化。这不是老大的风格，她从来都是雷厉风行。再看老爸，他依然像一尊雕塑，似乎根本没听见四妹的话，或者，四妹的死活根本与他无关。

突然安静下来了。只有老大吃蜂蜜汤圆的声音。很慢很慢。很轻很轻。这种慢，却在这时被拉长了，变得无比漫长，变得没有尽头。轻却转化成了重，老大每一次吞咽汤圆的声音，都像一声响雷，就在屋顶、就在头顶炸开。

这是一段漫长的时间。雷声阵阵，只等大雨。

终于，老大吃完蜂蜜汤圆了，连汤也喝光了，她还用舌头在嘴唇上转了一圈。放下手中箸后，她先看了下手机屏幕上的时间，再看了老爸一眼。

倪箫耳知道，家庭会议正式开始了。

老大开口了：这次的蜂蜜汤圆特别甜。

老大在说到蜂蜜两个字时，故意停顿片刻。倪箫耳注意到，老爸的眼皮跳了一下。倪箫耳还注意到，老大也捕捉到这个细节了，她紧接着说：老爸你不尝一下？

大哥不失时机地跟了一句：用的是你刮来的蜂蜜哦。

倪箫耳发现，老爸的眼睛居然睁开了，他先环视了一下大家，再看了一眼面前的老酒汗、鲵鱼汤和蜂蜜汤圆，微微摇了摇头说：我不吃。

他的话音刚落，老大立即问道：不吃可以，你给个理由。

老爸没有立即回答她的追问，而是低下头，看着前面的蜂蜜汤圆，沉思了一会儿，才轻轻说道：我没用了。

老大马上说：什么有用没用的，我看你是古文读太多了。

停顿一下，老大接着说：你还养蜜蜂和种花呢，怎么就没用了？

听见老大这么说，他抬起了头。他的眼睛从每个人脸上看过来，很仔细，像寻找，更像探究。先是大哥，接着是老大，然后是四妹，最后是倪箫耳。一圈之后，他又低下头，像对着大家，又像自言自语：作为医生，我没用了。

老爸一说，倪箫耳立即明白他这句话的意思了，更明白他为什么要绝食了。她觉得第一次理解了他，第一次真正靠近了他。倪箫耳突然有点心酸，有点想哭，又有点想笑。她甚至想站起来，抱一抱他，哪怕伸出手，拍一拍他的肩头。她没有这么做。她只是木木地坐在位置上，一动不动。

老爸还是低着头，缓慢地说：我完成任务了。

没想到的是，大哥突然冒出一句：完成个屁，还有老妈呢？你这时丢下她，还要不要廉耻啊？

老爸身体颤抖了一下，并没有接话，而是犹豫了一会儿，轻轻地说：作为医生，我报废了。

然后，他又抬起头来，看着对面的老大，像请求，又像喃喃自语：那三箱蜜蜂交给你了，记得每天泡一杯蜂蜜水喝。

接着，他看了看大哥，又看了看四妹，再将视线转到倪箫耳这里，嘴唇动了动，最终并没有发出声音来。

就在老爸眼睛转向倪箫耳这里时，她脑子里猛地跳出一个画面，是

《酷吏列传序》最后五个字，但这一次不是"在彼不在此"而是"在此不在彼"也不对，是这两句话一直在交叉对换，来回闪现。她很想将这五个字念出来，大声喊出来。可她没有念出来，更没有喊出来。她似乎触摸到老爸"报废"的意思了。作为一个医生，他放弃了病人，病人也放弃了他。他们互相放弃了。现在，他成了一个病人，无药可救，也拒绝施救。他放弃了。没有兴趣，没有意义。无所谓了，却似乎又有所谓。

老大手机设置的闹钟铃声骤然响起，她选择的是敲门声，一声又一声。所有人都坐着没动，也没有出声。敲门声一直在响，是从手机里发出来的，又像有人在院子外敲门。

这个时候，倪箫耳看见，老大用牙齿咬住下唇，咬了一会儿，嘴唇开始翕动。在敲门的铃声中，隐约听见老大不断地说：另辈另辈另辈另辈另辈……

原载《长江文艺》2024 年第 10 期

飞鸟与地下

班　宇

愚人之链

十五天前，小柳从上海回来，我掐着手指头算日子，心情比较纠结，既怕她找我，又怕不找。张一天跟我提过，小柳也许要离。我听后有点紧张，问他，有苗头了？他说，多少有一些，最近没见她带孩子，老婆婆负责接送，吭哧吭哧，对孩子连踢带拽，很不优雅，观者闻风丧胆。我说，未见得是感情问题，许是身体有恙。张一天说，我看不像，你认识她老婆婆吗？我说，我上哪认识去，又不是我妈。他说，挺有气质，将近一米八，一百六十斤开外，烫了大波浪，爱抹红嘴唇儿，以前是体育老师，南关区教师运动会铅球纪录保持者，后来改教物理，原理类似，都在琢磨重力、磁力、浮力、万有引力，跟你的研究范围也接近。我说，我的？他说，对，这么多年来，你首先是不自量力，其次是无能为力。我说，电话挂了吧。张一天说，情况就这么个情况，你看着办，据我所知，她马上到长春，保不齐能去找你。我说，具体哪天，届时我肯定不在。张一天说，可别装了你，多少年来就是个惦记，纯属回天乏力。

张一天跟小柳在上海住同一小区，前后楼，隔人工湖相望，日常来往密切。楼盘隶属奉贤区，住户以东北人为主，邻里关系和睦融洽，夏季均在室外进行烧烤活动，小炉子一架，酒精块生炭，三五好友，推杯换盏，烟熏火燎之际，旁边不锈钢盆里的丹东黄蚬子一张一翕，像是也要插上几句，个性开明。房子几年前买的时候二万五一平，现在二万三千五，不涨反降，逆势而为。张一天的那套是租的，主要是离单位近，二十分钟骑行路程，环保又健康。他每日精神头十足，心明眼亮，总在观察小柳一家的生活动向，不时向我汇报。小柳在此安家，买了小区最大的户型，建筑面

159

积 89 平方米，三室两厅，户型方正，南北通透，实用与享受兼得，且带一个 U 形厨房，具备更大的操作台空间。张一天跟我说这些时，我很不解，问道，要这么大的操作台干吗呢，她也不会做饭。张一天说，她不做，不代表没人给她做。我说，谁，她老公？不是脑出血了吗？张一天说，她小时候有她爸，之前有老公，现在有老婆婆，长大了有儿子做，一辈子吃喝不愁，要什么有什么，想什么来什么，你还不了解她吗？你对她一生连绵而壮阔的故事连这点预判都没有吗？你不知道她无论如何以身涉险最终都能立于不败之地并保持迷人的微笑吗？我想了想，说，不是不知道，话赶着话，唠到这儿了。张一天说，都多余了，朋友。

的确如此，在小柳的生命进程中，我早已明确自身的位置——有我不多，没我也不少。或者说，任何人在她身上都无法印证自己的存在，就是这么虚无，就是这么迷离，抵达她的旅程如同穿过烈日与荒地，不见影子的方位，亦无四季的植被。高中毕业时，我对小柳展开疯狂追求，不仅忍饥挨饿，为其办理黄钻会员，也通过外挂的使用让她在游戏里一时风光无两，备受敬仰。当然，后因被官方发现导致永久封号。还在午夜时分发过六十多首代表爱意的流行歌曲。不过这些均未能融解她的心灵，很遗憾，我们的关系始终没有更进一步。再后来，她对我说在大学里谈了男友，面庞白皙，烫着波浪式的金色长发，如一位在暗舱里偷渡而来的水手后代，父母曾于全世界漂泊游荡，不过他说的却是东北话；男友的母亲会做新加坡肉骨茶，她去吃过一次，当即折服，彻头彻尾地爱上了南洋滋味，感受到了一种健脾祛湿的效果，身心通畅，灵魂进而丰沛起来。我听后极其自卑，别说是吃，这三个字的搭配简直闻所未闻，根本无从想象，如今他们分开许久，我却依然维持着惊诧，不知为何一顿排骨米饭能令其几度沉沦，将故土与故人轻易地抛在脑后。这一点我百思不得其解。

当然，也不要紧，这些年里，我不理解的事情还有很多，所以没那么在意。比如说，小柳结婚的前一年，我差点也结了婚，双方父母已见过面，日子选好，饭店定金也交了，甚至开始在刚装修好的新房里生活。我在阳台上种了许多少见的植物，比如西伯利亚远志、露珠草和青楷槭，高低错落，郁郁葱葱，如同微缩的山林；还养了一缸金鱼，没怎么喂过食，里面的小鱼却越来越多，灵活游动，一切欣欣向荣。一个晴朗的下午，我在沙发上看电影，未婚妻从卧室里走了出来，红着眼睛说，她要走了，很抱歉，有那么一个人，她根本忘不了，这么多年了，就是没办法忘记，试了许多次，怎么也不行。我愣了一会儿，请她继续说下去。她没多想，滔滔不绝地讲了起来，说那人是她初中时的化学老师，大她十岁，当年刚毕业。她化学不好，总是记不住分子式，搞不清楚反应方程，他就一遍遍地教，想尽办法，不厌其烦；她毕业后，对方也不教书了，回到学校深造，改做科研，如今博士毕业，在北京工作，自己建了个实验室，专接国外项目，收入可观，前途无限，但这也不重要。重要的是，数年以来，他们一直有邮件往来，前后几百封信，体量庞大，涉及天文、地理、历法、健康卫生等多方面内容。或可以说，这些是二人多年以来存在于世的不灭证据。他们总在彼此倾诉，从未间断，不止于情感，不止于人生，他知道她的每一步是如何走过来的，万念俱灰时，正是那些信件让她活了下来。她也只在面对他时，才有信任，才觉得轻松、自在，才觉得自己是在真实地、确凿地活着。与此同时，她也能明白他的一切选择，好的与不好的，背叛时的痛苦、遗弃时的孤独。当然，他更理解她，还为她的婚姻送上过祝福，不过她是拒绝的，她不需要任何人的祝福。她想，她的一生也就这样了，只能如此，也不过如此了。但，此刻她发现，已经没办法从一场精疲力竭、延绵不休的幻梦里摆脱出来了，必将深眠于此，既然这样，就不能再拖一个人进去，那等同于实施一桩罪行。我想了想，说，能让我看看你们的通信吗？这么多年，你们在说些什么呢？她说，不重要。我问，你们见过几次？她说，十二年没见了。我说，哦，十二年，我们认识几年了？她说，五年。我说，哦，五年了。

她坐在垫子上，矮我一截，垂着脑袋，没化妆，皮肤毫无光泽，讲完后，又哭了起来，说道，我们就这样吧。对不起，我们就这样吧。我说，你的意思是要分开？她说，我配不上你的感情，抱歉。我说，你要去找他吗？她说，明早的车票，我无法再忍受一分一秒了。我说，为什么啊，为什么忽然做出这样的决定？她说，我今天早上醒过来，读到他的最后一封信，向我告别，他写了很多很多，我却一个字也不认识了，躺在床上只是哭，一直到现在，完全停不下来，脑子里只有一句话：为什么我的生活如此糟糕，我没有任何一个对得起的人，包括我自己，为什么我的生活如此糟糕啊。它看似平静，但我知道，我无可救药了，不过是在扮演着另一个人，一个连我都不认识的人。我说，不至于的，一时情绪而已，你冷静冷静，好好想一想。她说，我不想了，想不明白，就这样吧，我哭得那么厉害，那么长的时间，你肯定听见了，刚才我想，如果你走过来，抱一抱我，我们抱上一会儿，兴许我能好一点，但你也没。我不怪你，不是你的问题，我知道你不想。我们就这样吧。

电视上放的是一部韩国电影，讲述的是 1999 年的故事，与回忆有关，一位站在荒地上的中年男性对着高架桥上摇摇欲坠的火车大喊不止。待她说完后，电影中喝醉了的人们在户外唱起歌来，七扭八歪地搂在一起，音箱放在河边的石头上，溪水在桥下流过，歌声与水声此起彼伏，恍惚之间，我觉得我也身在其中。我想我本应愤怒，如蒙受欺骗，或是深深绝望，歇斯底里。可我只是很困，极为疲惫，我侧身蜷进沙发，一点精神也没有了，合上眼睛，双手抱在胸前，就这么睡了一整夜。第二天醒来时，她已经走了，房间空空荡荡。我看了半天缸里的金鱼，给我妈打了个电话，讲了这件事情。我妈听后很平静，跟我说，哦，知道了。我说，你不生气吗？我妈说，我为什么要生气？我说，你不去讨个说法？她说，跟我有什么关系，走的也不是你爸，你自己的事儿，自己看着办，别来找我，我可不管。我说，行。我妈又补了一句，该。我问，什么？她说，我说你活该，你根本也不爱她啊。

过了很久，我才发现，她对一切早有预计，从搬过来的第一天开始，就很注意，不让自己在我这里留下任何的痕迹。有段时间，我疯了似的寻找她存在过的证据，哪怕是一根头发、一丝气息也好，以证明自己的生活并非虚度。最后，我只在书架后面发现了一张小小的唱片，满是灰尘与划痕，播放起来断断续续。我怎么也想不起来它到底是谁的，从何而来，而那些曲目听来又是如此陌生，我只能将之视作一种密码，或许可以从中得到点什么启示。我反复听了很多遍，唱片名字是 *Memphis Underground*（《孟菲斯地下》），取自录音室的名字，内页照片上那些堆叠起来的音响也如茂密的丛林，光与声音在此交错。唱片发行于 1969 年，共有五首歌，最好听的一首是 *Hold On，I'm Coming*，但接下来的另一首我听得最多，叫作 *Chain of Fools*，编制极其丰富，有颤音琴也有长笛，不知为何，听到后半段总会有点心碎。我查了它的源头，最早由一位女歌手演唱，讲述的是自己跟男友相爱五年，却一直蒙受欺骗，对于真相一无所知，别人告诉她要离开，她却怎么也走不掉，只因对方的爱太强烈而她又太过软弱，任凭一条愚人之链将其牢牢拴住。曲子差不多有十分钟，段落分明，叙事感强烈，笛声犹如一条小鱼，于雾气缭绕的白夜里游弋。在小柳婚前，我给她发过一次，她回我说，听了半宿，天亮了，我出发了。

新月城

我给张一天转去一篇分析当前经济形势的文章，半天后，张一天问我，小柳还没联系你呢？我说，没。张一天问，她回去多少天了？我说，我哪知道，谁记着这事儿。他怂恿我说，不行你联系她一下呢？别控制，不要给你的人生设限，二婚也有追求幸福的权利。我说，上次我也没领证啊。张一天说，那我搞错了，我告诉她你离了，对不住。我一下子有点惭愧，百感交集，打了一堆省略号。张一天说，她咋想的我是不知道，你咋想的，我还能不知道吗？自己的事儿，自己看着办，别来找我，我可不管。这话跟我妈说的一点不差，我放下手机，内心沮丧。对于小柳，我的感受颇为复杂，一方面绝不是想要借此缅怀青春，认为当年有过暧昧时刻，对方在余生里势必难以忘怀，那简直是一种令人作呕的自大；另一方面，当然也不是想跟她发展出一段什么关系来，即便我再愚昧、固执、迟钝，对于物是人非一词也有过深刻体会，更何况那对小柳也是极大的冒犯与不恭。我一直在想，为什么我对她总是怀着非同寻常的眷恋呢？想来想去，觉得或许与早年发生的一件事情有关。

我从未跟她提过，我想她也不记得，约二十年前，我跟小柳曾做过邻居，住在同一个家属院子里，不过她住一号楼，我在二号楼。小柳她爸叫柳承德，跟我爸在一个单位上班。她爸是工人，工作勤恳，有点技术，加上爱琢磨，1994 年被派到乌克兰施工，穿行于科尔孙-舍甫琴科夫斯基区的茫茫夜色与泥泞道路之间，中途携带火腿回来过年，颇为风光，特意锯了一小块给我家送来，说随便尝一尝，外国风味，一般人吃不好，是个心意。我爸目睹柳承德扛着整只火腿招摇过市，对其体积有过盘算，掂量过后，认为送给我家的份额足以体现其重视程度，便盛情邀他来家里做客。当时我爸刚刚升任车间调度，可谓如日中天，前途一片光明，多少有点飘，走路脚不沾地，总会产生一些不恰当的错觉。大年二十八晚上，柳承德领着女儿前来赴约，那是我跟小柳第一次正式接触，之前虽住得近，也没什么联系，打个照面也不说话。柳承德跟我爸在屋外喝酒，开始时很羞涩，相互试探，但两人都没什么量，六点开始喝的，七点半已经满嘴胡话，我爸在对车间的未来发展进行全盘规划，低声与柳承德诉说自己的愿景：造一座楼房那么大的变压器，满足南关区全体居民的用电需求，你在家用洗衣机，她看电视节目，孩子打开台灯读书学习，一点问题没有，在同一片天空之下。柳承德比较严谨，皱着眉头问，这几样同时进行，现在有什么问题？我爸说，还是有隐患，规模不够，无法矫正输送电能的电压，也就不能免除电力系统中的电压波动、电压谐波等致命故障。柳承德说，我看未必，规模大小不重要，主要还是调节模块是否有效，未来社会电力的核心任务，在于提高电能使用效率和改善电力质量。电，好比是水，有的足够纯净，有的有杂质；家用电器好比是人，喝了不干净的水，早晚要生病，所以说，保卫电的质量，就是保护我们的健康，捍卫共同的未来。我爸说，你是领导我是领导？柳承德说，你是，你是。我爸说，错了，我们都不是，厂长说了，我们单位没有领导，只有互敬互爱的一家人，你切记，你有困难我来扛，我住隔壁我姓王。柳承德说，王哥，还是你有水平，敬你一杯。我爸说，柳兄，你有洞见，能举一反三，我看往后你还有进步。

小柳猫着腰钻进我屋，穿了件通红的小棉袄，小臂箍着两只油亮的花套袖，整体有些耀目，像是个点着了的灯笼。她不跟我讲话，我也不跟她说。她先是站着，看着我，后来站不住了，一屁股坐到地板革上，问我在干吗。我说，下棋。她说，自己跟自己下啊？多没意思。我说，有意思，看着好像是自己在玩，其实有四个人，甲乙丙丁，或者说，中国队日本队英国队美国队，规则我自己定的，跟你说不明白。她说，现在谁领先？我能代表中国队吗？我说，不能，你不会玩。她说，瞧不起谁呢，中国第一，美国第二，英国第三，日本第四，我早看出来了。我心里一惊，几个颜色的棋子，我一直在心里计数，从没说出来过，她怎么知道的呢。我故作镇静，说道，不对，你别干扰我，看会儿动画片不行吗？我把电视给你打开，辽宁教育台正在演《神探加杰特》呢，穿风衣拿放大镜探案，每天两集，惊心动魄，比较过瘾，也有教育意义。或者看看《黄金一刻》，快乐问答，马上大年初一了，初一的月亮你知道叫什么吗，叫新月，跟太阳同升同落，站在地球上看不见月亮，都是知识，你多学一学。小柳说，我妈不让我看电视，她跟我说，傻子才看电视，越看越傻，我家电视就摆在那里，从来没开过，只有我爸回来时才看一会儿，我挺害怕变傻的。我说，胡说八道，我奶天天看电视，我妈说她比猴儿都精。小柳说，可能因为你奶属猴，你属啥？我说，我属虎。她说，我也是，你几月份的。我说，四月。小柳说，我六月的，你比我大，我得叫你一声小哥，小哥好。我听她这么一说，心里有点热乎，态度也就变了，问她，你吃饱没，我还有一盒蛋卷，想吃的话，我给你拿出来，咱俩分一分。她说，小哥，我不吃，你留着，小哥，你喜欢魔术不，我给你变一个。我说，电视上见过，美国大峡谷，万丈深渊，一个人拿把雨伞走在钢丝上，大风呼呼地吹，他在上面连吃带住一个礼拜，睡觉也没掉下去过，心里有数，我很佩服。她说，小哥，那叫杂技，我给你演个厉害的，你保准儿没见过。

说完，她站起身来，把板凳搬到窗边，蹬了上去，撕开窗缝的胶条，又用手敲几下，把窗户顶开，一阵冷风灌进来。我打了个冷战，哆嗦几下，赶忙去把门关严，我爸在外面瞭了我一眼，没说话。转过头来，我看见她半跪在窗台上，就有点急，小声说道，你下来，下来啊，多危险。玻璃上的冰花缓缓褪去，她没理我，一手扶着窗框，另一只手掐着放在嘴前，朝向黑夜打了个口哨，声音不大，却相当清晰、圆润，然后又是三下，总共四次，音调、长度各不相同，最后一声十分响亮，像是一道闪电呈 U 形滑过，下降之后又上升，也如在对谁讲话。第一句是，你好啊。最后一句是，我在等你啊。半响，一颗魔术弹熄灭在空中，月亮弯成一道铜褐色的弧线，细而坚韧。她把脑袋向外再伸出一些，我担心她掉下去，一把从后面擒住她的双腿。小柳穿着一条褐色的棉裤，面料发滑，据说也是从乌克兰带回来的，比我们的棉花弹性好，也更保暖，抱着感觉软软的，有点惬意。她撑着阳台，向前探身，我用力往后拽，她回过脑袋，跟我说，小哥，没事儿，你别拉着我呀，它该找不到我了。此时，光线隐去，一只鸟不知从什么地方飞了出来，速度极快，堪比刚射出来的箭矢，以残月为弓，直直向下，它尖尖地叫了一声，像是对逝去的哨声做以回应。鸟比我平时见过的要小，虹膜发棕，翅膀和尾巴为褐色，覆羽有辉光，如锡铁所制，刚上紧了发条。它飞过我们的头顶，消失在下方，接着又返回来，向上冲击，往复几次，忽然闯入窗内，直奔我们而来。我吓了一跳，连忙闪开，它在屋内绕了一圈，最后轻轻地落在日光灯上，眼目鲜艳，望向我，偶尔啄着湿润的颈部，室内光线摇晃不停。我惊出一身冷汗，看看小柳，她已被我拽到地面，我俩靠在暖气片上坐着。她喘着粗气，满怀期待的神情，抬起脑袋，慢慢递出一只手来，张开手掌，朝着那只鸟儿点了点头。小鸟如同会意，振开翅膀，嗖的一下跃至近前，以洁白的羽缘拂过她的指尖，先是左侧，接着右侧，偏着脑袋，反反复复，像一位妈妈抚摸着她那快要长大的孩子，满是不舍与爱意。之后跳到窗台上，啄了几下玻璃，发出咚咚咚的声响，半转过身来，朝着我们眨了眨眼睛，一跃飞出窗外，消失在无尽的黑夜里。此时，有人在对面放了一挂鞭，竹竿从窗口伸到外面，垂落在地，引信点燃，万响争相出动，半扇楼被映得比白天更亮，从下往上，爆炸声愈发迫近。小柳哇的一声哭了出来。

坚持住，我来了

婚前的房子只我一人住，我总是将它收拾得一尘不染，如在为了迎接谁的光临，或者等待一个人的回归，其实谁也没有来过。金鱼都死掉了，只剩一缸清水，我也养着，每隔几天一换。阳台上的那些植物长势很好，叶片葱郁、饱满，没有一点枯败的迹象。浇水时，我必须挪动几株，才能对每一盆都有所照应，很像在玩"华容道"，我扮演的是曹操，来回移动兵阵，以求顺利突围。那盆巨大的梅笠草如同关羽，一夫当关，不可逾越，每次我都会为自己设计难题，通过不同的解法来实现逃脱，有些耗神，考虑到通常情况下也没有什么特别要紧的事情，待在阳台上反而是一种享受。

我在心里默念此次的移动次序时，电话在屋里响了起来，我犹豫了一下，没有接，继续摆脱封锁。半小时后，我全身而退，长舒一口气，拿起手机，发现是张一天的电话，我拨回去，他问我在哪里，我说在家呢，刚在浇花，等我拍几张给你。张一天说，别拍了，不愿意看，跟你说个事儿，小柳不在长春了，走了。我说，哦，这样，好吧。他说，失落吗？我说，有点儿，不多。张一天说，你再装？我说，也不至于，好容易回来一趟，人来人往，见不上正常，都能理解。张一天说，得了吧，别人不了解你，我还不了解吗。我没说话。张一天顿了顿，说道，小柳刚给我打电话了，聊了一个来小时，问我你在哪里，在做什么。我说，你怎么说的？你俩怎么那么多的话？张一天说，我说我哪知道，你想知道自己去问呗。我说，什么意思？张一天说，我把你地址给她了，她要去找你，可能快到了。我说，太突然了吧。张一天说，谁让你不接电话的。

挂掉电话后，为了平复心绪，我连忙把家从里到外收拾了一遍，之后抽着烟等她。临近午夜，我本以为她不会再来了，小柳忽然打来电话，跟我说就在门外。我深吸几口气，故作镇定地开了门，小柳站在走廊里，瞪大了眼睛，歪着头看我，也不说话。我对她说，欢迎来访。她默默进了屋子，脱掉鞋子，斜着摆在一旁，坐在门口的凳子上，看了看室内，跟我说，奇了怪了。我说，什么？她说，我怎么感觉你早就知道我会来啊。我说，是，张一天给我打电话了。小柳说，不是这意思，我是觉得，你好像等了我很长时间啊，许多许多年，此处原封不变。我说，做梦吧你。小柳说，果然啊。我说，你到底想说什么？小柳说，果然跟我的预测一致，见不到你吧，不怎么想，见到了吧，也不觉得多么亲。我说，是吧，那你过来图啥呢？小柳想了一会儿，说，可能还是想看看你吧，也不知道。我说，大可不必。

小柳噘起嘴来，满脸的怨愤，没几秒钟，又转了脸色，亢奋地对我说道，我跟你讲个事情，刚去上海时，我在一家影楼上班，专门给孩子拍周岁照的，我给摄影师当助理。有天来了这么一个小男孩，可能住在附近，家长送过来就走了，说是拍完再接回去。小男孩四五岁吧，名字叫辰辰，或者程程，没听清，穿着一身卡其色格纹风衣，戴个圆圆的灰色礼帽，手里拿着一柄放大镜，长得很机灵，像是一位明察秋毫的侦探，表情比较冷漠，不爱说话，也不大愿意被拍摄。我一下子就想到你了，感觉你们有点像。我说，你来找我，就是为了说这个？她说，不全是，反正那天摄影师命令我把他逗笑嘛，我想了很多办法，开始举着一只氢气球，上面画着一只傻乎乎的卡通狗，我不时松手，任其飞高，在狭小的空间里跑来跑去，假装抓不到，他无动于衷，压根儿没怎么看我。接着我把小黄鸭泳帽套在头上，匍匐在地，四肢乱摆，脑袋上下起伏，大口喘着气，假装奋力游泳，以至于自己真的有些缺氧。他看了看我，伸出一只脚来，踢了踢我的胳膊，说道，这是陆地。我说，你着急要走吗？不如先进屋，喝口水再讲。她说，真像你啊，你记得吗，毕业那年，我没考好，特别正经地跟你说，想从楼上跳下去，当一只鸟儿，乘风飞走，还在你家里比画了一次，你跟我说，这是陆地，注意重力。太冷漠了，说着我又有点记恨你了。

我想了一会儿，没记起来这一幕，问她，后来呢？小柳说，你说你还是他，算了，一回事儿，我拿了个摇铃背歌谣，他也不听，烦得很，反正怎么也逗不笑他。那阵子我遇上点事情，情绪本来就不好，把道具丢在一旁，自己跑出去哭了，外面正下着雨，路人行色匆匆，有人穿着羽绒服，有人穿短袖，我就想，这到底是哪里啊，现在又是什么季节啊，真的不明白，我生活里的一切我都无法理解了。没过多久，小男孩也出来了，许是想透口气，挨着我站，我赶忙擦去眼泪，俯身问道，你就这么不想笑吗？他没说话，看了看我，举起了放大镜，直直地摆在眼前。就这么一个动作，让我记起来了一部没看过的动画片，我当时就想，天啊，我得回来见见你。

小柳说有点饿，我在厨房煮面，她在我的屋子里来回窜动，毫不见外。每隔一会儿就拿过来一件东西，问我这是什么，做什么用的，有什么来历。这时，我忽然发现，对于很多事情我都记不清了，想了很长时间，也无法确切告知，上升的水汽覆住我的思维，万物朦胧一片。小柳很兴奋，像一只追逐火圈的羚羊，跳着走路。我说，半夜了，小点儿声。她假装低头赔罪，一步一步撤至茶几边上，又栽倒在沙发里，望着我的那一缸清水。

她吃饭时，我问她是否明天要回上海。她擦了擦嘴，对我说，可以回，也可以不回。我说，我建议你回去，全家都在等你。小柳说，等我干啥？我说，等你啥也不干，就跟过去的日子一样。小柳说，我就这么差劲儿吗？我说，实际情况，是不是吧。小柳说，是。我说，那还说啥。小柳说，我来找你，有两件事儿，第一件刚才进屋时说完了。我说，小男孩长得像我？小柳说，对，我想了好几年，生怕忘了，我得来告诉你。我问，第二件是？小柳说，我有我妈的消息了。我皱紧眉头，问道，你妈不是在桂林路管委会上班吗？张一天他爸卖烤淀粉肠的摊位还是你妈帮忙租下来的。小柳说，放屁，那是我姨，我爸后找的。我说，抱歉，对你的家庭构成不是十分了解。

　　小柳说，很小的时候，我妈就走了，快三十年了，我都记不得她的样子了。我说，肯定好看，不然生不出你来。小柳说，从进门到现在，你总算说了句人话。我说，我这人有一点不好，撒谎冒虚汗，不信你现在摸摸我后脊梁。小柳说，你怎么还是那么招人烦。我说，到底什么消息呢？小柳说，之前我爸跟我说过一点点，我没放心上，人都走了多少年了。前阵子在上海，小区业主聚会，我遇见一位阿姨，二道白河的，以前在科学研究院上班，退休后过来的，儿媳妇要生了，伺候一段时间，但两人老闹矛盾；跟我认识后，她一生气就来找我聊天，我俩有时候还喝上一口，喝得高兴了，她就跟我讲讲以前在山上的事儿，主要是那些植物，她什么都认识。我看你养了不少花，金露梅听过吗？长在岳桦林边缘，叶子能入药，还有茅莓，开起来特艳，穿个花裙子似的，有活血散瘀之功效。我说，你挑重点说。小柳说，有一回，我把我爸说的事情讲给了这位阿姨，她听后想了半天，跟我说，柳啊，我在山里走了几十年，住过多少个夜晚，见过的植物不计其数，看过的鸟儿也什么都有，有百灵也有云雀，其中有一种鸟儿，最有意思，每年春天来到山里，成群结队，夏季鼎盛时，栖息在村舍屋顶、屋檐和房前屋后的湿地上，九十月份时迁走，比较规律；但是，每年都会有那么几只，回到山里后，就再也不走了，十一月份还在低空飞着，翅膀冷得发硬，一边飞一边叫，声音虚弱。实际上，它们在山上是无法过冬的，找不到吃的，也没地方藏，漫山遍野都是大雪。到了最后，只能钻到树洞里去。听伐木工人说，冬日去地下森林里采伐时，总会在洞里发现这种鸟，每个洞里只有那么一只，这种鸟儿见到一个地方被占，就继续寻找下一个，绝不再结伙。可是，山上实在太冷了，这些鸟在洞里也冻僵了，直挺挺地伸开爪子，眼膜上结着一层薄冰，工人有时看着死状可怜，就把它们捂在手里，带回家去，室内暖和几日后，忽然有一天，鸟儿又活了过来，宛若新生，尖尖地叫着，灵巧而迅捷，迫不及待地飞出窗外，如闪电一般擦水而过。你妈妈的事情我不懂，但就有这么一种鸟儿，在山里与山外，在一年的四季里，各有姿态，甚至分不清它是死了还是活着，或者说，活过来的还是不是原来的那一只，谁都不知道。我说，没听懂。小柳说，我也是，这不关键。我说，你妈妈跟这种鸟儿有什么关系？小柳说，还不知道，我想去看一看，冬天就要来了。这是我来找你的第二件事情，陪我去一趟山里吧，就现在。我说，去不了，你吃完了吧，我要休息了。

小柳接着说，我知道所有泉水的来源，记得全部的山林，地图我都背下来了。在上海时，我一遍一遍地看，平面图看出来立体效果，所有的直线与曲线，高与低的颜色，那些草木、洞穴、苔原、瀑布，我比谁都熟悉，它们也是我的家人。我说，没懂，我们去了到底要做什么，找那种鸟儿？她说，是，也不是，我错过了很多个冬天。我爸也走了，就剩我一个人了，你知道我为什么来找你，我来之前你就知道。有那么件事情，只有你和我经历过，我们打开了一个现实，从那时开始，一切走到了现在。你跟我一样，什么都记得，什么也忘不掉。毕业时，你给我的留言还有印象吗？你跟我说：上升的路和下降的路是同一条路，就这么出发吧，我们总会在同一条道路上。在此之前，我绕去过很远的地方，匆匆前进，无视风景的暗示，其实是为了回避，为了不与之对抗，可这没什么用，夜晚照亮过我们的眼睛。现在我回来了，同一条道路上，希望你也在。

你们会遇见我吗

小柳坐在我的身旁，我驾车驶过乌云，路上无光，车灯辐射的距离有限，我们如在漫游，很难确认方位。音响接连放了许多首老歌，小柳都会唱，每当我觉得她要睡着了的时候，她就会张开嘴来，哼上那么两句，有时唱完了会笑，有时则很委屈，像是马上就会哭出来了。我想到许多年前的一个夜晚，那时她在我家里，我们即将分别，奔赴不同的城市，小柳说，你不能忘了我吧，我的话还没讲完呢。我说，那你快说。小柳说，不是现在，在未来，我跟你还有很多的话没说呢。那天的黎明也如今日，人们想要拼命拖住这个失落的夜晚，使之长于任何的时间，可清晨终将到来，最初的光落在一滴露水上，之后是另一滴，满地的闪烁与晶莹。加速，再加速，如同不息的演奏，经过月光、岸与峡谷，我把车开到山下，摇下窗户，凉风将黑夜彻底吹散。小柳前一秒还在梦里，现在已经醒了过来，晃晃脑袋，开门下车，舒展身躯后，立即警觉起来，脊背微弓，眼目发亮，如野兽归巢。她对这里无比熟稔，不需辨识，引领着我，沿溪流走去，从清晨直至正午，岳桦林在不远处庄严地望着我们。

穿过风口与瀑布，向下的道路如约而至，出现在我们面前。那是一望无尽的森林，生长在断陷谷地之中，数万年前，火山锥喷发，山口断裂切割，地表塌陷重塑，谷壁悬垂，古树错落有致。

入口的小径旁斜放一辆破旧的自行车，后座驮着个泡沫箱，无人值守。我看向四周，除我和小柳外，一个人都没有，此处已非游区。自行车是飞鸽牌的，主梁生锈，挡泥板短了一截，当年我妈也有一辆，后来丢了，那天她哭着回的家。整个晚上，她坐在厨房里，不开灯，一直念叨：就放在商店门口了，也锁上了，怎么就没了呢，前后不到十分钟，买瓶胶水的工夫。胶水是我要的，第二天上课要用，软塌塌的塑料瓶装，不小心就挤满一手，很难洗去，干了后才能弄掉，像一层层透明的新皮，怎么也蜕不干净。到后来，我妈换了一句：我锁车了吗？你说，我锁了吗？真记不清了，老了啊，我老了。我爸听不下去了，一瘸一拐地从屋里走出来，奋拉着眼睛，打了我妈一巴掌，我妈这才闭嘴。那是我第一次看见我爸动手，打完之后，他又慢慢挪了回去，躺在床上，拧开收音机，里面全是杂音，什么也听不清楚。

我跟小柳说，我不怪我爸，我妈也不记恨，那时他刚办了残疾证，还不太能接受。小柳问，你爸怎么回事？我说，没怎么。厂里搞改制，工人搬个小板凳静坐，不开工也不动弹，安安静静，遍布灰尘，像一株株将死的植物。他反而急了，拎着大喇叭爬上吊车顶，对着大家喊话，劝大家冷静，不要意气用事，厂里一定会给个说法。其实他心里明白，哪有什么说法，无非缓兵之计。喊到一半，有人偷着晃了几下车杆，他一个栽歪，从上面摔了下来，好在不太高，底下有线圈拦着，只落了个残疾，不然不好说了。他倒在地上，半天没人管。喇叭还握在手里，他想说点什么，拨动几次，里面传出来一段悦耳的音乐，我的情也真，我的爱也真，月亮代表我的心。多少年了，我喝完酒跟朋友去唱歌，但凡有人点了这首，我听后立刻上头，一步也走不动，就是个吐，根本止不住。小柳说，我想起来另外一首，对我也有类似效果，以前你发给我的，里面有句歌词写得好：是谁出的题这么地难，到处全都是正确答案。我老在琢磨，是谁呢。你说说，谁呢。

我翻遍裤兜，掏出全部的硬币，丢入自行车筐，从泡沫箱里取来两个雪糕，一个递给小柳，另一个自己吃，我们向着深处走去。林间栈道狭窄，两侧树木密集，不时拦住去路，我们辨不清方向，只感到一直朝下，指示牌越来越稀疏，没多久，就见不到了。小柳走在前面，我跟在身后，雪糕吃完了，她叼着棍儿转过头来，跟我说，我记得你爸。我说，是吧。她说，你都忘了。我没说话。小柳说，小时候我连你家都去过，玻璃柜里摆着一条狮子狗，手掌大小，毛茸茸的，还会眨眼睛，睫毛弯弯的，特长，没错吧，你未必记得了。我说，我也老了。小柳说，我妈就是那天走的，我永远也忘不了。春节前几天，我爸要领我去你家吃饭，说厂里领导接待，我妈给我换了好几身衣服，穿了脱脱了穿，那天暖气烧得特别好，我热得一脑袋汗，临出门时，我妈还给我化了妆，用口红在脑门儿上点了个红点。我说，庄重。小柳说，我问我妈，你不去吗？我妈说，不去，她还有事儿。我说，妈，我要是想你了咋办，能回来吗？我妈说，想我了，你就打个口哨，还记得吗？我教过你，楼前楼后的，我听见你的口哨，知道你待得没意思了，我就去把你接回来。我说，你妈会吹口哨？她说，吹得特好，不管什么歌儿，她听一遍就能吹出来，可聪明了，学什么都快。我说，你得以遗传。小柳说，我可比不了，一辈子赶不上，我爸带着我去了你家，没过多久，俩人就喝多了，听不明白在说些什么，我去屋里找你玩，你也不跟我说话，我想看会儿电视，你不让，硬说费电，我家没电视，我特别想看一会儿动画片。我说，哦，原来是这么回事儿。

小柳说，那天我待得实在没意思，就在你家窗户上用手指头画画。玻璃上了一层霜，按上去有点凉，我先是画了一个太阳，边上有几朵好看的云，太阳底下是棵大树，还有座小房子，上面竖着一个烟囱，一朵朵地往外吐着烟雾，跟云彩融为一体，然后我又画了一只大眼睛的小鸟，在云雾里飞行。我说，我一点印象也没有了。小柳说，你看我画得高兴，自己不乐意，爬上窗台，硬是把窗户打开了，没过一会儿，我画的就消失了，玻璃也花了，结上了一层厚厚的霜。我看着我的画，气得不得了，哭了半天，再也不想跟你玩了。我说，对不起。小柳说，当时我很想我妈，想回家，记起来临走时我妈的话，朝着外面吹了好几声口哨。我心想，等我妈来了，我跟她告你一状。可惜，等了半天，我妈也没来。忽然，我听见了一声哨响，屋里飞进来了一只鸟，天啊，跟我画的一模一样。那只鸟是我想象出来的，根本不知道居然有一模一样的，我看了半天，也不哭了，有点害怕，就往你身上偎，这时候你表现还行，挡在我前面，不让它靠近。我说，大是大非面前，一贯立场坚定。

小柳说，那只鸟先是落在日光灯上，又落到地上，绕着我们俩来回跳，好像要跟我们说点什么，过了好一会儿，我也不怕了，伸出一只手来，它就飞到我的掌心里，轻轻啄着，它的嘴很尖，嘴角的绒毛又很软，我感觉很痒，忍不住笑了起来，想往回缩。我说，小柳，还往前面走吗？过了好几个岔口，我已经记不清我们的来路了。她说，可我就这么捧着那只鸟，它在我手里，不飞也不叫，偶尔展开翅膀，遮住我的手掌，又迅速合拢，昂头望着我，眼睛一闪一闪的。我跟它玩了好半天，直到外面放了一挂鞭，它好像被惊到了，从我的手里飞开，落在窗台上，看着对面的那座楼，我家就住在那边。

我说，我的手机没信号了，时间也不对，老在变，你知道我们此刻在哪里吗？小柳说，你听我说完啊，我还有很多话没跟你说呢。那只鸟停在那里，看了看窗外，又扭头望向我们，眨了眨眼，一副依依不舍的样子，我知道，它这是要走了，真没办法啊，我还没玩够呢。它向着窗户跳了几步，又看了看我，这时候，我发现，它的脚踝上系着一个红色的圆环。不知为什么，我一下子就失控了，疯了似的，大叫着扑了上去，根本不管外面有多冷，也不管那漆黑的一片到底是什么，就想抓住那只鸟，只顾着往上冲，胳膊都伸到窗户外面了，使劲扑腾，你从后面一把拽住，死死抱着我的腿。我边哭边喊，可怎么都没用，没人听得见，鞭炮声响了很久，折腾了好一会儿，你把我拉回地上，一手锁严窗户，另一只手一直拉着我，不敢放开。我像丢了魂似的，不知怎么回去的。从那天起，我再也没见过我妈，我不问，我爸也不说，后来那么多年，就是我们两人一起过的。我爸去世之前，跟我说了件事情，说当年他没去乌克兰，也不是没去，去了没几天就回来了，跟当地的人发生冲突，有过械斗，打得头破血流，不敢往上报告，偷着溜走，从基辅辗转回到国内。他们一行好几个人，怕被厂里处分，没敢直接回来，在南方待了好几个月，风餐露宿，后来扛不住了，有的去广东找亲戚，有的换了个身份打工。他没地方去，在码头干了几天活儿，春节前夕，实在想家，忍不住跑了回来，临走时，在车站买了一串红色的手链，十几块钱吧，不贵，还买了一条火腿，硬得跟石头似的，没法吃，只能用来掩护。我妈很喜欢那条手链，那几天一直戴着，一秒也没摘下来过，我当时看见那只鸟脚踝上的红色圆环，就以为是我妈，来看我最后一眼，就飞走了，再也不回来，像夜晚的一颗星星，越来越黯淡，流着泪放弃了我。

我问，你妈去哪了呢？小柳说，当天回去后，我不知道睡了多久，反正醒来时，我爸妈都没在，我奶在我身边，给我的新棉裤又续了一层，说是摸着薄，不压身，怕不暖和。我奶陪着我过完了整个春节，直至开学，我爸才回来，也不跟我说话，问什么都不说。所以，我爸走的前几天，我问他，到底是怎么一回事，他跟我说，当时回来后，他把发生的事情都跟我妈说了，我妈没说什么，让我爸陪她回一趟老家，她住在这山里，自己当年一步一步走出来的，很多年没回去了，有点想念。那时的火车开得慢，赶上春节，他们站了十几个小时才到，一下了车，我妈仿佛重新活了过来，如鱼儿入水，鸟儿回到树林，无比自在。我妈在那边没什么亲人了，有一天他们去林中扫墓，我妈哭了半天，他去旁边抽烟，看了半天山间缭绕的云雾，着了迷，眼睛松不开，等再回来时，我妈已经不见了；他自己一个人找了两天，山上山下，除了松鼠、野鹿和山雀，什么也没找到，只好一个人回来了。我说，所以，你来这里，是想再找一找她。小柳说，不，没这意思，就想看一看。我爸最后说的，是他当年去乌克兰时，本来没想回来，他跟厂里的一位女同事关系很好，对方是坐办公室的，定生产计划，也懂会计，两人小时候就认识，也谈过恋爱，后来分了，家庭原因吧，我爸成分不好。两人都申请到了出国名额，私下也已定好，准备一直待在那边，两个人在一起过日子，怎么也活得下去，厂子不行了。这点当时谁都知道，普天之下，只有你爸不这么认为，当了个领导，真当成一回事儿了。没承想，刚去没多久，就出了这么个事儿，我爸连夜跑的，没来得及通知那女的，其实他有点反悔，想到我，想到我妈，总归有点不舍吧。对方应该很失望。这么多年，他也写过几封信，没寄出去，就锁在家里。她没再回来，后来说是入了教，嫁了一个华裔工人，祖上过去的，运河士兵出身，参与过白海—波罗的海运河开凿工程，死后一家人都埋在河床上。我找了很久，如今她也不在了，被葬在岸上，水声潺潺，在彼处长眠。

小柳说，这些事情，我妈知道的比我爸认为的要多，我爸压在心里半辈子，跟谁都不讲，等于只听过死亡的序曲，不懂得复活的规律，如一只冻僵的鸟儿，我俩加起来，就是一队走失的鸟群，没人把我们捧回家里。我妈飞得那么伤心，那么远，以一种真切的距离来确认存在的答案。我想，有时走入山里，步入林间，不是为了迎接消失，而是承纳一种比命运更长久的事实。小柳说完后，我想了很久，想问些什么，还没说出口，就被数棵巨大的云杉封住了去路。枝叶向着四面辐射，形成巨大的半弧形，将我们围在其中。灰色的树皮如干枯的鳞片一般开裂，无数鸣虫蛰居其间，发出晦涩的叫声，树下有几座石碑，字迹难辨，向着同侧倒伏，风从一个方向不断吹来。我说，小柳，这是她消失的地方吗？小柳抬头看了看，我依着她的目光望去，远处是连绵的群山，顶端泛白，中部为褐色，那是无边无尽的冻土地带，禾草、地衣与苔藓构成了全部的色彩。小柳不说话，转到身侧，轻轻拉住了我的手。那一刻，我感觉到了时间、未知与爱，非常具体地来到我的面前，从未想过，它们竟是同一种物质，那么宽容，那么柔软，与飞鸟、树和群山以均等的速率向前流动。周围并不昏暗，尚存一点点虚弱的日光，如果说有什么时候接近于永恒，也一定不会是现在，此刻我们位于漫长的河畔，如同废石，如同暗藻，过去与未来的水影在此绵延。我唯一能确定的是，夜晚即将降临，昔日的声声呼唤安眠于清水似的岁月，一切陷入长久的寂静之间，而这一次，飞鸟不会忘记我们，星星也从未放弃我们。

原载《长江文艺》2024 年第 1 期

灯火深处

阿　占

1

野馄饨紧邻着啤酒屋，门脸一样狭促，旧瓦一样凋敝。啤酒屋没有招牌，野馄饨也没有，就跟商量好了似的。啤酒屋的故事以前讲过，里面有小五哥。野馄饨是个新故事，在说老咸。

如你所知的那样，小五哥早就老了，可还是小五哥，众人不肯改口——老咸不老，众人老咸老咸的，也不肯改口。有什么办法呢？江湖理儿糙，以出道早晚论青春长短，十几岁在老城打群架那会儿，小五哥的名字就叫开了，一路叫到现在，估计也会叫到死。老咸而立之年才卖上野馄饨，出道就不年轻了，怨不得谁。

万事总有个前传。老咸从省城的二流大学毕业，漂到这座港口城市，时间是 20 世纪 90 年代末期。他揣着英语本科文凭，谋职外贸公司，辗转颠沛，事与愿违，最终入了货代行。那个时候，老咸不叫老咸，老板和客户呼来喝去的，都是本名咸大赏。

彼时货代公司之密集，若用数据图呈现出来，应该有"密恐者慎入"的提示。机制尚不完善，浑水里摸鱼，谁与船公司搭上干系，谁就有了揽货筹码。最简化的逻辑是这样的：外贸完成订单，货代订舱报关，船公司运输。左右都是金主，货代像个逢源的中间人。站位外贸，它要去船公司抢舱位；站位船公司，它要跟外贸揽货箱。当然，想从船公司拿到好价钱，关键还要看走货量，也就是后续的揽货能力。

打仗占地利，以几幢外贸大厦为中心，方圆三里的水泥格子，总是租价奇高。货代公司们急吼吼地杀进去，关张开业，似在一夜之间。

经过几轮炒与被炒，老咸，不，咸大赏，像脱了壳的蝉，从暗黑里爬出，抖抖泥土，抢抢翅膀，继续向着高处爬去，落在一家有实力的货代公司。

所谓实力，就是人脉铺张，船公司有亲戚，外贸公司也有亲戚。写字间敞亮自不必说，别的公司租三间，这家一下子购入半层，专门辟出禅房，摆香案。

打法不外乎原始打法。一茬茬地招业务员，种韭菜割韭菜，扫楼拉订单，再无新意。韭菜们没有固定工位，每天早晨八点开会，老板刚刚上完香，转过身，就是一副尔等怎没用到如此地步的傲慢；若换个表情，就是对于尔等的愚蠢全然不解所引发的躁狂——这么简单的事，都做不好，见鬼吧。

九点一过，韭菜们就被撒了出去，怀揣一盒名片一摞资料，在街上遛。外贸大厦门深似海，韭菜们贴墙根儿，将经理办公室逐一敲开，赔着小心，奉上演练了无数遍的笑容与说辞。

一年后，咸大赏成为那茬儿韭菜中唯一正式入职的。签劳动合同当天恰是农历初一，老板吃斋，看上去阴阳冲和，油烟已灭。

"听说你的客户都是女经理！好啊！咸大赏，剑眉星目高鼻梁！"

老板就此下令，以后招聘再多一项硬指标，没有好形象至少也得有个好眼缘。

这话让咸大赏委屈。除去所谓的形象与眼缘，自己还有专业的态度、天生的悟性、隐忍的耐力——老板怎么就看不明白呢。

咸大赏决定做出点样子，用实际行动给老板纠错。那以后，他跑单更勤力了，折返于外贸大厦之间，给门卫大爷递烟，帮样品部扛货，和业务部拼酒，渐渐地把自己混成了熟人。

和业务部拼酒尤其惨烈。真是往死里拼啊，金主一杯，他五杯，每次不是醉得找不到家，就是找到家了打不开门。过道里蜷一宿的事没少发生。过道感应灯不灵敏，某次天擦亮，隔壁大姨出门买早点，一脚把他踩醒了。四周杂物乱堆，又乌漆墨黑，咸大赏只庆幸大姨没绊倒。

大姨心疼，这孩子作死？三九寒天的，能冻掉脚指头啊。

咸大赏从地上爬起，一边道歉，一边掏钥匙，冲进出租房，洗澡换衣服，再狂奔公交车站。

公司所在的中央商务区，寸土寸金，连带着周边房价一起疯涨，他只能在老城租房，坐公交来回，整整二十个站点，加上堵车，每天晃掉三个小时。

车内嘈杂拥挤，他恨不能变作穿山甲。逢上好日子，捡个靠窗座位，他又恨不能变作比目鱼，两只眼都挪到一侧，看窗外，不看众生——看他们，等于还是看自己。

最痛苦的是结款。当时营商环境不讲究，有钱也不给你，能拖就拖，能赖就赖。一到年底，就要带上面包和水，去客户那里耗着。晚上回了家，还得对镜习练如何让面相看起来更凶狠一些。

人和人之间就是彼此为难吗？

咸大赏感觉内心遭受着巨大磨损，并在上下班的路上迅速老去。可除此之外，他没有能力选择更好的活法儿。

2

也不尽然。在老城深夜的拐角，好像预留了一道安慰。

多少回，喝到苦胆吐出，订单还是没能捂住，往出租房的路上，咸大赏五脏拔凉，浑身的虚无感。就这么趔趄着，过了路口，忽地，焦香气围了上来，抬头望，前面一片灯火，一个野馄饨摊儿，还有一群如他般生活紊乱、身心寂寞，以及因为以上两个原因而饥肠辘辘的人——他唯有扑身上前。

一碗野馄饨下肚，双脚瞬间被拉回了坚实大地，趴在脏兮兮的简易桌子上，咸大赏睡着了。直到收摊儿，被老板顺手拍醒，年轻人，天快亮喽，起来吧。运气若好，还能再点上最后一碗，胃囊饱暖之时，他满血复活，勾销万古俗愁，继续面对仓皇人世去也。

以上若算救急，之后的，便属投奔了。比如捂下大单，比如谁过生日，想要尽兴，首选野馄饨。那个时候，野馄饨是真的野，无问西东，岔路口、立交桥下、公交站旁、建筑工地边，都是道场。

野馄饨老板，个个神武异常，其手中锅铲铿锵，避过腾起的火焰，撒一把神秘粉状物，几分钟后，繁复滋味便沁入了虾虎的硬壳。众人两眼放光，啤酒喝到咚咚作响。下个回合，又爆出几盘钉螺，辣香之气逼得众人节节败退。

野馄饨自然上不了台面，晚九点到凌晨四点营业，很明显，这是在与健康养生对着干。咸大赏四下打量，也都是如自己这般上不了台面的。什么网吧小老板，出租车司机，深夜下班的发廊妹和搓澡工，通宵加班的社畜，失眠者，盲流艺术家……几瓶啤酒下去，众人便拉高了嗓门，将白日里的猥琐丢得干干净净。

当然，台面与台面，不同的人生有着不同定义。至少在咸大赏这里，野馄饨就是台面。凡同学同乡来避暑，咸大赏陪游泳、陪赶海，高档酒肆请不起，那就野馄饨和啤酒屋伺候，美其名曰感受市井风情，说辞也笃定：嘿，没在深夜的马路牙子上，喝一碗胡椒面过量、虾皮紫菜香菜齐活的野馄饨，你还是等于没来过这里。

其中，最为妥帖的，当数上铺兄弟携妻小造访。

"乖乖，我们那边已经像火炉了，这里才二十六度，风竟然是凉的！咸大赏，还是你会选地方。"甫出火车站，上铺兄弟便大呼小叫。

"来吧，兄弟，先囤积腰围，再得令人想死的痛风，若非此番修炼，这座城市的妖娆不会向你徐徐打开。"咸大赏只能煽情附和。

二人吹瓶，又吹瓶。那妻也扯下矜持，坐在马扎子上，把馄饨吸到嗞溜作响。小儿更是吃得呜呜啊啊，一条烤鱿鱼整个儿糊住了脸。

毕业一别七年，醉眼相看，念昔时上下铺之谊，又翻出情敌黑历史，二人曾同时爱上系花，三角恋在那年春天传遍了整个校园。咸大赏帅，上铺兄弟也帅；咸大赏的帅里有种抹不去的忧伤，相比之下，上铺兄弟过于欢动了。

在女生宿舍前的草坪上，咸大赏抱着吉他弹唱《白衣飘飘的年代》，月银纷披，系花穿白色连衣裙，抬起眼是波光，垂下眼是涟漪。所有的窗户都探出了脑袋，一来此景太美，二来等看好事。

不出所料，上铺兄弟像非洲草原上失控的狮子，头发呼呼地飞向两侧，转眼到了眼前，说时迟那时快，一拳打破了咸大赏的鼻子。正是这一拳，帮助系花做出了选择，她上前抱住咸大赏，母性泛滥。

多年后，上铺兄弟举家来消夏，潜意识里或许残存着示威成分。打眼望去，那妻与系花的相似度有七成，一切不言而喻了，咸大赏知道，谁也无法真正地忘记过去。

夜深，妻儿被送回宾馆，二人接着喝。

上铺兄弟山西人士，据说家里有矿，当年毕业只要肯回家，忍下他父亲的土霸王做派，人生就成功了一半。上铺兄弟说过"不"，执意闯深圳，结果只一年就妥协了，不停地求职面试租房子，搞得士气全无，深深自卑。回家做小太爷多舒坦，嫌家族企业有戾气，可以不掺和，挑个旱涝保收的单位，变成现在的样子——儿子三岁，太太全职，带薪休假，海边避暑。除了凸起的肚腩和后退的发际线，诸事好像再也挑不出毛病。

终于，趴在脏兮兮的简易桌子上，上铺兄弟睡着了。

咸大赏松懈下来，恢复失败者面目。

在这座城市单刀蹚路，该吃的苦不该吃的苦，哪样也没躲过，他恨自己没有上铺兄弟的好命。

"再下一碗，多放胡椒面和辣椒！"他吼道。

3

辞职发生在三十岁。也就是上铺兄弟避暑后的第二年。坏情绪来回碾轧，咸大赏开始失眠，掉头发，水肿虚胖。

他鄙视过三十岁。再不肯妥协的人，遇此关口，都是坎儿，就好像忽然被按下了指令键，变得委曲求全。只要能赚到钱，各种砍伐权当按摩，心滴着血，嘴上还要喊舒坦。

现在，三十岁到了，自己比曾经鄙视的样子还糟糕，咸大赏害怕了。

也是那段时间，公司乱成黑帮片拍摄现场。老板娘找来私人侦探抓出轨证据，逼老板净身出户。老板哪里肯。老板娘又亮出之前搜罗的偷税证据。老板魔高一尺，早早地转移了财产，从此人间蒸发。

接下来该老板娘了。她带着一帮人，净是些黑西装黑墨镜，板刷与铲青，金链条和文身，喝老板的高山茶，抽老板的古巴雪茄，横七竖八，天天飙戏。胆小的女同事不敢上班，胆大的男同事都在看笑话，谁也无心揽货拉单，业绩直线下降，工资基本停发……

蒸发前夜，老板曾让咸大赏去郊外某会所见面。包间里，激光灯球转啊转，将老板照得神色诡异。"咸大赏，帮我看好公司，待事情过去，给你个副总职位，股份另算。"

咸大赏只恨乱象污浊，前途渺茫，更不想蹚老板的浑水。至于以后做什么，心里没谱，只道是逼上绝路而后生。

离开公司的时候，两个月工资未结，咸大赏也没回去找。内心里，他并没有把老板归为彻底的坏人。他觉得，将其放置在明与暗的交界处，面目模糊，亦正亦邪，或许更恰当些。他仍感念，在这个城市里，老板是第一个信任自己的人，并且连续两年给自己发过万元年终大奖。

后来，越来越多的生活经验告诉他，没有几个人能把自己活得特别清晰。任谁都有折中的、敷衍的、临事变动的性格——当然这些都是后话了。

辞职第二天，咸大赏睡到自然醒，醒来莫名高兴，通体松快，甚至有种重生感。他做了大扫除，脏衣服洗净，地板革擦过三遍，窗户也擦了，尽管越擦越脏。

他做完这些，就去了啤酒屋，他需要喝一杯。

他小五哥的啤酒屋不远，咸大赏算是那里的半个熟人。啤酒屋里没有肴，只卖酒，确切地说，只卖酒厂当天直供的桶装散啤，麦香诱人，深受酒鬼爱戴。

直从下午喝到打烊，咸大赏还不肯走。三十岁了，要什么没什么，把自己灌醉的权利总有吧。咸大赏出口苍凉，小五哥没办法，只好关起门来让他继续喝。

吐槽完辞职，咸大赏又吐槽这些年受的窝囊气，小五哥一一听着。"你看我，大本事没有，帮不了什么忙，顶多帮你除个心病。"

咸大赏说，跟小五哥聊天，心里面敞亮。为什么敞亮？小五哥问。你心里干净，心里面就没自己。

接连三天，咸大赏都在啤酒屋泡到打烊，有什么说什么。一会儿说，十年前揣着一张站票乘火车来到这里的时候，自己还是个有志青年。一会儿说，老家那边的人活得生猛，到了城市，一切似乎规范许多，可很快发现这种规范更接近冷漠。一会儿又说，不想结婚了，怕儿子会和自己经历一样的少年自卑、青春迷惘，也怕自己成为父亲以后，会和自己的父亲一样中年无能。

小五哥不做点评，忙完日常洒扫，又将十几个空啤酒桶移至门口，以方便酒厂明早取走。咸大赏站起来，东倒西歪地上去帮忙，被小五哥一把按住，满满的气力。

末了，小五哥才道天不绝人，早做打算。

<h2 style="text-align:center">4</h2>

几天后，咸大赏回了趟老家。往年都是春节才有时间回去的。这次不一样，正得闲——另外，他似乎知道，很快又要不得闲了。

在东海县陆庄，咸是唯一姓氏。咸鱼肠子咸鸡腚，咸得怹娘滚炕头。小时候，野孩子在村口挑事，人多势众，他知道硬干不行，暗地里报复又怕被发现，就绕道走，避开事端。

父亲曾告之，两三千年前，咸的先祖活动于山东、河南一带；汉以后，在汝南郡，大约是现在的驻马店，形成名门望族。后因战乱、仕宦等原因，逐步迁徙到江苏、山西等地。

"你太爷爷行船运货做生意，在陆庄遇大水，被救回一条命，入赘相谢，出下大力，他岳丈临死前松口，四个外孙里留了一个咸姓。"

父亲似乎很珍惜自家姓氏，起名字的时候，这个乡村教师翻遍了木头箱子里仅有的几本古诗词。有目咸赏！他希望自己的儿子谁见了都称好。至于妹妹咸小赞，父亲的意思是，女儿家嘛，善小而为赢。

撤点并村好几年了，村小学旧址成了豆腐坊。父亲运气不错，退休前转为正式教师编制，每个月能拿到小三千元退休金。可是母亲的胃坏掉了，切去三分之二，化疗了两次，说什么也不肯再去医院。他知道母亲是怕花钱。

辞职的事，咸大赏没提。至于中间突然回来的理由，他说，优秀员工混上了带薪休假。白天除了帮父亲干点不像农活儿的农活儿，就是陪母亲晒太阳。母亲头发白得晃眼，与灰暗的肤色形成对比，冲突剧烈，又显出沉沉死气。事实上，自从妹妹咸小赞溺亡于村后水塘，母亲就已经为枯槁做好了准备。

那年小赞才读初一，事情发生在暑假。这以后的每个夏天都十分难熬，父母亲必定会大病一场，颓然瘦去，等到秋分过了，才渐渐复苏。

又何止夏天啊。小赞脸庞圆圆的，像满月，咸大赏从此不敢站在月亮地里；小赞笑声脆脆的，像风铃，咸大赏从此不敢站在细风口上……咸大赏十六岁就不会笑了，命运二字，他猛然地懂了。

返程前晚，三个人默默吃饭，电视机响亮地开着。父亲的话越来越少。村小学一撤，父亲就委顿了。以前走在村里，咸老师被叫得很响，现在只有他和自己的影子。

吃完饭，咸大赏拿出一万块钱，说春节不一定有时间回来。父亲坚决不收，转身拿出一张储蓄卡，里面攒了十万块，"凑凑数，城里买个二手房吧。"

买了房娶媳妇。母亲说。筑巢引凤嘛。父亲说。

咸大赏只觉热血上顶，升起一股无名火——他是在恼自己没用。

凭着高考，咸大赏挤上独木桥，从乡村来到城市，进入了一个新的结构。很快地，他发现，这是个螺旋形的多层次结构，众人被分置在不同层级，几乎固化了，那条长长的螺旋上升的曲线让他感到窒息。

可是，退路已无。从读大学离家算起，每回去一趟，咸大赏都觉得自己正在变成旁观者和局外人。这种变化早至 20 世纪 90 年代中期。村里有人买来机器，开始加工木材，购销、加工、晾晒、捆绑一条龙，让钱包迅速鼓起。随后就是翻建房子，楼板房取代了木梁房，摩托车卷起尘土，电话线扯向半空。

众人赚钱上了瘾，传统的宗族、伦理关系就消失了，再回家，咸大赏听到的多是讨债的故事。骗钱的故事，以及兄弟合伙办企业反目的故事。

2003 年春节，村道上的汽车喇叭声此起彼伏，咸大赏看见隔壁陆二开着黑色杂牌轿车，顶在去镇集卖白菜的三轮车后面，蹬车的有多吃力，陆二的喇叭就有多嚣张，直到一踩油门轰隆而去。

2005 年秋天，以村集体的形式推进城镇化，村西新建了住宅小区，众人搬进去，日子似与县城居民无二，放眼又新又亮，但也跟他记忆中的那个乡村越来越远了。

这一次，县城修通了高速公路，咸大赏不知该从哪个出口下来，打电话给表弟，表弟让在最近的服务区下，开车来接他。咸大赏照办。表弟迟迟不出现，原是半路爆了胎，正在换。他只好继续等，看天边夕阳如血，巨大的沧桑感碾压下来。

不过短短二三十年，黄泥路变成了高速公路，遍地庄稼变成了遍地工厂，三蹦子变成了小汽车……简直就像变魔术一样，远远超出了他儿时的梦想。

5

从老家返回，小五哥那边来了消息。"老孙头儿知道吧？喝糊涂了，一跤摔了个骨折！女婿来接走的，房子刚空。"

二人先是一番唏嘘，这酒啊，也好也不好——不过，还是好，能验真伪哪，老孙头儿一向重男轻女，眼里只有儿子，到了节骨眼儿上，还得指望女儿家。

"打算做什么？"小五哥担心咸大赏赔个底儿掉。

"你卖酒不卖肴，我就倒过来，卖肴不卖酒。"

小五哥乐了。你雇得起厨子？

咸大赏说，小五哥不知，我灶上也有两手的。

小五哥确有不知，咸大赏绝非一时兴起。大学时代，除了迷武侠、迷系花，还迷过汪曾祺和唐鲁孙。这几年再颓，也没颓到发工资暴撮三日，接下来快餐加泡面，熬到发工资再暴撮三日的地步。胃比心难搞。心有时可以糊弄一下，胃不行。久而久之，咸大赏发明了"十块钱十分钟十道菜"，意指十块钱成本、十分钟出锅、十道菜不重样，且都是一只电饭煲搞定。自打出租房里宴过客，即被同事们奉为厨神。

路边卖野馄饨肯定没戏了。随着最严格的一次退路进室整治，各种野摊儿销声匿迹，夜色寡淡许多，那些热闹与狂躁好像从来没有发生过。但是，野摊儿可以一夜消失，仰仗它续命的人正寂寞难耐，亟需抚慰——咸大赏悟出了商机。

房子很快收拾停当。面积不大，二十个平方米，挑高倒是令人满意，还有一扇通风的北窗，窗外攀了不知名的藤本植物，因无人打理，自然得很。为省钱，他做了自己的包工头。也是为省钱，天花板没有吊顶，管道裸着，搭配轨道射灯，妥妥的工业风。刮腻子刷涂料，也都省了；原生态墙砖上钉几个搁板，摆放书和相框；再把老木吉他挂上去，正是当年在女生楼下用过的那把，落魄文艺范儿就起来了。

门口嘛，小五哥用啤酒桶垒成重金属音场，他杵了半截老船木，锈痕斑驳，纹路凛冽，海蛎子附着的痕迹还在。不知为何，老船木让他想起了遇大水的曾祖父，那条被击碎的遥远的破船，与此刻的老船木似乎有着某种呼应。

曾经的野馄饨总算没有白吃，神武的老板跳脱而出，时间越久远，记忆越清晰，咸大赏眼前过电影似的，光头谢、马户王、左撇子二梅、集装箱老陈，任哪个都是脾气坏，说话糙，嗓门儿冲，干起活儿来眼皮不抬，万千动静自在掌控，馄饨现包现下，快至两秒三个，无影手神功直把人看晕。

咸大赏反刍着那些画面。右手一根竹筷，将馅送到左手的馄饨皮中央；左手拇指顶住筷子；中指和无名指夹住筷子，将馄饨皮由内往外压缩……边反刍边演练，右手送，左手包，取行云流水之道。就这么着，练了五天，吃了五天，他差点把自己吃成馄饨。第六天，请来小五哥、酒鬼、前韭菜同事，轮番免费品尝。众人吃完，抹抹嘴巴：老咸，能成。

当然，众人也给出了意见——

碗里套塑料袋吗？老咸，相信我，只有碗上带套的馄饨才称得上是馄饨界的散装拉菲，否则根本野不起来。老咸，灯不能亮，明晃晃的，谁好意思醉到大哭，没有负担地泼出那些糟心事。多少钱一碗？老咸，别卖赔喽，也别卖贵喽。

众人"老咸""老咸"地脱口而出，毫无做作，好像时辰已到，咸大赏必须成为老咸。

6

初开张，有小五哥罩着，老咸便顺遂许多。

啤酒屋每晚八点打烊，数十年如此，小五哥驱赶酒鬼，以前的说辞是这样的：爷们儿，都喝一天了，回家去吧，老婆该恼了。现在说辞已变：爷们儿，都喝一天了，去老咸那里吃碗野馄饨，暖暖胃，回家睡个踏实觉。

可以说，野馄饨的第一拨人气，是酒鬼带动起来的。但吃过几次，就颓了，那些槐花馄饨、马蹄馄饨、栀子白衬衫馄饨、薄荷初恋馄饨，让他们有些不知所云。

"老咸那孩子，是不是跑偏了，净弄些花花草草，一股青秆子味，真担心吃下去会变成女人。"

"不是还有三鲜和蛤蜊肉嘛，老几样不够你们吃的?"小五哥嘴上强硬，心里也是没底儿。

小五哥和酒鬼们都没想到，就是这些花花草草让"老咸"的名号传了出去。

正值虚拟社交第一代，流行混 BBS，有落魄青年发帖子——老咸，我的深夜食堂，十块钱，就能重拾人间温热。说话说饿了，来碗预料之外的馄饨，接着往下说。

跟帖的也不少——嘿，春天的蒲公英，初夏的槐花与栀子，早秋的南瓜花，都能被拌入肉糜或鱼糜。

甚至越来越多——各种奇怪的馄饨，均十元一碗，现包现下。底汤有两种任选，一种是棒骨，一种是鱼骨，汤色奶白，没有骗人的把戏，是和时间一起煨出来的。

还有人发帖求名字的来头。老咸，难道是因为他家口味重齁嗓子吗?

老咸本咸在帖子下面亲自回复了这个问题：我对"咸"的理解是"全"和"都"的意思，副词，跟咸淡无关。

与老咸有关的帖子总能被顶上去，顶帖之人定是野馄饨吃嗨了的。于是乎，更多的人跟帖寻味，说老城有家野馄饨叫老咸，人和店皆来感觉，好吃，不贵。去两次，就会惦记上那一口，想着找时间再去，结果发现此处绝非好吃不贵这么简单。

逢汛期，老咸定要推出半个月的鱼馅馄饨，每日特供二十份，吃了第一碗，不许再点第二碗，给多少钱也不许。鱼馅馄饨乃赔本生意，老咸执意要卖，为的是给寡淡日子来点滋味，生活需要这份仪式感。

老咸还提供简单的海货加工，只收少许加工费。落魄青年从小五哥那里打酒，从市场上买海货，拎上这两样，再赴老咸那里杀寂寞。

有意无意地，落魄青年以这里做了据点。这里不是答谢客户和巴结领导的地方，在没确定恋爱关系之前，也不适合约会——唯彼此相知相惜的，不分男女，挤在一起，分享共同认定的好味，喝着杀口的酒，吹着漫天的牛，说着破碎的梦，忘记了搬家次数和职场内卷，未来也不必多想，毕竟，能不想就不想。

过来人如老咸，心知肚明，落魄青年正在经历着自己的经历，一碗热馄饨，就权当一个问候吧。你还好吗？再坚持一下。

午夜十二点，从旧货市场淘来的老挂钟，轰鸣大作，老咸会摘下墙上的木吉他，拨弄几段旋律，随手弹唱几首原创。一切都是随性的，歌声、琴声，与当时的潮声、风声或雾气，混合在一起，远远近近，虚虚实实。

7

一个酒鬼跟小五哥说，我身边二十啷当岁的小年轻，都知道老咸，周末还在那里包过场子。另一个酒鬼跟小五哥说，我儿子也知道老咸，说是就喜欢那种亲切随意，还有什么沧桑文艺。

"别看场面热闹，多是赚吆喝不赚钱哪。"

小五哥摇摇头，老咸这孩子心善，前阵子还跟我说，三十岁之前都易犯迷糊，出校门入社会，一无所有，任谁都要蒙上好几年，梦想与现实的差距越大，越想去摘天上的星星……老咸要给在异乡的年轻人留个地儿，一起抱团取暖。

酒鬼们感叹，小五哥你也心善，这些年何尝不是赚吆喝哪，为了大家有个乐呵的地方，一年忙到头。小五哥说，别话赶话了，我开啤酒屋，多半原因就是为了和伙计们一起哈，一起哈才高兴，愁事就没了。老咸不一样，我这里是自家老屋，老咸要付房租，还得攒钱成家啊……

酒鬼们点头称是，想在一个陌生城市扎下根，都得扒几层皮。

说着说着，众人就说到了自己的祖父辈。一个酒鬼说，我爷爷来自鲁西南，十三岁刚过，跟着族亲出门赶路，边走边乞讨，往东边走，往海的方向走。运气好的时候，可以爬上运煤的火车，不好的时候，就是没白没黑地走。

另一个酒鬼说，想当初，来了，就无路可退了，既不能回到过去，也没有能力迅速站住脚。他们低下头，拼命出苦力，把所有的希望都寄托在下一代身上。唉，可下一代都不争气，到了我这儿，还这个糠样子！

平行的时间里，老咸那边的画风是这样的：老咸忙而不乱，身形利落，神色淡然。落魄青年们吸溜着馄饨，不耽误抱屈、诉苦、喊冤。

某天，搞同学会的包了场。从小五哥那里搬来两桶散啤，每桶四十斤，醉了吐，吐了喝，人就麻了，说出来的话，开始不讲道理——

我要是没上大学就好了。没上大学，就可以心安理得去当服务员，不用像现在这样进退两难。

我真的很想当美甲师，可是都读到硕士了，家里人肯定不能接受。都说知识改变命运，现在非但没改，倒成了命运的枷锁。

我最近一直怀疑人生，打工就为了吃饭，可天天在外打工饭都吃不好，还不如回广西老家种甘蔗。

我回老家就是啃老，留在大城市难道不是反向啃老吗？父母凑钱给买房子买车，把一辈子的积蓄都花完了。

我每天都过得很着急，一路小跑，地铁站里跑，办公室里跑，电梯里也想跑，被谁催了命似的。毕业三年存款三千块，上一份工作是在火锅店里打扫卫生，哈哈哈，谁能想到这个结果。

我之前很怕把自己的人生搞砸，真的搞砸之后，感觉倒挺自在。反正已经搞砸了，无所谓了。

……

各种声音组成了背景墙。说沉重也沉重，说无厘头也无厘头。总之老咸发现，现在的青年跟他当年不一样了，极易自怜自哀，张口闭口都是"我"。

听着听着，老咸不耐烦起来，低吼一声，别自己惯自己！

店里哄哄嚷嚷，嘈嘈杂杂，自是没人听得见。

8

后来，老咸说，摸黑走路，赔了两年，坚持下来全凭喜欢，不然早就关门了。

这么说的时候，那条街已完成征收拆迁，小五哥就此退出江湖。

喝完关门酒，小五哥安慰众酒鬼，天下没有不散的筵席，啤酒屋有的是，想我了打个电话，我和你们一道去。

老咸另寻一处稍大的门面，靠近十字路口，车流呼啸，红尘往往返返，红的、黄的、蓝的快递小哥，嗖嗖嗖，奔向毛细血管一样密集的城市。

结婚后，老咸有了帮手。妻子小林，就是那个碍于硕士学位做不成美甲师的姑娘，左脸颊有只梨涡，鼻翼小巧，头发柔顺乌黑——怎么说呢，如果你见过当年的系花和上铺兄弟的妻就好办了，她和她们颇为相像。

老咸成家立业，母亲才安心地去往另一个世界，前后相差个把月。老咸想把父亲接来住，父亲推托，说不习惯。下沉到村的书记是个文化人，请父亲编撰村志，父亲很上心，也算有一个寄托。

店面一大，老咸更忙了，每天清早扎进农贸市场，去见他的两个朋友，鱼贩子瓦三和菜贩子老崔。瓦三是个中年人，八尺身高，一张瓦刀脸，其连襟出海跑船，瓦三负责岸边接鱼，能把第一手鲜货带到市场，鱼鳍上还挂着莹莹海苔。

老崔卖了一辈子菜，菜摊儿永远葱翠鲜活。油菜五棵成一排，层层齐整，码出一个小山堆。盖菜和娃娃菜同样如此。老咸觉得老崔的菜美如五言七律，平仄讲究，一韵到底。

瓦三和老崔对待老咸的态度始终没变。前些年，老咸来买两条鱼一把菜，这几年，老咸来买二十条鱼十斤菜，瓦三和老崔的脸都是一样的笑脸，甚至没有多问一句。

社交媒体更新换代，众人继续夸老咸。什么小菜入味，汤头鲜美。什么老板很帅，没敢多看。什么每次进了店，淡定坐下，点一碗最贵的黄花鱼馄饨，十五元，加汤的话，需另付两元钱——汤，很值钱，熬了八个小时哦。什么筷子木质，洗得干净，装在一个同样干净的玻璃罐头瓶里，老咸也用这样的筷子，本身就是一种自信。什么作为对这种自信的回报，连吃三天……

好话再好，老咸也从未虚浮。他操持野馄饨，似已入"道"，夸与不夸，都是一样的。不过，他害怕媒体采访，这几年，每上报纸上电视，房东都会紧着打来电话，说你出名了，主流媒体不会撒谎，跟着来年的房租势必上涨。原本还想适时关门几天，和小林出去溜达溜达，之前他们曾去过甘南藏区和腾冲热带雨林，随着房租压力加大，便取消了。

有了妻，孩子自然提上日程。老咸不敢要。跟当年说与小五哥的那样，他跟小林说，怕孩子会和自己经历一样的自卑与迷惘，怕自己成为父亲以后，终究是一个无能的父亲。

日子继续着，偶有卡顿，不耽误包馄饨煮馄饨卖馄饨。落魄青年流散或盘踞，聊着相同的丧气话，老咸听了就上火，怎么眼里只有自己那点事呢？

"心里只有自己的人，势必跟自己过不去。"

小林就笑，揶揄这句话很哲学，左脸颊那只梨涡，一漾一漾的。

老咸说非得找机会教育教育这批熊孩子。

说话间，就到了癸卯年春节前夕，年根儿底下，众人忙于送礼、领年终奖，老咸忽然在朋友圈发了条微信，众筹神秘饭局。"求请客，请我吃顿饭吧！"意思是凑份子，每人出六块钱就行。

落魄青年知道，凑的不是份子是面子，老咸不缺饭钱。

几天下来，五百多人捧了他的面子。他偷着乐。随即又添加一些钱，买来衣服、文具、玩具和奶粉，联系好福利院，再把五百多人的微信头像全部下载，设计了一张海报，谜底就此揭开。

朋友圈尖叫了，谁也没想到，花六块钱就能参与一次爱心行动。随着参与者越来越多，有人甚至给他发来六十六元、一百六十六元、六百六十六元的微信红包，包括群里一直潜水的陌生人。

这下轮到老咸感动了——原来众人不是只有自己啊。

那天傍晚，从福利院回来的路上，下起了雪，天很快黑透，街灯亮了，隔着雪沫，幻化出半城暖橘色。车窗玻璃蒙了雾气，小林擦出一小块儿，看街景，忽然道，你兴许会是一个好父亲。

下车前，老咸扳过后视镜，照了照，鬓已星星也，不过，他照见自己笑了。

原载《北京文学》2024 年第 2 期

耳朵还有什么用

牛健哲

起初我不知道自己为什么会惊醒过来，我看看周围，一切似乎都该继续下去。天黑着，看窗外的灯火和月影，夜还没消耗多少。空气里和身上的濡湿都是我已经熟悉了的。身前的书桌上亮着台灯，大概是我在这段瞌睡之前按亮的。压在胳膊下的书稿摊开着第十六页和第十七页，下面还有五百来页，足够与我继续厮守下去。

这段时间我也接纳了自己打瞌睡的方式，几乎用它代替了一大半的正式睡眠。一般是在读到书稿的第九页或者第十页时，我开始觉得椅子和书桌不舒服，让阅读兴味严重下挫，同时也在消磨我离案的力气。接着翻几页，这套桌椅又显得过于舒服了，引我耽溺，让我两眼一次次失焦。想必我的上身是迅速萎软下去的，随后一侧脸皮死死地压在书稿上，两条胳膊娇憨地在脑袋外围环抱起来。

每次起身腰背都会作痛，我想我读弯了腰椎，或是睡弯了它。

书稿是白老师留下的，她写它一定就是在这张书桌上。加之出版社退了稿，没让它面世，我成了原稿的读者。每次决意阅读时我都横下心，要扫清之前睡意留下的记忆盲区再图强力掘进，结果盲区牵连出盲区，我总是不断回溯，总是索性从头读起。也就是说我每次翻弄的都是前十六七页。这些反复映入眼帘的文字塑成了我的瞌睡习惯。我睡倒得势如沉沦，在睡梦中历尽起伏，每段瞌睡之间醒得很浅，就像向水面浮升时懒得伸出头喘口气，嗷嗷嘴做做样子就直接勾头沉降下去。在那潦草浮升的分秒，我可能会懂事地整理一下手边的书稿边角，抹抹嘴角或者按亮台灯。

这些小动作连同我每次读下去的决心，无不证明我对这部书稿的尊重或说记恨。我与它关系非同寻常，有足够的理由保持尊重和记恨。写它的白老师是我妻子，写完它她就死了，一年前的事。我早就知道她有这样一间屋子，她会任性地来去，也会在里面做自己的事，但我没想到她在这里写出一部叫《软骨》的小说，还养了一条狗。她那个出版社的朋友把书稿交还给我，房东把狗指给我，两次让我惊慌失措。

处理完她的后事，我续租了这间房，我想我应该仔细地对待那些字句章节，好好完成这份私人阅读。

也可以说，阅读《软骨》的这份私密，是对白老师的弟弟小白的一种回击。小白是我以前的同事，也是把白老师带给我的人。在他入职的实习期我帮过他，他也孺子可教。我们之间的敌对情绪是从白老师死后才一发难收的。简单些说，他怀疑白老师的死与我有关，说是我让他姐姐经历了创痛，厌倦了过活，是我损毁了她活下去的意志，导致她了结了自己。书稿的事他说他早知道，我不配私藏它。

"把《软骨》给我。你要是擅自毁了它，只会坐实你的罪孽。"

一般他就是这个腔调。一开始我不知道如何辩解，只会说他姐姐被捞上来时是穿着泳衣的。后来我也跟他较上了劲，故意奸笑着告诉他，书稿太过意味深长，他这辈子都消受不起。

身负尊重、记恨和敌对相交杂的情绪，又交足了房租，一个阅读者是不该被打扰的。然而这天，什么东西惊醒了我。或许这段瞌睡略微沉沉了一些，我睁开眼，并没有觉知到截断它的是什么响动，只是醒来后看到那条狗在外屋打转。狗一定是受了惊，在急躁地追咬自己的尾巴。这一年来它被我闷在室内，变得越来越胆小敏感，追咬尾巴打转是它以应对现实的姿态来逃避现实的办法。可它太瘦了，做出再滑稽的动作也没法显得可爱。

这条狗是我续租这里的理由之一——我带不走它，房东也绝不留它，说白老师在这里养狗是违约，还不客气地要我去除房子里它的屎臭尿臊。我哪肯做这么卑贱的劳力，就当即硬气地说要继续长租他的房，让他少管我家的事。于是我搬进来，每天亲自忍受狗的屎臭尿臊。与我相处，它拉屎渐渐干结，气味愈发古怪，有时还带一点腥气。我也不大懂得带它出去便溺，试过一两次效果不佳，便只是隔两天为它做一次粗略的、斩草留根的清理。可我不愧为一个有隐居心性的阅读者，过了一阵子，我适应了那气味。

"是那狗。那狗我带不走。"我对别人这样解释自己住到这间房里来的原因。小白要书稿时似乎觉得狗能跟他暗通款曲，也试图弄走它，我自然不会就范，宁可让它在我这里一直便秘下去。

醒了醒神，我怎么也该猜到，刚才是有人重重地敲了门。

我想站起来，可腰一疼腿一软，打了个趔趄，同时也来了脾气。能来这里找我的，我只能想到房东和小白。前者是不会轻易来的，我看得出他怕狗，有事他一定是先打电话。小白会来拍门。他对我已经那么尖酸那么憎愤，就像我在虐待那狗，同时对那摞书稿搞着什么恶心勾当似的，冲撞进来夺走书稿顺便拐走狗，于他是随时干得出来的。我这冒出的脾气便是为他准备的。

我站稳，朝门口走。这时敲门声也再次响起来，门厅里还没停转的狗则像个冰陀螺又被人补了一鞭子，转得连成个环。我打开门时，已经尽力不礼貌地扬起了下巴。

幽暗楼梯间的气息扑进来，竟有几分清新。门外是个更加不礼貌的女人。

女人两眼空洞，动作倒和想象中的小白相仿，趁我愣怔，直接擦掠过我往屋里走。她身上有一点点酒味儿。途中她看看狗，狗承受了那眼风，像又挨了一鞭子一样，继续狂转。我替狗吼了她一声，同时也觉出了她的眼熟。

她回过头来，过于放松地看我，样子算不上醉。我没领教过这样的到访。要想抵消眼前的粗鲁，她需要是个相当年轻的异邦美人，而实情是她也栖身在这几座远离城区的楼里，有一张圆脸，我偶尔能在楼下见到她遛她的狗。

"狗不是这么养的。"她甩动胳膊让我看看它，然后又指着里间说，"读东西你也不能这么读。"

我愣了愣，快要被她气乐了。这话好像比小白的斥责更无理。我问她是何方神圣，我怎么招惹到她了。

"我看得清清楚楚，你从来不遛狗，一读东西就睡，比你老婆差劲太多了！"

她甩手在鼻子前扇扇，仿佛我时时吸入的狗味儿让她受了多大的委屈。接着她居然扭头进了里间，朝书桌比画，意思是读东西瞌睡的事有现场为证。

冒犯来得越发莫名其妙，可我也看得出，这女人不是可以即刻赶走了事的，何况她提起了白老师。我胸腹运气把火气缓和下来，再次调用隐士的心性。

"我在附近见过你。你认识我爱人？"

她倒极其简捷地指指窗外，算是做了回答。外边近处就挤挨着另一栋楼，那些窗子都像是在瞪着这边。我想她该是住在对面楼里，隔窗能看到我这屋里，而且没少那么干。知道亡妻和自己先后被人窥视了，我安心了一些。

"你老婆不就是那个野浴溺水的姓白的老师嘛。这附近人不多，闲话可不少，何况出了这种事。"她在书桌桌沿上半坐半靠，身上是一条睡裙加一件男式衬衫，"估计你也该听说过我吧？"

"没听说过。我不喜欢聊天。"

实际上这时我想起在楼下听到过别人的议论，大意是说这女人频繁地换狗，又总能把新的一只养得极肥。当时她牵着狗，离得不远不近，狗正信步用浑圆的身子把一片野草踩倒压平。估计我只要缓缓步子，就能听到别人对她私生活的点评。

难怪她不怕狗，也没怕我替狗发出的一吼。

"嗯，你不喜欢聊天，就喜欢自己边读边睡。"

她在衣兜里摸了摸，没摸出什么。我以为她会开口跟我要烟，但她顺势做了个搂抱的姿势，说："你会跳舞吗？挺提神的。"

我只好当她喝醉了，皱起眉说："你先说清楚，你经常偷看我爱人？"

她动动手指，再次示意这里的楼间距之近："也不算偷看，到窗口就能看见。一开始我以为她也是个情妇呢。"

我斜眼瞄了瞄她，又有点扬下巴："她是交通大学的副教授。"

女人令人生厌地笑了。看来她对自己的出格言行没打算收敛分毫。有点像那年的白老师，突然告诉我要搬出家里，随即忽地消失，狂悖至极，及至一年前丢了性命，也的确像是恣意为之的。可这女人的"野浴溺水"之说该让小白听听，这说明就连流言也没有对白老师的死因妄加推测，没有虚张出另外的说法。这样想着，我得到开释一样硬朗起来。

"她的事轮不到你来猜！"我给了女人冷厉的脸色。这话我对小白说过，脸色也对小白用过。所激起的反应当然不同——小白使足力气控制着自己的肢体，才没有走到我面前抓我的衣领，这女人则狠辣得多，冷笑起来——

"对对，应该先由你来猜，你猜到了吗？"

不知道是由于语塞还是恼火，我嘴唇有些发抖，但也学着做出某种冷笑。我四下看看，无以挥斥，就瞥了瞥外屋说："好，你是女的，闯进来我也不能把你怎么样，但如果我家的狗冲你来，你怪不得别人。它可不是只会养膘的那种。"

女人离开桌沿，却转到椅子那边，坐下了："狗我可没少见，你叫它来嘛。"

整间屋子里的尴尬凝聚起来，缠绕着我和那条狗。它倒不转了，望着这边的冷场。

我索性甩起小腿，把脚边的一只烂拖鞋踢了过去，我是说，对着那瘦狗踢了过去。它这才闪身脱出我的视线。

"它在你旁边待过吗？"女人已经极度得意，"它叫什么名？"

朝她那边瞪了瞪眼睛，我硬起嗓门儿回答："耳——朵——"

可她已经捻起了面前书稿的一页，歪着头，眼风在前两页扫掠："嗬，你挺机灵，用上了这里的人物名。但又不够聪明，太容易穿帮了。我读东西很厉害的。"

的确，故事一开篇，主人公"我"就几次提及一个叫"耳朵"的人，这算是绰号也好昵称也罢，借给一条狗用用其实没什么不好。我懒得再说什么，一屁股坐在书桌对面的折叠椅上，交叠起两条胳膊，摆出一副看她能待多久的架势。我刚来这房子时，这个折叠椅上面有个沾满狗毛的垫子，大概白老师写书时，那条狗就趴在上面。我来后扔了那垫子，狗的确再没在里间久留过。

"《软骨》，白青。"她读了书稿的封皮，饶有兴味的样子，"果然。你爱人果然写了部长篇，可惜了……"

我知道她要说的话绝不会顺耳，就继续不理她。她在从头阅读，这引起我一种诡异的感觉，像是熟知她所读内容的优越感，又像是因为什么东西过度暴露给她而产生的不适感。总之我与这部书稿之间的私密关系，第一次遭到了破坏。更过分的是，她呷呷嘴，读出声来。我立即假意用拳头撑着腮帮，同时用拇指按下右耳耳屏，减小入耳的音量。至于左耳，我只能转头让它背离声源。我不可能告饶似的用两只手捂住两只耳朵，这事关一个主人的尊严。这样，开头两段叙写还是断续地钻进了我的耳孔，我听到了一对闺密游历一片山林的情形，听到了一段路上无数旁逸斜出的树枝、那个明晃晃的太阳、山下若隐若现的一泊小湖，还有她们的疲劳干渴。

这时阅读记忆倒反常地灵光，我只需听到个把词，就会有一串意象在脑子里被唤醒。朗读继续，我知道主人公白若和黎青每次绕过碍眼的树木山石，都会望望那个小湖泊。在后面几页读者还会发现，两个人走进山林最初的目的就是上山找到并亲近这湖泊，但找着找着，它居然出现在了低处，而且越来越让她们难以企及，只能远远地俯视。后来她们只好改换了目标。这段路上，黎青相对来说还是在安心行走，白若则频繁地要求歇脚，而且总是唠叨着一句话："耳朵一定在沙地等着我。"

很奇怪吧，有人在沙地等着，她们为什么还要在山林里跋涉？耳朵是谁，他等的不是"她们"，而只是白若一个？也就是说，白老师这个故事，起初还是设置了些许悬念的，本来应该可以吸引我花些时间卒读，但下面，一旦我想仔细读下去，就会发现大量貌似还在情境中，其实游离于叙事逻辑之外的句段。我疑惑过这许多游离有多少来自白老师的笔法，又有多少来自我自己的睡意，貌似前者居多。总之很多前面读到的东西，会被后面的内容拉扯凌乱或者掩蔽起来。

"这两个女人，也并不像前面说的那样亲密嘛。"女人停下朗读，评论起来，"为了林子里的枯叶，她们也差点吵起来。"

她指的是写受潮枯叶的气味那一段。枯叶厚厚地铺在地上，一层层夹带着之前的雨水，黎青觉得那股潮气特别好闻，而白若厌恶地说那是"一股臊味儿"，为这两个人争辩了几句。

"而且在这里又插了几句关于耳朵和沙地的话，意图何在呢？"她拿起书稿，手指弹击纸张。我自然不会答她，那些疑惑也该是专属于我的，现在倒好，都随我一年来的私人阅读一同被她放肆地夺了去。

"哦对了，我不该问你，你读得也不多。"见我闷声，她揶揄道，"那能不能说说，你干吗还要每天坐在这儿读它？它是不是什么好梦的入口？"

"反正这儿没有你的入口。"我开口语气就不善，"你还是先克服你的好奇心吧，再拖可能就没救了。"

"怎么，现在还有救？"

"你呢，先从不往这边看做起，就当我这儿没窗子。"我嘀咕着补了一句，"好歹你也是个女人……"

她抬起脸也眯起眼。看来她的脸皮也不总是那么厚。

我接着发挥："不过偷窥了就找过来也挺不容易，因为还得数准窗户嘛。我不是夸你聪明哈，你可能属于有志者事竟成！"

"是不是看透你了，是不是吓着你了？"果然，她稳不住阵脚了，"想教训我是吧？告诉你，就算我每天都守在那套房子里做吃的喂狗，连窗口都不靠近，你这种人照样没好日子过！"

我轻蔑地笑笑："怎么说我也不会晚上胡乱跑出来，抢别人的日子过。"

她鼻息作响，更冷地笑："是啊是啊，晚上我这种人怎么能出门，来找我的人扑了空可怎么办，被他发现我在这儿又该怎么办？"

窗口荡来一阵夜风，在窗缝间擦出粗糙的哨音。

说这话就有点耍赖犯浑了，好像她闹得还不够似的。我也眯起眼，没了陪她吵下去的心思。

面对窗子，抬眼就看得见对面楼的明窗和黑窗，其中直对着这边的那户应该就是她的住处，因为我看到了那个黑窗子里有一双亮着的狗眼。迥异于白老师的狗，那边那条只凭隔空的两眼也能显出肥胖和慵懒。我想象了它和女人日夜做伴的样子。现在看来她不只是情妇，还身兼怨妇，所处的情形想必与她的世间同类大同小异，只是她对我过于坦白了一些。

说实话，我也一度疑心白老师租下这里是要依偎情人，但后来更多的，是隐隐地希望如此。如果是那样，问题会因为缘由浅白而显得轻快几分，《软骨》也就会化作一堆矫情的字句，或许我会把它直接烧给白老师。

我吁了口气，指指书稿对她说："你在动我妻子的遗作。除了你这种不速之客，我没让别人碰过它。我想自己读完它有什么错？"

这像是在陈列丧妻之痛，我有点羞愧。她倒领受了这两句，抬了抬眉毛，不再较劲。

"而且还有人急着要把它抢去，去证明我罪大恶极呢。"我接着说了下去，"今天来的如果不是你，没准儿它就不在这儿了，你说我是不是应该对它下点功夫？"

"你是说，你老婆的家人？"她很聪明，也好像来了点兴趣。

我点点头。

"那你怎么还总是……"她显然又想提我打盹儿的事，但歪头抿回舌头，按下了话头。

我告诉她书桌上的茶杯里有水。我是看她手肘快要碰倒它了，可她哦了一声，端起茶杯喝了一口。那是半杯昨晚剩的茶，估计已经又涩又酸。她却像被敬了热茶的客人一样，咽得顺滑，然后等我继续说下去。

我索性顺应道："也是哈，我应该卷不离手彻夜畅读才对。她弟弟想读得要命，说她写这书稿时哭着给他打过电话，只说了这个书名，其余一个字都没说出来，或者是一个字都没能说清楚。"

小白的确是这么说的，他对自己一个字都没听到或者没听清耿耿于怀，似乎这本身就是我有罪过的证据，为此在电话里冲我吼了好几次。我没给他那条狗也成了他的口实，说我不敢交出它们，就是怕露出罪恶的马脚。最近的一次他没挂断就扔掉电话，他妻子拿起电话替他收了尾。他妻子对我说话当然只能不冷不热，但她低声说了句别介意："他这人就这样。至于那东西……他其实是冲我来的。"

我没太听懂她的话，却知道小白当年不这样。初做同事时他是个温厚得出了名的小伙子，没人会听到他高声大气，什么事端都找不上他。看看他如今的变化，我甚至怀疑自己在其中真有一份罪责，然而仔细想来，他结婚后就变得对别人阴阳怪气的，像是早有莫名的怨愤。

连这些我也说给女人了，只是说得语句散乱磕绊，好像我并不算个亲历者似的。

"你还没告诉我你会不会跳舞呢。"她盯了我一会儿，说。

我慢慢回过神来，摇摇头："你到底想干什么？"

她摩挲着《软骨》，认真地说："不会也没关系，反倒更好。我们做个交易——"

她回头看看窗外，又指指我，说："等一下对面的窗子里有人时，你过来搂着我，亲热一点；我今晚就帮你读完这部书稿，把情节和你该知道的细节都讲给你。我说过我读东西很厉害的。"

房间里安静得生出嗡鸣。她的话说得越是认真，入耳就越是过分。看来我们终究还是要对峙起来。

"你闯进来就很荒唐，说话更荒唐。"

"你不信我？我不是天生就这副德行的，我早年读书很多。"

"嗯，你过目不忘我都信，可是我干吗要掺和你的事？"

"你放心，对面窗子里的人，还有我，都不会再找你麻烦。我懂得怎么处理，过了今晚我大概就会搬出去。"

她扭头对着窗外。我这窗子连窗帘都没有，估计窗内几米的身形器物都形同对外裸露。对面那窗子还黑着，那双反光的狗眼眯得小了些。我替她设想着照常理她本该进入的场景，我想她可以因循那种角色关系的旧俗，跟今晚会出现的那个人要死要活地闹一场，扯掉他的衣扣再抓破他的脸，而他可以赏她一耳光，踢开他送她的狗，让她跌坐在地彻底崩溃……这串镜头是可以反复循环上演的，每次都会质感十足，而眼下，她的事却要以荒谬的方式牵扯到我和我的窗口，甚至要牵扯到《软骨》。

"要不然，你找隔壁试试？"我指了东西两边的墙。这只是拒绝的另一种方式。我知道西边那套房没有人住，东边的属于另一个单元，不住人，是一家只有三四个雇员的小公司，做着些替人张罗仪式的活计。唯一一次我带狗上楼顶天台，就撞见他们正在晾晒一堆潮湿的条幅，还骂骂咧咧地说上面鸟粪太多，而我本来是想让狗在上面拉屎的。

夜里两边素来没有人声人迹。再算上窗子对位的因素，我应该是她唯一的选择。

她笑了笑。"可能我没说清楚——我说的是今晚照我说的，我们做得越好，我就会消失得越痛快越利索，这对你有好处。"稍加停顿，她接着说，"而且，你不想知道书稿里的耳朵是什么人吗，他和女人们见着之后会怎么样？你老婆这故事，高潮在哪里，隐喻是什么，名字又为什么叫'软骨'？"

这让我小小地诧异，自己居然受到了如此别致的威逼利诱。不过听上去，事情也有意思起来。书桌边的女人显然并没有多好的说服技巧，可以说腔调幼稚可笑，可我仍然觉得她颇具煽动性。除了明码交易，她似乎也在鼓推着一种她和我都想要的东西。只是我们还是没法成交，我不会去跟她搂抱亲热，这又不是在什么滥俗的故事里，而她也不可能今晚就读完那部书稿。

我便做出比她高明的笑态，朝她摊开手："那你先读读看。"

她让我打开顶灯，却也没有关上台灯，继续读了下去。明亮里，我看出几分她做学生时读书的姿态，也恍惚见了脂肪堆积之前直挺的脖颈。

闷坐了一会儿，我想过去倒掉她胳膊边那杯隔夜茶，再泡一杯新的，但由于对家里今晚没有热水的判断有十足的信心，就没有起身，只是换了坐姿，监考老师似的抬起一条小腿搭在另一条腿的膝头。

"嗯，她们累了，坐在地上。"她边读边说，显然是要给我一点甜头，投食诱捕似的，全不在乎这些我都读过。紧接着还会有白若和黎青吃野果的情节。

"黎青采了几个野果子，她们基本上和好了，一起啃了起来。都觉得很难吃。"

就这样，我们貌似在和气地共处，实则各怀鬼胎，对坐了十几分钟。就在我快要失去耐心的时候，一个画面在我面前的窗口闪过，让我欠起了上身。

这房子在次顶层，楼上也是没人住的空宅，所以住在这里便对本单元通往天台的门有某种无甚道理但约定俗成的统辖权。这也是我那天带着狗走上去的一个前提。但那天我并没有想到这种便捷与那小公司的人所抱怨的屎多的鸟儿们两相叠加会带来哪种可能，所以当事情发生时我吃惊不小，而且没能即刻理解那画面的意义。

我应该是先听到了某种鸽子大小的鸟儿仓皇扑打翅膀的声音，但并没有定睛留意，那毕竟是窗外的响动。随即，一个瘦长的四足动物倏地跌下，肚皮对着窗内划过我的视线。那浅色的肚皮和胯裆我并不熟悉，稍后才明白过来——一条扑鸟的狗从这座楼的天台边沿摔落了下去。在女人翻捻书稿的噪声里，我没听见狗的身体钝击地面的声响。

我站起来，打扰了面前的阅读者。显然这时已经没法看清窗外地面上的东西了，我就去了门厅，果然，门开着，狗不见了。

出门前我回去穿了件衬衫，对看过来的女人说："没你的事。"

她不明所以时倒相当乖顺，像受了老师的督促似的，低头继续读下去。大概她意识到这房间暂时接纳了她，而属于今晚的阅读时间却在损耗。她背对窗子，不会看到坠狗事故，也就不会理解我说没她的事，意思是事情都是拜她所赐——她闯进来后我忘了关好门，也是因为她，我第一次凶了白老师的狗，毁了和它好端端的互不理睬的关系。

在楼下我来回走了几趟，居然没有找到狗。窗子正下方没有狗的尸体，也没有它呼呼气喘的活体。用手机照明，在地上我看到了一道形似软笔书法的血迹，大概狗顿笔似的顿了顿身子，然后拼力移开了。血迹那一头没有明确的收端，是朝远处延伸的。我吸口气醒了醒神，觉得夜风的浑厚凉爽超出意料。察看了血迹伸展出的笔直线条，我知道这条久没出楼、一飞出来就摔得伤残的狗，忍痛急着去做的，就是远走他方。而方向又如此明确，有一次小白咬牙切齿地离开时它跟了出去，他就是往那个方向勾引它的。

无论如何这是伤人不浅的。我呼吸粗重了，不确定是在生谁的气或是为了什么而激亢，上楼的时候越发如此。在这所谓隐居的一年里，我时常经历一些情绪上的乱流，身上不只腰椎不好了，还虚汗连连，连肺功能恐怕也折损了大半。好在还有一条同样病病歪歪的瘦狗不远不近地陪着我，也见证了我面对小白未落下风，可刚才这点慰藉一下子被打翻了。

"看看你干的好事——耳朵没了！"等进了屋，也许我会这样对那女人发泄。在这磅礴气势之下，她应该不会再质疑那条狗究竟姓甚名谁，而我在吼叫之余，会为事发前给过它一个名字而暗觉欣慰。

上到次顶层，体虚所致的气短和情绪性的喘息绞缠到了极限，我像是具备了摔破所有罐子的决绝。只是冲进自己的住处又回到里间书桌旁，我发现自己是无处呼号的——女人还在，可她在书稿上睡了过去。伏案侧睡让她嘴唇噘翘，眼缝挤得皱缩而滑稽。

在她胳膊下面，书稿摊开着第十六页和第十七页，下面大概五百页的厚度是我熟悉之至的。

我边喘气边对着她失望地摇头。这时身心的激亢只能转化成别的什么举动，况且无论是我这些日子的浑噩昏沉还是今晚屋子里的荒唐景状，都该有个罪魁祸首。冲什么发作一气是在所难免的，我两眼朝着书桌，从空洞渐变为凶狠，死盯着她身下那摞书稿。

我看得见书稿里所有的褶皱和汗湿，它们映印着我长久以来的可怜和女人今晚的可恼可笑。我不会让她睡个舒服，醒过来再继续品鉴篇章。那摞纸和那堆字我再也不想消受，还没读到的情节，包括白若、黎青和耳朵之间所有将要发生的事，山林和沙地之间的暧昧关联，仿佛悉数袒露了出来，直接让我腻烦透顶。眼下一个想法涌动，我极想知道它们会让小白变成什么样子，同时恍若明白了他妻子的话——他要读它，其实是冲她去的……心血来潮，戾气升腾，我要把书稿寄给小白，以此跟它一刀两断。他嚷着要它那么久，它会轰然降落到他和他妻子之间，算是成全也好惩治也罢，我懒得理。

这部《软骨》归小白了，希望那条得名耳朵的狗也能血淋淋地找到他。在他那里两物叠加到底会映现我的罪恶，还是会淹溺他自己，是时候见个分晓了。

我找出出版社退稿时用的大信封，急不可耐地勾掉上面的几个字，重写开来。原来小白的地址和全名我都还想得起来，就是落笔的手有点哆嗦。妈的，寄出去！这念头犹如被我怀揣已久，此时在胸膛间颠扑得火烫。

写好信封，只差把书稿塞进去了。我推了女人几把，她睡得很沉，只马马虎虎地动了动脑袋就又回到深眠，就像向水面浮升时懒得伸出头喘口气，噘噘嘴做做样子就直接勾头沉降下去。我便一手搬她的手肘，一手试图抽出书稿，拉动了一两寸，才发现她那张圆脸与纸张之间的摩擦力甚大。我不得不换个方位，把左手插进她左臂、左脸和书稿之间，屏气发力托抬，另一只手从她右侧抽拉书稿。

终于解救出《软骨》，我重又气喘吁吁，没心思把前十几页纸压平就囫囵塞进了信封。它即将去到它的下一站，相信也终将归落白老师那里。然而这时我却觉得了结的味道还欠缺一些。犹如受了指示，我看了一眼窗外，正对面的窗子里竟真亮着灯，果然有人站在窗口，直直地望过来。那条胖狗在灯光里现了身，堆坐在窗台上自证其胖，眼睛重新睁大了。

无论那边有几双眼睛，我无意表演亲热给任何人看，但这个睡在书桌上的女人却让我觉着有一丝亏欠，就好像我们已经谈妥了什么，她却突然失去了督促我践行契约的能力，我也正在脱逃。这感觉难免荒唐。我想让我不安的可能还有我刚才俯身抽书稿的姿态动作，那已然形成了一种疑似的搂抱，但又模棱两可，也可以诡辩为师长对学生的拍抚慰勉，只是略显亲昵。我不喜欢自己如此滑头。

　　况且，对面那人贴近了那边的窗玻璃，我们对视了。那是个冷色调的长脸男人，该是进屋不久，还没有脱去外衣，目光朝向这边，越来越粗鲁强横。

　　无礼得很。

　　瞬息间我决定把事情做到底，给他点颜色，也给自己住在这儿的光景收个尾。我又俯在女人颈背上方，摆出亲吻的架势。

　　她没有醒来的迹象，而且睡姿极其别扭。已经闻不到酒气了，可我亲不到她的嘴，连亲她的额头也会显得很蹩脚。我知道要表演就该流畅而到位，于是我用嘴捕捉到了她朝上的右耳，并且衔了起来。她的耳郭软嫩饱满，耳垂更是腴起的那种。以新手式的夸张，我叼着女人的耳朵扭脸去瞪视对面的男人。他的额头大概顶到了玻璃上。怕他看不清细节，我把这右耳斜着叼起老高扯得老长，已经有了十足的挑衅味道。相信等完成表演我一松口，这片弹性软骨和包覆其上的粉白皮肉就会迸弹开去，快活地扑颤一番。

原载《小说月报·原创版》2024 年第 6 期

辑

四

神的孩子

尹学芸

　　香丫每天傍晚到村南的桥头去接喜奎，是罕村的一处风景。

　　这处风景不知不觉已有六年了。村头是座小水泥桥，前面就是乡村公路，公路两侧生长着密实的毛白杨。香丫接喜奎就站在水泥桥的这边，桥栏杆像羽翼一样朝左右撇，香丫就站在右边的翅膀上，痴痴地朝西望。桥下是条臭水沟，夏天里的臭蚊子打着团地飞，香丫离那里近，从她身边过的人，总能看见她的头顶上方滚着一个来回转动的地球仪。也有人喊她到桥上来，离那个地球仪远点。香丫回头一笑，也不说什么，脚却像生了根一样不动地方。这个地方视线好，能顺着西边这条马路看出去很远。

　　喜奎是从兴隆的跑马场"嫁"给香丫做丈夫的。喜奎来的时候，穿着一件蓝色的中山装，兜里插着两支钢笔。罕村人一见那两支钢笔就笑了。罕村有一个叫麻三颗的人，一个大字不识，也经常在兜里插支钢笔。不过那是几十年前的事了。如今麻三颗早就作古了。他插钢笔的年月，正是"晃"（与混相当）媳妇的岁数。当然，麻三颗充文化人也没能"晃"上媳妇，这在罕村是有典故的。喜奎不知道这个典故，他穿着中山装口袋插着钢笔从村南往村北一走，看见他的人都笑得不怀好意。"这不又是个麻三颗么。"罕村人都这样嘀咕。麻三颗多少是有点心数不全的。罕村人转念又想，若是心数全，谁愿意到香丫家里扛活呢，香丫家可是有两个吃死老子的半头小子。

　　香丫的前夫叫玄武，半年前被车撞死了，就在横在桥头的这条马路上。撞死人的车逃跑了，香丫一分钱的赔偿也没有。玄武活着的时候，在外能挣钱，在家能做饭。香丫能干什么呢，能生孩子。玄武家穷，他也就是看在能生孩子的分上娶了香丫。那年香丫才十七岁，自己还是个孩子呢。香丫也争气，三年生了两个大儿子。一家四口穷也过富也过，原想就这样消消停停过上一辈子，可谁想到呢，玄武突然就被一辆不知什么车撞死了。香丫哭得死去活来，嘴里就叨叨一句话："你死了，谁给我们做饭呢，我不会做饭啊。"村里人起初都陪着香丫掉眼泪，眼泪没抹干净，又笑了。香丫白白胖胖的一个媳妇，才刚三十出头，手脚齐全却说不会做饭，说出来可不就是件好笑的事。

香丫与两个儿子相依为命，那日子过得别提多恓惶，有面香丫就会捣糊糊，撒一点盐面，里面连个油星都没有。用米煮出来的东西粥不粥饭不饭，七分生八分熟，娘仁就泡点酱油好歹吃一口。邻家的一个嫂子好心眼，想教会香丫如何把饭做得好吃，教了好几次，就把耐心一点一点教没了。"世界上咋会有你这么笨的人呢。"嫂子点着香丫白净的脑门说，"除了会生孩子，你真是一点用处没有啊！"

嫂子家就在山里的跑马场，喜奎是她娘家庄上的人。喜奎家也穷，有个哥哥还是光棍。眼看过三十了也娶不上媳妇。嫂子有一次回娘家时就对喜奎说了香丫的事，问他想不想人赘，没想到喜奎一口答应了。喜奎答应了，嫂子却一直没跟香丫说，她觉得这门亲事有点对不起喜奎，喜奎还是童男子呢，"嫁"给香丫就要做两个儿子的爹，就要挣钱给那娘仁花，这样的日子哪里是个头呢。嫂子又一次回娘家，喜奎穿戴整齐背着包裹来找嫂子，说这回要跟嫂子一起走。喜奎虽缺心眼，但心里明净敞亮，他觉得连饭都不会做的香丫还要管两个儿子，这日子没法过，他该给香丫搭把手。没奈何，嫂子把喜奎带了过来，没想到，他和香丫一对眼就再也分不开了。两人在屋里的说笑声连在街上走的人都听得到。大家都纳闷，就这一对二百五，哪里有那样多的话说，哪里有那样多好笑的话。

邻家嫂子都不看好喜奎和香丫，料定早晚有一天喜奎会被"累"走。可一年过去了，又一年过去了，又一年过去了。什么都没有改变。香丫每天到桥头去接喜奎，不管下雨还是刮风，香丫从来也没耽搁过。也有人看不惯香丫，说有那时间把家归置一下，把饭做熟，干点啥不好。男人又不会飞，你接不接男人还不得一样回去？香丫只有一句话：干别的没心成。香丫的这句"没心成"，村里人理解为玄武就是在这条路上被车撞的，她是还没从这场横祸中走出来。可日子久了，村里人就不这样认为了。看不到喜奎，香丫啥也做不下去。看到了喜奎，香丫啥也不用做，喜奎都包了。

就有人说香丫好命，前后两个男人，都拿香丫当香饽饽。

喜奎在十多里地以外的木器厂做工。

喜奎做工是把好手。不偷懒，不耍滑，放下叉子就是扫帚，就像给自己干一样，眼里到处都是活。喜奎过去在面粉厂上班，后来面粉厂倒闭了，厂长就把喜奎介绍到了河西的木器厂，木器厂的厂长跟面粉厂的厂长是一担挑。喜奎干啥都行，多重多累的活都行，但不加班。厂里多忙也不加班，给多少钱也不加班，面粉厂的厂长就是这样跟一担挑说的，说完还挤了下眼睛。不加班就是得按点回去，人家媳妇每天都在桥头等着呢。木器厂的厂长起初不愿意接受喜奎，说现在就不缺找工的人，何苦用这样一个讲条件的呢。可面粉厂的厂长说，我现在啥也不说，你就先用一个月。一个月以后用不用随你的便。其实没到一个月，四五天过去以后，木器厂的厂长就发现喜奎一个人顶两个人，有时甚至顶三四个人使。有没有人监管都这样，比如一辆130汽车的木材，人家都还在旁边抽烟呢，一眨眼的工夫，木材就平平展展码到地上了。别人两人抬一根木头，喜奎胳肢窝一夹，就像夹个包裹一样一转身，木头在空中掉了方向，稳稳地就落到了木头垛上。

喜奎身子精壮，身上的肋骨都是一根一根地裸露。他看上去不是多有力气的人，可干起活来却有发不完的力。厂长都奇怪，说你媳妇整天给你做啥吃，你的力气咋使不完呢？

喜奎每天六点下班，他的表跟电台、电视台都仔细核对过，一两秒差距是有的，但如果相差三十秒以上，喜奎一定把它调回来。木器厂也有电子钟报时间，喜奎不信电子钟，喜奎信自己。只要自己的表时间一到，不管手头干着什么，喜奎也要把工停下来，用一条毛巾掸净身上的灰尘，在一群摩托车中推出自己的自行车，回家。厂里的人开始也看不惯，也没少捏着鼻子说小话，甚至下班的时候故意晚几分钟打铃。但这一切都挡不住喜奎归心似箭。若有人问他为啥这样着急走，喜奎会认真地回答："香丫在桥头等着呢。"

香丫等在桥头是大事。看着喜奎弓着腰使劲蹬自行车，谁都会觉得香丫等在桥头是比天都大的事。

喜奎用半个小时的时间蹬完这段路，拐上水泥桥，喜奎从自行车上跳了下来，单手扶着车把，从桥南往桥北上走。喜奎走过来，香丫迎过去。两张笑脸就撞在了一处，严丝合缝。因为此刻他们谁也见不到周围的人、风景，以及过往的车辆，他们眼里只有彼此，和彼此的含情脉脉。喜奎用一只手搂住香丫的肩，两人开始往回走。喜奎问，香丫答。或者香丫问，喜奎答。这一天的分别，他们总是有说不尽的话，无论问什么答什么，他们总是一边看路，一边看彼此，总会叽叽嘎嘎一通笑，让过往看见的人匪夷所思。桥下的这一段路足有一百米，喜奎和香丫的脚步迈得四平八稳，旁若无人。因为他们旁若无人，别人就只能给他们让出路来，村里年龄大的人，甚至躲他们远远的，一不留神，甚至走到路边的沟里。有一些车子，也尾随在他们身后，汽车或者拖拉机，突突突地响，但绝不鸣笛。不知从什么时候，似乎就有了某种约定俗成。司机把头探出车窗，一边瞅他们，一边朝路过的人做鬼脸。司机的脸上有嘲弄，有无可奈何，但更多的是一种宽谅，是一种显示自己胸怀、修养、绅士风度的宽谅。

说实在的，这不是罕村的风气。就是因为香丫和喜奎，罕村的这一段路，成了胸怀路、修养路、绅士路。什么时候香丫和喜奎拐过街角，车子才会像放掉一个巨大的响屁，"嗖"的一声，窜得不知去向。

整条街的房子，都是高屋门楼，瓷砖到顶。宽大的铁门不是绿的就是红的或蓝的，两边是瓷砖镶的对联，那些与福禄寿有关系的话，像花儿一样开在各家的大门口。唯有香丫家的房子老旧得已经不像话了，屋脊都要坍塌了，窝进去一个大坑，墙体的青砖和白灰都很耀眼，但都能看出盖屋子时的马虎将就。门楼只容下两扇薄薄的木门板，像旧时的乡村那样，用门拉吊两边勾住，套在门框上面的麻花铁环上，落了把花卷锁。香丫抢先开了门，回身来帮喜奎抬车。喜奎说不用你不用你，我一根两百斤的木头扛起来就跟玩一样，还能推不动车？可香丫不这样想。每天香丫都要坚持给喜奎抬车，通常是，香丫还没摸到车后座，喜奎一手抄起车梁已经把车搬进了门槛子。香丫不满地说："你就是怕我累着，我待一天了，还能累着？"

喜奎说："谁说待着不累，待着有时更累。我就不能待着。"

香丫跑着去给喜奎准备洗脸水、香皂、毛巾。喜奎扑噜扑噜洗脸，香丫拿着毛巾就在旁边候着。喜奎脸洗完了，香丫把毛巾递到他手上。喜奎若是接得稍微慢一点，香丫手里的毛巾就捂到了喜奎的脸。洗脸水喜奎也要争着倒，但他争不过香丫。香丫端着水抡圆了往当街一泼，见到她的人一准问："喜奎接回来了？"

香丫神气地说："接回来了！"

"喜奎真是命好，遇到你这样的媳妇。"

"我也命好啊，我们大宝二宝也命好。"

村里人都爱打听事，问大宝二宝管喜奎叫啥，香丫说叫爸啊，还能叫啥？

喜奎做饭时，香丫就围着喜奎转。喜奎做了三年了，香丫就转了三年了。转了三年香丫也啥都搁不上手，她围着喜奎转就是为了跟他说话。喜奎到外面去倒刷锅水，香丫就跟着到外面去；喜奎到园子里割小葱，香丫就跟着到园子里。香丫的嘴，一会儿也不闲着，她爱串门子，爱往人多的地方扎，这家那家的事知道不少。只要她知道的，她都要说给喜奎听。她说什么喜奎都爱听。说起哪家婆婆儿媳吵架，喜奎说："若是我妈来，你一准不会跟我妈吵架。"香丫说："什么你妈，那也是我妈。"喜奎说："我妈一准喜欢你，她也不会跟你吵架。"香丫说："她吵我也不会跟她吵，她是老人，我得让着她。"喜奎做饭更来劲了，喜奎会掂勺，火把油锅都烧满了，喜奎从容地端起炒勺，掂了两下。炒勺里的火熄灭了，一股菜香味勾出了香丫的口水。喜奎用筷子夹起一块肉，先填到香丫的嘴里，把香丫烫得吸溜吸溜的，香丫也高兴得吸溜吸溜的。香丫从小就喜欢吃，她身上的肉一点一点堆积起来，身板都有两个喜奎粗了。

大宝二宝放学回家，饭菜已经摆到了桌子上。他俩一个十二岁，一个十三岁。都懂事地先叫爸，再叫妈。爸不是亲爸，但在他们一点也显不出来。吃了饭，饭桌当棋盘，大宝先要跟喜奎杀一盘。大宝学习不行，成绩总是倒数第一名。但下起棋来悟性高。开始跟喜奎学棋时，输多赢少。有时候，喜奎明里暗里还要让着他。如今喜奎要想赢他，得费力气了。喜奎经常托着腮沉思，大宝敲着棋子则显得胸有成竹。有时候，一晚上喜奎连一盘棋也赢不了，喜奎摸着后脑勺觉得不可思议，说："真是教会徒弟饿死师傅，我儿子怎么这阵提高得这么快？"

大宝得意地说："你儿子是天才。"

二宝热衷于一种折纸游戏。他把过去的书本通通撕开了，折各种各样的小动物。兔子、老虎、鸟、大公鸡，家里整得就像动物园一样。二宝成绩比大宝好，能排到倒数第十名。香丫喊他写作业，他总是振振有词："我哥咋不写呢？"

香丫说："老师允许你哥不写作业。"

老师对大宝是没奈何。大宝上课就知道捣乱，一点也不注意听讲。同学都不愿意挨着他坐，老师就把大宝放到最后一排，一个人一桌。窗户外面正好对着一棵树，老师在上面讲课，大宝跟树上的鸟儿勾手，说你过来，你过来。要是没有教育法，大宝早被开除了。

二宝说："哥不写我就不写。"

香丫说："你哪能跟你哥比，你比哥成绩好。"

二宝说："那我就更不应该写了。我不写都比他成绩好，我再写还有什么意思啊！"

香丫喊喜奎管管二宝。喜奎走过去，摸着二宝的脑瓜说："二宝乖，快去写作业吧。爸老了还指望你养着呢。"二宝把喜奎拽蹲下，也摸着他的脑袋瓜说："我现在就想养着你。爸，你咋还不老啊！"

喜奎也喊不动二宝，求援地看香丫。香丫气得回了屋里，躺在炕上不起来。香丫生气了，在这个家里是大事。喜奎赶紧把棋盘收起来，把那小哥俩往西屋轰。人轰进了屋里，大宝自己研究棋盘，二宝继续玩折纸。他们都痛恨写作业，觉得写作业一点意思都没有。

香丫在炕上躺着。屋里漫上来一层夜色，把炕脚的破棉絮、塑料布糊的窗玻璃，以及墙柜上的零碎杂物都掩饰了，屋里有一种朦胧的暧昧感觉。喜奎俯下身子看她。香丫一动不动。

喜奎问："真生气了？"

哪里会真生气。香丫在黑暗中"扑哧"笑了。喜奎就明白了。

喜奎这个月发了四千多块钱，是这个厂里最高的。工资拿到手，喜奎又要去推自行车，厂长老宋追了过来，说喜奎一起喝个酒吧，你也请请大家。老宋不亏待喜奎，但今天多少有点使坏的意思。他刚才看见喜奎领工资，喜奎出了财务室的门，会计就对他挤眼。喜奎发了工资就急着往媳妇手里送，这个他们都知道。会计说："我跟你打个赌，你如果能留下喜奎喝酒，我就倒着在院子里走三圈。"

老宋说："我能留下。"

瘸子会计说："你要能留下他，除非太阳打西边出来。"

老宋跟瘸子平时就爱开玩笑，这样一个小厂，也没啥大小。老宋说是厂长，平时根本没人这样叫他。他有时候央求会计叫他厂长，会计就会叫他狗屁厂长，把老宋叫得哭笑不得。老宋想起香丫每天像传说一样等在桥头，老宋也想逗逗喜奎。

怕喜奎拒绝，老宋故意说让喜奎请客。

喜奎果然说："香丫在大桥等我呢。"

老宋说："我知道香丫在大桥等你呢，我媳妇也在家里等我呢，这与喝点酒不矛盾。"

想到喝酒和喝酒的场面，喜奎是有点心动，他也想喝点酒了。但他不放心香丫，喜奎说："我先回家，把香丫送回家去再回来。"

把老宋气笑了。老宋说："香丫就在家呢，你还把她往哪送？十几里地你再赶回来，你傻啊？"

喜奎对这个傻字尤其过敏。他想，我不傻，我是没有必要回去。但他有点不知所措，他从没遇到过这样的问题，所以觉得处理起来有难度。从心里说，他想早一点见到香丫，像每天那样。何况今天又是发工资的日子，每次把工资交给香丫，都是喜奎最幸福的时刻。又从心里说，他也真是想喝一点酒了。男人跟酒多少都有点缘分，喜奎上一次喝酒，还是在老家过年的时候呢。

喜奎情不自禁地舔了舔嘴唇。

老宋察言观色，说："不如这样吧，让谁给香丫捎个话，告诉她你晚点回去，别让她等了。"

喜奎眼前一亮，问："让谁捎话？"

老宋想了想，拿出手机说："我这就打电话，罕村我有熟人。"

老宋当即就把这层意思告诉电话里的人，说我把喜奎留下喝酒，你告诉香丫喜奎晚点回去，让她别等了。老宋嗯嗯嗯地跟电话那头的人告别，回头对喜奎说："这回你该放心了吧？"

仍是觉得不踏实。但喜奎已经被老宋说服了。喜奎没使过手机，不知道老宋的电话根本没拨出去。老宋朝瘸腿会计挤了下眼，两人都会心地笑了。喜奎拿出了三十块钱，问这么多喝酒够么？老宋说："够，够。你收起来吧。这顿酒钱我花。"

喜奎就把钱收了起来。这三十块钱，是他一个月的零花钱。除此之外，多花一分钱他也心疼。

喝酒的一共有七个人，除了老宋、瘸腿会计和喜奎，其余的人喜奎都不认识，都是老宋的朋友。喝酒的地方是镇上的三娘酒馆。老宋首先说："喜奎来厂一年多了，从没跟我一起吃过饭。他在厂里一个顶好几个，爱厂如家，我们大家敬他一杯。"喜奎很激动，他从没经过这样的场面，从没这样隆重地受过表扬。满满一杯酒，他一口就干了。嘴里火辣辣的，胃里像是有小火苗在蹿动。别人都才刚抿一点，喜奎的杯子却空了。喜奎很不好意思，自己就找酒瓶子。他想少倒一点，瘸腿会计往上一抬瓶子底儿，喜奎的杯子又满了。

喜奎不胜酒力，很快就开始坐在椅子上打瞌睡。老宋这才说出他跟瘸腿会计打赌的事，喜奎听到了，牵起嘴角笑了笑，头一歪，又睡着了。老宋说："瘸子你现在就去倒着走三圈，让我们大家开开眼。"大家也随声附和。瘸腿会计扒拉一下喜奎，说："都是你闹的，回家抱着媳妇睡觉多好。你不来，就啥事也没有了。"

瘸腿会计自然不会真去倒着走，他的腿画弧，正着走都费劲。但他答应下一顿请老宋，老宋提要求说也要带着喜奎。瘸腿会计没应，说你这次骗了喜奎，下次他还信你？

香丫脸上的焦急与暮色一起爬了上来。鸟儿都归巢了，臭蚊子都飞累了，喜奎还没回来。不管是开车的还是骑车的还是走路的，香丫只要看见人家从西边来，就拦下问："你见到我家喜奎了吗？"

香丫站累了，就坐在了桥栏杆上。夜色变得浓重了，一会就模糊了眼前的视线。香丫把自己坐成了一幅剪影，轻薄薄的，与周围的夜色融在了一起。香丫突然放声哭起来，香丫的哭声像打雷一样轰隆隆地响。她想起了几年前的那个夜晚，玄武从镇上回来，就在离桥头50米的地方，被一辆不知什么车撞出去很远。香丫知道消息时，已经是转天早晨了。香丫赶过去，见马路都被血水泡软了，玄武也成了干巴巴的血葫芦，躺在一捆玉米秸秆底下，半个脑袋都没了。香丫站在那里，连哭都忘了，恐惧让她的脸孔变了形，她"啊啊啊"地又叫又跳，像是精神分裂了一样。玄武的后事，都是娘家人帮着料理的，火化场香丫没去。下葬的时候香丫也没去。香丫只要突然被什么声音惊一下，就"啊啊啊"叫个没完没了。后来不叫了，香丫就只会哭，嘴里叨叨一句话，说自己不会做饭。那些个撕心裂肺的日子突兀地呈现在眼前，让香丫一直跳动得不太规律的心脏突然停止了。虽然只是极其短暂的一瞬，也让香丫的大脑出现了大片时间的空白，她几乎瘫软了。

香丫决定亲自去木器厂，找喜奎。香丫说走就走。香丫不会骑车，她只得迈大步，拉开胯，人就像飞起来一样。香丫跟着喜奎不止一次来过木器厂，所以知道循着这条路一直往西走，木器厂就在路边上。一个多小时以后，香丫气喘吁吁顶着满头的水汽到了木器厂门口。这里亮着灯，两扇铁闸却上了锁。香丫茫然地围着厂区的围墙转，不知道怎么办。找不到喜奎，香丫就不能回去。既然厂里锁着大门，她就得等人来开锁，问个究竟。香丫这么想着，就在门口蹲了下来。蹲累了就坐着。坐累了就围着厂区转一圈。直等到夜深人静，厂里也没来人，香丫只得回来了。

家里仍然没有喜奎，香丫在炕沿上坐了一宿，转天天刚亮，香丫又要

长途跋涉去木器厂。打开一夜没闩的木门，瘸腿会计一头撞了进来。

瘸腿会计说："快去医院，喜奎出车祸了！"

瘸腿会计拉开车门，把香丫一下推进了车里。

香丫浑身发抖，"啊啊啊"地又叫个不停，在车内狭窄的空间里，香丫的叫声分外瘆人，司机师傅都把不稳方向盘。瘸腿会计不耐烦地说："你叫什么叫。喜奎出车祸了，又不是人死了。医院正要做手术，你去签个字，手术完了人就没事了。"

面包车风驰电掣往医院跑，瘸腿会计有一句没一句地说昨天晚上的事。他当然没说他跟老宋打赌，也没说喜奎喝多了酒坐在椅子上打瞌睡。他只说昨天新发了工资，喜奎张罗请大家在三娘酒馆吃饭。吃饭出来他像是转向了，回罕村本来是朝东走，他却一直朝西走，结果被什么车撞到了石桥底下。车跑了，天亮以后，喜奎正好被厂里的工友发现，才被送到了城里的医院。

"宋厂长都在医院组织抢救呢，你放心吧。"

瘸腿会计偷偷打量香丫，香丫木雕泥塑般坐着。香丫不叫了，对瘸腿会计的话，一点反应也没有。瘸腿会计刚才那番话，是他跟老宋商量一致说的。他们经常看电视，知道一个喝多了的人出车祸，那些劝酒的人都要分担责任。而昨晚劝酒的人，基本就是老宋和瘸腿会计两个人。饭没吃完喜奎就先走了。他还是惦记香丫。喜奎站起来的时候就险些撞到门框上，大家都知道他喝多了。但没人想起到外面关照他一下，喜奎这才走了与家相反的路。喜奎走了喜奎就成了话题，老宋和瘸腿会计轮番给大家说喜奎和香丫的典故，酒桌的氛围比刚才热闹了很多。

一早老宋知道喜奎出了车祸，就第一时间找瘸腿会计统一口径。晚上出的车祸早晨才被发现，有十条命大概也完了。

他们都做了最坏的打算。

瘸腿会计此刻每说一句话都有用意。他知道香丫又被吓着了，故意叹了口气说："撞了喜奎的车也跑了，喜奎的命，咋和玄武一样呢？"

香丫对这话突然有了反应，她嚷道："喜奎不会死，他咋会和玄武的命一样！"

瘸腿会计吓了一跳。他赶忙说："喜奎是不会死，他死了谁给你做饭呢。"

香丫一走进医院，腿就开始打软，脚底像是踩着沼泽地，每走一步，腿就像拔萝卜。

她从没有到医院来过，从来不知道医院就像赶大集，人拥挤得不像话。瘸腿会计灵活地在人缝里穿行，香丫痛苦地被撞来撞去，眼睛紧盯着瘸腿会计，唯恐让他丢下。

好在医院的走廊不长，否则香丫都要昏厥了。瘸腿会计带她径直来到了重症监护室，老宋见了香丫，如同见了救星。喜奎躺在病床上，挂着吊瓶，插着管子，一动不动，脑袋白花花的，像是安上去的。脸肿胀得可怕，青一块紫一块。香丫"啊啊啊"叫着往上扑，握喜奎的手，拍喜奎的脸，喜奎一点反应也没有。香丫以为喜奎死了，咧开大嘴就号，被医生喝住了。医生说："哭什么哭，再晚来一会就没命了，快去签字吧，马上手术！"

老宋拖着香丫去了医生值班室。在这之前，老宋一直急火火地楼上楼下奔走，给喜奎做检查，交费拿药，他已经贴进去好几千块钱了。听说他是厂长，医生都对他另眼相看。说这年头，这样好心的厂长不多了。老宋嘴里说着冠冕堂皇的话，心里却一直敲小鼓，盘算着喜奎的车祸自己能负多少责任。按照医生的说法，即便救活了，喜奎也有可能是植物人，或者留下行为或思维障碍。所以，不管救得活救不活，都不是他小小的木器厂能够承受的。老宋想到这一点就忧心忡忡。他在电梯里狠狠打了自己一个嘴巴，平白无故打什么赌，喝哪门子酒。若不是喝酒打赌，哪里会出这么大的事！但在医生和香丫面前，老宋什么也没表现出来。医生把病历拿给香丫看，看了香丫一眼，就料定她看不懂。医生解释说："你丈夫颅脑损伤，里面大量出血。最佳救治时间已经错过了，若不赶紧做开颅手术，恐怕就来不及了。"

香丫瞪着眼睛看医生，显得懵懂又无知。

医生说："即便手术也不能保证他能康复，如果不手术，他可能活不过 24 小时。"

香丫皱了皱眉，她的心脏在剧烈弹跳，响声如鼓。她根本听不明白医生在说什么。

医生提高声音说："手术需要八万块钱……你听到我说的话没有？"

香丫简单地"唔"了声，也不知这一声"唔"是什么意思。医生有点泄气，狐疑地看了看她，又看了看老宋，不满地说："她难道是哑巴？"

老宋叹了口气，说："别说八万块，八千块钱她家都未必有。"他转脸问香丫："你们家有多少存款？"

香丫像座山一样把自己移动了一下。汗水顺着脸颊一直流到脖子上，每一条汗道道都是一股溪水。别说存款，香丫对钱都没有概念，一百块钱与一千块钱，在她的脑海里没区别。她甚至从来不敢一个人去买东西，她的脑子碰见数字就开始打结。

她一直都想努力听清医生说什么，可她的大脑像被锈住了一样转不动。转不动就听不清，声音从医生捂着白口罩的嘴里发出来，嗡嗡嗡的，震得香丫脑仁发麻。

医生终于不耐烦了，她指点着病历，带着情绪说："这个手术得开颅。你知道什么叫开颅吧，就是要把脑袋打开……"

说到"把脑袋打开"，医生咧了下嘴，做了一个刀劈瓜菜的手势。

这话把香丫炸了一下，香丫突然觉想到了玄武，躺在一捆玉米秸秆底下，半个脑袋都没了。她"啊"地发出了一声叫，一头朝医生撞去，医生没有防备，一下被香丫顶到了对面的墙上。

老宋把疯了似的香丫拉到了楼道里，拿出了手机。老宋气得直哆嗦，说："你们家还有没有明白人，快叫他们来。"香丫却还愤愤不平地嚷："死医院，死医生，还想把喜奎的脑袋劈开。我们不住院了，我们回家！回家！"

老宋细细看着香丫，脑子里突然闪过一个念头。老宋问："你真想让喜奎回家？"

香丫激愤地嚷："回家！"

瘸腿会计木着脸在重症监护室的门口站着，老宋看了他一眼，瘸腿会计一扭一扭地转身走了。老宋回到了医生值班室，对医生说："病人的家属来了，有什么事你们商量吧。"老宋也走了，他临走给了香丫2000块钱，说："你还是听医生的吧。"

救护车开进村里，把一村的人都惊炸了。喜奎被香丫强行接回家的事，很快就在村里传遍了。在香丫的坚持下，医院没能给喜奎开颅。在医生的坚持下，喜奎又在医院观察了三天。在医院的几天里，香丫每天不吃不喝不睡，就那样不错眼珠看着喜奎。开始，医生护士背后都叫她傻子，都取笑她。后来，傻子那样的称呼就叫不出来了。主任早晨查房，看见香丫抱着喜奎的脑袋坐了一宿。主任很吃惊，赶忙让香丫放下。说来也怪，喜奎就在这个时候把眼睛睁开了，问香丫："你怎么把我放下了？大宝二宝呢？"

香丫赶紧说："他们在家呢。你都睡了好几天了。"

喜奎有点不好意思，淡淡地笑了下："我做了很多梦，梦见的都是你和大宝二宝。"

香丫趴在喜奎的耳朵根上说："医生想把你的脑袋劈开，我没让。"

两个人你看着我，我看着你，叽叽笑了。

喜奎突然想起了什么，往身上摸："发工资了，有4000多呢。"

香丫嘎嘎笑着说："早给你交药费了。"

喜奎说："我身子底下有点硬，还是咱家的炕好。"

香丫说："那咱就回家。"

香丫去找主任。主任是个老太太，她管香丫叫大宝贝，说这时候病人出院会很危险。可在香丫的脑海里，却没了危险的概念。她不喜欢医院，她在这里总是很焦躁，很惶恐。主任也没想到喜奎这么快就醒了过来，这简直是个奇迹。她拍了下香丫的脸说："你真是个有福的人，我行了一辈子医，像喜奎这样的情况都没遇到过，靠自身的能力恢复得这么快，看来是天不灭人。"三天以后，主任签字放行，香丫口袋里连一分钱也没有了。主任给联系了救护车，说自己的亲戚家用，你们就别收钱了。

村里人从香丫家里出来都摇头，说喜奎这一条命，怕就这样让香丫耽误了。他们还是不看好喜奎，喜奎时而清醒时而糊涂，有时连大小便都不知道。村里人都劝香丫把喜奎送回医院，香丫不依。香丫说："喜奎在家里我放心。"

"你放心有个屁用！"隔壁的二嫂首先恼了。她一直在犹豫这件事要不要告诉喜奎家里人。二嫂征求喜奎的意见，喜奎坚决不同意告诉家里。喜奎老家就一个老妈和一个光棍哥哥，家里一贫如洗。百余里的山道，他们除了着急啥忙也帮不上。

二嫂去给喜奎做工作，说："还是去医院吧，你年纪轻轻的，路还长着呢。"

喜奎对二嫂说："有香丫呢，不怕。"

二嫂狠狠地骂了句："这一对土鳖！"

晚上的时光显得那么漫长，一家人都静静的，连点声音也没有。大宝二宝一左一右守着喜奎，大宝抱着棋盘，二宝拿着折纸。二宝折了鸽子给喜奎看，问："爸，认识这个不？"喜奎说："鸽子。"二宝又折了只鹤，喜奎这回想不起来了。二宝就教他："鹤。"喜奎吐不出这个字，有点烦躁。二宝又赶忙折了只会蹦跳的青蛙。喜奎这回笑了，说我儿子真是有本事。

大宝则把棋子放到喜奎手里让他摸，没人陪大宝下棋，大宝很寂寞。大宝用这个方法给自己排遣寂寞。这个是"将"，这个是"帅"。喜奎有的能猜到有的猜不到。摸得久了，喜奎能猜个八九不离十。香丫坐在灯下痴痴看着这爷仨，看困了，就打发两个儿子回屋睡觉。

　　香丫的娘家是当庄的，母亲患了脑血栓，父亲用轮椅推着母亲过来看喜奎，父亲母亲帮不上忙，都着急得抹眼泪。香丫却是笑逐颜开，快嘴燕子似的告诉父母："喜奎这就快好了，他都会吃东西了。"喜奎喝了一点粥，是香丫亲手熬的，米粒都不怎么烂。香丫也有辙，把米汤喂到了喜奎的嘴里，米粒都留给自己和孩子吃。喜奎第一次吃香丫做的饭，喜奎吃得很有感觉，不禁用手摸了摸香丫的脸。做下一顿饭，香丫就知道先尝尝米粒软硬再出锅了。

　　香丫每天都要做好几顿饭，做了这样做那样，想起什么做什么。哪样做了，都要先喂给喜奎吃。有的喜奎能吃，有的喜奎根本吃不下。喜奎若吃不下，她就再去做别的。香丫这一天，琢磨的都是做饭的事。她过去不琢磨，琢磨也琢磨不会，她过去就会串门子数扁担，全庄的新鲜事没有她不知道的。眼下，香丫没了依靠，却像突然开窍了。比如，她第一次把米饭蒸得水不多不少，面条擀得薄薄的，切得又细又匀，让大宝二宝高兴得敲桌子，说我们的妈快变成七仙女啦！香丫还把肉剁烂煮熟喂给喜奎，把菜熬成菜汤。有一天，二嫂过来看喜奎，说老母鸡的鸡汤才有营养。香丫就满世界去踅摸老母鸡。眼下村里的人家少有养鸡的，但有些老年人会养几只。香丫在大宝二宝的帮助下，在大堤上把一只老母鸡捉到了手。她提着鸡翅膀去找主人，说这个母鸡可以救喜奎的命，问人家要多少钱。人家还能说什么呢，只能说，既然能救命，就拿去吃吧。

　　转过脸去，鸡的主人就说，这哪像个傻子。言外之意就是香丫会占便宜。

　　把母鸡变成鸡汤的过程，复杂而又艰辛。第一只母鸡是二嫂帮助收拾的，从拔毛，到开膛破肚，到下锅，香丫每一步都看得仔细。第二只母鸡，也是香丫找来的。有第一只母鸡垫底，第二只母鸡的主人也没好意思要钱。香丫宰杀的时候，扑了一身一脸的血。母鸡脑袋掉了，还挣扎着跑出去十几米远，一头扎进了柴火垛里。香丫坐在那里哇哇地哭，有人问她哭什么，她说母鸡可怜。

　　在罕村，几乎家家都有人过来看喜奎。过去他们也没咋挂心过这户人家，不知从什么时候起，来看喜奎就成了种荣耀，香丫就成了所有媳妇的榜样。他们提来了罐头、点心、水果、营养品。后来不知谁送来了一只母鸡，就有更多的人提着母鸡上门来。一只母鸡来到香丫家里，"噗"地下了一个蛋。香丫把热乎乎的鸡蛋放到了喜奎的手心里，喜奎感受到了鸡蛋的温度。喜奎说："新下的。"

香丫高兴地说："对，是新下的！"

吃不完的母鸡，香丫就把它们圈起来，让它们下蛋。母鸡都特别体恤香丫，这只下那只也下。香丫给喜奎蒸蛋羹，第一次蒸的比石头还硬。喜奎吃了一口，就把碗推开了。第二次，香丫就能蒸得松软可口了，她到处打听怎么能把蛋羹蒸得好吃。很多村里人都奇怪，香丫过去是有名的"傻子"，怎么喜奎出了场车祸，倒把她的"傻病"治好了呢？

也有人说，有神暗中帮衬。看香丫的脸，放光呢。

香丫是我的堂妹。

我七岁那年的一个早晨，看见叔叔怀里抱着一个包裹肩上扛着一把木锨从远处走来。我跑过去问叔叔抱着的是什么，叔叔说，你小妹。叔叔又自言自语说，我以为她死了，谁知她又活过来了，命真大。叔叔家的小妹得了大脑炎，头天晚上就已经病得不行了。叔叔早上想抱出去掩埋，走到村西的榆树行子，叔叔正在挖坑时，躺在地上的小妹突然蹬了一下腿，哼了一声。叔叔又把她抱了回来。

抱回来那天，叔叔说，就叫香丫吧。

有的生命天生就有一种顽强的姿容，喜奎当真一天一天好了起来，他又能去木器厂上班了。只是人消瘦了很多，两只眼球咣里咣当。关于喜奎的童话，村里人津津乐道了很长时间。他们说，喜奎沾了香丫的光，才留下了一条命。他们都很好奇，不知道喜奎怎么会有这样的造化。他前世欠了香丫的，这世来还债了。村里人都这样说。我也很好奇。我去看了喜奎一次，那家简直进不去人，到处臭烘烘乱糟糟的。我很想说香丫几句，转念一想，又咽下了。那两张笑脸温暖而洁净，四目相对时温润如玉。香丫开的那一"窍"，后来又关上了。有天我开车回老家，在桥头见到了香丫，她正在那里等喜奎。香丫见了我很高兴，说："二姐回来了？"我问香丫做饭了没有，香丫得意地说："喜奎回来给我做，我不会做饭哪。"

倒车镜里映着香丫矮墩墩的身子，我一点一点将距离拉长，直到看不见了——这是十几年前的情景。如今，香丫已不在这世上。大家都说，她被神接走了。

那条街上窜着许多车子，谁都不给谁让路。

原载《长江文艺·原创》2024 年第 6 期

鸣山日

钟求是

第一日

到达鸣山村已是下午的尾部，阳光有些松软。村干部老郑站在村头小桥上，迎接的胳膊从几米外便送过来。我的手被他的手握住不少于一分钟，才被热烈地松开。然后他转过身，指着村舍村景说："就是在夕阳中，村子的颜值也是好的。"

嘴里能说出"夕阳""颜值"的村干部，不会是潦草的村干部。这样的村干部打理出的村子，自然也不会是潦草的村子。事实上，这几年鸣山村的声名已有些昂扬。声名昂扬的支撑点，是它像村又不像村。说它像村，是因为它本来就是个村，没法不是个村。说它不像村，是因为它离昆城中心挺近，渐渐养成了眉清目秀的样子。所以这次省作协派遣作家下村蹲点，我没有犹豫就选择了鸣山。我觉得，鸣山会是个有故事的村子。

果然，晚上一起简单用饭时，老郑一瓶啤酒下去，嘴巴便兴奋起来，积极推销村子里的高端人士：一位在蛋壳上绘画的技师，一个烟嗓子的鼓词艺人，一名花样百出的糕点师傅。老郑说："他们都是有故事的人。"老郑又说："他们都上过报纸，对采访什么的挺熟络。"

正是因为他们上过报纸，又习惯了采访，我的兴趣便凑不起来，口中的应答也有些迟疑。老郑看出了这一点，也没法多说什么。

晚餐之后，我在村里一家民宿住下。对我来说，这个晚上还有许多时间，不能老待在房间里。我出了门，先打量一下周边房舍，又沿着河边走一段路，顺脚拐进一家名号叫"凤茗小苑"的茶馆。我想独自坐一会儿，想一想接下来的采访切入口。

茶馆不大，有几处分散的雅致茶室。我在一间茶室的布艺椅子上坐下，要了一杯红茶。正等着上茶，手机忽然响了。点开一听，是一个陌生的声音，先问您是钟作家吧？又说若有空闲，我想跟您聊聊。呵，看来毕竟是村子，消息容易串通。好在那嗓音有点沧桑，听上去不轻浮。我觉得不应该拒之，就把自己眼下的所在位置告诉了对方。

过了片刻，门口身影一晃进来一个人，六十多岁的样子，形体有点瘦高，脑袋有点前倾，半白的头发似儒似野。不过他在我对面坐下时，脸上的神色是腼腆的，有些打扰人的不安。我给他点了茶，心里生出一些好奇。他说："我知道你，咱们昆城出去的作家。"似乎为了证明自己的话，他报出了我几篇小说的篇名——这或许是临时做的百度功课。他又说："我还读过你的一篇文章，写昆城早年街上的事。"我笑了，说："你知道我这么多，我还一点儿不了解你。"他松一松脸，说了说自己。原来他就是鸣山村人，年轻时考上师范学校，之后在外县乐清做中学美术老师，前几年退休便回来了。

随后他慢慢地搓一搓自己手掌，说："听说你来鸣山找故事，我想我兴许可以试试。"我说："刚才你打来电话，我心里已窃喜了。"他点点头说："在村子里待着，能说上话的人很少，我觉得你能听懂我的事儿。"我说："咱们可以是闲谈，慢慢聊。"他说："你在这儿待几天？"我说："好几天呢，有的是时间。"他说："那好，我慢慢聊，如果你不想听了，我就打住。不过嘛……"我说："不过什么？"他说："你得上点儿水果瓜子，让我的嘴巴不至于太单调。"我呵呵笑了："必须上水果瓜子，我得成为一个名副其实的吃瓜听众。"

在这个初来乍到的晚上，一个美术老师就这样意外地坐到我的跟前，开始了他的讲述。

哦，先说说我的名字吧，姓范名化加。父亲小时候读过几年私塾，在村子里算是有点文化的，就给我起了这么个名儿，也不知什么出处。"化加"的发音在昆城话里没啥毛病，上了学变成普通话，就成了"画家"。画家太洋派了，同学们起哄似的一叫唤，让我很丢脸哩。不过也许是一种暗示吧，我不知道啥时候喜欢上了画画儿。先是捧了连环画看，在作业本上学着涂来涂去，后来偷来几支粉笔，在地上涂，又在墙上涂。村里的老墙上要是出现难看的粉笔图画，那一定是我的杰作。

我这个年龄呀，儿童少年都搁在了"文革"里。那会儿学校上课少，下了课野得很，什么出格的事都干过。不过毕竟是村子嘛，又穷又枯，玩不出大花样。我最乐意做的事就是去昆城镇里，在街上东张西望地走一走。

说起来鸣山村离城里也就五里地，现在撒个腿散个步就到了，当时可得坐轮船去，或者沿着河边小道走出一身汗，反正没那么便当。越是不便当，越觉得城里街上的事好玩儿。

当然后来我的世界慢慢变大了。先长大一些，我去了城里的城东中学读初中。又长大一些，去了在城南街的万全中学读高中。高中毕业时，赶上了高考。那时候高考真是一条窄道呀，比河边小路还窄。我考了三年，离录取分数线还差着一里远。第四年捡起画画儿改考中专，没头没脑学一阵子，倒顺利考上了乐清师范美术班。当时能上中专也了不得，至少在鸣山村，那可是不小的荣光之事哩。

我为啥说这些呢，因为得布好故事的背景。我做了一辈子的教师，老泡在校园里，生活经历不多可也不少，要掏出来说，那够讲上一阵子的。不过因为不靠着这个故事，都可以省略掉。现在呀，我就从年轻时代跨过来，直接来到不久前的日子。

大约三个月前的一天，我在村子老屋里待着，突然来了一位三十多岁的年轻女人，样子洋气，言语客气，能讲有点怪异的昆城话，也能讲不够流畅的普通话。她说自己叫丽莎，刚从意大利飞来，费了点周折才找到我的。就这几句话，我马上明白了——来人是月燕的女儿。再打量一下她的脸，母女俩还是有几分像的。我傻了几秒钟，问她，你妈让你来的？她点头说，我妈弥留时说了一些话，让我来找您。我说，你妈故去有些日子了对吧？她说，快四个月了，本该早点来的，因为有事拖了下来。

对了，月燕是月亮的月，燕子的燕。这个名字挺平常，不过有女人味儿。她也是鸣山村人，跟我是小学同学和中学同学。别的不说，我们在教室里就一起待过好多个年头。之前她在意大利威尼斯开了一家中餐馆，做了不少年，攒下一些钱，也攒下一身累。两年前她被查出了肺病，带癌字的肺病。可以想见，这样的病少不了治疗呀折腾呀，可她终究没挨过来。

那天坐在旧屋子里，我跟丽莎聊了不少话。我小心地问，你妈让你找我，得有具体的事吧？丽莎说是的，为了画儿的事。我不吭声了。其实我也猜到是画儿的事，可一时吃不准，不知道怎么应答。丽莎说，我能感觉得出来，妈妈这几年心里还算敞亮，就是因为有那些画儿。我说，她有心情喜欢那些画儿……即使在病中？丽莎点头说，如果没有那些画儿，妈妈的心里会很堵，堵得一片黯淡。我说，可是……可是关于那些画儿，这些年我没得到你妈的任何信息。丽莎说，这些年您不也是不递送任何信息嘛。

丽莎嘴里的"那些画儿"正是我画的。这十来年，我每年给月燕寄画儿，一年一张，算起来整十张了。但我光寄画儿没附上文字，像丽莎说的，不递送自己的信息。我觉得呀，不附上文字也没关系，因为画面上的内容就是鸣山村，她看得懂。

我是 2013 年开始画鸣山村的。人到了一定岁数，就会特别惦记自己的老家，挡也挡不住。那年暑假，我不知怎么心里一动，很想回鸣山画画儿。之前偶尔也有回来，但没想过把村子的景物往画面上放。这次动了念头，我往村子里一走，发现不少村景挺入画的。于是那个夏天呀，我就一直待在村子榕树下画油画儿，连着画了好几张。

对了，得插进来说一下，我在学校教素描写生，教色彩默写，教场景速写，反正都是往高考科目上靠，但在心底里喜欢的，还是油画儿——教室内与教室外，我分得清楚哩。我底子不厚，天分也不够，成不了好画家，可拿起油画画笔呀，心里总归是愉快的。嘿嘿，有了这一点，我觉得自己就是够格的画家。

噢，还得插进来讲几句，我们村里有好几棵大榕树，树龄有几十年的，也有几百年的。最老的也是块头最大的一棵，有五百多岁了，但最聚人气的还是年轻的那棵，因为刚好长在村中心的河边。记得小时候的夏天，村人们都待在这棵榕树下乘凉闲谈。所以那些天我坐在树下或河边画画儿，脑子里时不时走出以前的往事。几张画儿画完，我还是挺满意的，然后就想到了月燕。她在意大利已经许多年了，应该快忘了老家模样。如果在画上见到眼下的鸣山，她心里也许会晃动的。这么一想，我就决定挑出一张寄给她。当然我也知道，月燕心里有坎儿，一直记恨鸣山也记恨我，但时间过了这么久，心里总会松开一些吧。

我找了中学同学，辗转拿到月燕在威尼斯的地址，把油画儿寄了过去。至于文字信函，我也细细想过了，觉得还是不写好。一是真不知道怎么写；二是我寄画儿的目的不是追忆旧情，而是让她看一眼现在鸣山的样子。我甚至没把自己的详细寄址写上，为的是月燕也别费心思怎么个回信。不就是一张画嘛，寄了就行啦。

我没想到的是，寄了一张还会想寄第二张，因为鸣山的村景用一幅画是远远装不下的。我更没想到的是，村里这些年不停地变样儿，每来一回都会找到很入画的新景。所以那次之后，我每年暑假都要回来待上一些天，认真画几张画儿，然后拣出最满意的一张给月燕寄去。到了三年前退休，我干脆把村里老屋子重新收拾了，一个人回来正式住下。

那天丽莎坐在我的跟前，不断讲到我的那些画儿。她讲的一件让我伤感的事儿，是月燕去世前一个月办了一个展览。之前月燕把那十张画儿收在柜子里，想看了就拿出来一个人看看。此时她让女儿把画儿裱上，一张画儿一个木框，然后分别挂在客厅里、书房里、卧室里。她家是个别墅式房子，不算大也不算小。一个周六上午，月燕打起精神化了妆，把在威尼斯的亲戚朋友都请了来，说是一起聚餐，其实是看展览。她引着大家在房间里移步，从第一张开始，一张一张看过去。在每张画儿跟前，她都要讲上几分钟，回忆小时候的事，又点评画面上的村景。亲戚朋友不禁好奇，问这都是谁画的。月燕说，是中学同学，这画家是我的中学同学。大家就夸奖，说画得好，这河边村景有点像威尼斯呢。月燕便高兴，脸上有孩子般的快活亮光。

其实月燕的高兴是虚弱的。她的身体在一天天坏下去，有些撑不住了，像是收到了时日不多的预通知。她搞这样的画展，是以特别的方式与亲友们做一次告别。

丽莎说完这件事时，我沉默着，嘴里发不出一点声音。但我眼睛不是沉默的，有一丝泪光在闪动。丽莎看出这一点，嘴角多了微笑。她说我挺好奇，这几年我一直挺好奇。我问你好奇什么？她说，我觉得我妈和您的关系有点怪。

我犹豫一下，然后轻叹一口气，说咱们在村子里走走吧。随后我就领着丽莎往外走，走了一段路，来到那棵大榕树底下。我说，当年这儿呀是村里的闲聊中心，许多人在树下乘凉说话。我又说，不过如果不是夏天，那么到了晚上，这里就没人了。

停一停，我指着大树的旁侧，慢慢地说，就是在一个春日的晚上，我和你妈在这儿拥抱了，而且还……接了吻。丽莎微微一愣，马上平静了。她说，范叔，这不是不好的回忆，我理解的。这一天，她是第一次叫了我范叔。但我摇摇头说，在那个年代拥抱接吻意味着什么，你不能理解的。

噢，钟作家，我好像有点激动，嘴巴也有点累了。我讲的事儿还早着，嘴巴已有些说不动了。如果可以，我明天晚上再来接着讲。什么？有没有那些画儿的照片？有的，十张油画都在我手机里存着呢，可以发给你。你先看一眼，我呢也在脑子里捋一捋故事。

第二日

上午醒来已有些晚，光线大好。用过迟到的早餐，我决定在村里细走一圈。

昨天与村干部见面，拿到了一些资料册子。册子上说，鸣山村因山得名，却三面环水。山只有一百多米高，但形似伏虎，颇具威势。水是塘河，从远处蜿蜒而来，轻轻绕住村子，就添了柔媚。威势加柔媚，自然让村子生出不少味道。

这种好的味道，似乎散发在村道两边。左边便是河水，水面不宽不窄，恰好能看清对岸屋子的窗口。右边则是含着新意的旧舍店面，一路走过去，遇到的是馄饨工坊、梦创版画、回生堂、鸣山印象、清莲阁、非遗严选、华辰银铺、黄隆泰、平阳糖画等等。光看名号，就能闻到生意中的一股文气。房墙上还能看到光鲜的文字，"千万工程""千年古村""仁义是金"之类的。

到了那棵榕树跟前，我脑子一边闪回着老范的故事，一边上下左右打量一番。此树高达二十余米，枝干错综，绿叶浓密，树冠在空中展开，显得相当壮大。榕树的周边有一座小桥，更有一片开阔的水面，似河又似湖。问了旁人，这水面叫莲池。池水之上有一架风轮形状的水车，很是醒目。

我记起老范给的油画照片，其中一张就有水车的身影。打开手机一看，果然没错儿。这幅画儿题为"莲池水车"，画面上有池水，有莲叶，有水车，背景则是伏虎山和一角蓝天。这样的景色放在哪个村子，哪个村子都会豪迈得意的。

得此启发，这个上午我对照手机里的油画，去找相应的村景。我找到了文化广场，上面铺有八卦图案，旁边有两头石狮子。接着一处是老院子，砖木结构的二进四合院，门台好看，上写"小隐庐"，画面就是从大门口切进去的。随后找到的是一条老巷子，两边旧色围墙，中间一条石路伸进去很深，这样的画景象是简单，却是能勾出儿时回忆的。少不了的是一座石桥，一半树枝一半桥身，旁边还有一个人在垂钓。

最后我还找到了码头旧迹，一眼望去，河水慢慢流淌，岸边码头设了石栏，往里一些立着一排房子。移到画面上，则天地照应，河水倒映着白云，码头已成寂寞，旁侧的房子显得墙白瓦黑。这个画景，题名为"埠头时空"。埠头即小码头，是昆城人的旧时叫法。这四个字有点用心，竟让我恍惚一下，引出了小时候坐轮船的印象——赶船的匆忙、远行的喜忧、船舱的热闹、鼓词的唱腔，这些是所有昆城人的早年记忆。我在心里感叹了一声。

此刻我似乎也明白了，这些村景油画在一个远离故乡的海外人士眼中，会扯出怎样的回忆和对比。何况她是一个女人，有着足够的绵长与细腻的回想能力。有意思的是，这位叫月燕的女人还跟村子、跟老范结了怨恨。这让人觉得有些稀奇。

因为稀奇，就有隐隐的故事惦记，时间过得便不够快。晚餐我去馄饨工坊，吃了一碗馄饨和两只小包子，味道不错。快到约定时点，我去了茶馆。

昨晚的包间还空着，我坐到原来的座位上。过一会儿，老范来了。他今天穿了一件黑色 T 恤，胸前有不规则的白色艺术图案。这让他显得年轻一些。

我说了白天找画面村景的事。老范脸藏羞涩地一笑，做了个捧掌致谢的动作，然后他呷一口茶，接上昨天的话头。

昨晚说到我把丽莎领到大榕树下。那是个下午，刚好树下没有闲谈的村人。我就和丽莎坐在那儿，聊起了许多年前的事儿。

前面说过，我跟月燕是好些年的同学。小学一起在鸣山学堂，坐在一个教室里。后来去城东中学念初中，不在一个班但教室紧挨着，每天放学一块儿走河边小道回家。到万全中学上高中，又分到了一个班级。李白有一首诗，说骑竹马、弄青梅，又说同居长干里、两小无嫌猜，讲的差不多就是我们的情形。

那时候好玩的事还真不少哩。下了学走在河边小道上，她喜欢去摘油菜花野菊花什么的。我呢爱打水漂，拿着小石子甩出一串弹跳。有时见到一条主人不在的小船，就偷偷解了绳子，坐上去往河中间乱划。要是赶上快要下雨，就一路慌跑，顺便还会摔上一跤。嘿嘿，这种事没法多说，一说就太占时间了。

我还是往故事中心靠吧。哦，就是初中毕业的那个夏天，我们在家正闲着，突然听到一个消息：昆城来了一位年轻女华侨，穿的衣服特别洋气又特别怪，每天晚上会在街上逛一圈。

月燕虽然长在村里，却从小爱美。听到这个传言，她挺好奇的。好奇了大半日，就禁不住拉我一起去看个稀罕。那天吃过晚饭，我陪她往镇子里赶。到了街上，人来人往的没看到什么异样。等了一会儿正有点失望，忽然响起兴奋的声音"来了来了"，只见街道那头走来一堆黑压压的人——一位高个子年轻女人和一个女伴走在前边，后面跟着一大群看热闹的小孩儿。大人们也想看上一眼，就停下脚步站在街旁。那阵势像是好玩的游行，又像是什么公主在出游巡视。

那位年轻女人穿着白色的真丝短袖上衣，下穿一条浅黄的奇异裤子：紧紧裹住臀部，大腿笔直，再往下则散开，像一把扫帚。当然了，后来都知道了这叫喇叭裤，是国外正在流行的款式。可那会儿是 1976 年，我们只有十六岁。

十六岁的月燕站在 1976 年的昆城街上，看着一位华侨女子穿着喇叭裤从眼前走过，心里一定是吃惊的，甚至是暗暗羡慕的。那个晚上回村子的路上，我们在暗黑中走着，月燕不怎么说话，但我能感觉出她内心的不平静。

那天我把以前的事讲到这儿，丽莎"噢"了一声。丽莎说，怪不得我妈讲过一句话，自己的出国动力是因为一条喇叭裤，原来是这样。

其实丽莎只说对了一小半，更重要的情节我还得往下讲呢。那个夏天之后，我和月燕一起去上高中，在一个教室里待了两年。对了，那会儿的高中学制就是两年。毕业参加高考，班里考上的只有两三个人，我和月燕平时成绩都挺一般，落榜了也没啥失落的。我又复读了两年，看看此路不通才转到美术上。月燕只复读一年，大约觉得无望，便去了城里一家印刷厂上班。那时候高中毕业生也算鲜亮的，一般不会窝在村子里。

我们俩分开之后，才感到缺了对方挺不好的，于是时不时约着见个面，聊聊各自的近况什么的——哦，主要是在周末回村的时候。就是说，之前两个人太熟了，让同学关系盖住了男女关系，眼下不在一起，才意识到在情感上是很需要对方的。此时我们的身体和心理也长开了，虽然没挑明什么，但心里已认了对方。嘿嘿，这方面当然也有不少细节，我不想多说啦，说了挺费口舌。

时间过得快，转眼已到了 1981 年的春天。此时正是备考的紧要日子，我在家埋头练习素描和色彩。有一个周六，月燕递来话儿，晚上八时两个人在榕树下见面。晚饭后挨到点儿，我拿着手电筒悄悄溜出门，到了树下河边等一小会儿，月燕也来了。这天她穿得有些特别，上身是一件垫肩的粉色薄衫，下身穿着一条上窄下宽的紫色裤子。月燕到城里上班后呀，穿着越来越翻新，但这样的服装还是让我吃了一惊。我把她引到旁边，就着月光又上下打量一遍。月燕说，看明白了吧，这叫喇叭裤。对的，那是喇叭裤，也是时隔五年之后我第一次见到的喇叭裤。月燕问，我这么穿着好看吗？我说，好看是好看，就是裤子颜色有些跳，粉色上衣配蓝色裤子比较好。月燕说，范化加你什么眼光呀，这是喇叭裤，紫色是时髦色。我说，可是色彩书上提到粉色和蓝色很搭配，最好还要浅蓝色。月燕说，范化加你这个书呆子，我看你今年八成还是考不上。

一提考试的事，我就有点心虚，不吭声了。月燕说，如果今年又考不上，还接着复读吗？我说，也许不了，我不能老花父母的钱，我也要上班去。月燕说，你要是上班了，咱们在昆城镇上又可以在一起了。我说，我要是上班了，拿到第一个月工资就给你买礼物。月燕问，什么礼物？我说，一条浅蓝色喇叭裤。月燕就乐了，用拳头捶我。

嘿嘿，钟作家，事隔那么多年，我自然记不得当时的准确对话了。刚才这么说着，只是大概的意思。反正那个晚上月燕和我情绪都挺好，说着说着引出了兴奋，天上又有大半只月亮陪着，两个人就抱在一起了。我昨晚说过，这是我们第一次大胆的身体接触。我当时是又心动又慌乱，不过慌乱之中，脑子里仍跑过一个念头：还是要考上学校吃上官饭，将来给月燕更好的日子。

一段时间之后，考试有了结果，我美术终于过关，文化课也过了线。虽然是中专，也让我欢喜上了天。那些天月燕也跟着高兴，还帮我一起填志愿书。其实我的艺术考试是定向的，就是乐清师范学校，跑也跑不了。

我只是没想到，特别高兴的事反而是危险的。后来看到古人一句话，"忧喜聚门兮，吉凶同域"，我很同意。这事情呀，还是出在月燕的喇叭裤上。

原来那些日子不少人对喇叭裤有看法，认为拉链开在前方，属于"不男不女"，屁股绷得太紧，属于"乾坤颠倒"。尤其是大城市，报纸上刊登了很猛的批评文字，不久又出现了剪裤行动。但年轻人的抵抗比较顽强，拉锯了一阵子，也就渐渐停息了。

可是村子比城里慢了半拍，此时正是村子的亢奋时刻。不知道是为了表示正确态度还是寻点开心，村里一拨人决定对月燕采取行动，因为她不仅穿喇叭裤，有时还戴上蛤蟆镜。星期日这天月燕回村，马上被叫到了大队部——对，那会儿村还叫大队。他们收走了她的墨镜，接着要对她剪裤。月燕在城里见过世面，当然也不会服软，对着他们反教育了一番。那一拨人有些羞怒，又没一个人愿意出头拿起剪刀，于是想到了我。他们知道我和月燕的关系，也捏准了我的软肋。

我赶到大队部看到他们在为难月燕，就挺生气。我问这是为什么，你们得讲道理。他们说，我们有标准，裤脚塞进去三个啤酒瓶，就得剪掉。他们说，我们还有标准，裤腿超过七尺的，必须剪掉。他们又说，我们刚才量了，月燕的裤子超过了这两个标准。我说，你们哪儿弄来的这些标准？他们说，化加你真是读书读笨了，连这些标准都不知道。

然后呢，他们中的头儿把我带到另一个小房间，讲了一些话，意思是你考上学校很不错，但毕竟还要盖上大队的印章才能通过政审。这个话把我说傻了，好几分钟愣在那里。其实后来我很快知道，这时上大学上中专不需要政审盖印了，但那会儿我脑子里全是慌张，怕自己手里拿着的好事"啪"地又掉地上了，要知道我已经考了四年呀。

在恍惚中，我和那位头儿走出小房间。月燕抿着嘴唇站在那儿，他们直接塞给我一把剪刀。我不敢看月燕的眼睛，只是瞧一眼她的裤子——今天她穿着一条浅蓝色喇叭裤呢。我镇定几秒钟，靠近月燕说，你配合一下吧，裤子坏了可以再买。月燕看一眼我，她应该看见了我不敢看她。然后呢我蹲下身子，张开剪刀剪她的裤管。夏天的裤子挺薄，我轻轻一铰便裂开了一截。他们叫道，再剪！我的剪刀只好往上一些。他们叫道，再剪再剪！我的剪刀只好又往上一些。在他们的叫声中，她的大腿都露出来了。这时我抬眼往上瞧，瞧见她脸上已挂了泪水。

噢，钟作家，讲起这些我现在心里仍然很难受。我知道，这种事得放在时间里看，那会儿村子还不开化，思想自然有些守旧。往大里说，这是那个年代的局限，现在早翻篇了。但有时呀细细想一想，我没法儿不恨自己，恨自己小农似的自私和懦弱。

那天之后，我再也没见到月燕了。不久我外出读书，少了当面请求谅解的机会。其间曾写信给她，都有去无回。毕业后在外县工作，联络又无法续上，心里似乎就淡了。过些日子，听到了她结婚的消息。再过几年，听到了她出国的消息。据说是男方亲戚给带出去的，之前她嫁给男方，也许已想到这个潜在的优势吧。

这次与丽莎见面，她简单讲了一些母亲出国的打拼情况。当初月燕和丈夫暂时撂下三岁的女儿，先去了意大利罗马，在亲戚的一家餐馆打工。干了三年攒下一笔钱，又向亲友借一笔钱，自立门户开了一家中餐馆。因为生意扎不了根，就转移到了米兰，还不顺利，又转移到威尼斯，这才稳住了脚跟。直到这时，丽莎好不容易被接了过去。

丽莎说自己过去已经十岁了，之前跟着爷爷奶奶一起过，也不叫这个名字。刚到威尼斯的时候，她觉得自己很孤独，因为不仅换了一个有点当地味道的名字，还失去了以前的同学朋友。那些日子她常常一个人在街上晃荡，好在威尼斯不大，父母也不用担心。她喜欢站在石桥上，看着小船从底下穿过。她还喜欢坐在河边，等着斜楼的钟声响起，一下一下地传过来。不少时候她会走到圣马可广场，看游人们喂鸽子。有一次一个男孩在脑袋上放几颗苞谷，等着鸽子飞来，他的父亲在旁边准备好了相机。可等了好半天，鸽子就是不来，这让男孩脸上出现了生气的表情。丽莎看到这一幕，禁不住哧哧笑了。这是她那时候难得的一笑。

丽莎讲完这些，问我有无去过意大利。我说没有呢，我这一辈子只出过一趟国，是学校组织的暑假泰国七日游。不过对威尼斯，我知道有个著名的电影节，有个著名的圣马可广场，当然了，我也知道那边有许多小桥和河水，是鸣山的扩大版。

钟作家，我说得有些远了，还是回到画儿上吧。丽莎讲呀，我的画儿第一次寄去时，她妈有些奇怪，但马上看懂了画面上就是鸣山。过了几年，画儿攒多了，她时常搁在长桌上一溜儿排开，慢慢踱过去又踱回来，好像老是看不够。大约五年前，月燕开始计划回国旅行，包括去看一看老家村子。也许因为比较忙，也许别的什么原因，这事到底拖下来了，然后遇到了疫情，再然后遇到了病发。

唉，说起来呀，月燕命中坎儿还真是不少。一些年前，她的先生，一个被餐馆困了大半辈子的男人，忽然看透了什么，拎着一只箱子离家出走，到一个叫圣马力诺的小国去独居，自此很少跟家里联系。我查过百度，那是世界上最袖珍的国家之一，坐落在意大利中部的高山上，全国公民只有三万多，比昆城的人口还少许多。他去那边独居，跟我回老家村子独居，显然是不一样的。月燕不知道这是为什么，一边苦闷着，一边还得支出双倍精力去打理餐馆。这也许是她身体撑不住的一个原因——噢，这一点是我猜的，丽莎没说这句话。

有点绕了，再说回来吧。丽莎告诉我，那次家中的画展之后，她妈身体很快虚弱下去。有一次躺在床上，她妈向她交代了后事，除了餐馆呀房产呀之外，特别嘱咐了一件事。就是因为这件事，她才飞了万里回国找我的。

到底是什么事呢？原来月燕希望在自己故去火化后，让丽莎捎一把骨灰回来交给我。她相信找到村子就能找到我。

这骨灰的事才是故事的核呢，不过今天讲不完了。嘿嘿，让我卖个关子吧，明天再接着讲。

第三日

今天是周五。在鸣山村，周五晚上有非遗夜市。

从资料上看，这几年不少非遗项目入驻鸣山，玩的有木偶戏、鼓词、蛋画、南拳、剪纸、制陶等，吃的有黄汤、姜茶、糕点、馄饨等。当然，既然是夜市，非遗之外的日常摊点也会借机进入。有人用一句网络用语点评鸣山夜市：聚拢来是烟火，摊开来是人间。烟火与人间相加，让这里成为一处"网红"打卡地，招引着周边城镇的活跃男女。

我在夜市闲逛时，眼睛有点忙不过来。河里有游船行走，岸边的红灯伸过去很长。两位女子在推销木偶戏里的头像，孙悟空和济公在她们手里上天入地。一位词师坐在树下甩板敲琴，嘴里送出一句句方言唱词。旁边小巷的上方挂着一批彩色灯笼，一对年轻情侣在相互拍照，见我来了，递给我手机让帮拍合影。路旁有一个小摊，摊主老婆婆截住我，主动介绍村子这几年的发展形势，介绍几分钟后，她成功地让我花五元钱买下一碗青草豆腐。

青草豆腐挺好吃的，有小时候的味道。我端碗坐在路边椅子上，边吃边打量闲逛的行人。一些行人走过去，一些行人走过来，那些红红绿绿的衣裳也在我眼前流动。尤其是女人们，穿得新潮而自由解放，好看而不拘一格。我忽然想，如果月燕未被病魔击败，回来看看鸣山街上的衣裳风景，心里会生出怎样的感慨。

也许可以这样说：一条喇叭裤，被时间的剪刀破开，现在又被时间的针线补上了。

我瞥一眼手机钟点，站起身沿着河畔往回走，踩着一路彩色灯影，过了那座小桥，慢一下脚步顺口气，进入凤茗小苑。

老范已在小包间，小桌上一壶二杯。我坐下来，说了声抱歉。老范说："你没怎么迟到，是我来早了。"我说："我在街上逛了一圈，看个热闹。"说着招来女服务员，添了水果和点心。

女服务员上果点时，我说了一句："外边热闹着，这里倒还是清静。"女服务员以为我猜疑生意清淡，应答道："先生，我们的特色是下午茶，楼上楼下两个大包间，白天也经常热闹着。"我说："对茶馆而言，热闹不应该是特色。"女服务员调整说："是的先生，我们的特色是下午坐在楼上，一边喝茶一边观赏河水。"我点头笑了一下。

女服务员撤出把门闭上。我问老范："月燕在威尼斯开的餐馆，应该也可以看到水面吧？"老范说："这个我没问过丽莎，还真不知道。不过在威尼斯，我想哪个窗口望出去都容易见到水的。"我说："威尼斯的水其实是海水，同样是水，威尼斯的水大，鸣山的水小。"老范说："再大的水也是由小水汇成的，就像是月燕闯了世界，但病逝时仍会惦记村子。"我说："你是说她捎回骨灰？"老范没有应答。我一笑说："老范你挺机智呀，一个拐弯就到了重点话题上。"

老范饮一口茶把杯子放下，脸上紧一紧，柔和的神情变得硬沉了一些。我明白，老范接下来的话语里将缺少轻松。

是呀，我今天聊的重点是骨灰。说实在的，那天听到丽莎捎一把她妈的骨灰回来，我没有吃惊。落叶归根嘛，活的身体回不了，换一种形式回来也行。说是要把骨灰交到我手里，这也不奇怪。月燕在村子里已没亲人了，她有一个弟弟，很早前就出去做小礼品生意，在外省买下房子，把父母也接出去了。在村里能办好这种事的，在她看来自然得是我。

不过要把骨灰处置好，也不是一件容易的事。当时我脑子里闪过几个念头：一是放在山上，可伏虎山太小了，眼下不让造坟墓，又只是一把骨灰，没必要另设一墓；二是埋在树下，在村里找棵树挖个坑，给树供了营养，也算是长在了树上；三是撒在河里，村子水秀哩，待在水中应该舒心，但村民们知道了肯定不高兴，这种事听着毕竟有点瘆人，再说河面上还有游船要做生意呢。

嘿，我想这些呀，真是想快了也想多了，月燕压根儿不是这样的思路。那天丽莎看着我的脸，慢慢地又轻轻地说，范叔，我妈的意思是想让您再画一幅画，一幅特别的画。我没反应过来，问什么特别的画？丽莎说，把我妈的骨灰掺到颜料里，画成一个作品。我愣了好几秒钟，脑子里像是打进一道光线。月燕的这个想法太出格了，但也太有想象力了。有了这样一幅画，月燕在天堂在他乡，都离不开自己的村子啦。丽莎又说，我妈还叮嘱，画什么内容由您选择，只要是村里的景色就行。说着她从身上掏出一只金色锦囊，放到我打开的手心上——这锦囊卧在我的手心呀，像是很轻，又像是很重。

钟作家，当时我心里有一股东西顶上来，顶得自己眼眶都热了。但我又不能在丽莎跟前掉眼泪，就硬是收住了。我对丽莎说，这事儿我答应了，我会把画儿画好！

为了让丽莎放心，我还讲了一件事。大约三个月前，我从中学同学那儿听到月燕病逝的消息，两个晚上没睡好，第三天上午，我开通了手机国际电话功能，然后拨了月燕的手机号。这个手机号我挺熟悉，每年寄画儿都要填一遍，可直接打过去还是第一次。不管听见谁的声音，我只想证实一下。可是拨了一遍又一遍，一遍又一遍，那头始终没人接听。那天晚上我又没睡好，做着很浅的梦……我梦见自己哭啦。

丽莎一听似乎也不平静了。她解释说，妈妈去世半个月后，手机就被收起来不再充电，因为打进来的电话会让人难过。随后她拥抱了我，说范叔谢谢您，我替我妈谢谢您！

丽莎跟我见面后，在昆城只待两天，便去了杭州、上海旅行，然后直接回意大利。算了一下，丽莎十岁离开昆城，现在也已经三十八岁了，但她长得年轻，活络又稳重，以后会有好日子过的。

丽莎走后，我开始琢磨画画儿的事，首先是怎么让骨灰入画。我查了资料，发现把骨灰制成油画也有先例，具体就是在骨灰中加入专用胶水和树脂，做成白色颜料，然后在画的时候拌进别的颜料。看来这一点难不住我。

之后的问题是画什么。我只想了小半天，便毫不犹豫地定下那棵榕树。以前我坐在树下画莲池水车、画小桥房屋，却没去画榕树本身，那不是没想到，而是觉得未到时候。现在这个时间点来了，似乎是一种天意。月燕说让我选择，我觉得呀，这就是她的选择。

榕树定下了，如何选取视角又是个问号。从日常的角度看过去，高大的树也会显得一般，没有艺术感。有一天我在树旁溜达，忽然看见一架无人机在空中飞着，就起了念头去跟手拿遥控器的小伙子商量，不久后，得到两张俯视榕树的照片。照片里是一团浓密的树冠，让人觉得陌生，月燕到时候见了可能也认不得的。

正苦恼着，我瞧见对面河岸停了一只小船，心里一动，就过了小桥走过去。我上了小船划出去一些，发现榕树在放低的视线中挺有感觉，既挺拔又沧桑，还倒映在水中。我"嗨"了一声，心想就是这里了。

我赶紧找到船主说好，每天租用小船几个小时。以后一些日子，我天天起得很早，拎着画架和画箱上了小船，离开河岸漂在水面上。开始我动来动去，小船有些晃动，眼睛也跟着有些晃动。后来习惯了，双腿站得很稳，三五个小时都不觉得累。待村里有了游人身影，我差不多把这一天的活儿干完了。

我大约花了四天时间在画纸上作素描，然后挪到画布上开始创作上色。这次我当然特别用心，把含着骨灰的白色颜料做配料，细细地拌入各色颜料，然后一层一层画上去。这个过程说起来有点复杂，打底色呀，做肌理呀，胖盖瘦呀，勾细节呀，反正跟你写小说一样也有不少技法。一层颜料描上去后，要等一天干了后才能接着画，这刚好适合我每天早上的干活时间。如此又过了五天，我画完了这幅画儿。

画完那天，我松了口气，晚上用饭时给自己加了两个菜和二两酒。我平常不喝酒的，只有高兴了才喝一口。那天我是高兴的。

当然啦，我也不是只有高兴。接下来是整个画面晾干的时间，这大概需要一个多月。我把画布放在小客厅里，打开窗户让空气流通。因为闲下来了，我愿意时不时在画儿旁边坐下，静静待一会儿。这时候呀我会生出一种奇妙的感应，就是觉得自己跟月燕挨得很近，近得可以安静说一说话。我的意思是说，我坐在那儿是沉默的，可我心里并不沉默。

对了，在画儿旁边坐着的时候，我还想好了作品标题——《时间之树》。按照习惯，我会把作品标题和完稿日子写在画布背面。也因为这个标题，我禁不住会想起很久以前的时光，教室桌子、河边小道、树下约会什么的，还有月燕坐轮船永远离开村子的场景。这个场景是我想象的，让人感到隐隐的伤感。是的，那些天除了高兴还有伤感。

我说得有点啰唆啦……反正过了一个月又多十天，画上颜料干透了。依照工序，我给画面刷上亚光油，这样能让画面保持质感，而且不会发生龟裂，就是龟背上那种裂纹。又过几天，我找快递公司打包空运，把画儿送了过去。丽莎收到后，特别高兴，在微信里说了不少话。她说要把之前的十幅画拿到餐馆去，挂在大厅和包厢的墙上，这样各国各地的游人来用餐，就能见到画上的景色——就是说，鸣山的房屋、榕树、河水以这种特别的方式到了外国人的眼睛里。而刚到的这幅画最重要，她准备挂在母亲原先的卧室里。这是对的，这样月燕就可以定了心，安安静静地跟老家村子待在一起了。丽莎还感叹地说了一句话："母亲的样子原来可以是树，一棵老家的树。"这话讲得多好呀，有点艺术感了。

我的故事差不多讲完了。对了钟作家，我把最后这张画也发给你，你看一眼，我先喝口水。

哦，你觉得怎么样，这画儿？我说过，我不是一个很好的画家，我只是一个够格的画家。你说什么？树河相映争绿，气象小里有大，又因为有故事做背景，显得沧桑且温暖。嘿嘿，这是当面表扬我呀，不过表扬也表扬得好，像一个作家的用语。

刚才我说故事差不多讲完，意思是还没彻底收尾呢。你再看看这画儿，上面全是绿色，除了大树和倒影，河水左侧还有莲叶的一片绿。这些莲叶放在画面上，让布局变匀称了。而且你注意到没有，莲叶的绿中有几点粉红，那是莲花呢。

记得当时……就是在小船上作素描的头几日，莲花还没开哩，所以我的脑子里只有绿色没有粉红。准备上色的那一天早上，我突然看见水面上有了莲花，虽然只有两三朵，却很醒目也很美。钟作家，莲花在六月初才开，而且是晨开暮闭，所以这是上天送来的"绿中之红"，我想月燕一定会喜欢的。

脑子里有了莲花，落笔几朵粉红当然不难。但那一天我有点发愣，总觉得自己得做一件什么事。想了一个下午，又想了半个晚上，我想明白了。这个明白让我心里稍稍有点激动。画到水面莲叶的那天上午，我用备好的小针刺破手指，几滴鲜血蹿出来滴在白色颜料上，变成了期待中的粉红。我用画笔蘸了粉红，点在莲叶的绿色上，一朵两朵三朵，还真是好看。

在那一刻呀，我做到了让自己和月燕待在一起。

第四日

依照既定计划，我将在今天下午坐高铁返回杭州。因为松了心，上午踏实睡了个懒觉。

临近十点，我才闲闲地出门，去村委会跟老郑道一声别。到了村委楼，见进出的身影不少。进了门，才知道有央媒记者马上抵达，一群人在做迎接准备，指挥者为披着一身汗的老郑。

老郑没有因为忙碌而忽略我。他坐到接待桌子后面烧茶，忙中抽闲跟我聊几句，又把工夫茶盅不时递送过来。我粗略说了近几日的收获，但未掏出老范的故事。老郑说："几天时间仓促了些，好在手机是全天候的，有啥不懂随时就问。"又纠正说："错了错了，不是不懂，是不知道的事。"我笑了说："我现在就有一个不知道的问题……咱们鸣山村有在国外的华侨吗?"老郑说:"在省外的人不少,有做生意的、当兵的、读书的,但在国外的华侨还真没有。"我眨一眨眼要说什么,想想先算了。这时屋外有迎人的声音响起,我不便再待着,与老郑握个手就离开了。

到了街上,想起也该与老范道一声别,继而又想,何不跟他一起吃个午餐呢。这几天老是喝茶,有点亏欠他,得用一杯酒做句号。这么想着,手机号已拨出去。老范接了电话说:"我故事讲完了,还见面呀?"我说:"就是想喝杯酒……你说过高兴了会喝一口,今天可以高兴一下嘛。"老范在那头嘿嘿笑了:"可我已离开鸣山了,要到温州待两天,办点事也买些画布颜料。"

我收了电话,不知道剩下的这段时间怎么打发,便沿着村街往前溜达。走着走着遇到一座小桥,就顺脚迈了过去。这几天老在河的北边活动,对岸去得少,现在正好可以补上。

其实河的南岸老房子更多一些,几条石板小巷也有点味道。天还是热着,我东张西望走了一会儿,身上的汗珠趁势而出。不爽之时,眼睛便积极寻找阴凉之处。嗬,这是一个敞开的小型院子,地上布着不少花草,里边是齐整的两层砖房,一块横匾写着"温州蛋画"四字,而透明门帘表示着内有空调。我快了脚步走过去,甩掉阳光进了门。

屋内原来藏着一个开阔大厅,中间摆了一张很长的桌子,旁侧是一个展示小区。一位老技师安静地坐在长桌前做活儿——他左手把着一只挺大的鹅蛋,右手用一支尖头画笔在细描。作为昆城人,我对蛋画并不陌生,但从未见过蛋画的生产地。我擦了擦汗,缓着身子在展示区巡走一遍,进入眼睛的是上百只好像文了身的蛋。

我在老技师对面坐下,问了一声师傅好。师傅抬一下头,说:"我姓叶,你叫我老叶就行了。"我说:"刚才我一进来,马上对上了……村领导老郑专门推荐过你。"老叶一边在蛋上画着,一边慢声说:"刚才你一进来,我就知道又来了一位采访的记者。"我说:"你不喜欢记者?"老叶说:"我不喜欢自己老说一些没意思的话。"我说:"呵呵,正因为不愿意听你说一些没意思的话,三天前我找了别人,然后听到了有意思的故事。"老叶目光从老花眼镜上方穿过来:"你找的别人是谁?"我说:"跟你一样也是画家,老范。"老叶收了目光:"老范能有什么故事,他大概只能提一提儿子和孙子。"我说:"他儿子很有出息?是干什么的?"老叶说:"看来他没说这些……他儿子在乐清一家公司上班,最大的出息是生了一个儿子。这样老范隔些日子就会去看看儿子和孙子,顺便跟前妻一起吃顿饭。"

我说："老范……跟妻子分开啦？为什么？"老叶说："早就分开了，得有十几年了吧。也不知道为什么，我想是日子过细碎了呗，过细碎了就容易过不到一块儿。"我说："那他们还能一起吃饭？"老叶说："老范前妻在儿子家带孙子，老范去了，也不能不管饭呀，他们又不是敌人。"我嗯嗯两声，心想这几天本该问问老范的妻儿家事，一不留神便滑过去了，不料在老叶这里获了信息。

我想一想，转过话题说："你知道鸣山村有在国外生活的华侨吗？"老叶说："我不是鸣山人，这个不太清楚。不过我知道昆城有不少人在国外讨生活的，欧洲美国的都有。"我说："欧洲哪个国家哪个城市？譬如有在意大利威尼斯的吗？"老叶说："我怎么会知道得那么多？我只是在蛋壳上画画的，蛋壳又不是地球仪。"我呵呵笑了，心里却飘起一点感伤：一个那么爱故乡的女人，却游离在了故乡人的视野之外。

老叶右手放下画笔，推一推眼镜，又将一将头发——他头发花白，在脑后扎了小马尾，看上去倒也清爽。我说："这蛋画是个有趣的非遗项目，入驻鸣山多久了？"老叶捡起画笔说："不说别人，我来这儿快两年了。"我说："蛋画挺费时间的，你一天能画几只蛋？"老叶说："你说东说西的……这算采访吗？"我说："我不是记者，所以不准备像记者那样采访。"老叶说："像记者又不是记者，那你到底是什么人？"我不想自生混乱，就简单讲了讲自己下村蹲点的写作任务，又总结一句："这么说吧，我是个故事搜集者。"

老叶平静地描着画儿："我就有故事，我的故事成色不错，一定比老范的故事好听一倍还不止。"我笑起来说："这个我相信，鸣山应该不止老范一个故事才对。"老叶说："一听这话就知道你并不信。"我说："我觉得我还是信的，谁的身上不藏着一部个人史呢。"老叶说："我这部个人史可不一样，说一句大话，不比电影上的差。有时自己静下来回想一遍，会难受得不行，又快活得不行。"我说："老叶，你很会撩人呀，你已经逗起了我的兴趣。"老叶说："你可别自作多情，我又没说把我的故事讲给你听，除非……除非你能证明自己的诚意。"我说："怎么证明诚意？"老叶说："我一天就画一只鹅蛋……你瞧瞧，是哪吒闹海。这只蛋友情价八百元，你如果愿意便掏钱预订买下。"我心里一愣，马上暗自笑了——老叶这种人复杂而不虚伪，值得自己去感兴趣。我没有二话，掏出手机去扫了付款码，屋子里响起"嘀"的一声。

老叶松开手中的蛋壳，仿佛这才认真起来："你真要听故事就晚上过来，白天我得干活儿，不然赚不了你的钱。"我说："行呀，晚上我在茶馆等你。"老叶说："去什么茶馆！就到我这儿来，咱们坐在院子里聊。"我故意说："院子里有蚊子吧？"老叶说："晚上嘛总得有蚊子，不过可以用蒲扇去对付。"我笑着说："有蚊子有蒲扇，天上应该还有星星月亮，这样一准聊得好。"老叶说："如果聊得好，我把八百元退还给你。"说着他调皮似的也咧嘴一笑。

我起身出门，走过院子穿过小巷，沿着河边往回走。到了那棵榕树跟前，我在石椅上坐下。已近中午的点儿，但树荫之下不算很热。我划开手机进入"铁路售票"，把回杭州的车票改签了。

我没有马上去用午餐，而是让自己的心闲一闲。目光之中，此时的鸣山村开朗清爽，像是没有任何秘密。但我知道，自己正埋伏在时间里。我下午要好好睡一觉，攒足注意力，然后等待着夜晚的到来，就像等待着人间秘事的到来。

夜晚之时，村子上空的星星和大半只月亮，不仅属于多年前的月燕与老范，也将属于院子里打着蒲扇的老叶。

原载《十月》2024 年第 2 期

春风凌乱

付秀莹

回芳村的路上，燕乔发来微信，哪天回啊。

燕乔跟我是发小，从小玩到大的那种。如今，她在县中学教书，我在北京瞎混。我们难得见面，平时联系也不多。但只要我回老家，她总要赶回芳村来，陪我说说话。私心里，我挺迷恋这样一种关系。确定的人，确定的地方，确定的友谊——生活中的不确定太多了，这点小小的确定，显得尤其难得，并且珍贵。不是吗。

照例是一干人等着，哥哥嫂子，妹妹妹夫，还有我八十岁的老母亲。早有孩子们通风报信，来了来了地喊着。大家都跑出来迎接。我心里惭愧，恨不能像个魔术师，立时三刻变出一车子礼物来。打发走出租车，他们过来跟我寒暄，仿佛我是远道而来的客人。嫂子哎呀一声，问我怎么又瘦了，太瘦可不好。女孩子到了这个年纪——话说半截，被我哥打断了，叫她去厨房看看，炖着肉呢。老母亲在人群里悄悄打量我，一眼一眼的。大半年不见，她似乎显得比先前瘦了，人也矮了，佝偻着腰，被高大结实的孩子们遮挡着碰撞着，又欢喜，又有点慌乱。我走过去，揽住她的肩膀，跟她贴一贴脸，她费力地挣脱开，有点不好意思，这么大个人了——

午饭颇丰盛，七个碟子八个碗，嫂子她们还在川流不息地端菜端汤。看架势，显然是待客的饭。老实说，我就怕这个。跟他们说过多少回了，甭费事，就家常饭最好——我在外头还吃不上呢。他们哪里肯听。看得出来，老母亲显得更为不安，甚至有点焦虑。她坐在饭桌的一角，不大说话，只是拿眼睛看看这个，看看那个，带着一种近乎讨好和歉疚混杂的笑容，还有暮年之人常有的茫然无助的软弱。母亲老了，说话做事，开始看儿女们的脸色了。当年那个风风火火性格强硬的辣椒嫂呢？屋子里弥漫着饭菜的香味，立式空调吹着暖风，电视柜旁边的那盆水仙开得挺好，白花黄蕊，散发出幽幽细细的香气。男人们另开一桌，喝酒划拳，吹牛斗嘴，关心着买卖和时局。女眷和孩子们就安生多了，吃菜，说笑，扯各种八卦。我从兜里掏出几个红包，给孩子们发压岁钱。一阵欢腾和喧闹声中，老母亲悄悄扯了扯我衣角，嘴角蠕动，似乎想要说什么，终究没有说出口。我拍了拍她的手背，叫她放心的意思。她的手干枯，瘦，秋天的棉花秸秆一样。我夹了一个肉丸子，放在她碗里。

阳光挺不错，明亮而和煦，给人一种模糊的混乱的错觉，仿佛春天已然来临了。五九六九，沿河看柳。今年春节晚一些，马上就要六九了。树木倒还看不出丝毫绿意，只是乡下的风里，似乎多了一些柔软湿润的气息。树枝微微摇动，也流露着温柔舒缓的表情，不似寒冬里那么冷硬倔强了。村庄静谧，偶尔传来一两声狗吠。

我们坐在院子里晒太阳，有一句没一句地说话。燕乔是午饭后赶来的。她穿一条今年很流行的米白色阔腿裤，咖啡色羊毛大衣。头发微微烫过，很随意地扎在脑后。她也说我瘦了，早先是圆脸，现在下巴颏儿变尖了。你看你这儿，这儿，就这儿——她摸着自己的脸，跟我比画着。我只是笑，不承认，也不否认。在北京讨生活，好比在荆棘堆里打滚儿。胖了或者瘦了，都是小事儿一桩，皮外伤而已。倒是内心里那些个沟沟坎坎，大窟窿小眼，旁人看不见的那种，才最是要命。不过，这话我没有说出口。不是不想说。问题是，即便说了，有什么意义呢。如人饮水，冷暖自知罢了。这是我自己的选择，并没有人逼我这样。当初，我也完全可以留在家乡的县城里，结婚生子，过一种衣食无忧的安定生活。像燕乔这样。我怎么就一根筋似的，一心只想着离开，一心只想到大城市去呢。是我自作自受，怪不得旁人。燕乔说，我倒是胖了，你看我这腰——看上去，她确实比上次见面的时候胖了一些。从小到大，她一直是一个清瘦的姑娘，长胳膊长腿，单薄到叫人担心。而今，人到中年，她倒出落得比年轻时候更好看了。丰腴，饱满，称得上珠圆玉润，有一种到了这个年纪才有的成熟韵味。看起来，她的生活颇不坏。至少，比我混得强多了。

嫂子收拾好碗筷，过来打招呼。端过来瓜子花生，又倒了两杯水，递给我们。水太烫，一时喝不到嘴里。我抱着杯子，在两只手里倒来倒去。燕乔呢，干脆把杯子放在地上。热水冒出袅袅白汽，在新春的风里迅速消逝。嫂子问起县城实验中学的事，好不好考，怎么报名，要哪些条件。侄子马上小学毕业了，嫂子想让他去城里读中学。燕乔耐心地给她讲解起来。可能是多年教书生涯的磨炼，她已经拥有一副很好的口才。我记得，小时候的燕乔，是一个少言寡语的人，性格内向，一说话就脸红，甚至，有一阵子，还有那么一点轻微的口吃。尤其是当她着急的时候，或者面对陌生人的时候，她的口吃会更加明显。什么时候，她口吃的毛病消失了？正月的阳光洒落下来，院子里仿佛铺上一层薄薄的金纱。天空是那种极浅的蓝，浅到发白，有几块云彩，一会儿变作一只狗，一会儿变作一匹马，变幻莫测。燕乔说的不是芳村话，也不是普通话，介于芳村话和普通话之间吧，夹杂着正式的书面用语，还有简洁有力的手势。她在讲台上应该就是这个样子吧。嫂子很认真地倾听着，不时点头，发问，眼神里满是信服和尊敬。嫂子，有啥事你就说话，咱都不是外人——我跟萍这么多年——小时候，我白天黑夜长在这院里——

我跟燕乔同岁，论生日，她还要比我小两个月。她性子温柔，安静懂事，不像我，出了名的疯丫头，顽劣淘气，什么坏事都干。在我母亲这里，燕乔是最受欢迎的。她的一句口头禅就是，看看人家燕乔——我是在多年以后，才似乎恍然悟出了生活的一些秘密，或者叫作命运的细微暗示。而今，几十年过去了，母亲也已经步入她的晚年，藏在她心底深处的那一句，恐怕还是这个吧。看看人家燕乔——当然，我怎么不知道，这是一个母亲的担忧。她那远在天边的闺女，漂泊在外，老大无成，并且，一个人，孤苦伶仃，并没有过上她想象中的理想生活。我该怎么安慰她呢。

哥的鼾声从东屋传出来，打雷一般。他又喝醉了。他总是这样。酒量不大，还挺敢端杯。耳根子又软，听不得人家一句劝。心眼儿呢又实，人家给一点好处，恨不能立时三刻掏心掏肺，割头换脑袋。难怪嫂子老骂他。我早就看出来了，在我哥和我嫂子的关系中，我嫂子属于强势的一方，处处压我哥一头。怎么说呢，嫂子是个好嫂子。芳村出了名的好媳妇。贤惠，能干，孝顺——这后头一条最是难得。不说别的，就凭人家给老刘家生下两个欢蹦乱跳的大孙子，坐定江山，绝不在话下。芳村有句老话，媳妇越做越大，闺女越做越小。早些年倒不觉得。这几年回来，嗯，确实不一样了。

午饭过后，人们都散去了。打牌的打牌，串门的串门。孩子们也呼啦一下子不见了。院子里的喧嚣热闹，仿佛也被他们统统带走了。地下零乱扔着橘子皮、花生壳、烟蒂，一只红气球被丢弃在那里，落寞地飘来飘去。老母亲颤巍巍过来，端着一杯水，往东屋去。又喝多了——一喝就多——絮絮叨叨的。我想过去帮忙，到底忍住了。对于一个年过八十的老母亲来说，给喝醉的儿子送杯水，该是一种无人能够剥夺的权利吧。

我们都停下说话，齐齐屏住呼吸，看着母亲小心翼翼地上台阶，一磴，两磴，三磴。等她终于稳稳当当站在东屋门口的时候，才都轻轻呼出一口气来。都老了——燕乔说，语气里混杂着感伤、悲凉和无奈的复杂情绪。不知道是感叹母亲她们这一代老了，还是感叹我们这一代也老了。你还好，一点都不显老。我说的是实话。当然，我的实话里也有那么一点修饰的成分。我不知道自己为什么会这样。在燕乔面前，我是不需要任何修饰的。是不是，这么多年来，我已经对诸如真实啊诚恳啊这些所谓的人类美德，变得越来越麻木了。我有点讨厌自己。我讨厌自己这种熟极而流的话术。脱口而出，几乎没有经过大脑，更谈不上发自内心。问题是，我怎么以前从来没有觉察到呢。燕乔看了我一眼，笑起来。这一笑，她眼角的细纹被骤然聚拢在一起，变得明显。饱满的两颊微微凹下去，被散落下来的两缕碎发巧妙地遮住。她的头发还是那么好，蓬勃而茂盛，在阳光下闪耀着健康的光泽。别看了——染的。她再一次笑起来。仿佛这是一件令人好笑的事情。我很记得，燕乔天生一头好头发，发量惊人，她常常为此苦恼。梳辫子要分四股，橡皮筋最容易弄断，洗头发呢更是麻烦——要用一个很大的脸盆，头发满满铺进去，黑油油一把抓不透。伏天里，须高高盘起来，免得捂痱子。她母亲常常不无担心地叹息，贵人不顶重发——在燕乔的头发这件事上，她母亲一直怀有很深刻的偏见。是啊，燕乔的头发确实过于茂盛了。她母亲把她的瘦弱单薄，统统归罪于她过于茂盛的头发。吃点东西，都让头发抢去了。这是她母亲的理论。还有一点，过于茂盛的毛发，总是让人产生过于丰富的联想，比方说，身体的某些部位。对一个姑娘家而言，这简直是一种羞耻。总之，少女时代的燕乔，为了自己一头过于茂盛的头发，吃尽了苦头。真的——我骗你干吗。燕乔说。燕乔的头发烫成细碎的小卷，一大蓬松松扎在脑后，令她看上去有一种慵懒的松弛的腔调，小城生活滋养出来的烟火气，家常而温润，叫人觉得和煦宜人。不像我。这么多年了，在外头跌跌撞撞，鼻青脸肿，浑身上下成天紧绷着，连睡梦里似乎都攥紧了拳头，仿佛随时随地就能身上长出刺、头上长出犄角来。我成天穿戴着厚厚的盔甲，化着严妆——不是为了美，而是为了，厮杀和抵挡、进攻和防御。然而，我最终得到了什么呢。

发现自己的第一根白发，是在去年。好像是个周末吧，早晨起来梳头的时候，看见鬓角有一根头发，半截已经白了。心里一惊。知道岁月这东西厉害，岂肯轻易饶过谁。后来，我又发现了第二根、第三根。我先还细心拔去，后来，白得多了，就渐渐失去了兴致。我不是不想跟时间对抗，我是不敢。时间这东西，谁能奈何得了呢。最是人间留不住，朱颜辞镜花辞树。自古以来，这样的感慨从来就没有停止过。何况我等碌碌之辈。这么多年了，我离开故乡，在别人的城市瞎混，幻想着有一天能够混出一点名堂来。有时候意气风发，有时候心绪低沉。有时候彷徨歧路，有时候又觉得人生有味，人间值得。总以为一生漫长，足够我挥霍。在故乡和他乡之间往返奔波，万千滋味，说不得。

然而，是从什么时候开始，我变得越来越不愿意回芳村了。奇怪得很。在外面倒不觉得。一回到芳村，我就深切地感到，我老了。我们正走在一条越来越短的路上，当然，你说越来越漫长也行。街上走着的年轻人，不认识的越来越多了。那些跑来跑去的孩子们，竟然没有一个能叫出名字来了。熟悉的老人，一个一个相继离开。每一回，当我提及某个人，母亲淡淡一句，他呀——早走了。我心下一惊，久久说不出话来。

你——还是找一个吧——燕乔说这话的时候，是小心翼翼的口气，还有一点不易觉察的迟疑。我没有别的意思。就是觉得吧，一个人，总归还是孤单。燕乔她为什么要解释呢。作为发小，作为一起见证过彼此童年和少年时代的伙伴，她不需要任何解释。尽管，在这件事上，我不愿意接受所有人的善意，或者叫作美意也好。没错。我年过不惑，还是单身。在芳村人眼里，我简直就是一个妖魔鬼怪，要么就是有什么问题。总之，我就不是一个正常的人类。在芳村，跟我一般大的发小们，都早已经成家立业，儿女成行了，有的甚至还有了第三代，当上了爷爷奶奶或者姥姥姥爷。我不愿意猜测，在这件事上，我的亲人们，尤其是我的母亲，到底承受了什么，承受了多少。慢慢来吧。我说。这种事，没办法。燕乔没有说话。她把手上的戒指摘下来，戴上去。摘下来，再戴上去。反反复复。仿佛这枚黄金戒指是一个魔咒，戴上它，就会"从此过上幸福的生活"。然而，摘下它呢——这么多年来，这是她第一次跟我谈到这个问题。她算是早婚。二十三岁吧。当然，在我们这一带，也属于正常。结婚，生子，有一份稳定的工作——当老师，是我们这地方能够想象到的最适合女孩子的职业了。她住在县城，跟村庄保持着千丝万缕的联系。娘家在芳村，婆家在田庄，跟芳村相邻的一个村子。她在这个熟悉的人情世界里往返奔忙，如大雁在天上，鱼在水中。我从来没有问过，她是不是快乐，也不知道，她对自己的生活是不是满意。我的意思是说，我自己混成这样，有什么资格对别人的生活指手画脚呢。阳光从燕乔背后照过来，可以看见她脸颊上细细的绒毛，被镀上一层薄薄的金色。她的耳垂圆润可爱，近乎透明。还有下巴颏儿上那颗美人痣，在光影交错中显得俏皮生动。有那么一瞬间，我就恍惚了。仿佛眼前还是那个一头浓密发辫的小姑娘，被大人的梳子弄疼了，噘着嘴，眼睛里含着泪花。不知为了什么，却又笑起来，笑得弯了腰，笑声清脆，在时间的深处激起迷人的回响。阳光静静地照下来，我们坐着，吃花生，喝水。花生是自家种的，拿细沙炒过。水是白开水。我们这地方，大多没有喝茶的习惯。老实说，我挺享受这种感觉。两个人，安静坐着，即便是不说话，也不觉得尴尬。风悠悠吹过，一点凉意也没有。暖阳之下，有一种时间静止、地老天荒的错觉。我这是怎么了，一回到芳村，我怎么就变得软弱了。

我哥的鼾声忽然停止了。东屋里传来砰的一声。母亲受到惊吓，瑟缩地看了我一眼，又小心翼翼看一眼东屋。东屋挂着丝绒门帘，大红底子，上头绣着莲和鱼，是连年有余的意思。我朝着母亲笑笑，叫她放心。她坐在廊檐下，离我们不远不近，安静地鼓捣她的那些干菜。燕乔也看着我，眼神里滑过一丝紧张。没事。我笑。我知道，这是每次回来必须上演的一出。没有这一出，我的回乡就算不得完整。这么多年，我都习惯了。东屋里隐约传来争执声，极力压低了声音，依然能够穿过门窗，穿过那幅寄托着连年有余的美好心愿的大红门帘，传到院子里来。母亲显然变得惊慌，她已经顾不上她的干菜，坐直了身子，警觉地盯着东屋的门帘。我用目光安慰她，不让她过去看。不痴不聋，不作家翁。我怎么不知道，这是一场无须劝说的战争，不见硝烟，莫名其妙地开始，莫名其妙地结束。每次回来，必定上演。我想，很可能，我就是那个唯一指定的观众，或者，叫作裁判，你叫作事件终结者也行。无论是主动或者被动，他们通力合作，演了这出好戏，给我这个远方归来的不孝女看。我不知道，他们是不是对我的困境知情。也许，他们，尤其是嫂子，根本不相信，我在外头混了这么多年，真的是两手空空。没有房子，没有车子，没有钱，甚至，连个像样的家都没有。那我还瞎混什么呢，这么多年。很可能，我的那种死要面子活受罪的做派，打肿脸充胖子的臭毛病，容易给他们造成某种错觉。燕乔渐渐变得松弛下来。从她的表情看，她似乎也明白了一些其中的奥妙。以她的聪敏明慧、人情通达，还有什么她不知道的呢。说过的。她在城乡之间往返，事实上，她自己就身陷在世俗人情的大网之中。她比我懂得太多了。小时候，玩过家家，她总是扮演那个当家的女人。做饭铺床，抱孩子做家务，内政外交，她都能搞得定。从那些童年游戏中，她就已经显示出某种过人的禀赋。这么说吧，燕乔她是世俗生活的胜利者。不像我。我是在经受了这么多年生活的锤打之后，才慢慢悟出了一些道理。比如，东屋的这场没有硝烟的战争，以及东屋门帘上的莲和鱼，它们之间某种不可言说的关联，千丝万缕，只能一点一点细细拆解。

燕乔的电话响起来，铃声是任素汐的《大梦》。正月的阳光下，在芳村的老院子里，听这首歌，有一种百感交集的感觉。身边是迟暮之年的母亲，还有一生下来就认识的发小。东屋的鸡零狗碎，此刻也显得那么甜蜜，甜蜜而悲伤。这平凡而琐碎的人生，叫人爱不得恨不得、爱恨交织的生活呀。燕乔接电话，不知是不是出于习惯，把身子略略向外倾斜了一下。日光下，她的影子落在连接院子和屋子的台阶上，被一段一段截开，歪歪扭扭，却富有某种韵律。她微笑的时候，下巴颏儿有点双，可是奇怪得很，她的双下巴挺好看，有一种中年妇人才相配的雍容。阳光从她的背后穿过，她的头发蓬松柔软，每一根都被勾勒了灿烂的金边，星星点点，金丝银线，有点雾鬓云鬟的意思了。她的咖色大衣敞开着，露出里面的米黄色毛衣，胸脯饱满，微微显出一点小肚子。她饱满的胸脯，微微凸出的小腹，她的双下巴，她眼角的鱼尾纹，还有她右手无名指上那枚金戒指，让人觉得亲切有味，甚至于，让人隐隐生出一丝羡慕，我不想说出嫉妒这个词。没错。我一直在微笑着，我为我的发小，我的多年老友而喜悦，可是，我得承认，内心深处，我是感到有那么一点点嫉妒了。岁月偷走了她很多。然而，生活到底还是给予了她更多的馈赠，或者叫作补偿也好。我这是怎么了？我为什么总是想起当年那个清瘦单薄的小姑娘呢。有点口吃，说话的时候，眼睛亮晶晶地看人。阳光照在我的背上，暖暖的，熨帖温柔，包容万物，给人一种强烈的抚慰感。强光下，我轻轻闭上眼睛。无边的黑暗包围了我，还有一种骤然降临的微微的眩晕，世界仿佛在安静地旋转，旋转，耳边似乎有轻轻的鸣叫，夹杂着燕乔说话的声音，嘈嘈切切，然而也安宁妥帖。就这样大睡一觉多好。大睡一觉，醒来发现所有的一切，不过是一场大梦。电话那头应该是燕乔的丈夫，他们在说孩子上补习班的事情。燕乔叮嘱丈夫去接一下，别让他老玩手机。燕乔说我在萍家——跟你说过的——我睁开眼，燕乔冲我挤挤眼，小女孩一般，仿佛我是她的同谋，我们共同拥有一个不为人知的秘密。没事吧？我说。耽误你接孩子了。燕乔说，让他接去，正好让他干点活——老打麻将。关于燕乔的丈夫，我知道的并不多。就像燕乔对我的生活，也不见得有多少了解。我只知道，燕乔的丈夫当过兵，从部队转业到地方，在县城里工作。他们有一个儿子，正在读中学。这样的家庭，在县城里，算得上不错的人家。稳定、富足、体面，脱离了农村，而又跟乡下血肉相连。燕乔是她父母的骄傲，这种骄傲看得见，摸得着，骗不了人的。不像我，说起来在北京，可是，天知道在北京干什么。混来混去，到现在还没有混上一辆车——当然，房子也没有混上，只不过人们看不见罢了——更要命的是，连个家也没有。这个你还不能跟他们辩解，婚都没结，怎么能算有家？我常常乱想，在母亲眼里，尤其是，在哥嫂眼里，这么多年来，我是不是越来越成了一个不便提及的话题。这个让我日思夜想的家，我还能轻易回来吗？

正月里，白天到底还是短的。太阳一点一点收敛起它的金色光芒，淡淡的雾霭悄悄升腾起来，村庄沉浸在薄薄的暮色中。院子里有点冷了，杯子里的水也早已经变凉。我请燕乔到屋里坐，燕乔说不坐了，她还要回家去看看她母亲。我没有挽留。我已经占用了她一个下午。她的儿子、她的丈夫、她的母亲，都需要她；正月里，她肯定还有很多家务琐事要应对。燕乔说，她母亲不知道她回芳村来，他们原来约定的是明天回来。东屋的门帘一动，嫂子笑眯眯出来，热情地留客，说晚上包饺子，现成的肉馅儿。你们难得见面，好好说会子话——燕乔说，今天就不麻烦了，下回再来吃嫂子的饺子。夸嫂子的羽绒服好看，气色真好，还是那么年轻，不知道的，还以为是萍的妹妹呢。嫂子欢喜得不行，脸上红扑扑的。两个人加了微信。嫂子说，孩子上学的事，少不得麻烦你。燕乔说不麻烦，不麻烦。笑眯眯的。

燕乔家早先跟我家不过隔着一户人家，后来搬了。她弟弟盖了新房，仟在村子西头。她母亲跟她弟弟一家住。我眼看着她开着车飞快地向村庄深处驶去，汽车扬起淡淡的尘土，又慢慢落下来。天边的晚霞已经消失了。夜风吹过树梢，发出细碎的声响。门口的大红灯笼亮起来，暖融融的灯光，照着大门上的春联。又是一年春草绿，依然十里杏花红。门上贴着门神，怒目金刚，威风凛凛。母亲咳嗽一声，喉咙里发出一声类似于叹息的无意义的声音，蹒跚着往回走。此时，太阳早已经落山了，暮霭淡淡，笼罩着田野和大地。远处的树木变得模糊，只能看出大概轮廓。而夜晚的村庄越发幽深，幽深而安静。我正要抬头看有没有月亮，燕乔的微信来了。萍，好好的。都好好的。一个拥抱的表情。

嫂子的饺子不错。猪肉白菜馅儿，是我们芳村最家常的吃法。我得承认，这么多年了，吃过千奇百怪各种馅儿的饺子，我还是最好老家这一口。你说怪不怪。

晚饭后出来，站在院子里，抬头看见天边的月亮，月牙朝上，细细弯弯的，金色镰刀一般，在蓝黑色的天上静静悬挂着。繁星点点，稠密极了，在头顶闪烁。那么远，那么近。而夜风浩荡，新的春天已经降临人间。

原载《花城》2024 年第 5 期

脚　趾

辽　京

一

　　米豆出生的那天晚上，狂风暴雨，产房里有种嗡嗡的响声，像蜂房——在记忆中很像，护士的声音、医生的声音、别的产妇的声音，在记忆中掺杂在一起，像隔了夜的酸奶麦片那样混合、凝固，形成一种全新的质地，像果冻，像慕斯蛋糕，或者别的又凉又甜的食物。我醒来时饥饿难耐，疼痛已经忘记了，消失得彻彻底底，我忍不住把没扎针的那只手背抬起来吸吮，尝到甜和咸和别的形容不出的味道，有那么一刻，我把自己想象成一大块蛋糕。太想吃蛋糕了。

　　总是形容不出，痛也说不出，太复杂了。连绵不绝的痛像连绵不绝的、层层叠叠的远山，一山更比一山高，一晃而过，像噩梦的片段。当痛停止，痛立刻就不真实了，人就是这么健忘。我们叫她"米豆"，米豆满月那天，我终于吃到了想了整整一个月的杞果慕斯蛋糕，纸盒揭开，哇，上面坐着一个穿白色蓬蓬裙的小女孩。这是米豆还是我？

　　都是，秋晨说。秋晨是米豆的爸爸。我一口吞掉奶油做的小女孩。

　　米豆的满月宴是我喜欢的形式，来的都是同学朋友，一个长辈也没有，米豆只醒了一小会儿，喝完一瓶奶后，就睡着了。她和她的婴儿床匹配极了，就像我与那把哺乳椅子一样匹配，后来那椅子变成了秋晨最爱的座位，他喜欢把一罐啤酒摆在扶手上，不止一次地在忘情欢呼的时候碰倒啤酒，泼洒一地，幸好我们早把地毯扔掉了。刚搬来的时候，我照着家居网站的样子，买了两三块小地毯来装饰这套狭窄的公寓，很快它们就变成灰尘的集纳地，布满可乐、果汁等留下的斑斑点点，谁该清理地毯成为经常争论的由头。于是在一个星期天的早上，天气晴朗，当我们抬着其中一块准备去楼下掸灰尘时，直接把它抬到了收集装修垃圾的地点，一间水泥房子，铁门半开半闭，我们默契地把地毯扔进去，像做了贼似的拔腿就跑，边跑边笑。我们把三块地毯全部扔掉，直接躺在茶几旁的地板上。秋晨说，米豆。我问他在说什么，他说，他好像看见一个小女孩，穿着白色的裙子，坐在秋千上荡着，对着他微笑，他管她叫米豆。

米豆就是那天到来的。

秋晨和我，我们都相信宿命，他的观念大多来自抚养他长大的奶奶。他奶奶说，人的命，天注定，还给他讲过许多因果报应的故事，他转述给我听，我听着听着就犯困，要睡着了，梦里留一个故事的尾巴，总之是大快人心，跟我妈妈的故事截然不同。

我妈妈的故事要悲观得多，更零碎，缺少主题，也没有结局，她总是絮絮地说道，那男的跑了，王子跑了，海盗跑了，山贼跑了，阿里巴巴跑了，你爸爸跑了。我不懂什么叫跑了，好像是从什么危险的地方逃了出去。可是我妈妈并不危险，相反她非常安全，她总是轻声细语。在家里没人跟她说话的时候，她时常愣愣地望向虚空，好像那窗帘，那柜橱或者墙壁有什么值得看的。其实，我宁愿她看我，我在变化，我在长高，我比那些死物好看多了。她看我总像看一片天边的云，她用一种阅读的目光看着我，好像我脸上写着明日天气。

你脸上沾着什么东西？

有时候，我跟她说话，说两三句她才回过神来。我猜想我妈妈另有一个世界，一个比和我在一起有趣得多的世界，我爸爸是从妈妈的哪个世界逃走的，还是一个问题。他的离开非常干脆、突然、毫无预兆，他留下的空洞一直回荡着风声。对我来说，这件事情的前因十分缥缈，后果是扎扎实实的。我对新认识的人，总说我父亲已经死了。少些羞耻。

时间一长，我猜想他是真的死了。我妈妈似乎也有这种期盼，他不回来，那么他还是死了的好。她没有说出口，我也没有，这句话像餐桌上的灯光一样笼罩着每一顿饭，糖醋排骨，他死了，芹菜炒肉，他死了，西红柿炒蛋，他死了，凉拌木耳，他死了，我吐出木耳，怎么都嚼不烂，所以他还没死透，就像木耳没熟透。

其实我妈妈很擅长做饭，我每次想起她，总是想念她做的饭菜，她纵容我挑食。我跟秋晨第一次约会，去一家当时很受欢迎的美式餐厅，叫奶奶的厨房，奶油蘑菇汤好喝极了。那餐厅现在已经不在了，变成了舞蹈工作室，一群人成天在里面蹦啊蹦啊，他们都不用上班吗？真幸福。

秋晨怀念的是他奶奶家的厨房。我们去吃饭的时候，他就一直说他小时候的事情，他爷爷当年是战斗英雄，他说"英雄"这两个字的时候，一脸天真，他爸爸也是，他爸爸是为了救溺水的人而去世的，对方轻生，最终获救了，他爸爸却死了。对方的父母赔给他家一大笔钱。

这不公平，我说，想死的人死不了，不想死的人却死了。

他一脸惊讶，好像他从没想过这问题，没想过公平不公平的问题，好像除了见义勇为，这件事没有第二种解释了。为了安慰他，我告诉他，我爸爸也死了。他等着我讲我爸爸到底是怎么死的。我没有接着说，而是接着喝双耳杯装的奶油蘑菇汤。他看着我，等我喝完，等我告诉他一切细节，就像他对我讲的那样，毫无保留。

他死了。我又重复一遍。

直到我们结婚，他也只知道这三个字，像一个巨大的锅盖，盖住我家庭的过去，谁也别揭开那盖子。我躺在产床上的时候，我妈和秋晨都在外面，他们在聊什么，我忍不住想象他们在聊什么，想象可以使我遗忘当前的痛苦。她又在诉苦吗？她总是诉苦，讲述她生产时的麻烦，全是我造成的，最后护士用钳子把我夹了出来，导致我的头骨不对称。在我半岁以前，她用一册《现代汉语词典》给我当枕头。那本词典我上小学的时候还在用，扉页上写着一个人名、一个地名和一个日期，用黑色钢笔写下的，显得珍贵而郑重，他的词典，他的女儿。这本书使我的后脑更歪了，她归咎于我睡觉不老实。

最后还是基因获得胜利，长大的我拥有一个形状完美的头颅，和照片里的我爸爸一模一样。现在我躺在产床上，头发蓬乱，心怀怨恨，黑色的人名像蝌蚪浮现眼前。这么多年过去了，窗外，深夜风雨大作。我想象那疾风暴雨是为了我，庆祝也好，愤怒也好，悲伤也好，总之是为了我，这种自高自大使痛苦也染上了不一样的色彩，使痛苦有了含义，有了内容，有了标题，单调的痛苦变成了有声有色的痛苦，我成为身在痛苦中的女人，像有一束光打在我脸上。汗水在反光。

我们叫她"米豆"，她小小的。秋晨说是"绿豆"的"豆"，我想，不是，是"豌豆"的"豆"，是高高的床垫之下那粒硌人的豌豆，那就是我，我用我女儿的名字纪念我自己。我妈接过米豆抱着，审视着婴儿，用愉快的口吻说，她的脑袋一点不歪。这评语像一束明媚的晨光，好像她把过去统统都饶过了，因为这新生的婴儿，一切都不重要了，一切都可以重新开始，我望着我妈妈如同望着月亮。

她又掀起护士裹好的襁褓，婴儿的双腿微微蜷着。我知道她在看什么，月亮熄灭了，鬼魂在我们之间游荡。她想看我女儿的脚有没有遗传我爸爸的特征，右脚长了四根脚趾。我有正常的双脚，我女儿呢。我妈妈盯着我女儿的脚，突然数了起来，一、二、三、四、五、六、七、八、九、十，呀，正好。我想我出生的时候，她是不是也这样数着。睡意涌上来，梦好像也生了一双脚，梦里我追着梦在跑。

米豆出生的第三天，我妈妈就离开北京回家去了。米豆五个月的时候，我妈又来看我们，她要去沈阳参加一个同学女儿的婚礼，顺路在北京住两天，想买几件衣服。她是在读大专的时候认识我爸爸的，我爸爸从来不参加这些旧友的聚会，跟任何人都没有联系，当年他走的时候，只留下一张字条，告诉我妈妈他到广东去了，那年月广东对我妈妈来说，只是地图上的两个黑字。我妈妈猜想他如今一定落魄了，不愿意见人。这是她的猜想，或者她的愿望，她用快乐的语气说这些事，而我想象的是有一天清晨出门，天寒地冻，遇见一个乞丐，向我伸出手来，我把早餐钱给了他，浑然不知那就是我的亲生父亲。

我在日记里写下幻想，后来发现日记本的锁被开过了，就不再写了。有一天我妈妈一边炒菜一边问我，你怎么不写日记了？我惊讶于她的天真，又天真又冷酷，又冷又暖，又远又近，我的脚趾在棉拖鞋里蜷缩起来。我妈妈让我把菜端到茶几上。

她做饭，做菜，吃饭，吃菜，我妈妈说，生活中有那么多美好的事情值得记录。她会运用一种咏叹调式的语气，放慢语速，提高声音，好像她面前的黑暗中有一双眼睛，她的话不是说给我听，而是说给看不见的命运听。吃饭的时候，她总是慨叹命运，在家里她像个哲学家。我跟我妈妈的日常生活绝对不会陷于琐碎庸俗，因为她时时刻刻都在对人生进行总结，或者展望未来。有一次她说，你要学会爱人，我以为她被什么人拉去保险公司或者传销组织了。原来她在看一本讲情感心理的畅销书，书页边上密密匝匝地写了读书心得，她把那本书拿给我，让我看看，大概是日记事件的后续。我也让你看我的嘛，有什么大不了。

那本书我一页也没翻开。我妈妈的表达总让我感到尴尬。她一写字，就变得温情起来，像一个陌生人。我上大学的那几年，她很少打电话，却常常写信给我，她对我倾诉许多事，细腻、敏感，一花一草的凋零都令她感怀。她常引用诗句和歌词，写长长的优美的婉转的句子，甚至有排比句。透过这些字迹我能看见她，透过回信她能看见我吗？我的字写得很丑，我妈妈说我缺少练习，她总是一针见血地指出我身上的问题然后飘然离去，有时候她说字如其人，有时候又说我的字写得像我爸爸。

她并不避讳谈起他。她讲过那么多遍，以至于我相信我能一眼认出他。他飘浮在我们生活的上方，高于餐桌但是低于天花板，就在吊灯的位置，因为缺席而显得特别明亮。我妈妈一提起他，就像打开一盏灯，他无处不在。

你像你爸爸啊，她说。直到有一天我忽然明白，她总是提起他，并不是因为旧情难断，而是因为我，我的脸总在提醒着她。当米豆到来，我一下子明白许多事情，我从米豆脸上看见秋晨，造物真是神奇。我妈妈则低头去数米豆的脚趾，仿佛那是我与她共同沾染的羞耻。

二

米豆上幼儿园了。"十一"假期，我妈来看我们。秋晨搬到客厅沙发上去睡，把卧室留给我们。晚上，米豆躺在她的小床里，早早睡着了。我妈妈走到窗前，向外望一望，说，你们这里高是够高，但是没有视野。我的窗户正对着邻居的窗户。

我已经躺下了，我妈妈还没睡意，她说今天坐了一天车，骨头都松散了，一下子睡不着。灯都关掉了，只留一盏昏暗的床头灯，她坐下来，睡衣在肚子上堆出一些皱褶，说，你爸爸回家来了，我跟你说过没有？他生病了。又说，我不是跟你要钱，我们暂时不缺钱。

米豆轻轻呼吸着，是这房间里唯一的声响。忽然间那个飘浮的形象变得具体了，他既没有死，也没有变成乞丐，而是如此无聊，居然是一个再普通不过的负心汉故事，枉费我妈妈这些年伤春悲秋、纸短情长，真是不配。

如此平凡，还不如死了，我想。米豆梦里翻了个身。我妈妈也躺下来了，我听着她的呼吸，想起从前无数次我们躺在一张床上，我安慰她，告诉她我将来一定有出息，会好的，她在黑暗中听了那么多遍，最后还是给他打开门来。

虽然没有明说过，我一直觉得，我有义务让妈妈得到幸福，父债子偿，大约是这个道理。现在她不需要了，我感到一阵轻松，又深深地失落。秋晨在外面走动，去卫生间，他大概还没睡，坐在地板上打游戏。我想这件事要是告诉他，他会如何反应，一个死人突然从坟墓里爬出来了，记忆的坟墓。

我妈妈在我家住了两天就要回去，说放心不下你爸爸，那语气就好像爸爸从没离开过家，好像我应该完全理解，不需要任何解释。秋晨非常震惊，他不明白我为什么要说爸爸死了，我告诉他我觉得这样更有面子，比我和我妈被他抛弃了好听些。

那又不是你的错，秋晨说。

轮到我感到震惊，不是我的错，不是我的错，我被一种温暖洞穿了，照亮了，他一秒钟就发现的真相，我用了快三十年才到达。我妈妈喜欢说"抛弃"，好像我和她都是垃圾，是旧物，或者别的什么冗余的东西，我必须极力证明自己是有用的，证明一切努力都有意义。被父亲抛弃的母女自立自强，最终过上了好日子，从前的我一直没发现这套逻辑中有什么问题。

他的归来使我妈妈和我成了笑话。在北京住了几天，她给爸爸买了新衣服、新鞋子，让秋晨送她去高铁站。我和米豆送她到汽车边上，看着车门关好，车窗摇下，她冲我们挥挥手，笑容灿烂，曾经的痛苦和眼泪像一场演出落幕了。米豆扬起她的一双小手，她很喜欢姥姥。夜里，秋晨握住我的手，像捏着一片秋叶。我哭了，觉得自己是一个巨大的笑话。我以为她在受苦，其实她是在表演受苦，一个演员一个观众的表演，现在她不演了。只有我傻傻的，从头到尾深信不疑。

不是我的错，我抱着这句话像抱着一只羽毛枕头，渐渐睡着了。早上米豆爬到我们的脚边。她很快就长大了，我妈妈说，你要珍惜和孩子在一起的时间，大约又是从鸡汤文章里学来的废话。她兴起时就发长长的信息给我，眼睛不好，现在不写纸信了。

米豆的手指轻轻按压我的小腿，这是她叫醒我的方式。当她长大一些，我把手放在她的腿上拍打，她也会立刻醒来，笑着投进新的一天。米豆精力无限，当她的词汇量越来越多，话也跟着越来越多，她念出每一个物品的名字，在衣柜门上贴她赢来的奖励贴纸，幼儿园老师都喜欢她。她是灼热的，她像秋晨。

每天早上，我送米豆去幼儿园，然后走一段路，搭地铁上班。我们结婚的消息在公司里瞒得严严实实，不然至少一个人就要离职。秋晨时常和办公室的女同事说说笑笑，唯独对我严肃有加，仿佛一种暗地里的情趣。怀孕生子当然是瞒不住的，但是没有人知道对方是秋晨。有时候我会不自觉地流露出一些生活中的小习惯，比如把手搭在他肩膀上，他立刻就笑起来，我便把抚摸变成重重一击，含着一点点年轻男女之间的调笑之意，但是绝不会超出一般同事的氛围。关于孩子的爸爸，我编出一些故事，两地分居，等他调回北京，我们就能团聚了。

在工作的地方，没人探问许多，在他们看来我是一个很不容易的年轻妈妈。我告诉同事现在是我妈妈帮忙带孩子，实际上我们请了一个小时工每天去接米豆，做晚饭。经济压力不小，不过勉强维持，千万不能失业。秋晨很少和我一起下班，总有一个人需要加班，大部分时候，是我急着赶回家，替换小时工，她后面还有别家要做。有几次实在太晚，回家时只剩米豆一个人在家，晚饭摆在桌子上，小孩趴在客厅的地板上画画。

一家三口是最常见的主题，偶尔也有一些相熟的小伙伴入画，或者花、树、星星，繁杂凌乱的线条朝着各个方向飞去。我把米豆抱进餐椅里，给她戴上围兜，如果她要求听故事，就用手机播放一段儿童故事，常常我也听入迷了。秋晨很少晚过十点回家。极少的时候，他回来时我和米豆都睡着了，我常常拍哄着米豆，哼着歌，自己也睡意沉沉。秋晨会轻手轻脚地进来，把灯关掉。非常普通的、正常的、完整的生活。

我妈妈偶尔提起我爸爸，但是她没让我跟他建立任何直接的联系，我也没有要求见面或者通话。秋晨倒是提过几次，被我打断了，他就不再提起，我认为没有人有资格和我谈论原谅、和解或者诸如此类的问题。

含着恨意生活，人就会获得一种主动权，轻飘飘地俯视一切。春节前我妈妈问我是否回去，说你爸爸想见见你，他身体很不好，字句中有种哀恳。我还没回复，她就把我爸的微信推了过来，说你们可以先聊聊。

先聊聊嘛。她说。

于是我拥有了一个电子化的爸爸。一开始他发长长的一段话给我，大意是好的，是表达善意的。他不提当年为什么离开我们，也不说为什么突然回来，他的语气仿佛一个正常的父亲，仿佛从未离开过。他问我要米豆的照片——我甚至还没想好是否要与他和解。

秋晨在这件事情上先我一步。他迅速地接受了我爸爸仍然在世的事实，觉得自己有责任先打个招呼。在我爸爸和我说第一句话之前，他们差不多成了朋友，秋晨能和所有人交朋友，他可以跟见过面的，或者没见过面的，现实或者虚拟的所有人打交道，仿佛内置了某种程序，根据对方输入的信息给出最恰当的回应，他怎么做到的，是一个秘密。秋晨和我爸爸的关系也像一个秘密，直到他有一天随随便便地提起，爸爸想来看我们，我才意识到一些东西在我周围慢慢生长，而我浑然不觉。

爸爸？

是你爸爸。

微信里那个？

米豆把一块青椒吐了出来，吐在带凹槽的塑料饭兜里。她和我一样讨厌青椒，秋晨就经常做青椒，他觉得口味也是需要练习的。口味、感情，或者别的什么偏好和情感，都是需要练习的。米豆每次咽下一块青椒，都会得到一小块她爱吃的苹果。今天，没有苹果了。

你练习，你做到，你得到奖赏……我想这算不算一种专制。秋晨笑了，当然他是一个好人。婚后几年，我已经不再拒绝青椒，或者我已经把厌恶当成不得不接受的必然。米豆也会和我一样，她会从自然的天性中解脱出来，成为一个，用秋晨的话说，具备优良品性的人。我时常觉得他不像这个年代的人，好像有一个老人透过他在讲话。或许是一百位，重重叠叠的苍老的脸孔，在秋晨身后的阴影里，他是他，他又不是他，我仿佛可以通过他与一些看不见的人交谈，他们的声音合在一处，构成低沉的背景。秋晨说，你应该见见你爸爸。

为什么？

他毕竟是你爸爸，他还活着呢。这句话不是秋晨一个人说的，是秋晨背后的那些恍惚的人影，那些累积下来的时间和血脉在说，整齐地，大声地，他毕竟是你爸爸。如今他也做了父亲，一下子就懂了——一定是有不得已的苦衷。

在米豆出生之前，我和秋晨从未有过如此激烈的争论。你也是母亲了，他说，你不该有恨，应该原谅他。就算是为了米豆。人总是怀恨在心，能得到什么呢？他夹起青椒肉丝送进嘴里。

米豆又一次吐出她的青椒，她表情平静地拒绝，如果继续喂她吃，递到嘴边，她会大哭起来，哭过头，连苹果也不要了。我把米豆从餐椅上抱起来，秋晨说我太惯着她了。人可以不吃青椒，我说，人也可以没有父亲。

你爸爸马上要来看我们了，秋晨说，他说他等不到春节了。

三

在我爸爸现身之前，我妈妈先来了。她没有跟我们打招呼，直接按下门铃，好像是楼下的邻居上来串门而不是从几百公里外赶来。她说她只住一夜，明天就走，只是来看看我们。

她这样匆忙来去，让秋晨感到过意不去，苦留她多住几天。她一边摆手，一边走向趴在地上玩小汽车的米豆，几个月不见，米豆不太认识她了，她走过去，张开双手，米豆没有回应。

来，抱抱，抱抱。米豆呆呆地望着她，过了一会儿，露出笑容。米豆舒适地坐在我妈妈的手臂上，她穿着厚毛衣，房间里暖气充足，一会儿她就冒出微微的汗。我想接过米豆，被我妈妈拒绝了。我问她为什么突然过来，她转过头，亮晶晶的眼睛看着我，说，因为想见我的外孙女啊。米豆一无所知地吸吮着自己的大拇指。

从前，我妈妈经常被突如其来的感情触动，继而跋涉千里。在她写给我的信里，她说她曾经坐上一天一夜的火车，为了去见我爸爸，那时候学校在放寒假，家里人不知道她恋爱了，编了个理由跑去见情人。见一面，立刻就要走，赶火车回去。从她的文字中，我看不出她的感觉，后悔吗？怀念吗？似乎有一种淡淡的骄傲，越是这样，我爸爸就显得越是绝情，而她就越洁白、高尚，她忍受过的孤独和羞辱是她的光荣。现在我爸爸回来了，她的故事终于完整。现在她需要新的戏剧、故事和角色了，把我撂到一边。

秋晨说你不想见他，米豆睡着了，我妈妈对我说。床头亮着一盏小灯，她的影子投在墙上。她们的影子。

就为了这个事，没必要跑过来。

我是来看米豆的，我妈妈说，你看米豆长得和秋晨一模一样，女儿都像爸爸。我把被子展开，今晚要和我妈妈一起睡，和小时候一样。我们并排躺在床上，她的声音变小，变细了。他很想见你们，你就当接待一个远房亲戚，她说，你们见见面，说说话。他没有几天了。

谅解是完美结局，我想，本来我可以一直恨他。突然之间他要死了，好像在游戏当中要赖不玩了。他长什么样子？他像我吗？

你要学会爱人，我妈说。这句话轻轻地贴在我的皮肤上，像一个止血的创可贴。深夜，我听着她的呼吸声，像回到小时候。我和她相依为命的那些年，那些充满怨恨的回忆，她轻易地就抹杀了，背叛了，我终于找到这个词，"背叛"，她背叛了我与她共同的生活，这样一切都说得通了。那种奇怪的、不调和的感觉，是因为我意识到了背叛却说不出口，他走了，就当他死了，他又回来了，你应该原谅他——像一盘热了又热的剩菜杂烩摆在桌上，要求我全部吃光。

为什么不把门摔在他脸上，却让他走进家门？

他毕竟是你爸爸。

我想起我妈妈抱起米豆，数婴儿的脚趾。彼时彼刻血在她和他之间流动，像一个化学试验的烦琐装置，不同颜色的液体从不同方向奔往一处，融合的时刻，爆炸的时刻，爆炸中产生了我，我反过来又把她的生活炸成了碎片。

他可不爱我们，我说。

我妈妈轻轻地摇头，我知道我在说幼稚的话，幼稚地谈论爱，这不是我跟我妈妈之间该有的话题。一说到爱，她立刻就像一本行走的情感教科书，你要宽容，你要体谅，你要……何况你不过是个附属品，你是附带的影子、附带的存在，你的恨也是附带的、被传染的、被灌输的，你的恨是次要的恨，次要的恨应当服从主要的恨。这是我总结出来的，我妈妈不会这么说。她只会说，连我都原谅他了，你有什么好记恨的？他是对不起我，并没有对不起你呀。他生了你。

我妈妈轻声地哄着我，像我哄着米豆入睡。还是她先睡着了，我在黑暗中听着所有人的呼吸声，在宽容、原谅以及不知何来的血亲之爱中间感到万分孤独。在黎明的梦中，我终于做到了，我向一个远远的陌生人张开双臂，流入怀中的只有凉爽空气。我妈妈早上就走了，她要赶火车回去，秋晨送她去火车站，她对秋晨说，你劝劝米兰啊，她太偏了。

半个月后，我爸爸和我妈妈一起来了，我客气地请他们坐下。他不像我，也不太像那些旧照片，看来我的塌鼻子和高额头不是源于他。他很瘦，个子很高，坐下来的时候，双手会把裤子往上提一下，喝茶的时候会把杯沿上的茶叶吐回水里。秋晨与他寒暄，问一路过来的情况，火车人多吗，路上车多吗，天气冷不冷，北京近来天气不好，上午刚下完雨……秋晨烧水泡茶，忙前忙后，十分殷勤，我无端地感到抱歉，好像这一切全是因为我不够宽容体谅。

我妈妈抱了米豆，我爸爸也去抱。米豆像一只乖巧的小动物，在大人的怀抱之间流转，一声不吭。谁抱着她，她就认真地看着谁。她比照片上胖些，我爸爸说，我爸爸又说，说的什么我没印象了，我只希望时间快点过去。晚上要出去吃饭？秋晨订好了包间，哪个饭店，评分多少，真是无聊。我们走去餐厅，雨水都晒干了。一代代水往下流啊，我妈妈说。要是水都干了，往哪里流，我想说，但是我没说。对我妈妈展示脆弱，会使她扬扬得意。

路上，米豆让我妈妈抱着。我妈妈一直在说话，看见什么，就重复一下名字，电梯，这是电梯，数字，认识数字吗，树是绿的，花是红的，大汽车呜呜呜呜，嘴里发出模仿的声音，米豆笑着，双手搂住姥姥的脖子。我爸爸和秋晨聊起一场足球比赛，他们有共同话题，时间便不那么难熬。或者秋晨从来不觉得难熬，无论我爸爸是来自现实，还是来自一个谎言，对他都是一样，只管聊球赛就好。

我爸爸对我说，米豆长得像你。可是他几乎没有直视过我，他的目光一直瞥向别处，桌角、沙发、电视、茶杯，他表现得很自然，那种自然而然的态度令我愤怒，仿佛我是一棵只会长大却不会移动的树，种在那里，等着他回来。他问候我的工作、生活，表示很满意。真是不错，他说。我压抑着怒火。

秋晨给他倒酒。我妈妈说你爸不能喝酒，他自己却说没关系，难得高兴。中途，我抱着米豆离开包间，走到楼道的窗户边，听见另一个包厢里的吵闹喧哗、男女欢笑。米豆有点困了，轻声哼哼着，我妈跟过来，也望着窗外，有那么一个片刻我觉得她要说些什么，说些母女之间的诚挚之语。她只是接过米豆，哄孩子睡着了。

你小时候跟她一样。她又缥缈起来，轻声说，你小时候，很惦记爸爸的，你其实很爱他的。

走了这么多年，哪来的爱。

那才叫爱啊，我妈妈说，走了这么多年，再见面，还是父女俩，那才叫爱啊。咱们是一家人。她把声音放低沉，你也当妈妈了，你应该懂得。好像一套陈旧的折子戏，我想，我妈妈守在那里，把几十年过成同一天，寒窑苦守，最后他回来了。他回来才是圆满。我长大了不算，我成家自立也不算，我有孩子了还是不算，只有他回来才算。她心甘情愿地去当别人的归宿、别人的港湾，一个永久敞开的怀抱，平平静静地，让我感到恐惧。

妈妈，不要这样。妈妈，继续去恨啊。

她给我爸爸夹菜，帮他去掉蜜汁小排的脆骨，他都笑纳。微笑像会传染一样，从开心的米豆开始，传遍整个餐桌，服务员进来上甜汤，我妈妈叫她给我们拍全家福，背对着包厢的一张挂画——松鹤延年。这张照片，我妈妈回家把它洗出来放大，挂在墙上。临别时，她把我拉到一边，低声说她很担心我，为什么你不能跟别的年轻女孩一样？

谁？

就是她们，我妈妈说。她心中有一个模糊的印象，是她对别的女孩的印象的合集，快乐的、阳光的、无忧的、宽和的，或许是从广告里看来的，漂亮女孩对着电视前的妈妈甜蜜微笑。为什么你不是那样？为什么你这么真实？

她不知道我也痛恨这些真实。能活在一部滥俗电影里多好，我会时不时地看向镜头，对观众一笑——打破第四维。而现实是，我妈妈时常穿透属于她的那块银幕，对我遥遥一笑，她与我隔着光和影，她是爱与忍耐与一切善良美好的化身，而我是仙女与凡人生下的愚笨孩子。我妈妈是来感化我的，把我从恨海中拉扯出来，她自己的衣襟，绝不会沾湿一点点。

四

我爸爸又活了几年，死于癌症复发。我爸爸去世后半年，我妈妈来我家，庆祝米豆的生日。接到电话的时候，我和秋晨正堵在车流里，我把座椅放平了，打算睡一觉。接米豆的小时工已经离开了，米豆独自在家，我妈妈用家里电话打给我，质问我为什么把孩子独自留在家。

这是常事？她用难以置信的口气说。

我挂掉电话，对秋晨说不用急，我妈来了。秋晨说既然这样，不如我们去放松一下。我们去吃了晚饭，看一部漫画改编的电影，买了一盒积木玩具给米豆当生日礼物，第二天就是她的六岁生日。快到家的时候，又拐去吃了一顿烧烤。

我妈妈坐在客厅，客厅收拾得整整齐齐，地板光亮如鉴。她从家里带来她腌的咸菜，辣的和不辣的，放在一只旧旅行包里，脸上笼着一层阴沉之色。我知道她要说什么，她也知道我会说什么，我们像背剧本那样拌起嘴来，到最后她又说，我真白养了你。我进了卧室，关上门，秋晨留在客厅安慰我妈。我倒在床上，听见他们细碎的语音，我妈忽高忽低，秋晨平稳如常，最后他们一起笑起来。我知道，这时候还气哼哼就显得不合时宜。我挫败地用被子捂住脸，后悔为什么没能趁着争吵，问出我最想问的问题。

我爸爸临终的时候，我问过他，为什么离开我妈，当时他已经不太能够说话，发出一些含混的音节。这种病到最后都是无法进食而死，他眼睛扑闪着，发出含混的语音。我妈端着汤进来，他完全喝不下去，但是她依旧坚持煮汤，我告诉她这没用了。

总得有人熬汤，我妈说。

可是他已经不会吞咽了。

那也得有汤。她弯下腰，把汤勺凑近他的嘴唇。我离开这个房间，我和我妈妈睡了许多年的卧室已经像个病房了，或许所有的家到最后都是病房。临死的人身上盖着一层薄被。他用一种蒙眬的目光看着我，又看我妈妈，用目光摩挲着，直至我妈妈变成光滑的石头，烈风抽打，微风吹拂，她就在那里，她是家，也是死亡的接引。

他死后，我妈妈对我讲过他漂泊的故事，住过哪些地方，干过哪些工作，吃过哪些苦，享过哪些福，她半生都围绕着他，以及他留下的空白，最后他总算死在这张床上。他死后她立刻出去旅游，在名胜古迹前微笑留影，穿着鲜艳的衣服。

后事已了，临别前，我妈跟我讲起她的旅行计划，到哪个城市，去看哪个朋友，朋友身世如何，儿女如何，退休金多少，一边收拾衣物，把我爸爸的遗物都拣出来，扔进纸箱里，要全部丢掉。关于我爸爸，她的言行总是充满了矛盾，她似乎是恨他，又盼他回来，等他回来，他要死了，她又表示温情，现在他死了，她急着把他的痕迹全部抹掉……现在我妈妈终于可以回归正常的生活，再也不必自许为弃妇了。

然而有一个问题我始终没有得到答案，或许再做几十年母女，在某一天，或者某一夜，某个福至心灵的时刻，她会告诉我，用褪尽铅华的语言，把真相说个明明白白。我爸爸去世后，我和我妈妈在等待殡仪馆派车的时候，动手给他换衣服。衣服鞋袜，早就备好，我妈妈说，寿衣得趁热穿，动作麻利点，说着揭开那条薄被。那时候来不及想别的，厨房里的烧水壶鸣叫起来，我妈妈扔下手里的一对袜子，叫我给他穿上，我想不通为什么要烧水，谁会在病人的弥留之际跑去烧一壶开水？我拿起一只白绸袜子，又放下，先脱掉死人脚上的那两只，然后就意识到不对劲，一种奇怪的、不调和的感受凸显了出来——他的脚并不是我妈妈形容的那样。

正常的右脚，不缺指头。我给他穿上袜子，然后坐在床边的沙发椅上，等我妈妈回来一起给他穿寿衣。沙发椅可以放平变成一张床，这些天我妈妈就睡在这张床上，随时听着病人的动静，一夜夜等他死掉。

我爸爸和我妈妈之前到底发生过什么，我无从知晓。唯一能够确定的是，她是我的亲生母亲，她和一个男人生下了我。我妈妈把开水倒进保温壶，保证我们从殡仪馆回来还有热水喝。从小到大，每一天，家里随时都有热水，我直到上初中才第一次喝冰水，冰水是甜的，甜中带着一点痛。

他的脚，我吹着杯口的热气，把不小心吸到的茶叶又吐回杯子里。他的脚是正常的。

你的脚也是正常的啊。

那你为什么去数米豆的脚趾？

我妈妈摇摇头，说，我不记得了。

我生米豆那天，你看见孩子，第一件事就是去数她的脚趾。

不记得。

凭什么不记得？

你不能这样对我说话。

有另外一个男人，对吧？

热气袅袅，熏得脸上湿漉漉的，我妈妈长得很美，雾气氤氲，朦胧中更美，皱纹都模糊了。她显得不那么实际了，比起刚才的死人，此刻的她倒更像一个幽魂。我想我说中了，全部都讲得通，她出轨了，出轨了一个右脚长着四根脚趾的男人，她不知道到底谁是我的亲生父亲，才会一而再地确认那脚趾，我的，然后是米豆的。两个人当年都离开了她。她不说，我也猜得出来。他是因为身患重病，需要照顾，才原谅这一切的。

热水放到凉透，我妈妈还是没有回答。她可以永远都不回答，她制造了一个父亲的影子让我去恨，又带来一个真实的父亲让我去原谅，最难忍的是，我一直想把这些事情搞明白，我被整得晕头转向，满腹疑问，她就坐在暗处，看着我如同看着一头原地转圈的、迷茫的兽。最后她说，我的事跟你没关系。

好像从小到大说过的每一句话，吃过的每一顿饭，做过的每一个梦都不作数了，我的回忆和我的感受都成了假的、没有意义的，她说这是她的事情。她说，虽然没有爸爸，她一样让我过上了不缺吃穿的好日子，她说我没有资格质问她。

这就是我们争吵的原因，直到米豆推开房门，起初只是一道缝，继而轻轻推开，她抱着一只皮球，眼睛睁得大大的，她说姥姥我困了。我妈妈便走过去抱她。米豆也是"别的女孩"中的一个，我好羡慕她。

吓着孩子了，我妈妈说，为什么你总是那么暴躁？

晚上，我和秋晨躺在客厅的沙发床上。他握着我的手，我只感受到自己的冰凉。卧室里，我妈妈搂着米豆安然入睡，不久秋晨也睡着了。我闭起眼睛，所有人的呼吸声交融在一起，像一扇轻轻的门，这扇门把我挡在外面。我清醒着直至天光微明，卧室的门打开了，一点灯光透出来，紧接着是米豆，六岁的米豆，在生日的凌晨，小心地，一步步走出卧室，手里端着一件东西，她轻轻地来到沙发床的旁边，爬上来，跨过熟睡的秋晨，蹲在我身边。

借着一点灯光，我看清楚米豆手里捧着的是一个完整的积木恐龙，我们给她选的生日礼物，她把它完成了，放在我的枕边，恐龙张着嘴巴，像在微笑。我想她是不懂的，不懂我为什么睁着眼睛不睡，就像我不懂我妈妈，然而就算永远也搞不懂，我们还是互相拉扯着去往平静的地方。我伸出胳膊，将米豆搂在身边，这次是她带着我一起入睡。

<h1 style="text-align:center">五</h1>

米豆上初一那年，我妈妈搬来与我们同住。她有点糊涂了，但是明白的时候，脑筋又非常清楚。她喜欢在网上跟人打麻将，瘾头很大，但是眼睛不行，看久了屏幕会眼酸流泪，即便如此也要坚持打。米豆管姥姥叫麻将虫，她听了并不生气。

秋晨已经不在原来的公司上班，两年前他决心自己创业，我反对，反对无效，他一意孤行。这种固执似乎也是一种中年危机的症状，我猜后来他也后悔了，面子上还撑着，算算总账，勉强算不赔不赚，每个月还要支付银行贷款的利息。生意越是不好，他越不爱回家，回来常常很晚，虽然不喝酒，脸色也是沉沉的。往往他到了家，我和米豆都睡了，只有我妈妈在客厅的电脑上打麻将，她几乎过着日夜颠倒的生活，晚上不睡，白天不起，有的书上说睡眠紊乱也是老年痴呆的兆头，劝她，她也不听。

有一天，秋晨回来得很早，说他的合伙人想要退出，关于钱的问题，起了纠纷，原来这事已经争论好久了，今天翻了脸，他才跟我说。这合伙人原是他的大学同学，交情极好的，遇上钱的事也还是一样。我伸过手去摸他的头顶，在黑暗中，毛茸茸的，四十岁过后他就一直留这种极短的寸头，和尚似的。我想说谁让你当初不听我的，话到嘴边吞了回去，因为我妈妈突然推开我们的卧室门，说客卫的马桶堵了，用一下你们的。

几年前，我妈卖了自己的房子，秋晨的爷爷去世，也给他留下一些钱，秋晨一直存着。这两笔钱加起来，我们付了首付，买了现在住的房子。我妈妈起初自己租房子，不愿意跟我们住，直到有一次她在家附近迷了路，给我打电话，让我帮她回家，我才发觉她身边必须有人，不能再独居。

我们安静地躺着，我妈妈从卫生间里走出来，轻轻地带上房门，回到外面的电脑上打麻将。我对秋晨说，睡吧，明天再说。秋晨翻身起来，去通客卫的马桶，我听着一下一下的声音，直至疏通，水声仿佛一个响嗝。这一夜秋晨在沙发上睡了，第二天早早出门，买早餐回来，米豆说哇，太阳从西边出来了，爸爸这么勤快。这天是周六，米豆睡了个懒觉，我妈妈通常要到中午才起来。

早饭后，秋晨和米豆下楼去打羽毛球，我在家收拾过季的夏天衣服，把秋冬的厚衣服拿出来。我妈妈起床了，坐在床沿上用手一下下捋头发。她和米豆共用一个卧室，上下床，米豆睡上面，她睡下面。有时候打麻将到半夜，困了就往沙发上一倒，年轻时规律生活的好习惯都不见了，养成了一些新的习惯，比如，睡醒了捋头发一百下。

秋晨呢？我妈问道。

和米豆打球去了。

你怎么没去？

我在收拾东西。

她走到窗边，向楼下张望，说，没在楼下啊。

说不定去了别的地方。

她站了一会儿，慢慢走去客厅，在餐桌边坐下来，早饭还摆着。她一边吃，一边说，没准儿他也跑了，跟你爸爸一样，跑了。我把夏天的衣服一件件折好，收进衣柜的格子里。她又说，昨天夜里，我看见他在客厅翻东西，是不是在找身份证？现在买火车票要身份证。

别胡思乱想了，要不要把粥热一下？

男人都是一样的，你的男人也一样。

秋晨和米豆满头大汗地回来，两个人各拿着一瓶冰可乐。我妈妈仍是慢悠悠地喝那碗小米粥，咸菜泡进粥里，现在她喜欢吃很咸的东西，口味改变，也是老年痴呆的症状之一。

午饭是秋晨做的，只要在家，他总是做饭。我妈妈说她的一个网友去世了，少了个固定的麻将搭子。米豆下午要和同学出去看电影，秋晨说我可以开车送你们，正好我在那附近的咖啡厅约了人谈事情。

我妈妈眼神锐利地望了我一眼，她许久没有过这样机敏的神情了，两朵火苗在眼中一闪。吃完饭，我洗碗的时候，秋晨和米豆就出去了，米豆刻意打扮过了，换上一件很少穿的白色连衣裙，嘴上一点红，我想等她回来，我再盘问不迟。我妈妈通常会睡个午觉，这一天却格外精神，在房间里走来走去。我倒是困了，睡了个午觉，醒来家里静悄悄的，我妈妈不见了，手机在家，没有带。

慌忙给秋晨打电话，告诉他我妈妈可能走丢了，快回来找找。他说他约了人吃晚饭，是很重要的合作机会，不能错过了。我挂断电话，自己跑出去找，公园、超市、餐厅、车库、理发店、按摩店，凡是开着门的都进去问一下，有没有看见一个头发花白的老太太，有点驼背，大概这么高，穿一双很旧的棉拖鞋。

人人都说没看见。米豆回来了，迎面撞见，嘴唇比去看电影之前更红些，见我慌慌张张的，问怎么了，接着跟我一起找。我们走遍了家附近的各种场所，秋日午后，阳光鲜媚，最后我们沮丧地坐在街心公园的长椅上，我妈妈常来这里散步。

秋晨推掉约会，赶回来了，打电话说他往另外一个方向去找，老太太走不远。我和米豆也起身继续找寻，直到秋晨说他找到了，给出方位，我和米豆匆匆赶去，只见她坐在一个隔离带的水泥墩子上，面朝着来往的车流，秋晨想把她带到安全的地方，她不肯。见我来了，秋晨便松开手。

我妈妈坐在那里，右脚踩在拖鞋面上，袜尖上一个洞。我弯腰拾起拖鞋，套回她的脚上，感到一阵愧疚。她回过神来，抬头看看我，又看看米豆，目光停留在秋晨脸上，她站起来，对着秋晨伸出一只手，摸他头顶的寸发，说你的头发怎么这么少，还白了？

秋晨看看我，说，妈，咱们回家吧。

这些年你跑哪儿去了？头发都白了。

我才注意到，秋晨的头发竟白了不少，才四十出头。米豆去搀姥姥，手上的粉色指甲油涂得均匀齐整。我们一起回了家。我妈妈的病症从这一天起，慢慢地严重起来，时常忘记我们是谁，叫错名字，混淆时间。有一天她以为自己是自己的外孙女，爬到米豆睡的上铺去了，我怕她摔了，让她下来，她不肯，大声抗议。她说她要睡了，叫我出去，一边说一边脱掉上衣、背心、睡裤，最后扯掉袜子。那袜子本来扔掉了，她偏要从垃圾桶里捡回来，自己补好，这是她脑子清楚时做的事。原来这么多年，我一直活在我自己的狭窄世界里，那里并没有一个真实的我妈妈——她的右脚长着四根脚趾。从我记事起，她从来不会当着任何人赤脚，包括我，无论冬夏，在家永远穿着袜子和棉拖鞋，她要求我也必须这样——要喝热水，要穿好鞋袜，要有汤……我全盘接受她的教导，养成她的习惯，仿佛生来如此，从来不想为什么。

　　我出生的时候，她也曾颤巍巍地数着脚趾吗？我爸爸离开她，是因为这个吗？我想不是，一定还有别的我不知道的原因，可是她担忧了一代又一代，担心我和我女儿继承她身体的缺陷，从而复制她的命运。原以为傲慢的，其实是出于卑微。我妈妈说她要睡觉了，明天早上起不来，上学迟到，要被老师批评的，这都是从前她对我说过的话。我捡起她脱下来的衣物，一件一件，抱在怀里，离开房间，将她留在黑暗中，那黑暗像一个温暖的巢穴。或许明早醒来，她又变回我妈妈，我们就可以一直说话，一直聊天，谈论爱、恨和遗憾，絮絮叨叨，无穷无尽，直到她再次迷失。我期待着。

原载《当代》2024 年第 1 期

壮　游

邓安庆

一

　　很长一段时间，我因为骨折，只能躺在床上静养，不能出门。我常形容那些日子是"果冻时间"，上午漫长，下午漫长，晚上也漫长，每一分每一秒都无比难熬，人就像是冻在黏稠的时间里，怎么也不能进入下一个时刻去。阳光从窗外照进来，光柱里细尘飞舞，水泥地面上一只甲壳虫慢腾腾地挪动，偶有渺茫的人声飘进来，却都跟我无关。我很想大声喊一句"我在这里"，却不敢这么做，毕竟大人们总是有很多事要去做。我唯有盯着墙壁来耗时间，雨天时留下的水渍、墙面裂缝形成的图案、墙角处没有扫除的蜘蛛网，它们都跟我一样冻在这里，散发出同病相怜的气息。有一件事情是可以期待的，那就是堂屋条桌上的座钟，尽职尽责地发出咔嗒咔嗒的响声，到了一定的时刻，忽然间当当当，整点是多少，它就响几声。每每听到，莫名地会轻松一下，就像是从冻结的时间里钻出头来呼吸一口新鲜空气，然后再一次沉到时间的黏液里，等待着下一次报时的钟声。

　　有一天我在百无聊赖之际，忽然听到一阵乐声。一开始我以为是哪家的收音机播放出来的，但是它听起来断断续续的，不太像是专业的人所弹，更像是一个正在练习的生手在尝试。再等了一会儿，能大概听出是某种琴弹出的声音，还有一个男人在磕磕巴巴地跟着哼唱，"月亮……在……在……白莲花般的……的……云朵里……穿行……"这句词那人大概唱了十几遍，因为在学校音乐老师曾经教过我们，所以我知道他唱的不在调子上。但我不讨厌这样的练习，甚至充满了好奇：究竟是谁？我很想起身去探看一番，可我动弹不得。大概过了一个钟头，琴声和歌声都消失了，我又一次陷入让人昏昏沉沉的寂静之中。到了黄昏时分，父亲抱着我出来，让我坐在屋门口的躺椅上。我的眼睛立即搜寻邻居家的稻场，叔爷和婶娘们都在忙着收晾晒的麦子，没有任何新鲜的人和事发生。

接下来的几天，我一直期盼那个声音再次飘来，却不能如愿。雨下了一天，淅淅沥沥地敲打窗棂，我想没有听到那声音，可能是雨声太大。风又吹了一天，窗外树木摇撼，我又没听到，可能是风声太猛。直到第三天，阳光再次洒进房间，周遭所有的声音偃息，忽然一个声音在耳朵里蹦跳了一下。那熟悉的琴声又一次飘来了，还有那人跑调的歌声，"月亮……在……在……白莲花般的……"我兴奋地撑起身体听着。他没有唱下去，像是卡在旋律里，莫名地让我想起被毛线缠住的小猫，不禁笑出声。他又一次从头弹起，我可能是寂寞太久了，忽然响亮地唱起来，"月亮在白莲花般的云朵里穿行——"那人像是吓住了，我如同做了恶作剧的捣蛋鬼，忍住了笑，等着他的回应。可是等了一两分钟，没有任何声响。我开始有点儿后悔自己的莽撞，甚至害怕了，担心他会找上门来。不过，很快，琴声又一次响起，他居然又从头唱起来。这次我没有发出声音，静静地听他唱。听着听着，实在忍不了他跑调，再次斗胆唱了同样的一句。这个时候，那人大声问了一句："是谁啊？"我立马闭上嘴，没有回话。

脚步声往我家这边来了。我既兴奋又紧张。他走到我家的大门口，问："花娘在家啵？"我大声回："我妈不在家！大门没锁。"他推开大门，往我的房间走来，很快就出现在房门口。我撇过头看他，一个样子二十多岁的男人，穿着黑夹克和牛仔裤，脸庞瘦削，眼睛大而明亮，嘴唇上方那一层薄薄的胡须，比起我平日见到的那些大人们乱糟糟的胡子，感觉是特意修剪过的，显得干净利落。但我一时间想不起他是谁。见我露出疑惑的神情，他这才整个身子进到房间来："我是川哪。你不记得了？"我脑子里搜刮了一下，没有找到对应的信息。直到他往床边走，身子向右边一歪，右脚一屈再一伸，往前挪了一步，左脚跟着拖过来，我这才反应过来说："拐子哥！"随即，我觉得这样叫他不妥，忙改口，"川哥……"他坐在了床边，摇手表示不介意，"你还是叫我拐子哥吧，我都习惯了。"又细细看我打了石膏的腿，"看样子是要养一段时间了。"我问他："你不是一直在外面吗？"他捶捶自己的右腿说："身体有点儿不舒服，就回来了。"

二

川哎——川哎——回来喝药咯！从我的记忆中忽然飘出这一声长长的

呼唤，它是从我家斜对面的第二排屋子那里传过来的。如果得不到回应，一个瘦小的老人就会出现在垸里的主路上，焦急地往左边喊川哎川哎，又往右边喊川哎川哎。这个时候我会忍不住跑回家往楼上喊："拐子哥哎，你爸叫你！"拐子哥出现在楼梯口，嘘一声："莫闹！"说完他又跑到楼上，跟我哥、亮哥、峰哥三人玩扑克牌。老人往我家这边缓缓地走来，摸着墙壁喘着气，见我在屋门口，还没开口问，我就说："有山叔，他不在这里。"他嘴里咕哝着，转身再慢慢往家里走。川哎——川哎——唉——唉——这个鬼儿——再不喝就冷咯！等他走远，我冲上楼，屏息等待的四人一下子笑开了。我贴着我哥坐下，看着对面的拐子哥问："你不喝药了？"拐子哥出了一张牌，撇嘴道："苦得要死，喝了后就拉肚子。没得卵用！"哥哥说："要试试，坚持喝下去也许有用。"拐子哥摇头道："这几年跑了多少次医院，花了几多钱，一点儿用都没有！现在他又找一堆偏方让我吃，各种稀奇古怪的药，什么蛤蟆啊，鸟屎啊，纸灰啊，说是有奇效。结果你看——"他拍拍右腿，"越来越拐了！"大家哄地一笑。他笑呵呵地说："打牌！打牌！"

那个时候，哥哥每天骑自行车去中学上课时，都会带上拐子哥，到了垸口亮哥和峰哥也过来会合。然后，四个人一路笑闹地往三公里外的学校赶去。晚饭后，秀秧娘到我家一边聊天一边纳鞋底，到了九点半，只听得丁零零车铃声响起，她就知道我哥带着拐子哥下了晚自习回来了。哥哥停好车，拐子哥左脚踩住后车梯，右脚慢慢地往下带。秀秧娘会过来扶住他的手臂，这会招来拐子哥的抗议："妈，不用！不用！"他要自己下车，尽管有时候下来差点儿摔倒，也不让秀秧娘搭把手。回去的路上，拐子哥一瘸一拐地往家里走，斜挎的背包一下又一下打在身上，他也不让跟在后面的秀秧娘帮着拿。有山叔准时出现在路边，等拐子哥走近了，他上下打量一番，像是在看拐子哥有没有受人欺负，确定没事，这才慢慢地转身在前面走。到了第二天清晨，我还在半睡半醒时，跟我睡一张床的哥哥就起床穿衣服了。母亲过来说："拐子等在屋门口了，你还慢手慢脚的！"拐子哥在外面说："不急不急。"等哥哥穿好，把自行车推出来，拐子哥借着晨光已经背好一篇课文了。

拐子哥成绩一直在全校排前三，拿过市里知识竞赛一等奖，各种奖状贴了整整一面墙。如果不出意外的话，他会考上市一中，将来没准儿会成为垸里的第一个大学生。落雨天，婶娘们聚在我们家闲聊，先是说起各自的孩子，摇头的摇头，叹气的叹气，一说起拐子哥都忍不住夸聪明，说未来能喝上升学酒，人长得也俊秀漂亮，只是老天爷不成全。大家唉的一声，都收了口，没有再说下去，怕秀秧娘和有山叔路过听到。秀秧娘自己也叹气，每当一段时间的寻医问药没有成效，她也会来我家坐着，跟母亲说着说着就落泪。有山叔却始终没有放弃，一等拐子哥放了假，就带他去武汉，去长沙，甚至还有北京和上海，这家医院不行，就换那家医院，决不死心。有时候看到拐子哥站在自家稻场怒气冲冲地说："我不想喝！不想喝！"有山叔耐心地端着熬好的药等在那里，和声和气地说："喝完这个就不喝了。"拐子哥赌气不应，有山叔就一直端着碗等在那里。秀秧娘站在拐子哥那边劝，劝着劝着就落泪，拐子哥烦躁地喊："莫哭咯！我又没死！"最终还是耗不过，走到有山叔那里，一口气喝光，然后气呼呼地回到屋里关上房门，过不了一会儿又冲出来一边往厕所赶，一边嚷道："我说了不喝，一喝就拉肚子！"

到了拐子哥上初三那一年，有山叔在外打零工时突发中风，半边手脚不能动，被人送了回来。有时候我放学回家，经过有山叔家门口，他坐在屋门口的躺椅上，看起来无精打采。我叫他，他勉力地睁开眼，中风那边的手习惯性地想抬起，可是不听使唤，他只好咧咧嘴，口水从嘴角流了出来。放假时，拐子哥坐在他旁边，手里端着碗，要喂药给他喝，他扭头不肯喝。秀秧娘就过来讲："你还不能死！你儿还要念书读大学，你不早点儿好起来，怎么能行？"有山叔这才回过头，拐子哥喂了一口药汤，汤汁从他嘴角流出，拐子哥慌忙找手帕去擦拭。喂完了药，有山叔用好的那边手推着拐子哥，"你去看书，莫管我！"拐子哥便拿起课本坐在有山叔旁边看。有山叔撇过头一直看着拐子哥，看着看着，路过的人喊："拐子哎，你爸尿咯！"拐子哥这才发觉，慌忙叫秀秧娘过来把有山叔抱回屋换裤子。

两个月后的一天，秀秧娘从地里回来，发现有山叔从床上摔了下来，人已经断气了。哥哥骑着自行车带拐子哥从学校赶回，车子停好，拐子哥怕冷似的，哆嗦着身子从车子上下来，人没站稳，摔倒在地。他浑身发抖，双手环抱双腿，头埋在里面。秀秧娘过来抱他，他推开。其他人过来抱他，他也推开。他把自己抱得紧紧的，发出吼叫一般的哭声。出殡那天，拐子哥抱着有山叔的遗像走在送葬队伍的最前面。他身着丧服，一瘸一拐地往前走，虽然想尽力走快，却总也快不了。走到坳口时，拐子哥绊了一跤，遗像摔落在地，他狠狠地捶自己的腿，直到哥哥上前拦住他。葬礼结束后，拐子哥说自己身体不舒服，没有去学校。过了一周，学校老师过来家访，拐子哥闭门不见。秀秧娘找我哥去劝，他也不见我哥。直到有一天，秀秧娘跟又一次找过来的老师说："川儿跟他舅爷去温州打工去了。没得办法，唉，我说什么他都不听的！"老师听罢，叹口气说："多好的读书苗子！真是太可惜咯。"中考结束后，哥哥去了市里的中专，亮哥、峰哥没有继续念下去，分别去了东莞和上海打工。秀秧娘把她家的钥匙留给了我母亲，也去了温州。听说拐子哥舅爷那家厂里需要做饭的人，她就去了，正好也可以照料拐子哥。就连过年他们也没有回来。如此一去七年，我们也就断了联系。他家门口的草都长到半人高了。

三

我很害怕听到鸡啼声。清晨垸里的鸡啼声此起彼伏，总让我惊醒，天还没有亮透，幽蓝的夜色徘徊在窗外。母亲早早地就起床了，拎着一大桶脏衣物去池塘，父亲扛着锄头趁着天凉去地里锄草。家里只剩下我一个人，漫长的一天在等着我，就像是拿着小铅笔刀，要把一房子的时间一小片一小片削掉，想到这些就让我精疲力竭。到了黄昏时，鸡啼声又起，零星地，突兀地，撞到我的耳朵里，让我十分惆怅。一天就要这样消耗过去了，而我什么都没有做。母亲和父亲也都从地里回来了，母亲在灶屋煮饭，父亲抱起我去大小便，然后在我的要求下，再抱到屋门口的躺椅上。晚风吹来，丝丝柔柔，让我紧绷的心松弛下来。路过的婶娘叔爷总要停下来，看看我的脚，问恢复得如何，我总说快好了。但什么时候能好，我不知道。那些调皮的男孩，盯着我腿上的石膏看半晌，会突然问一声："你会不会变成一个拐子？"这话让我父亲听见了，他会很生气地驱赶他们："不会说话就莫说，走走走！"男孩们一哄而散，父亲担忧地看我一眼："你莫听他们瞎说！过一两个月就好咯。"我点头说晓得，但内心真的开始介意自己会不会成为一个拐子。万一真拐了呢？就像拐子哥那样……我不敢想下去。

我往拐子哥家那边看去，秀秧娘正在门口锄草。她跟我母亲差不多的年纪，看起来却老很多，头发花白，脸上皱纹横生，说起话也夹杂起外乡的口音。她家灶屋的屋顶由于经久未用，垮塌下去了，只能在堂屋用煤炉子将就着做饭。拐子哥总不见踪影，那次他在我家坐了没多一会儿就匆匆离开了，之后几天再也没有出现。有时候我躺在床上，听到那不同于常人的一脚重一脚轻的走路声，就知道是他路过我家门口。我兴奋地等他进屋，但他没有停留，这让我好生失望。他也没有再弹琴唱歌，我不禁怀疑那次跟唱是不是得罪了他。反倒是秀秧娘晚上过来，拿着罐头看望我。细细看过我的腿后，她起身说："不碍事的！"母亲问拐子哥的情况，秀秧娘摆摆手："身子总是这里疼那里疼的，有时候晚上疼得叫起来，让我愁不过。这次回来，就是要去医院检查一下，看看究竟是哪里不好。"母亲说："我看他也不着急嘛，天天在村里荡来荡去的。"秀秧娘摊手说："没得办法。他这么个情况，做不了事情的。我也只好活一天养他一天。"

等屋门口的杂草清理干净，灶屋屋顶铺上了新瓦后，秀秧娘就到附近的工厂打零工去了。

有一天在半睡半醒间，忽然感觉脸上被冰了一下，我没有动弹，再被冰一下时，我喊了一句："不要闹，拐子哥！"他嘻嘻地笑问："你晓得是我？"当年拐子哥等我哥哥穿衣服的当儿，总喜欢过来摸摸我的脸，冰冰的手一触碰过来我就往被窝里钻，他又往被窝里伸手，我就往床最里面躲。我们对这个游戏都乐此不疲。隔了这多年，我还记得那种冰凉的触感。睁眼一看，他已经坐在床边的凳子上，手上拿着一把葫芦形状、有一个长长的柄和很多根丝弦的东西。见我疑惑，他猛扫了一下："不认识吧？这是吉他。"之前我听到的琴声原来是由它弹出的。拐子哥把吉他递给我，我手按在弦上，手指一勾，清脆的一声响，我吓得把手缩回去。拐子哥说："它不咬人。"我不服气地回说："我晓得！"又尝试着拨了两下，乐声极悦耳。但我不敢再多玩，怕弹断了琴弦。拐子哥把吉他收回去，随意地弹奏，哼着不成调的曲子。

过了一会儿，拐子哥不安地扭扭身子，小声地问："你家有没有吃的？"我让他去灶屋里看看。过了十多分钟，他端着一盘炒好的蛋花饭过来问我吃不吃，见我摇头，他这才大口大口地吃了起来。我想是因为秀秧娘在厂里没空回来做饭，他才这么饿的吧。吃完后，他连打了几个饱嗝，拍拍肚子说："别跟你妈讲。"我说好。我又指床头的蜜桃罐头："这还有。"他连连摇手："够咯够咯。从小到大，只要来看望我的人都带罐头来，我都快吃吐了！"洗好碗筷，他回到房间里来，把吉他递给我："借你了。你要是觉得闷，就自己弹着玩。"我不敢接："我不会玩。"他笑笑："我也不会。瞎弹呗。"他转身往外走，快到门口时，我大喊了一声"拐子哥"。他扭头问："有事？"我说："没得事……"他又转回来，靠在门口，仔细地端详我："一个人太闷了？"我把手放在吉他上，垂头不语。他再次坐了下来，"好，反正我也没事……"我问："真没事？"他笑笑："真没事。"

一时无话，唯有堂屋的座钟还在忠实地发出咔嗒咔嗒的响声。垸里的人都到地里去了，江风阵阵吹来，屋内还是如此安静。偶尔有隐约的狗吠声零星飘来，迅速就被安静吞没了，像久远的梦那般不真实。什么事情都没有发生，空气沉滞，如果在平日，是我沉睡的时刻。但拐子哥坐在那里，一切变得可以期待。他翻看我的数学习题，看着看着拿起桌上的铅笔在上面划拉。终于，他忍不住把习题递给我看："你看这道题很容易的，你用这种解题方式，是不是很容易？"我凑过头看，原来在我看来很难的题目，他清晰明了地就给解开了。他又看另外几道题，很快都被他用很巧妙的方式给一一解答了。我忍不住赞叹了几声，他得意地抬起头讲："我当年的第一可不是白考的。"他又翻看我的语文试卷，指着我默写错误的题目讲："这很容易背的嘛。"他闭上眼睛背诵了语文课本上的文言文，一点儿磕巴都没打。我啧啧嘴："你都还记得！"他拿手敲敲脑袋："都在这里没忘呢！"我的夸赞，让他的兴致越发高涨了："你有不懂的，尽管问我！"我指着床头那一摞课本和习题册："我课落了很多，愁得很。怕等腿好了，回去上课跟不上了。"他双手一拍："那好办，我来教你。不是我吹牛，你老师未必有我讲得好。你信不信？"他瞪着大眼睛看向我。我问："你真没事？"他又是手一拍："我也是闲得无聊了，与其天天在牌桌上输钱，还不如给你上上课。"

四

拐子哥总是在午饭后才来，因为他总是睡到中午才醒。有时候在早晨，我在床上听到秀秋娘喊着："川哎——川哎——起来吃点儿哎！"没有回应声。秀秋娘又骂："懒尸哎——鬼儿哎——你饿死算咯——"还是没有回应声。到后来，秀秋娘也不管他了，赶着去工厂上班。午饭母亲总是会多做一点儿，因为我跟她说过拐子哥下午会过来帮我补课，她听了特别高兴，把饭菜都温在锅里后，才去地里干活儿。拐子哥来了也不客气，吃完母亲预留的饭菜，然后坐在我床边弹会儿吉他，打着哈欠。我也不敢催他，怕他生气。等座钟敲响了两下，他才恢复神气。一开始就让我背诵课文。我背两句，忘两句。他也不看课本，抱着腿，闭着眼睛，大声地接着我不会的地方背下去。又背英语单词，他居然发音也发得那么标准。接下来，又学几何，那是我最害怕的。他拿出笔画出辅助线，让我学会去想象整个图形……不知不觉房间里光线暗了下来，我这才发现黄昏来临，窗外说话的人多了起来。母亲也快回来了。他这才起身说："你自己好好复习今天学的。我明天来考你。"我说："是，拐子哥。"他眼睛一瞪说："你不叫我老师？"我忙改口说："川老师！"他满意地点点头，直起腰，慢慢地走回了家。

晚饭我们都习惯把小桌子搬到屋门口来吃，一来趁着还有天光不用开灯，二来家家户户都在外面吃显得热闹。母亲炖了猪骨汤要喂给我喝，见我嘴里念念有词，便问我在说什么。我说："背课文。明天要检查的！"坐在一旁的父亲问谁要检查，我往拐子哥家那边一指。拐子哥正蹲在门口给煤炉子扇火，不是很成功，烟熏得他直咳嗽。母亲对我说："你喊你老师过来吃饭。"我立马喊："川老师！川老师！"见他没反应，我改口道："拐子哥！"他随即转过头来问："做么事？"母亲说："你过来跟我们一起吃点儿吧！"拐子哥摆摆手，"你们吃你们吃。"再三邀请，他也不来，母亲特意盛了一大碗饭，每一样菜都添上一点儿，送了过去。拐子哥迟疑了一下，母亲说："本该让庆儿送过来的。"他远远看我一眼，这才接过碗筷。母亲没急着走，蹲在煤炉那里，拿着火钳三两下就点着了火，把灌满水的水壶搁上去，这样秀秧娘晚上下班回来也有热水洗脚。

有时候轮到工厂放假，天又落雨，秀秧娘就会到我家来坐坐。母亲与隔壁几个婶娘坐在堂屋打扑克牌，她坐在一旁看，让她上桌打两把，她慌慌地摇手："我不会！真不会！"有婶娘笑问："要攒钱给川儿娶媳妇哦？"母亲接过话头讲："川儿好模样，你看他头毛天天梳得光亮，衣裳体体面面，是该给他找个对象咯。"秀秧娘哎哟了一声："我愁得要死！哪里有人愿意嫁过来哦？屋是个大破屋，最起码的彩礼钱又拿不出来，再说这个脚……"另外一个婶娘说："王垸有个姐儿，跟川差不多年纪……"母亲问："是那个王林家里的三女儿啵？她好是好哦，就是有点儿傻……"又有另一人提起崔家垸的女孩，也是腿脚不灵便："但人活泛，几会讲话哩！川儿平常看着蔫蔫的，有个活泼的人陪着几好！"秀秧娘又哎哟了一声："说来说去，要他自家愿意。在外面，他舅爷也给他介绍对象，他一个都不去看。说他，他还发脾气。我是没得法子。只求在我闭眼之前，有个人能帮衬他。"她们说话的间隙，躺在床上的我听见外面有拐子哥的脚步声，他打的那把蓝色雨伞出现在窗前。他平日都是这时来我这里。他停了一会儿，没有进来，雨伞转动，紧接着听到他离开的脚步声。

那天剩下的时间，他也没有过来。雨下得越发大了，墙壁上渐渐有了水渍，湿冷的空气让我的腿传来阵阵痛感。我忍不住呻吟了几声，母亲耳尖，立马进来问情况。我说没事，她给我掖好被子后，咦了一声："你川老师今天不来了？"我本想告诉她人家其实来过，但我忍住了。过了一会儿，透过细密的雨声，我忽然听到了吉他声，依旧是磕磕绊绊的，却让我会心一笑。坐在堂屋里的那些人也听到了。秀秋娘说："花两个月工资买的那个琴，我拦都拦不住哦。我说这个又不能当饭吃，就光听个响有个么子用，他就是不听，非要买！"母亲说："人家喜欢呀，没个爱好，闷都要闷死咯。"秀秋娘拍拍手，"哎哟，现在不晓得攒钱，将来老了怎么办？真是没得说头。"吉他声不管这些，执拗地穿行于雨幕之中，抵达我的耳畔。我忽然想起有山叔，他活着的时候，非常喜欢在下雨天拉二胡。那时候我还小，听不懂他在拉什么，单觉得暗哑苦涩，听久了让人害怕。那时母亲还偷偷跟秀秋娘反映过，秀秋娘回去后骂了一通，有山叔自那之后再也没有拉过二胡。现在一想，心中真是过意不去。

五

有山叔还像往常那样走得很慢，双脚沉着地踏在坑里的泥路上。路两侧的房屋、柴垛、茅厕、菜园上面都铺上了一层莹白的霜花。我叫了他一声，他回头看我，笑了笑，又继续往前走。周遭无人，寒气扑面，我不由得心生恐惧，赶紧加快步伐，想追上他。当我腿部想使劲时，却疼痛难忍。我又叫他一声，他再次回头看我。这次他停下了，站在了原地。我走了几步，他伸出手摸摸我的头："川哎，川哎，回来喝药咯。"他喃喃地说着。我想跟他解释我不是拐子哥，还未开口，腿部又传来阵阵疼痛。睁开眼时，四下无人。疼痛感是真实的，但我忍住没有发出声音。夜色浓稠，压在我的身上，我把被子推开了一点儿，好透透气。许久，我的眼睛才适应了黑暗，慢慢地分辨出房间里各个物体的轮廓。也许有山叔就站在床尾。这个念头一起，我吓得立马闭上眼睛。我分不清这是在梦里还是在现实中，有山叔似乎就在附近呼吸着、等待着，甚至期盼着。他端着药立在那里。"川哎，川哎，回来喝药咯。""川哎，川哎，唉！"最后那一声叹息，真切地萦绕于我的耳边。

白天等拐子哥来时，我迫不及待地把这个梦告诉了他。他摇摇头叹道："我好久没梦到他了。"接着又说，"你知道他不是我的亲爹吧？"我啊一声，说不知道。他说："我原来叫韩川。我亲爹姓韩。我生下来腿就不好了，他不想要我，我妈就跟他离了，独自带着我寻医问药。到我七岁时，我妈嫁过来了。那时候你的有山叔就已经五十多岁了，大我妈二十岁。但他不嫌弃我，把我当亲儿子看，成天就想着要把我的腿给治好……"说到这里，他沉默下来，好半天又摇头，"不说他了！你昨天背得怎么样？我考考你。"我在背诵时，他没了平日那种专注劲儿，眼神放空，一只手无意识地拍打着膝盖，感觉沉浸在心事当中。我叫他，他好半天才回过神来，愣愣地看着我。我说："该下一篇了。"他说了声好，把课本翻到了下一篇。我假装没有留意到他的声音在发抖，响亮地背诵了起来。

语文复习完了，数学题也做完了，英语单词也过了一遍，时间却莫名地空下了很多。以往就着每道题，他总要给我讲不同的解题思路，这次他却情绪不高，看我解答出来就放过去了。一时间，我们都沉默下来。座钟敲响了三下，我心里很着急，怕他就此离开，留我一个人熬到父母亲回来。我看了一眼床头，还有历史、地理和生物三门课的课本，一直觉得它们是副科，没怎么重视。为了能让拐子哥多待一会儿，我提出请求，让他也帮我复习一下。历史课本和生物课本他随便翻了两页又放下了，反倒是地理课本，他饶有兴致地看了半晌。尤其是地图，他在上面划拉着，划到某处笑了笑，又划拉到另一处。好一会儿，他放下课本："这个看得不过瘾。"说着他站起身，我问他做什么。他回说："我回家找找看，兴许还在！"过了大概一刻钟，他兴冲冲地过来了，拿着一本书递给我。那是一本全国交通地图册，看起来有些年头了，翻开一看，扉页上有一行手写的钢笔字："邓有山。购于武汉新华书店，一九九〇年五月十四日。"拐子哥说："我爸是你爸的小学老师，你不晓得吧？他当过村小学老师，后来民办老师要清退，他才没教下去。他是生不逢时，年轻时没人愿意嫁给他，到老了我妈嫁过来，又带了我这么一个拖油瓶。他把攒下的钱都拿来给我治病了。那些年，他带我跑了全国很多城市，找了很多医院。这个地图册就是他专门买来认路的。"

地图册里最开头的是一张全国交通线路图，公路和铁路交织成密密匝匝的线路网，细分到各个省、自治区和直辖市，再往下是省城、首府和一些重点城市。我注意到有些城市用钢笔画上了圈。武汉、重庆、成都、九江、广州、南昌、郑州、北京、上海，这些城市名称下面还标上了具体日期。我翻到"武汉"那一页，在汉口和武昌的市区交通图上，有些街道和医院标上了三角号。翻到"重庆"那一页同样如此。我推测是有山叔带拐子哥去过这些城市，为了找到要去的医院，必须标出要经过的路线。拐子哥证实了我的推测。我想起那些年，有山叔和拐子哥隔一段时间就会消失，等再出现时，两人都显得疲惫消瘦。拐子哥来我家，分给我们各种稀奇古怪的零食，兴致勃勃地说起那些大城市的见闻。而有山叔，沉默地坐在自家门口，守着煤炉，煮那一锅带回来的药。父亲路过问他情况，他总是浅浅一笑："兴许有用。等等看咯。"等过了一段时间，拐子哥放假，有山叔再次带着他出发，秀秧娘把煮熟的鸡蛋、蒸好的馒头和腌制的咸菜准备好给他们带上。

拐子哥回去后又翻出了一张中国地图，也是有山叔买的，再结合那本地图册，就可以开始上课了。先要看懂地图，两条平行长线，如果中间有一截白一截黑的那是铁路，没有黑白块的是公路；一截短线中间一个点再加一截短线的，加粗的那是国界线，没加粗的那是省界线。搞清楚这些基本标识后，他要求我第一步把全国所有省、自治区、直辖市都记熟，包括其地形、面积、简称、省会（首府）、重点城市；第二步，记长江、黄河、珠江、黑龙江等这些大江大河都流经了哪些省份，主要支流有哪些，沿途主要湖泊有哪些；第三步，记主要山脉和各大高原都有哪些；第四步，记金矿、银矿、镍矿、石油、煤炭这些矿产主要产自哪些地方……每一步都耗费了我好些时日。但有什么关系呢，我的脑子正好是空的，拐子哥往里塞多少，我就能储存多少。

我着迷地盯着地图看，每一个具体的城市名、山名、河名，都让我兴奋。那是一种无比自由的畅快感！我好久没有下地走路，可是在看地图的过程中完全忘记了这个，我的手在一个城市与另一个城市之间滑动，就像是已经坐上火车出发了。那些大山！那些大河！那些沙漠！看着看着，我心生惆怅。没有一个地方我去过，我只能局限在这个小小的房间，不要说市区了，我甚至连垸都走不出去。但我又充满期待，说不定以后这些地方我都能去！拐子哥不是都去了吗，我为什么不可以！想到此，我的兴致又高涨了起来。母亲催我睡觉，我都舍不得睡。等她走后，我打着手电筒看。父亲抱着我出来到屋门口透气，我也拿着地图册不放手。母亲说我发痴了。是的，我痴迷于那个纸上的世界了。那真是一段忙碌的日子，每日复习完主科之后，就到了让我既兴奋又紧张的你问我答环节。"山西简称什么？""晋！""峨眉山在哪个省？""四川！""中国锡都是哪个？""个旧！""说说汉江流经的省份。""陕西，还有湖北。""说出五个带阳的城市。""沈阳、洛阳、资阳、绵阳、贵阳。"……拐子哥啧啧称赞："你进步真大！我都快考不倒你了。"我说："你快问！快问嘛！"拐子哥又连问了十来个问题，我一一回答正确。我感觉我的脑子里有幅地图存在，拐子哥每问一个地方，那幅地图就迅速地移动定位。到最后，拐子哥摊手说："不问了不问了，问不出来了。"

六

地图册已经被我翻得页面卷起来了，还是觉得不过瘾。我开始着力去寻找有山叔留下的笔迹。那些他圈过的城市，那些他标注过的街道和医院，那些他做过的线路规划，每一处都有时间标注，每一次都是抱着希望而去怀着失望而回。去武汉那次，他带着年幼的拐子哥先到港口坐轮船，南下打工的人潮差点儿把他们父子俩挤散了；去西安，要坐绿皮火车，经过秦岭时，火车钻过一个又一个隧道，仿佛永远也穿不完似的；坐轮船去上海，几天都在长江上，到了晚上，他带着拐子哥站在船舷边，指着那些亮着灯的城市告诉他叫什么名字；去南昌的路上，经过鄱阳湖，夕阳落下来，好多鸟儿在天上飞；在长沙，在医院边上的一条街上，第一次吃到臭豆腐，油渍渍的，特别好吃……拐子哥把那些圈住的城市，每一个都细致地讲给我听。我们翻看相应的城市地图，那些纵横交错的街道，不再是虚拟的线条和色块，而是有山叔带着拐子哥走过的一个个真实的地方。

翻到最后一页，拐子哥恋恋不舍地合上地图册，手在封皮上摩挲，而我也感觉到怅然若失。我们许久没有说话，各自发着呆。座钟敲响了四下，天光渐渐弱了下去。拐子哥忽然说："我爸走的那一天，我还在跟他怄气。我喂他喝药，他不肯吃。劝了又劝，他总是把头撇开。我就说爸啊，你以前总是让我吃这个药吃那个药，我虽然不爱吃，最后不都吃了吗？现在轮到你吃药了，你为啥就不肯张口呢？他不说话，我一生气就把药放在床边，去上学了。上课的时候，我一直感觉不对劲，总觉得浑身不舒服，心神不定，总想冲回家。那时候我要是立马回去，会不会好些呢？我不晓得。我还是太乖了，忍耐着听老师讲课。直到你哥哥来叫我，他还没开口说话，我其实心里就明白了。后来我问爸爸怎么摔下了床，妈妈说她推门就看到药滚落在地，爸爸估计是想伸手拿药，却使不上劲，导致整个身体滚落下去了……我不知道他在地上躺了多久，那么凉的地，他就孤零零地躺在那里，没有一个人在身边……爸爸走后，我每天一闭上眼，就会看到他躺在地上的样子。我恨自己！恨得骨头疼。我没办法去上课，没办法见人，也没办法在家里待了。我就想逃走，离家里越远越好……"

我插嘴道："那时候我还小，但我还是听大人们说你是读书苗子，不读太可惜了。"拐子哥点点头，接着说："我不是跟你说过我爸当过老师吗？他可是个正儿八经的读书人。每一次去外地，在火车上、汽车上、轮船上，他都要给我讲课的。沿路上那是些什么树，流过的那是什么河，买药的钱是怎么去计算的，跟医生说自己的病情时要怎样表达人家才听得明白……他总是抓住一切机会教我这个教我那个。所以我功课从来没有落下过，反倒是因为见多识广了，成绩遥遥领先。但他走后，我就像是失了魂似的，没有了方向。以前只要我考得好，他就很高兴。那是我拿第一的动力。他不在了，我努力给谁看呢？我觉得一切都变得没有意思了。"

说到这里，他把中国地图摊开："离开家之后，我跟着我舅爷先是去了温州，我妈也跟了过来。我一个残疾人，大部分工厂是不要的。后来在福利工厂里打打工，我妈就在厂里做饭。以前我爸天天跟着我，现在变成她天天跟着我。我到哪里，她就要跟到哪里。我不让她跟着，她就哭。这让我心情很烦躁。有时候我给她留个纸条说出去一段时间再回，就跑到其他地方游荡去了。你看看这地图，除了西北和东北还有那些海岛我没去过，剩下的省份我都去过。去做么子呢？我就是想坐火车坐长途客车坐轮船，我就是喜欢来回奔波。我爸带我去过的城市我都再去了一遍，他带我住过的那些小旅馆、看病的医院、走过的街道，我都一一找到再看一次。后来去那些我们没有一起去过的城市，心里就跟他讲这个地方有什么特色，就像是我带着他游玩一样。等我再回到温州，我妈还在原来的厂里等着我。她一开始还会骂我几句，后来就随我去了，只要求我到一个地方给她打个电话。我答应了她。后来只要我一出去，摸摸衣服的口袋，总有几百块钱。我妈直觉太准了，她总是晓得我想出去野了，偷偷往我兜里塞钱……"

等母亲进房间时，我和拐子哥才意识到天黑了。拐子哥起身要走，母亲拦住说："我饭都已经做好了，见你们聊得起劲，就没来打扰。"拐子哥推托了一番，终究还是留了下来。吃饭时，母亲问："川哎，检查结果出来了吧？"拐子哥点头回道："出来了。过两天还要去复查。"在一旁的父亲问："听你妈说是肚子里长了个肿瘤？"见拐子哥点点头，又接着说，"唯愿是个良性的。"我这才明白到拐子哥这段时间变得如此消瘦的真正原因，也才明白他为何突然回来。我不知道有了肿瘤意味着什么，但我意识到大人们的沉默有着不祥的沉重感。快吃完时，秀秧娘急匆匆地过来了，见到我们才松了一口气。母亲让她过来一起吃点儿，秀秧娘摆摆手："在厂里吃过啦。"说着，瞪了拐子哥一眼，"天天麻烦人家，怎么好意思！"

母亲忙说："他是庆儿的补课老师，吃顿饭是该当的！"寒暄了一会儿，拐子哥和秀秧娘往家里走。拐子哥走得慢，秀秧娘走得更慢，一直跟在后面打着手电筒。拐子哥说："别打了，就几脚路。"秀秧娘关了手电筒，想伸手去扶，拐子哥说："你走你的，莫管我！"秀秧娘虽然收回了手，却又像是随时要伸出手，小心翼翼地跟了一路。

七

接下来的几天，拐子哥还是照常来。我们按照计划，把该温习的都温习了，该背诵的也都背诵了。有时候我偷偷看他，他的脸越发尖了，两颊消瘦，眼睛显得分外大。有一天结束了当天的复习后，他说："明天你自己把第五章节的题做做，我有点儿事情，就不来了。"我说好，又忍不住问他是不是要去医院复查，他点了点头。隔了一天他再次过来，手里拎着一个布袋，朝我神秘地笑了笑，然后从袋子里掏出一个小小的地球仪来，"正好路过新华书店，买了一个。中国的你都记熟了，我们要开始放眼全球了！"我在学校见过地球仪，老师从来没让我们碰过，现在拐子哥把它放在我的手上了。我拨动球体，蓝色的海洋、绿色的大陆、星散的海岛、白色的南极北极，现在都在我的眼前转动着。拐子哥凑到我旁边，一一指出七大洲四大洋，这些我都要背下来的，但我却分神了。拐子哥身上散发着隐隐的药味，我想问复查的结果如何，却开不了口。他那样兴奋地划拉地球仪，一会儿指指这里，一会儿点点那里，说到最后，他的手在我眼前的虚空里打了一下，"哎，记住了没得？"我忙说记住了。

好像是没事了？毕竟接下来的几天，拐子哥照样每天都来。我们又像是之前记中国地图那样，每天对着地球仪，记住每个大洲的位置，再细分下去看各个大洲有哪些国家，再记住那些主要的国家的首都和重点城市……有了记中国地图的经验，全球的对我来说也不是难事。"澳大利亚首都是哪里？""堪培拉！""高加索三国是哪三国？""格鲁吉亚、亚美尼亚、阿塞拜疆。""说出世界上最重要的两条运河。""巴拿马运河、苏伊士运河。"……又一次你问我答，又一次回答正确，又一次让拐子哥摆手说问不出新问题来了。我们都感受到一种兴奋，就像是我们一起全球环游了一番，相视一笑，什么都不必说，却都默契地知道对方心里所想。拐子哥转动着地球仪，定在巴黎的位置："想去香榭丽舍大街走一走。"我说："那就去走！"他又转动，定在南太平洋的位置："这里海岛上的沙滩可好了，我在电视上见过。"我说："以后咱们也去！"他再转动，在非洲那块定住："《动物世界》看过吧？动物大迁徙就在这里。"我说："去去去，咱们都去！"他大笑起来："我是没机会去了，你长大后一定要去！"我说："等我有钱了，我带你去！"他又笑："我估计是等不了……我希望你都去。那么多国家，那么多人，你都去见识见识。"我说："我还想不到那么远。"他摇摇头："要敢去想！撒开腿就去闯，外面天地大得很！"

本来拐子哥接下来要给我讲讲地球的形成历史，结果没来得及。有一天夜里十点多，我已经睡下了，秀秧娘过来敲门，带着哭腔央求我父亲帮忙打电话给医院，拐子哥正疼得在床上打滚。父亲赶紧去了有电话的堂叔家，母亲和秀秧娘看着拐子哥。医院来了救护车，把拐子哥接走了。我每天只能躺在床上，每次母亲去医院探望回来，不等我问，就会主动告知我拐子哥的情况。他做了手术，吃不下去东西，越来越瘦了。秀秧娘偶尔来我家，都是借钱。她面容明显憔悴了不少，接过母亲递过去的钱时，低着头，小声地说着："难为你们了。难为你们了。"母亲问手术怎么样了，秀秧娘还没开口就已经落泪，母亲便不再追问下去，只是轻轻拍着她的背。再过了一些天，我问母亲怎么很久没见到秀秧娘了，母亲说："市里医院治不好，秀秧娘带你拐子哥去省城医院了。"我又问："不是做了切除手术吗？"母亲回道："说是癌细胞转移了。我也不是很懂。"

我花了很长时间才渐渐适应一个人的状态。这一学期的课文在拐子哥的指导下，我都已经学完了，我又托隔壁的同班同学帮我借来了下学期的教材自学，但翻看了几页就放在了一旁。没有心情，也没有动力。我再一次陷入"果冻时间"里，盯着房间的墙壁一看就是很久，母亲叫我吃饭我也不想吃，父亲抱我到屋门口我也不再兴奋。有时候我突然从睡梦中惊醒，听到断断续续的吉他声，我叫了声拐子哥，但再去听时却悄无声息。母亲过来看我情况，我非要她抱我出去。等到屋门口，往拐子哥家那边看去，还是大门紧锁，屋门口又一次长出了杂草。我问母亲能不能联系秀秧娘，母亲说秀秧娘没有留下联系方式。我能做的，只能是等待。我尝试背课文，背几句停下，盯着虚空，假想他还坐在那里，会接着我背下去；又尝试着做数学题，在知道正确求解的情况下故意做错，假想他生气地批评我怎么这么马虎，明明是很容易的题目；甚至跟他开玩笑，说他唱歌还是那么容易跑调，不如把吉他送给我好了。日有所思，夜里却没有梦见过一次。他真的从我的生活中消失了。

过完年后去医院拆了石膏，恢复情况良好，我又可以正常走路了。下学期开学后，我回到了学校，功课一点儿都没有落下，摸底考甚至还考进前三名，这让老师非常惊诧。因为是住校，每周日才能回家休息一天。校园生活忙碌而充实，我又渐渐地融到集体当中去。期中考试结束后，放两天假，我兴高采烈地回到了家。母亲让我去秀秧娘家一趟。我讶异地问："拐子哥回来了？"母亲顿了一下，说："还是没有救过来……前几天送了回来，就埋在你有山叔旁边……你在学校，我们就没告诉你。"一时间，我只是盯着母亲看，不太明白她在说什么。忽然间，就像是门被巨石撞开，轰隆一声砸到心底。我忽然起身，母亲也起身。我要走开，她怯怯地说："现在去？"我说："我回房间。"不等她回应，我急急地奔回房间，把门锁上，躺在床上，用被子包裹住自己。我感觉自己空飘飘地悬在虚空中，伸手蹬腿都找不到任何实感。我叫了出来。母亲在敲门。我喊着走开，走开！好久好久，我探出头来，母亲不在了，周遭安静得可怕。

第二天上午，我跟母亲一起过去。刚进门，迎面的墙上并排挂着有山叔和拐子哥两人的遗像。遗像上的拐子哥显得年轻有活力，圆圆的脸，嘴角含着笑，大眼睛和善地看着每一个望向他的人。我不敢多看，低下了头。秀秧娘头发掉得厉害，说话也抖得厉害，她抓住我的手，看了我半晌才说："庆儿哎，你川哥经常念起你……"话音未落，就哽咽得说不下去。好半天，秀秧娘才平静下来，带我们进了拐子哥的卧室。只有一张床和一个门坏了半边的衣柜。墙壁上挂着一把二胡，那想必是有山叔的，另外还挂了那把吉他。秀秧娘让我去把吉他拿下来，"他跟我说了几次，让你把这个拿去。他走的前一天，还特意跟我说了一次……"母亲忙说："这个琴太贵咯，给庆儿太浪费了。"秀秧娘说："哎哟，这是他的心意！"母亲摆摆手，"那不行……"我径直上去取下了吉他往外走，母亲喊我，我不耐烦地回说："我就要了！"

回到家后，我又一次把自己关在房间里。窗外传来人们喧闹的说话声。这个世界真不公平，大家都这么热闹地活着，唯独拐子哥就这样孤零零地离去了。对那些人来说，拐子哥就像瓦片上消融的一片雪花，没有人会想起那一点儿湿润的痕迹。而在这个房间，贴在墙上的中国地图，放在床头的地图册，搁在书桌上的地球仪，是我唯一能保存下来的、也不允许母亲去动的痕迹。那些他讲过的城市、提到过的国家、谈过的河流和山峰，都在等着我去游荡。它们在我脑中的地球上都已经标注好了位置，一个都不会忘记。母亲在门外叫了我几声，我去开门，她小心地打量我一番，见我还算平静，松了一口气，然后递上一块干净的抹布："那琴你好好保管着吧。"我接过抹布，坐在床边，把吉他细致地擦拭了一遍。碰到琴弦时，清脆地响了一声，我的心痛得一缩。过了一会儿，我在共鸣箱里发现一张纸，取出来打开一看，是《听妈妈讲那过去的事情》的手抄吉他谱，歌词那儿一笔一画地写着"月亮在白莲花般的云朵里穿行……"，那时拐子哥应该就是对着这个谱练习的吧。我把它小心地叠好，放在一边。也许有一天，我也能把这首歌弹奏出来。我想起他说过的，有一阵子他在北京游荡，有一次经过一个地下通道，看到有人在那里弹吉他演出，唱的就是这首歌。他觉得好听极了，就攒钱买了一把，希望自己也能这样，走到哪里唱到哪里，还能挣钱。我当时笑他唱得还不如我，他也不恼，笑着说："你就等着瞧吧！"

　　只是，我永远也等不到了。

原载《人民文学》2024 年第 4 期

经典鉴赏
聆听获奖小说，进入文学世界。

作家往事
跟随纪录片，探寻作家的故乡。

文学发展
穿越时间长河，纵览文学的演变。

随心书摘
记录你的阅读感悟和写作灵感。

扫码探索

中国文学脉络

在文学的棱镜里，发现生活的千面。